제 3 회
웹 진 문 지 문 학 상
수 상 작 품 집

제3회 웹진문지문학상 수상작품집

펴낸날 2013년 3월 15일

지은이 김 솔 외
펴낸이 홍정선
펴낸곳 ㈜문학과지성사
등록번호 제10-918호(1993. 12. 16)
주소 121-840 서울 마포구 서교동 395-2
전화 02) 338-7224
팩스 02) 323-4180(편집), 02) 338-7221(영업)
전자우편 moonji@moonji.com
홈페이지 www.moonji.com

ⓒ ㈜문학과지성사, 2013. Printed in Seoul, Korea
ISBN 978-89-320-2392-2

제 3 회
웹진문지문학상
수상작품집

소설작법

수상작

김솔

문학과지성사
2013

제3회 웹진문지문학상 수상작품집

차 례

제정 취지

—

지난 40여 년 동안 한국 사회에 대한 인식을 심화시킬 새로운 사유와 한국 문학을 풍요롭게 할 독창적 문학인들을 발견하는 데 정성을 기울여온 문학과지성사는 변화된 문화 환경에서의 문학적 스펙트럼을 좀 더 넓히기 위해 2010년 2월 〈웹진문지〉라는 인터넷 공간을 마련했다. 이와 동시에 '이달의 소설'과 웹진문지문학상을 제정해 운용해오고 있으며 2013년 3월 현재 34편의 '이달의 소설'과 3편의 웹진문지문학상 수상작을 선정했다.

웹진문지문학상은 한국 문학 최초로 인터넷 공간을 통해 1년 동안 심사 과정이 중계되고 결과가 발표되는 문학상이다. 〈웹진문지〉 편집위원회는 매달 첫 주를 기준으로 지난 3개월 내에 발표된 중단편소설 가운데 가장 주목할 만한 작품 1편을 '이달의 소설'로 선정하고 〈웹진문지〉에 선정 사유, 선정 작가 인터뷰와 함께 게재한다. 이렇게 선정된 작품은 자동적으로 당회차 웹진문지문학상의 후보작이 되며, 매년 1~2월 최종 수상의 영예를 기다린다.

이 상은 등단 7년차 이하의 신진 작가들을 대상으로 하기 때문에 가장 젊은 세대에게 주어지는 작품상이다. 또 매달 신진 비평가 2명이

'이달의 소설' 선정에 참가하므로 심사위원 구성에서부터 최신의 문학적 흐름을 주도하는 비평 감각이 수용되어 있다. 이런 특징은 독자적인 서버와 도메인을 통해 한국문학을 인터넷 공간에 접안시키고자 시도하는 〈웹진문지〉의 성격에 부합하는 것이기도 하다.

제3회 수상작: 김 솔, 「소설 작법」
[『문학과사회』 2012년 가을호 발표]

'이달의 소설' 심사 대상 작품: 등단 7년차 이하의 신진 작가(해당 심사년도 기준)
'이달의 소설' 선정작(1작품): 상금 100만 원
웹진문지문학상 수상작(1작품): 상금 1000만 원
웹진문지문학상 시상식: 매년 5월 말 '문학과사회 신인문학상' 시상식과 함께 거행
역대 수상작: 2011년 제1회 이장욱, 「곡란」
　　　　　　 2012년 제2회 김태용, 「머리 없이 허리 없이」

심사 경위

—

신인 같지 않은 능수능란함에 대형 작가 탄생 예감

신진화론의 가설을 문학에도 적용하자면, 진정한 의미에서의 '새로운' 문학은 어쩌면 우점종들 사이에서 돌출하는 변이종에서 시작한다는 말이 맞을 듯하다. 그리고 대개 변이종은 오래된 종이 아니다. 환경에 적응하지 못할 경우 단종의 운명을 감당할 수밖에 혹은 감당했을 수밖에 없기 때문이다. '웹진문지문학상'이 심사의 대상을, 지난 한 해 동안 발표된 작품들 중 등단 7년차 이하 작가들의 작품으로 국한하는 이유가 거기에 있다. 21세기라는 새로운 환경 속에서 앞으로 한국 소설을 이끌어갈 것'임에 틀림없는' 변이종들을 발굴하는 것, 이것이 이 상의 일차적인 취지다.

숙고에 숙고를 거듭하여 작년 3월부터 올해 1월까지 매달 한 편씩,

총 11편의 작품을 골랐다. 이 과정에서 〈웹진문지〉 편집위원 7인(우찬제, 이광호, 김태환, 김형중, 강계숙, 이수형, 강동호) 외에 강지희, 백지은, 송종원, 양윤의, 유준, 조연정, 조형래, 조효원 등 눈 밝고 부지런한 신진 비평가들이 수고를 아끼지 않았다. 본심은 1월 17일 이미 선정한 11편의 작품을 대상으로 웹진 편집위원들에 의해 진행되었다.

쉬운 일은 아니었다. 우선은 11편의 작품이 공히 이미 '이달의 소설'에 선정된 작품들인 만큼 우열을 가리기가 쉽지 않았기 때문이다. 게다가 이즈음 한국 소설의 경향은 실로 다종다기해서 공평을 기하기 위해서는 여러 개의 잣대가 필요했다. 어떤 작품은 기존에 이미 한국 소설이 개척해놓은 길을 보다 첨예화하고 있었고, 어떤 작품은 전인미답의 길에 들어서는 모험을 마다하지 않았다. 어떤 작품은 작년에 등장해 이제 겨우 두 세 편의 작품을 발표한 작가에 의해 쓰어졌고, 또 어떤 작품은 등단 후 7년을 꽉 채운 작가에 의해 쓰어졌으며, 더 많은 작품은 그 사이 어디쯤에 있는 작가에 의해 쓰어졌다. 주제나 소재, 문체 등도 다양했다. 단 한 편도 쉬운 단정을 허락하지 않았다.

김이설의 「흥몽」은 작가 특유의 '격렬한 자연주의'가 거의 초현실주의적인 수위에까지 이르고 있는 작품이었다. 김희선의 「이제는 우리가 헤어져야 할 시간」에 대해서라면 최근 우리 소설계에서 일종의 트렌드를 형성하기 시작한 소위 '데이터베이스 기반 글쓰기'의 첨단을 보여준다는 평가가 적절해 보였다. 김솔의 「소설 작법」은 상이한 역사적 사건과 장르 들의 브리콜라주를 통해 정교한 메타픽션 한 편을 구축하려는 어려운 시도를 보여줬고, 이상우의 「객잔」은 오로지 스타일만으로 이루어진 소설의 가능성을 실험하고 있었다. 물론 두 작가의 실험은 성공적이었다. 정용준의 「유령」과 김엄지의 「영철이」는 우리 소설에 흔치 않은 '성격 소설'의 형식을 차용해 순수악과 순수선의 경계를 물었고, 김금희의 「센티멘털도 하루이틀」은 도식적이거나 식상하지 않은 신세대 리얼리즘 소설의 가능성을 보여주는 기염을 토했다. 카프카의 미로 같은 세계가 최진영의 「어디쯤」과 박솔뫼의 「너무의 극장」을 통해 한국 문학의 주무대에 성공적으로 진입했고, 말할 수 없이 매력적인 그러나 동시에 무기력하기 그지없는 비생산적 세계의 양면이 이장욱의 「절반 이상의 하루오」를 통해 선전되고 고발당했다. 그리고 소위 부르주아 소설의 전통이 부재한 한국 문학사를 염두에 둘 때, 손보미가 「여자들의 세상」에서 보여준 행보는 이례적이면서도 고마웠다.

짧지 않은 시간 동안 각각의 작품을 두고 긴 논의가 이루어졌다. 일차적으로는 정용준, 김솔, 김엄지, 이장욱, 박솔뫼 다섯 작가를 두고, 그리고 최종적으로 박솔뫼와 김솔을 두고 논의가 갈렸다. 박솔뫼의 작품은 변이에 가까워 보였고, 김솔의 작품은 진화에 가까워 보였다. 결국 다수의 의견은 김솔의 「소설 작법」에 모아졌다. 이 작품은 어떤 측면에서는 소설 일반의 작법에 관한 메타픽션이면서 어떤 측면에서는 작가 개인의 소설관을 극화한 예술가 소설이다. 또 한편으로는 장르 간 횡단을 시도한 브리콜라주 소설이면서 다른 한 편으로는 이즈음의 문학판에 던지는 경고장으로 읽히기도 한다. 그러나 이런 많은 장점들에도 불구하고 심사위원들의 선택이 이 작품에 모아진 것은 다른 이유 때문이다. 이 작품은 아무리 읽어도 신인 작가의 작품 같지 않아 보였다. 식상하다는 의미가 아니라 능수능란했다는 의미다. 김솔은 갓 등단한 신인작가답지 않게 여러 소설적 기교에 통달해 보였고, 심사위원들로 하여금 대형급 신인 작가의 탄생을 기대하게 했다. _〈웹진문지〉 편집위원 및 '웹진문지문학상' 심사위원 일동

심사평

—

문학적 도전, 격렬하고 다채로운 도발 시도

2012년 한국의 젊은 소설은 격렬한 몸살을 앓은 듯하다. 어두운 혼돈 속에서 존재와 서사가 실종될지도 모른다는 불안과 싸우며 저마다의 개성과 스타일로 저마다의 삶—앓이와 문학—앓이 방식을 보였다. 어떤 문학적 기준이나 규율로 재단하는 것도 마다하는 그들의 서사적 탈주는 진행형의 에너지로 격렬하다. 모두 일정한 성취를 거둔 작품들이어서 변별적 지도를 그리기가 쉽지 않았지만, 이런저런 숙고 끝에 정용준, 박솔뫼, 김솔의 텍스트를 한 번 더 읽어보기로 했다.

「유령」(정용준)은 강력한 서사적 에너지가 인상적인 소설이다. 쿨한 악령의 이야기. 의도나 욕망, 윤리(죄의식, 죄책감)를 넘어서서 죽임이라는 행위 그 자체의 순간에 집중하는, 그리고 사후에도 전혀 반추하기는커녕 반성하지도 않는 474번이라는 캐릭터를 창조한 정용준의 상상력은 매우 도저하다. 폴란드 화가 알프레드 비루즈 코월스키의 「외로운 늑대」와도 다르고, 도스토옙스키가 그린 니콜라이 프세볼로도비치 스타브로긴과도 다른, 정용준 스타일의 '늑대 인간'을 조형해, 본성에 대한 심각한 탐문을 던지고 있어서 매우 인상적이었다. 다만 단편으로 소화하기에는 좀 버거운 이야깃감이었다는 생각이 든다. 짧은 분량에 필요한 정보를 제공하려다 보니 보여주기보다는 말해주기 방식을 즐겨 사용했고, 가족의 내력과 관련한 탐문 부분도 더욱 정련되었어야 했다는 느낌을 준다.

「너무의 극장」(박솔뫼)은 문학을 포함한 예술은 해체와 재구축의 역동적 진행 과정 속에서, 그 격렬한 혼돈의 도가니 속에서 오로지 순간적 일치를 통해 혼돈을 질서화할 수 있을 따름이며, 영원히 격렬한 혼돈의 존재 방식 위에 놓여 있지 않으면 안 된다는 사실을 극적으로 환기한다. 이 소설에서 무대도, 배우도, 객석도, 관객도, 조명실도, 스태프들도 모두 퍼지fuzzy적 존재들이다. 배우이기도 하고 아니기도 하고, 관객이기도 하고 아니기도 하며, 조명기사이기도 하고 아니기도 한 그런 애매한 퍼지적인 존재들이 혼돈의 카니발을 벌이고 있다. 정용준이 쿨하다면, 박솔뫼는 핫하다. 극장으로 들어가 극장의 우상을 해체하고, 포르노그래퍼에 근접한 서술을 통해 포르노 사회를 해체하는 과정에서 작가는 우리 시대의 모든 '너무'한 것들, '오버'하는 오류들, 혹은 '너무'한 '오버'를 넘어 새로운 생성의 탈주를 모색하는 일 등에 대한 여러 생각거리를 제공한다. 다만 그런 내용들을 소설로 다루는 박솔뫼 스타일의 순간적 일치에 대해서는 더 토론의 여지가 있는 게 사실이다.

김솔의 문학적 도전 또한 매우 격렬하다. 작금의 역사와 문학장(文

學場)을 추문화하면서 이야기의 종언으로부터 새로운 이야기의 낌새를 감지하려는 다채로운 도발을 시도한다. 그에게 기존의 역사나 문학장은 해체되어 마땅한 어떤 것으로 단죄된다. 혁명의 실패 이후에도 여전히 이야기는 가능한가?라는 오래된 질문을 새로운 방식으로 던졌던 「은각사」뿐만 아니라, 진실의 진로가 앞으로 나아갈 수 없음을 투시하면서 작금의 문학과 인간 상황에 대한 비판적 의제를 탐문한 「소설 작법」을 통해, 김솔은 우리 시대의 증후 찾기와 증후 풀기를 위해 서사의 매듭 짓기를 현묘하게 수행하는 작가라는 가능성을 분명하게 보여주었다. 「소설 작법」의 인식에 따르면, 요즘 문학장에서도 진품 명품은 없거나 매우 드물고, 진품 아닌 가짜 명품들만이 타락한 권력을 행사하는 상황이 만연하고 있으며, 그에 따라 작가도 독자도 문학으로부터 "도망 중"이다. 역사와 문학이 진정한 변혁/혁명의 가능성으로부터 멀리 떨어진 채 하염없이 "도망 중"일 때, 역사는 무엇이고 문학은 무엇이고, 인간은 무엇일 수 있는가. 이런 질문의 깊이, 그 질문을 배설하는 이야기 방식 등 여러 면에서 미덕이 많다. 정용준이나 박솔뫼가 보인 격렬한 젊은 에너지는 덜하지만, 성찰의 세목과 스타일의 혁신, 소설 담론의 육체성에 대한 관심 등의 측면에서는 김솔의 문학적 미덕을 존중해도 좋겠다는 데 동의했다. 수상을 축하하며, 수상자뿐만 아니라 차기 수상자들 모두 저마다의 문학길에서 큰 성취를 이루시길 빈다. _우찬제(문학평론가)

진지한 동시에 우스꽝스러운 톤으로 소설 쓰기에 대해 질문

'웹진문지문학상'이 세상에 등장하고 세번째 수상자를 맞는다. 이 상의 영향력이나 무게에 대해서는 아직 논할 수 있는 단계가 아닐 것이다. 중요한 것은 오히려 이 상이 생성 중인 고유성과 그 변별적 지점이다. 데뷔 7년차 이하 작가의 단편 중에서 웹진을 통한 심사를 거쳐 후보가 정해지는 이 상은, 인터넷 공간에서의 보이지 않는 '문학 공동체'의 구성을 추구하며, 아직 대중과 문학 시장 앞에 그 전모를 드러내지 않는 미지의 문학적 '가능성'을 호명하는 문학상이다. 이런 맥락에서라면 이 상은, 이미 그 문학적 성취와 대중적 인지도가 확인된 작가들에게 주어지는 수많은 문학상들 정반대편에 위치하는 것이라고 할 만하다.

세번째 웹진문지문학상은 이 상의 최초의 의미에 가장 부합하는 후보들을 포함하고 있다. 이 중에는 아직 단행본을 출간하지 않아서 독자들과 만날 기회가 없는 다수의 작가들이 있다. 아직 단행본으로 독자들을 만나지 않았다는 것은 자신들의 문학적 얼굴을 온전하게 독자들에게 드러내지 못했다는 것을 의미하며, 〈웹진문지〉는 그들의 문학적 징후를 가장 먼저 문학 독자들에게 소개한다는 의미에서 한국 문학의 '미래의 시간'을 보여준다.

한 인간에 대한 담백한 소설적 탐색을 통해, 인간 심층의 먹먹함과 다른 사유의 결에 도달하는 이장욱의 소설, 여전히 어두운 가족사의 악순환이라는 문맥 속에 있으나 피해자 가해자의 이분법을 넘어서고 있는 김이설의 소설, 소설에서 스타일의 추구가 어디까지 갈 수 있는가를 매력적으로 보여주는 이상우의 소설은 인상적인 '이달의 소설' 목록이었다.

또한 김엄지는 무개념적인 인간을 같은 차원의 '의식 없는' 서술자를 통해 드러냄으로써 내면성이 완전히 제거된 새로운 톤의 글쓰기를 보여주고 있으며, 정용준은 완벽한 살인자로서의 유령 인간형을 통해 악마성에 대한 다른 탐구를 시작하고 있다. 박솔뫼는 연극적인 상황에서의 단일한 서술 차원을 무너뜨리는 분열과 착란의 언어들을 통해 다른 문학적 세대의 출현을 시험하고 있으며, 손보미는 새로운 유형의 압축적 서술과 하드보일드를 통해 비평적 주목의 대상이 되면서 새로운 인간관계학과 서술 주체의 가능성을 이미 실현하고 있다.

이런 매력적인 후보들 사이에서 등단 1년밖에 되지 않은 신인 작가 김솔의 「소설 작법」이 수상작으로 선정된 것은 놀랍고 예외적인 일일 수 있다. 하지만 김솔의 소설은 단순히 신인의 패기와 새로움 이상의 소설 쓰기에 대한 발본적인 성찰을 포함하고 있다. 진짜란 무엇인가? 소설이란 무엇인가? 작가와 독자란 무엇인가? 같은 근원적인 질문들은 진지한 동시에 우스꽝스러운 톤과 중첩된 텍스트들을 통해 작가의 질문이 아니라 독자의 질문으로 되돌려진다. 이 메타적인 질문들이 지금의 소설 쓰기의 문화적 현실을 돌아보게 하는 강력한 환기력을 갖고 있다는 측면에서, 이 신인 작가의 등장은 한국 소설의 새로운 국면을 여는 하나의 뜨거운 예감이다. _이광호(문학평론가)

대상에 대한 사유와 인식 수준의 높고 내밀함

심사를 위해 '이달의 소설'로 선정되었던 작품들을 재독하면서 받은 첫인상은 몇 년 사이에 대상 작가들의 면면이 달라졌다는 점이었다. 달라진다는 것이 늘 긍정의 뿌리가 되는 법은 아니지만, 새로운 인물군의 등장으로 뿌리를 키울 발아(發芽)의 기운을 확연히 느끼기엔 충분한 조건으로 보인다. 등단 2, 3년 안팎의 신진들이 약진하고 있다는 점이 이러한 인상이 과장된 수사가 아님을 증명한다. 기존의 서사적 틀을 깨뜨리는 과감한 실험의 시도, 사회의 강고한 질서를 차가운 시선으로 틈입하여 상처의 형태로, 혹은 병리적 증상으로 노출시키는 작가적 의지, 현실의 너머를 경계 없이 넘나드는 상상의 자유로운 변주와 스타일의 혼재 등은 이들을 통해 작금의 한국 문학이 기분 좋은 자양분을 얻어 오래도록 시들지 않는 줄기를 새로 싹 틔울 것이라는 희망을 품게 한다. 독자에겐 다소 생소할 수도 있는 신인들이 문학상의 후보로 오르며 한국 문학을 이끌어갈 기대주로 주목되는 기회를 만들어준다는 점에서 '웹진문지문학상'이 독자와 신진 작가를 잇는 가교의 역할을 하고 있음을 확인할 수 있기도 했다. 상의 정체성이 발휘한 뜻밖의 효과에 대해 소박한 자부심을 품어도 크게 흉하지는 않을 듯싶다.

손보미의 「여자들의 세상」은 최근 이 작가에 대한 평단과 대중의 관심이 부풀려진 호기심이 아님을 입증한다. 여성은 남성의 증상이란 정신분석학적 명제를 진실로 확증해도 좋을 만치, 이 소설은 욕망의 구조가 어떻게 인물의 심리와 내면을 지배하는지를 빼어난 통찰력을 통해 소묘해낸다. 행간에 숨은 무의식의 흐름이 풍부한 해석의 여지를 품고 있고, 겉으로 드러나지 않는 남성─주체의 불안과 자기불신에서 비롯하는 기묘한 소유욕 간의 복잡한 착종이 함축적 문장을 통해 배어나오고 있다. 그러한 문장들의 계산된 배치는 단편 미학을 완성해내는 작가의 기량을 잘 보여준다. 우리 사회의 남성─주체가 직면한 존재 증명의 부재와 그에 따른 불안의 투사를 사실적으로 환기한다는 점에서도 흥미로운 작품이다. 김엄지의 「영철이」는 '비루한 것들'에 대한 작가 특유의 무정함이 '비루한 것들' 안에서 자신도 '비루한 것'으로 구분 없이 존재하기 때문에 거침없이, 더 정확히 표현하면 여과 없이, 투박한 '날것'의 스타일로 구축되던 것과 달리, 대상과의 거리를 조절하는 정제의 기능을 하고 있다는 점이 우선 주목되었다. 그 때문에 문체상의 폭발적인 생생함은 다소 약화되었지만, 비루한 인생, 비루한 사람, 비루한 세계의 객관적인 실재성은 소설 속에서 오히려 강화되었고, 무심의 시선 및 어조와 어울려 아이러니의 효과까지 낳고 있다. 물론 그것은 비루한 것들을 향한 경멸과 조소보다 연민을 갖게 한다는 점에서 비판적 인식보다 심정적 공감의 층위를 넓히는 데 기여한다. 무엇보다 대상에 대한 직관적 통찰이 작가의 생물학적 나이를 의심케 하는 수준에 있다는 점이 놀라웠다. 정용준의 「유령」은 선과 악이라는 풀기 어려운 윤리의 문제를 정면으로 다루려는 작가의 정공법이 근래 소설에서는 보기 드문 덕목으로 보여 마지막까지 손에서 놓기가 아까웠다. 특히 관찰자의 위치에 있는 간수와 그에 의해 응시되는 살인범 사이에 오가는 대화의 깊이와 그것을 담아내는 문장의 이지적 선별과 질감은 선악의 문제가 이 작가에겐 오랫동안 궁구된 화두임을 드러낸다. 그 점이 작가를 향한 신뢰를 공고히 하는 계기로 작용하였음은 말할 나위 없다. 하지만 인물 간의 관계 설정이 지나치게 선명했고, 결말의 상투성은 내내 큰 아쉬움으로 남았다. 이러한 단점이 노출되지만 않았다면, 이 작품을 수상작으로 지지하는 것을 끝까지 포기하지 않았을 것이다. 최종적으로 김솔의 「소설 작법」에 손을 든 이유는 다른 작품들에서 받았던 강렬한 인상과 스타일 면에서 두드러지는 독창성과 신선함이 이 작품에서도 여전히 강한 흡인력을 발휘하였기 때문이다. 메타소설론으로 읽어도 부족함이 없는 문체의 치밀함과 구성의 독특성은 기술이나 기법에 의지한 데서 비롯한 것이 아니라 대상에 대한 사유와 인식이 수준 높은 내밀함에서 기인했기에 가능한 것이다. 이야기의 층위가 관점에 따라 다르게 읽힐 수 있는 여지가 텍스트 내부에 촘촘히 짜여 있고, 독자에 따라 달리 설명될 수 있는 해석의 가능성이 그 자체로 열려 있는 이야기라는 점에서 정말(!) 신인임에도 불구하고 작가로서의 그의 역량을 의심할 바 없다고 여겼다. 여기, '수상'이라는 작은 잔치를 빌려 재미를 포기하지 않는 이야기꾼이자 미학적 자의식으로 충만한 새로운 작가—종(種)의 출현을 기쁜 마음으로 전하고 싶다. _강계숙(문학평론가)

문학적 난제 앞에서 물러나지 않을 것

'웹진문지문학상' 심사는 '이달의 소설'로 선정된, 등단한 지 오래지 않은 작가들의 중단편소설을 대상으로 한다. 요새는 발표작이 빨리 묶여 출간되기도 하는 터라 등단하고 얼마 지나지 않아 자기 이름으로 나온 소설집을 갖는 경우도 없진 않지만, 여전히 그렇지 않은 경우가 더 많아서 지난 1년간 선정된 '이달의 소설'을 한 편 한 편 다시 읽을 때마다 "아, 그렇군. 이런 소설을 쓰는 사람이었군" 하는, 때로는 새로운 때로는 새삼스러운 각성에 이르게 되었다. '이달의 소설'과 '웹진문지문학상'이라는 세트 기획이 새롭거나 혹은 새삼스러운 발견의 계기를 제공한다는 점에서 자신의 역할 중 절반 이상을 성공적으로 완수했다면, 나머지 절반 이하(0~49퍼센트 사이의 어디쯤?)의 역할은 11편의 작품 중 한 편을 고르는 일이라 하겠다.

김솔의 「소설 작법」을 그 한 작품으로 뽑은 이유는 '소설 작법'이라는 제목이 암시하는 질문, 가령 '소설을 어떻게 쓸 것인가?' '소설이란 무엇인가?' 등의 질문과 씨름하기에는 신인 작가가 가장 적절하지 않은가 생각했기 때문이다. 신인 작가라면 모름지기 저런 질문을 던져야 한다는 말이 아니다. 저 질문을 전면에 내세우지 않고도 얼마든지 좋은 소설을 쓸 수 있다. 그럼에도 불구하고 굳이 '소설 작법'이라는 제목의 소설을 쓰려 한다면 눈을 한 번 더 크게 뜨게 된다. 너무 근본적이라 민망(憫惘)하거나 난망(難望)한 문제를 받아들고도 이를 뒤로 미루는 것은 작가의 자유이다. 더 잘 풀 수 있는 문제를 고르면 되는 것이다. 그런데 만약 미룰 수도 있는 문제를 굳이 풀어보겠다는 작가가 있다면, 그는 난제 앞에서 마침내 '동곳을 빼는' 한이 있더라도 아무튼 최선을 다할 것이다. 「소설 작법」은 한 행 한 행에 많은 메시지를 담고 있지만 행간에는 그보다 더 많은 메시지가 있다. 그래서 '소설 작법'은 '소설 독법'이기도 하다. 사실 「소설 작법」 속의 '소설 작법'이란 누군가의 소설을 읽는 데서 출발한다. 작가 김솔은 「소설 작법」을 썼지만, 아마도 그 역시 자신이 쓴 「소설 작법」을 다시 읽어야 할 것이다. 그렇게 해서 소설의 우물은 마르지 않을 것이다. _이수형(문학평론가)

잔재미에 만족하지 않고 진실한 이야기를 하는 작가

제3회 웹진문지문학상 후보에 오른 작품들 중에는, 등단 후 충실하게 자신의 세계관을 다져와 어느덧 이제는 자신의 작품들이 그 세계관의 건실함을 증명해야 하는 단계에 이른 이들의 것이 있었다면, 상대적으로 대중이나 평단에게는 생소할지라도 지금 쓰고 있는 텍스트들이 향후 구축될 자신의 소설적 세계의 윤곽을 미리 예감하게 만들어주는 것도 있었다. 1년 동안 선정한 11편의 작품들이 모든 독자들의 취향을 공평하게 만족시켰다고 믿지는 않지만, 우리는 제도로서 수여되는 이 상이 양자의 경우를 모두 격려하는 데 공정하게 기여했기를 바랐다.

그러나, 11편 중에서 단 한 편을 고르는 작업은 쉬운 일이 아니었다. 이 선택의 근본적인 어려움을 이렇게 비유해볼 수 있을까. 세상에 존재하는 모든 작품을 한 권의 책으로 비유하자면, 한 작가의 개별적인 작품들은 이미 오랫동안 씌어지면서 축적된 작품들을 마무리하고 완성하는 에필로그이기도 하면서, 한편으로는 아직 씌어지지 않은 책의 서문이기도 하다. 앞에서 말했던 기준을 어설프게나마 적용해본다면 김이설, 박솔뫼, 손보미, 이장욱, 정용준, 최진영이 전자에 해당한다면 김금희, 김솔, 김엄지, 김희선, 이상우는 상대적으로 후자에 속하는 것처럼 보였다. 전자의 소설들에서 개별 작가들뿐만 아니라 동시대 한국 소설에 대한 우리 자신의 든든한 신뢰를 재확인할 수 있었다면, 후자의 소설들에서는 패기와 개성 그리고 한국 문학의 진화의 향배를 가늠해볼 수 있었다. 전자에서 나는 특유의 단편 미학을 선보이며 그 누구보다 빠르게 평단의 지지를 획득한 손보미의 개성적 구성력과 독보적으로 마성적인 작품들을 쓰고 있는 박솔뫼의 미학적 야성에 주목하였고, 후자에서는 흥미로운 메타소설을 쓴 김솔의 활달한 지성과 세상을 과감하게 먼지 더미로 만들 수 있었던 이상우의 허무적 패기에 관심이 갔다. 이 작품들의 경우 대개 기왕에 씌어졌던 자신들의 작품들의 가치를 증명하는 데 충분히 성공했지만, 자신이 구축한 미학적 세계마저도 서슴없이 넘어서는 부분이 있기를 바랐다. 다소 욕심일 수 있지만, 결국 독자가 기대하는 것이 멋진 에필로그이자, 자기 자신까지도 파열시키는 놀라운 서문이기 때문인지도 모른다.

　고민 끝에 남겨놓은 것은 박솔뫼와 김솔의 작품이었다. 박솔뫼의 「너무의 극장」은 제목의 특이성이 암시하는 바 그대로, 소설 언어로서 '연극성'을 구현해내는 신기한 작품이다. 그러한 성격은 이 작가 특유의 세대성과 만나면서 특별히 문제적인 것으로 변모한다. 박솔뫼의 텍스트는 시종일관 갈팡질팡 주저하면서 텍스트를 충동적 언어의 분열과 망상의 무대로 연출하고, 소설의 관객으로 입장했던 독자를 어느 순간 무대의 한가운데로 기어이 끌어내버린다. 일전에 나는 (세대론이 유효하다는 가정하에서) 이 작가의 작품이 미학적 세대 의식의 가장 첨예한 갈등 지점이 될 것 같다고 말한 바 있는데, 심사 과정에서도 그러한 면모를 유감없이 확인할 수 있었다. 작년에 등단한 김솔의 「소설 작법」은 외양과 달리 주제 면에서는 소설의 존재론을 독자의 문제와 결부시켜 고민했던, 상대적으로 고전적이고 진지한 작품이다. 그러나 이 작품이 일반적인 메타소설의 패러디 문법에 머문 것은 아니다. 특히 진짜와 가짜의 변증법이 역전되는 대목에서 우리는 이 작품이 단순히 진짜와 가짜의 경계를 혼란스럽게 만드는 데에서 획득되는 포스트모던한 잔재미에 만족하지 않고, 진실한 이야기라는 것이 어떻게 창조될 수 있는가 하는 질문에까지 도달하려는 의지로 충만해 있다는 것을 엿볼 수 있었다. 박솔뫼가 세대론적 전선을 무의식적으로 긋고 있었다면, 김솔은 보다 보편적인 문제에 대한 지적이면서 자기 의식적인 탐색을 성찰적으로 시도하고 있는 셈이다. 무엇을 선택해도 모험이었고, 거꾸로 말하자면 누구를 선택해도 '웹진문지문학상'이 추구하는 방향에 비추어 의미 있을 것이라 생각했다. 결국 우리는 김솔의 자기 의식적 반성이 펼쳐내는 보편적 성찰성에 내기를 걸기로 합의했다. 앞으로도 이 작가가 소설적 보편성의 심연을 열어젖힐 흥미로운 서문들을 계속해서 써줄 것이라고 우리는 기대한다. _강동호(문학평론가)

수상 소감

—

글은 그저 글일 뿐이라고 간주해주는 게 내 글의 적절한 독서법
역시 아직은 예술에 속해 있는 것이 아니라 단지 예술의 역사에……

언젠가 술자리에서 이런 이야기를 들었습니다. "그건 마치 밤새 쓴 연애편지를 아침에 부치는 일과 같지요."

무슨 이야기 다음에 나온 말인지는 기억나지 않지만 그렇게 말한 후배의 표정은 분명하게 기억할 수 있습니다. 아마 이렇게 말하려고 했을 겁니다.

"그처럼 어리석은 짓은 하지 않으시는 게 좋지 않을까요?"

돌이켜보면 나이 마흔이 넘도록 저는 제 삶을 깊이 사랑하지 않았습니다. 굳건한 신념으로 시대의 숨통을 터준 적도 없었고, 찬란한 사랑에 이끌려 파멸을 공모한 적도 없었으며, 숭고한 인류애를 근육의 노동만으로 증명해 보인 적도, 그렇다고 죽살이의 경계를 넘나들며 처연하게 방랑한 적도 없었습니다. 그저 어둠에 젖은 들개처럼 음험한 책들을 기웃거리면서 저의 무덤이 될 자리를 찾고 있었을 뿐입니다. 운이 좋다면 먼지 위에 누워 있다가 갑자기 들이닥친 바람칼에 잘려 한순간 흩어지게 되는 꿈을 품었습니다. 하지만 그 위를 걷기에 꿈은 너무 희미하였고 제 발바닥은 너무 뾰족하였습니다. 그리고 누군가의 꿈으로 빚어진 자에게 불면증은 곧 불임증을 의미한다는 사실을 너무 늦게 깨달았습니다.

현재의 문학과 독서 시장에 대해 아무런 공헌도 하지 않은 제가 이런 상을 받는 건 염치없는 짓이 분명합니다. 더욱이 오만하게도 수상작의 제목이 '소설 작법'이라니요. 저는 겨우 서너 편의 소설을 썼을 뿐인데 말입니다. 소설가가 되고 싶다는 젊은 독자로부터 최근에 메일 한 통을 받고 어렵사리 회신을 했는데, 제 수상 소식이 그를 가장 먼저 실망시킬 것 같아 너무 두렵습니다. 그래서 이 글로나마 중언부언을 하지 않을 수가 없습니다. 제 글쓰기는 '모든 글은 고작 글에 대한 글일 따름이다'라는 문장에 밑줄을 긋기 시작한 뒤부터 시작되었습니다. 그러니까 저는 '소설 작법'의 원작자가 아니라, 수십 편의 소설들을 읽고 단장취의(斷章取義)한 무명의 편집자에 불과합니다. 그리고 어제 저녁 당신의 일기장을 몰래 수정했다는 사실마저 고백합니다.

그래도 한때는 작가의 제1사명이란 "요절하지 않는 것!"이라고 설파하던 시절도 있었습니다. 박해와도 같은 고독을 견뎌낸 뒤, 세상의 모든 책들의 가능성을 반영한 책 한 권을 겨드랑이에 끼고 시전 한복판으로 걸어 들어가 맨발로 작두를 타면서, 천문을 묻는 자들에게 죽비를 휘갈기는 삶을 상상하기도 하였습니다. 하지만 지금은 작두는커녕 독자의 혀를 볼 때마다 몸을 옹송그리고 가슴을 졸입니다. 글은 그저 글일 뿐이라고 간주해주시길. 그게 제 글의 적절한 독서법입니다. 왜냐하면 저 역시 아직은 '예술에 속해 있는 것이 아니라 단지 예술의 역사에 속해 있기 때문'입니다.

어느 시인의 표현처럼 종이가 나무의 유전자를 지녔다면, 작가들은 그저 나무의 유전자를 실어 나르는 숙주에 불과한 존재일 텐데도, 그들은 여전히 마실 수 있거나 입을 수 있거나 먹을 수 있는 글들을 쓰지 않으면서 나무의 몸뚱이만을 소비하고 있습니다. 지구 온난화는 나무를 죽이는 그들의 글 때문입니다. 작가들에겐 속죄를 위한 사순절과도 같은 식목일이 국경일로 복귀된다면 제가 좀더 편안하게 글을 쓸 수도 있을 것 같습니다. 감사해야 할 사람들의 이름을 이곳에서 일일이 부르지 않는 까닭도 나무에게 속죄하기 위해서입니다.

그래도 한 톨의 씨앗으로부터 숲의 규모와 쓸모를 짐작하고 기꺼이 물과 거름을 내어준 문학과지성사에 진심으로 감사드립니다. 1995년 여름 제생애 처음 써본 A4 250매짜리 소설을 투고하였을 때 수십 페이지에 걸쳐 친절하게 밑줄을 그어주고 맞춤법을 교정하여 등기우편으로 반송해주신 덕분에 제가 지금 이 자리에 서 있게 되었음을 고백합니다.

이 존엄한 상(賞)은 제 기억 안팎의 사람들을 한자리에 불러 모을 것이고 그들과의 유쾌한 대화와 해프닝 속에서 스스로 권위를 높고 단단하게 만들 것이라고 믿습니다.

수상 소감을 장황하게 쓰는 것이야 말로, 밤새 쓴 연애편지를 아침에 부치는 일과 같을 것입니다. 제 소설보다도 더 늙고 웅숭깊은 소주잔의 바닥에서 조만간 만나 뵙지요. 감사합니다.

2013. 2. 4 김 솔

제 3 회
웹 진 문 지 문 학 상 수 상 작
2012년 11월
이 달 의 소 설

소설 작법

김솔

1973년 광주에서 태어났다. 고려대학교 기계공학과를 졸업하였고 2012년 『한국일보』 신춘문예에 당선되며 작품 활동을 시작했다.

작 가 노 트

엔요노 카타마리(えんりょのかたまり) : 서로 사양하느라 남긴 음식 또는 덩어리.
가라탄바(辛丹波) : 청주의 상품명. 시디시고 붉은 파도가 목구멍에서 너울
댄다고 함.

프랑스의 바칼로레아 같은 시험에서나 제시될 법한 질문.
"가라탄바는 과연 엔요노 카타마리가 될 수 있는가?"
정답.
"인연에 따라 가라탄바 한 병의 용량은 변하므로 결코 엔요노 카타마리는
될 수 없다."
결과1.
"당신에겐 상아탑보다 술집이 어울리겠소. 탈락."
결과2.
"축하하오. 드디어 당신만의 술집을 열었구려. 자주 들러서 파도타기를 해
도 되겠소?"

● ‥

소설 작법

—

오후 3시 생선 굽는 냇내가 잠시 걷힐 때쯤 골목에 나타난 노인은 〈서천집〉의 미닫이문을 열고 들어가 고등어구이와 막걸리를 주문하였다. 〈서천집〉 주인은 노인을 알아보고 접시에 꽁치 한 마리를 덤으로 담았지만 노인은 고작 고등어 반 토막과 막걸리 반병만을 해치운 채 자리에서 일어났다. 그리고 골목 끝의 구멍가게에서 아이스크림을 사더니 전태일 동상 앞으로 걸어가 아이스크림의 포장을 벗기고 전태일의 오른손 앞에 내려놓은 다음 벤치에 앉아 담배 한 개비를 물었다. 그러나 불을 붙이진 않았다. 두 번 다시 분신하지 못하도록 청동 구속복을 껴입힌 전태일은 아이스크림을 집어 들지 못했다. 전태일의 손은 재봉 바늘을 쥐기엔 너무 크고 뭉뚝해서 그의 경력뿐만 아니라 조각가의 미적 감각까지 의심하게 만들었다. 차라리 그것은 깃발을 쥐는 데 더 적합해 보여서 그것으로 허공을 한 바퀴 크게 휘저으면 수만 명의 민중이 몇

세대를 단번에 뛰어넘어 그의 앞으로 몰려올 것만 같았다. 회한과도 같은 식곤증으로 노인의 시야가 흐려진 틈을 타서 서너 마리의 비둘기들이 아이스크림 주변으로 모여들었으나, 반대편 벤치에 앉아 줄곧 노인을 지켜보던 남루한 사내의 죽비 소리에 놀라 일제히 목을 꺾고 날아올랐다. 노인마저 담배를 떨어뜨린 채 전태일의 그림자 밖까지 물러나자, 비둘기의 천적인 사내는 아이스크림을 집어 들고 행복한 표정으로 핥기 시작했다.

그런데 정말 그 노인이 전태일의 동료였을까요? 사실 확인도 없이 그 노인의 말만 믿고 글을 썼다가 나중에 명예훼손으로 고발당할 수도 있지 않을까요? 스승님의 말씀처럼 진실이란 고작, 만화경 속을 들여다보면서 우연의 의미를 찾는 자들에게만 잠시 드러나는 무늬에 불과할 테니까요.

나는 공손승과 도메크의 얼굴을 번갈아 쳐다보았다. 하지만 도메크의 뜨악한 표정 앞에서 곧 후회하였는데, 그는 자신의 이야기를 받아 적는 데 필요한 질문 이외의 호기심을 불쾌하게 여겼기 때문이다. "그 당시 동대문 평화시장엔 2만 명의 피복 노동자들이 있었지. 설령 전태일이 그들을 모두 알지 못했더라도, 전태일의 분신 이후 안팎으로 생겨난 변화에 영향을 받지 않은 자는 단 한 명도 없었을 테니까, 명예훼손을 거들먹거리는 자들이야말로 오히려 전태일을 욕보였다는 비난을 받아 마땅하겠지. 게다가 나는 〈서천집〉에서 노인의 이런 넋두리를 똑똑히 들었다네. '결국 태일의 죽음을 헛되이하고 말았군.' 그래서 나는 노인이 숨긴 서사의 진가를 확신할 수 있었다네. 노파심에서 다시 말하지만, 우린 지금 무협소설이나 야설을 쓰는 게 아냐. 특히, 마사오, 자네는 지금 자신이 쓰고 있는 이 글에 좀더 집중할 필요가 있어. 작가가 화자를 의심하는 순간, 독자는 작가의 면상을 향해 책을 집어 던지고 말테니까. 자, 이제 공손승, 자네가 쓴 글을 읽을 차례로군."

전라도 출신인 노인은 중학교를 마치자마자 무일푼으로 상경하여 동대문 평화상가의 피복 노동자가 되었다. 타고난 손재주와 온화한 성정, 그리고 성실한 기질 덕분에 그는 스무 살이 되기도 전에 미싱사로 명성을 얻게 되었다. 하지만 전태일의 분신 소식은 그의 안정적인 삶을 단숨에 무너뜨렸고 1년여 동안의 방탕으로도 허무감을 제압하지 못하자 그는 미련 없이 동대문을 떠났다. 그의 빈자리를 채운 수많은 소문들 중에는, 그가 전태일의 배후로 지목되어 남산 대공분실에서 가혹한 고문을 받았고 사지가 비틀린 채 간신히 풀려나 고향 입구에 버려졌다는 것도 포함되어 있었다. 하지만 그는 동대문을 떠나 5년여 동안 강원도에서 하사관으로 복무하였고 전역한 뒤로는 서울 근교에서 전통 가죽신을 만드는 장인의 집에 사숙하며 가죽신 만드는 일을 배웠다. 전통을 아편 정도로 여기는 세태를 거슬러 찾아온 청년의 이력과 목적이 몹시 의심스러웠지만, 몇 차례의 혹독한 테스트를 통해 그의 재능과 의지를 확인한 화혜장(靴鞋匠) 장인은 그를 첫번째이자 열두번째 제자로 삼고 세상의 모든 이해관계를 끊은 채 산업화의 대홍수 이후에도 살아남을 방주를 만들기 시작했다. 한 달에 하루 쉬는 날이면 안동까지 내려가 누비장(縷緋匠)을 사사하는 제자에게서 청출어람의 보람을 느낀 것도 잠시, 스승은 곧 불편한 경쟁심과 조급함에 사로잡히게 되었고, 제자의 반대에도 불구하고 자신의 전 재산에다 은행 대출금까지 보태어 여러

사업들에 의욕적으로 투자하였으나, 세인들의 몰이해와 유전적 불운에 부딪혀 치명적인 실패를 거듭하고 말았다. 채무자들에게 자신을 죽은 자로 위장하기 위해 무덤보다도 더 어두운 골방으로 숨어든 스승의 부활을 위해, 제자는 전태일의 망령이 사라진 동대문으로 되돌아왔다.

내가 공손승 자네라면 이 단락을 무조건 절반 분량으로 줄일 걸세. 물론, 이런 배경 설명이 독자들의 이해를 도울 수는 있겠지만 곧 그들은 작가의 오지랖에 싫증나고 말 거야. 게다가 우린 지금 위인전을 쓰고 있는 게 아니잖나? 한 인간의 일생을 통째로 담기에 소설책의 지면은 늘 부족한 법이지. 그리고 내가 여러 번 강조했듯이, 아무리 흥미로운 이야기라도 그것이 실제로 존재하는 인물의 경험에서 비롯된 것이라면 필경 표절 시비에 휘말릴 수밖에 없다는 걸 명심하게나. 인터넷과 개인 통신 장비들의 발달은 개인이라는 사금을 대중이라는 감흙으로 환원시키고 있다네. 독자들은 이미 자신들이 읽고 싶은 이야기대로 살아가고 있기 때문에, 굳이 작가와 책을 찾을 필요가 없게 된 것이지.

도메크는 난처한 표정으로 우리를 번갈아 쳐다보았고 우리는 동곳을 뺀 채 어디서부터 다시 퇴고를 시작해야 할지 몰라 연신 거위침을 삼켰을 따름이다. 하지만 거기서 오전의 창작 시간은 중지되고 말았는데, 작가 지망생들을 대상으로 하는 도메크의 문학 강의가 10시부터 예정되어 있어서 나와 공손승은 강의실을 정리하고 수강생들을 안내하며 출석을 확인해야 했기 때문이다. 그 전에 우리는 옥상에서 각각 담배 두 개비씩 피웠다.

꼰대의 잔소리 없이 홀로 터득한 무림 최고의 방술로 대륙 곳곳의 이름난 협객들을 하나씩 쓰러뜨려가던 소요강호의 시절이 요즘은 너무 그리워.

공손승(公孫勝)은 『수호지』에 등장하는 서른세 명의 천강성(天罡星) 중 한 명이자 양산박의 네번째 두령으로서 도술에 능하며 송문고정검(松文古定劒)을 지니고 다닌다. 일본 관능소설의 시조인 단 오니로쿠(團鬼六)의 소설 『오욕의 꽃』에는 추남에다 대학 중퇴자인 마사오가 주인공으로 등장하는데, 그는 대가도 받지 않고 자신에게 숙식을 제공했던 친구의 약혼녀와 언니를 차례대로 능욕할 만큼 파렴치하다. 그렇다고 이 소설을 쓰고 있는 우리가 현실 세계에서 진짜로 그런 재주와 악덕을 지녔다는 건 결코 아니라고, 한때 무협소설과 야설을 썼던 우리는 자극적이고 기괴하지 않으면 결코 주목받을 수 없는 사이버 세계 속에서 살아남기 위해서 그런 필명들을 사용했으며, 조회 수에 따라 원고료가 지급되는 시스템에 방해가 되는 개연성과 윤리 따위는 전혀 괘념치 않았음을 고백하겠다. 하지만 현실감 없는 망상에 사로잡혀 점점 괴물로 변해가고 있는 자신들을 미궁 밖으로 탈출시키기 위해, 우리는 소위 순수 작품들을 완성하여 야곱의 사다리 같은 문학상에 수차례 응모해보았지만 단 한 번도 심사위원들의 호명을 받지 못한 채 소태 같은 패배감을 맛보아야 했다. 나중에 도메크가 진단하길, 우리의 글에는 순차적 서사와 기승전결의 리듬이나 교훈적 메시지가 부족한 반면, 전형적 인물들의 모호한 대립과 상투적인 표현들만이 넘쳐나기 때문에 거듭 실패하는 것이었다. 하지만 공손승은 박진감 넘치는 동작 묘사에서 나를 앞서 있고, 나는 감정의 미세한 흐름을 읽어내는 데 공손승보다 낫기 때문에

야곱의 사다리로 오를 희망이 전혀 없는 것도 아니라고 말해서, 도메크
는 우리를 감동시켰다.

도메크Domecqu의 본명은 오노리오 부스토스 도메크Honorio
Bustos Domecq인데, 호르헤 루이스 보르헤스Jorge Luis Borges와 아
돌포 비오이 카사레스Adolfo Bioy Casares가 함께 탐정소설을 쓰면서
만들어낸 필명이었다. 그렇다고 우리의 스승이 탐정소설을 썼던 것은
아니다. 주로 중산층 인물들의 권태와 부조리한 윤리 의식을 고발하는
데 지면을 많이 할애했던 스승은 자신이 표절 작가로 낙인찍혀 있어서
더 이상 공개적인 활동을 할 수 없게 되자 불가피하게 그런 이름 뒤에
숨었으며, 나와 공손승처럼 재능 있는 작가들을 발굴하고 지도하여 화
려하게 등단시키는 것으로 회개와 함께 복수를 실천하고 있다고 고백
했다.

우리는 인터넷으로 그의 원래 이름과 학력과 등단 연도와 작품들과
수상 경력을 사진과 함께 확인하였다. 그리고 그의 필화와 관련된 신문
기사들을 모두 읽고 난 뒤부터 그의 진심을 전혀 의심하지 않게 되었다.

인사동 막걸리집에서 공손승과 함께 처음 만난 도메크가 말했다.
"표절을 피하는 방법은 1인 창작에서 공동 창작으로 소설 작법을 바꾸
는 것이지. 모든 경전들이 그렇게 탄생하였고 바흐나 고흐도 그런 방식
이 아니고선 그토록 많은 작품을 남길 수 없었을 거야." 그러곤 막걸리
두 병을 비운 뒤 거나하게 취해서 소리쳤다. "좋아. 내가 표절했다는
건 인정한다. 하지만 그 문장은 원래 그런 상황을 설명하기 위해서 신

이 만들어놓은 것이니까 누구든 죄책감 없이 공짜로 가져다 쓸 수 있는 거야. 다만 그 스페인 작가가 먼저 사용했을 뿐. 왜냐하면 내가 운 나쁘게도 그보다 늦게 태어났으니까. 만약 가능했다면, 마치 특허나 실용신안 권리를 빌리듯, 나는 정당한 돈을 지불해서라도 그 문장을 사 왔을 거야. 하지만 그는 이미 4백 년 전에 죽었고 그의 유족들 중 몇 명이 아직까지 살아남아 있는지 아무도 알지 못했어. 제대로 변론할 기회조차 주지 않은 채 내 이름과 작품만을 화형대 위에 세우고 매일 마녀 재판이 벌어지는데, 그땐 내가 머무는 곳마다 지옥이었고 출구는 술독 안에서 잠시 반짝였으나 바닥이 드러나면 또다시 고통이 생채기를 깨워댔지. 설령 할복자살을 했더라도 부관참시에다 화형을 피하진 못했을 거야. 물론 그 문장의 출처를 떳떳하게 밝히고 패스티시pastiche 기법이라고 우길 수도 있었지만, 그럴 경우 내 소설은 누더기가 되었을 것이고 나의 병적인 결벽증이 끝내 그것을 미완성 상태로 내 서랍 속에 처박았을 게 분명해. 그래서 도박을 한 것인데, 문예지에 실려 한 달 정도 굴러다니다가 조용히 묻힐 줄 알았던 작품이 문학상까지 받게 되리라고는 미처 상상하지 못했어. 파국은 가히 찬란했지. 주홍글씨를 새기는 것만으로는 분이 풀리지 않았는지 평론가와 독자들은 나의 이전 소설들과 개인사까지 파헤치기 시작하더군. 의심스러운 문장들과 거짓 이력이 인터넷을 타고 곳곳에 효시(梟示)되었어. 하지만 내 아들이 혼외정사로 태어났다는 사실과 내 소설들 사이에 도대체 무슨 연관이 있다는 거야?"

강의실엔 이미 스무 명가량의 사람들이 앉아 있었다. 하나같이 나이와 성별이 모호한 그들은 독자의 역할을 대사 없이 사라지는 단역배우 정도로 여기고, 스스로 작가가 되어 자신들이 읽고 싶은 이야기들을 글로 퍼뜨리기 위한 공인 자격증을 얻으려고 모여들었다. 정작 그들의 목적은 욕조 같은 서재에 처박혀 나르시시즘으로 번질거리는 자신의 삶을 홀로 반추하는 것이지, 카페 같은 곳에 사람들을 불러 모으고 자신의 이야기가 인간의 진화에 어떤 영향을 미칠 수 있는지 설명하는 것은 아니었으므로, 설령 문단의 관변 단체가 지원자들로부터 가입 증서와 가입비를 접수하고 그들의 나이와 학력에 따라 1급 또는 2급 자격증을 발급해준다고 한들 소돔과 고모라의 재등장을 부추길 것 같지는 않았다. 그런데도 여전히 갖가지 등용문들 앞에 험상궂은 문지기들을 세우고 서서 통행자들의 숫자를 엄격하게 제한하고 있는 걸 보면, 아직도 문제적 작가와 전복적 책 들의 신성한 가치를 신봉하는 예술지상주의자들이 득세하고 있는 게 분명했다. 하지만 우리 앞에는 형형한 혁명가의 광채를 지닌 자들 대신 갖가지 콤플렉스로 고통을 받고 있는 스무 명가량의 사회 부적격자들만이 서로를 경계하며 사시나무처럼 앉아 있었을 따름이다. 우리는 도메크가 강의 내내 불편해하지 않도록 수강생들의 책걸상들을 원고지의 사각 칸 속에 하나씩 나란히 맞추고 모자나 요란한 액세서리를 제거하였다. 우리는 이미 등단한 작가들로 소개되었기 때문에 준엄한 서열 의식에 의해 존경과 복종의 예를 갖추지 않는 자는 없었다. 장로교 목사처럼 등장한 도메크를 향해 우레와 같은 박수가 쏟아지자 우리는 강의실을 빠져나왔다. 그리고 옥상에서 담배 두 개비씩을 또 해치웠다.

독자들이 다 사라지고 작가들만 남으면, 우린 누구한테 책을 팔지? 그땐 책 대신 독자들을 팔면 되지.

20여 년 전 동대문 평화시장에서 재봉 솜씨가 가장 뛰어났던 미싱사를 기억하는 사람은 없었다. 전태일이 분신한 이후에도 노동자들의 삶은 크게 나아지지 않았고 일자리 하나를 두고 근로기준법이 적용되지 않는 기계들과 경쟁하지 않으면 안 되었다. 하지만 냉전 종식 이후 평화와 풍요에 대한 기대감 덕분에 패션 산업이 크게 성장하면서, 지적 재산권과 최저임금의 윤리로부터 격리된 동대문 주변의 의류 공장들이 불야성을 이루었다. 귀 막고 입 닫은 채 수상한 시절을 용케 버텨낸 미싱사들은 제 이름의 옷가게와 중형 아파트를 갖게 되었고 그들 사이를 매일 중형 고급 승용차로 옮겨 다녔다. 노인은 그들을 찾아가 옛 기억들을 담보로 자금을 변통하려 하였으나 곳간에서 인심 난다는 속담의 용도를 확인할 수 없었다. 그리하여 노인은 관광 기념품을 찾고 있는 외국 관광객들을 상대로 전통 가죽신을 팔려던 계획을 일시적으로나마 포기하지 않으면 안 되었다. 대신 노인은 소규모의 가방 공장에 취업하여 가죽을 재단하고 바느질하는 일을 시작하였다. 그리고 대기업에 가방을 납품하는 중소기업의 공장장으로 스카우트되기까지 고작 2년밖에 걸리지 않았다. 그는 거기서 세상의 모든 명품 가방들의 비밀과 마케팅 전략을 샅샅이 뜯어본 뒤 유행의 패턴과 사업성을 발견하였다. 그리하여 다시 2년 뒤 퇴직하자마자 자신이 만든 가짜 명품 가방을 들고 동대문시장 제일의 재력가를 찾아가서는 공장을 세우고 가게를 얻는 데 필요한 돈을 빌렸다. 기계나 저임금 이주 노동자들의 도움 없이 노인 혼자서 만들어낸 가짜 명품 가방은 진짜 같은 품질과 진짜보다 훨씬 싼 가격 때문에 웃돈이 내걸린 채 거래되었으나, 어느 누구도 노인의 행색과 밥상 위의 반찬만으로는 그의 재산을 짐작할 수 없었으니, 그가 재력가와 약속한 날짜보다 1년이나 일찍, 그것도 빌린 돈의 세 배나 되는 이자까지 갚았고, 공장과 가게를 정리하고 남은 돈을 직원들에게 공평하게 나누어준 다음 빈손으로 동대문을 떠났다는 소문을 들었을 때, 놀라지 않는 자는 단 한 명도 없었다. 노인의 잠적 이후로 가짜 명품 가방을 만들고 파는 장사꾼들이 우후죽순처럼 늘어났지만 그들의 조악한 제품들은 눈썰미 있는 단속반을 속이지 못한 채 전량 압수 폐기되었으며 어마어마한 추징금을 내느라 동대문 제일의 재력가에게서 고리 빚을 져야 했다.

네 말대로 『신(新)허생전』을 쓰고 싶다면, 노인이 동대문시장 제일의 재력가를 만났을 때, 허생이 장안의 갑부인 변 씨(卞氏)를 찾아가 1만 냥을 빌릴 때의 당당하고도 뻔뻔스러운 모습을 고스란히 재현해야 했어.
어차피 우리 이외엔 아무도 읽지 않을 소설인데 뭐라고 쓴들 누가 관심이나 갖겠어?
설마 도메크의 약속을 벌써 잊은 건 아니겠지? 그는 우리가 함께 만든 소설책을 전국의 서점들에 배포하겠다고 했잖아? 그러면 누군가는 분명히 그걸 읽고 우리에게 연락해올 거야. 그때 궁색한 변명이라도 늘어놓으려면 원고를 인쇄소에 넘기기 직전까지는 최선을 다해 퇴고하는 수밖에. 일단 책이 등장하고 나면 작가조차 그것의 운명에 개입할 수가 없을 테니까. 네가 맡아서 완성하기로 한 단락이었지만 나라면 이렇게 쓰겠어.

전태일이 분신한 지 20여 년이 지나고 노인은 동대문시장으로 다시 돌아왔다. 이젠 모든 노동자들이 근로기준법의 목적에 대해 알고 있었고 한 달에 한 번씩 휴가를 얻게 되었으며 나이 어린 노동자들과 그들을 은밀하게 고용하는 사업주들을 찾아볼 수 없게 되었으나, 노동환경은 전태일의 기대와는 달리 여전히 열악했고 만능 직조 기계들의 보급으로 고임금 숙련자들은 매일 퇴출의 공포에 시달리고 있었다. 한때 강철 같은 노동자였으나 용케 시대의 광기에서 벗어날 수 있었던 미싱사들은 이미 살찐 자본가들로 변신하여 가난한 이주 노동자들의 삶을 착취하고 있었다. 노인은 부조리한 세상을 조롱하기로 결심했다. 그래서 우선 가방 공장에 취업하여 실력과 경험을 쌓았고 2년 만에 주머니 속의 송곳처럼 동종업계 최고의 기술자로 명성을 날리게 되었다. 이후 대기업에 가방을 납품하는 중소기업의 공장장으로 스카우트되어 세상의 모든 명품 가방들을 뜯어보면서 명품의 비밀과 그것을 둘러싼 사회계층 간의 권력투쟁에 대해서도 이해할 수 있게 되었다. 그리고 지적 재산권을 앞세운 자본주의가 심화될수록 가짜 명품을 사고파는 시장도 필연적으로 성장하리라는 예측을 확신하게 되었다. 2년여의 시간이 흐르고 마침내 자신의 뜻을 펼칠 준비를 끝낸 노인은 공장장을 그만두고 동대문 시장 제일의 재력가를 찾아가 자신이 만든 가짜 명품 가방을 건넸다. 재력가는 코웃음을 치며, 수백만 원에 육박하는 명품 가방을 살지언정 그 가격의 절반에 육박하는 가짜 명품 가방으로 허영심을 해결할 사람은 없을 것이라고 장담했다. 하지만 노인의 명성과 누비장 장인의 담보를 확인한 재력가는, 3년 안에 원금과 원금의 세 배를 이자로 갚는 조건으로 돈을 빌려주었다. 노인은 곧 손바닥만 한 지하 공장에 재봉틀 한 대를 놓고 혼자서 가짜 명품 가방을 만들기 시작하였고, 상품을 유통시킨 지 2년 만에 소비자와 상인 사이에서 루이비통 공장의 수석 기술자로 알려지게 되면서 큰돈을 벌게 되었다. 노인은 재력가와의 약속보다 1년이나 일찍 빚을 갚았고, 공장과 가게를 처분한 돈은 직원들에게 똑같이 나누어준 다음 미련 없이 동대문을 떠났다. 노인의 성공 신화에 고무된 미싱사들이 앞다투어 가짜 명품 사업에 뛰어들었지만 진품의 절반 수준에도 못 미치는 품질과 진품에 육박하는 가격 때문에 소비자와 상인의 원성을 사더니 결국 상표법 위반으로 고발되어 대부분 파산하고 말았다.

하지만 네 글 속에는 도메크가 말하지 않았던 사실까지 포함되어 있어. 더군다나 명품의 실제 이름까지 들먹이다니. 그걸 알게 되는 즉시 도메크는 너에게 명품 잔소리를 늘어놓을 게 틀림없어. 생각만 해도 벌써 머리가 아파온다.

표절 시비에 휘말리지 않기 위해서 실제 존재하는 인물들의 이야기를 강조했던 자가 도메크였다는 사실을 너는 기억해야 해. 게다가 실재하는 이름들은 소설 속에서 소구(訴求) 장치이자 거짓 리얼리티의 소도구가 되어줄 수 있다고 우린 그에게서 분명히 배웠어.

하지만 가공하기에 앞서 도메크에게 허락 정도는 받아야 하는 게 아닐까? 그건 그렇고 여전히 쉽게 이해 안 되는 사실이 있어. 만약 노인의 기술이 명품 제작자들의 그것과 필적했다면 굳이 가짜를 만들어 위험을 자초할 필요 없이, 자신의 고유한 브랜드를 달아 합법적으로 파는 게 훨씬 낫지 않았을까?

난 네가 『신(新)허생전』을 쓰겠다고 호언장담하기에 그 이유 정도는 이해했을 줄 알았는데.

도메크의 이야기 속에서 나는, 엉성하기 이를 데 없는 세상에서 반영웅이 등장하는 건 의외로 쉽다는 메시지를 읽었던 거지. 그게 허생전의 주제가 아니었던가?

노인의 이데올로기를 이해하려면 도메크의 각주부터 기억해야 하지. 내가 수첩에 옮겨 적은 걸 그대로 읽어줄게. "자본주의가 팔지 못하는 건 없다. 가짜는 민주주의를 실천한다. 그리고 가짜 명품의 수요가 줄어들었다는 것은 곧 중산층과 민주주의가 공멸의 위기에 처했다는 걸 의미한다."

　　점심시간이 되었다. 그 전에 우리는 강의실로 돌아갔다. 도메크는 어제와 다름없이 불멸하는 문학의 위대함과 작가로서의 고단한 삶과 평론가와 출판 편집자들의 무능함에 대해 차례로 이야기했을 것이다. 그리고 이곳에서 자신이 주도하고 있는 획기적인 프로젝트가 문학의 종말을 막고 작가와 독자 사이의 거리를 좁힐 수 있을 것이라고 강변했으리라. 강의실 앞에서 서성거리는 우리를 발견하자 도메크는 서둘러 강의를 마치고 강단을 우리에게 양보하였다. 공손승은 의자에서 일어서려는 작가 지망생들을 공손히 앉혔고 나는 홈쇼핑 채널에 등장한 바람잡이처럼 공지 사항을 장황하게 읊었다.

　　인터넷과 개인 통신 장비들의 발달은 작가와 독자를 더 이상 순수한 상태로 존재할 수 없게 만들었다. 작가는 그저 그 책을 가장 먼저 읽은 독자일 뿐이고, 독자는 아직 자신의 글을 완성하지 못한 작가일 따름이며 그 둘을 분명하게 구별할 수 있는 방법은 없다. 그래서 우리는 게으른 작가와 겁 많은 독자를 자극하기 위해 의기투합하였다. 우리는 문학이 위태로워진 이유가, 작가와 독자 사이에 평론가나 출판사 편집자가 끼어들어 소통을 방해하고 메시지를 왜곡하고 있기 때문이라고 확신한다. 그래서 우리는 작가와 독자 사이에 오직 책들만을 놓아두고 서로 역할을 바꾸어가면서 직접 대화할 수 있도록 도우려 한다. 작가인 당신들이 10만 부의 책을 팔기 위해서 직접 10만 명의 독자를 구한다. 그러고 나면 10만 명의 독자들이 모두 작가들이 되고 다시 각각 10만 명의 독자들을 모집한다. 이런 과정을 반복하면 결국 모든 작가들은 수백만 명의 독자들을 거느리게 될 것이고 모든 독자들 역시 수십만 명의 작가들과 친분을 쌓게 될 것이니, 작가나 독자 어느 쪽도 더 이상 충성스런 동지와 안정된 수입원이 없다고 불평할 필요는 없다. 우리의 프로젝트를 성공하기 위해선 오늘 여기 모인 여러분의 투철한 사명감과 동료애가 필수적이다. 특히 여러분이 2기 수강생들이고, 1기 수강생이라고 해보았자 겨우 나와 저 친구 두 명뿐이었다는 사실을 기억해주기 바란다. 여러분이 각자 열 명씩의 작가이자 독자인 사람들을 확보해 오면 우리는 여러분 각자가 책을 출판할 수 있도록 교육과 자금을 적극 지원할 것이다. 물론 음습한 골방에 숨어서 책을 쓰고 읽던 여러분에게 가장 어려운 일들 중 하나가 새로운 사람들을 만나고 관계를 유지하는 것이리라. 그래서 여러분의 글은 대부분 경험이 아닌 상상의 산물이라는 걸 우린 잘 알고 있다. 하지만 인내심을 가지고 스스로를 천천히 변화시키려고 노력한다면 곧 놀라운 성과를 얻게 될 것이다. 앞으로 한 달간 진행될 강의의 수강료는 없다. 하지만 해박한 강사의 고급 강의에 무난히 적응하려면 여러분에겐 소위 예습과 복습이 필요할 것으로 생각된다. 그리고 훌륭한 작가이자 독자가 되려면 모름지기 브리태니커 백과사전 정도는 늘 가까이 두고 스스로 끊임없이 질의응답을 시도해야 할 것이다. 그건 여러분의 가족들을 위해서도 필요하다. 그래서 우리는 모든 책들의 책인 그것을 특별한 가격으로 제공하려 한다. 한 질은 여러분의 고독한 창작을 위해서, 또 한 질은 여러분의 고독한 창작 때문에 고독해진 가족들의 이해와 인내를 위해서. 머지않아 종이에 인쇄된 사전들은 절판될 예정이기 때문에 서둘러야 한다. 선택은 오로지 여러분의 몫이고 우리의 임무는 그저 여러분의 분명한 의사만을 확인하는 것이다. 구매 의사가 있는 자들부터 이 강의실을 나가서 점심시간의 여유를 즐겨라.

도메크와 우리는 가까운 중국집에 가서 짜장면 세 그릇과 양장피와 고량주 한 병을 주문했다. 두 순배쯤 돌았을 때 공손승이 도메크에게 물었다. "혹시 이번 마사오의 소설책에 붙일 만한 제목을 생각해두셨나요?" 두 시간 남짓 작가 지망생들 앞에서 장광설을 펼치느라 기진맥진한 도메크에게 허기는 갈증의 형태로 찾아온 것 같았다. 자신 앞에 놓인 짜장면은 거들떠보지도 않은 채 그는 또 한 잔의 고량주를 들이켰다. 평소 질문받기를 싫어하는 그였지만 술기운이 그의 과민함을 완화시켜주었다. "글쎄, 뭐가 좋을까? '신(新)허생전'이라는 제목은 너무 고리타분한 것 같아 싫어. 사실 나는 세상의 모든 소설들에게 가장 잘 어울리는 제목이라곤 오직 '라만차의 재기 발랄한 시골 기사 돈키호테'뿐이라고 생각하는 사람이지. 하지만 그렇게 성스러운 이름을 붙이기엔 우리 소설의 미덕은 너무 부족한 것 같아 유감이네. 하긴 이럴 시간마저 아껴서 퇴고하는 데 쓰는 게 나을 것 같군. 서둘러 잔을 비우고 돌아가세."

도메크가 『라만차의 재기 발랄한 시골 기사 돈키호테』에서 무단으로 차용했다가 발각된 문장은 이러하였다. "그게 전부요? 사랑 때문에 갤리선으로 보내진다면, 난 벌써 한참 전부터 그곳에서 노를 젓고 있었을 것이오."[1]

갤리선이 뭐죠?

막걸리 두 병에 사지가 풀린 도메크는 우리가 그때 처음으로 만났다는 사실도 잊은 채 자신이 들고 있던 막걸리를 공손승의 얼굴에 끼얹었다. 그러고는 육두문자를 퍼부어대더니 계산도 하지 않고 막걸리집을 나가버렸다. 그 이후로 갤리선이란 단어는 우리에게 악마의 단어로 취급되었는데, 후대 작가들에 의해 끊임없이 이어지는 표절의 악순환을 멈춰 세우기 위해 누군가 현실 속의 갤리선들을 모두 파괴해버렸기 때문에 우리 같은 후손들에겐 그 단어가 생소해졌을 수도 있겠다 싶었다.

가짜 명품 가방을 만들다가 체포된 사람들은 하나같이 자신들을 그 전설 같은 노인의 제자라고 소개하였다. 하지만 노인에 대한 그들의 증언에는 공통점이 전혀 없었고 그들이 장인이 되려면 수십여 년 동안의 시행착오가 족히 필요할 것 같았다. 재료 구입부터 제작, 판매까지 거의 혼자서 해치웠던 노인에게 그토록 많은 제자들이 있었을 리 없다. 공장과 가게를 정리하고 남은 돈을 노인에게서 나누어 받았다는 사람들 중 한 명만이라도 나타나서 가짜 제자들을 내쫓아내주었던들 그토록 오랫동안 혼란이 계속되지는 않았을 것이다. 아무튼 조악하기 이를 데 없는 가짜 명품들이 적발되어 폐기될수록 노인이 만든 가짜 명품 가방의 가격은 천정부지로 치솟았고, 동대문시장 상인들은 불행이라도 들이닥

---

1) 미겔 데 세르반테스, 『돈키호테』, 박철 옮김, 시공사, 2004, p. 28.

쳐 그를 강제로 귀환시키기를 희망하였다. 특히 동대문시장 제일의 재력가는 그 노인의 호기가 너무 그리운 나머지, 수십 명의 홍신소 직원들까지 동원하여 수개월 동안 그의 소재를 추적하였지만, 강원도 산골에서 배추 농사를 짓고 있다는 소문이나 지방의 요양 병원에서 호스피스를 하고 있다는 소문이 모두 거짓임을 확인하고 크게 실망하였다.

난 이런 이야기를 노인에게서 들은 적이 없는 것 같은데? 아마도 자네들에게 일종의 소설적 허용이 필요했던 모양이군. 좋아. 이야기의 진행상 필요한 단락이긴 한데, 그보다 먼저 노인의 이야기를 통해 자네들이 전달하고 싶은 메시지부터 분명하게 설정할 필요가 있을 것 같아. 노인들이야 하나같이 자신의 삶을 영웅의 그것과 혼동하여 기억하는 버릇들이 있으니까 곧이곧대로 옮겨 적을 필요는 없겠지. 그러니까 내가 하려는 말은, 그 노인은 그저 시대를 잘못 만나 자신의 뜻대로 인생을 펼치지 못한, 평범한 무명씨에 불과하다는 거야. 물론 젊어서 거창하게 생각한 바야 있었겠지. 그리고 전태일의 죽음을 목격하고 전통 장인을 사사할 때만 해도 그의 열정은 순수했을 거네. 하지만 어떤 이유에서건 가짜 명품을 만들기 시작하면서 그의 명분은 궁색해졌을 것이고, 성공을 수치스럽게 여겼을 수도 있지. 아니면 추악한 방법으로 긁어모은 재산을 도박과 계집질로 모두 탕진하고 야반도주했다는 게 진실에 더 가까울지도 모르지. 그래서 아직까지도 동대문시장 제일의 재력가가 홍신소 직원들을 동원해서 그를 추적하고 있는 건 아닐까? 사실 난 노인에게서 더 많은 이야기를 들었지만 수상한 부분들까지 자네들에게 들려주진 않았다네. 우리의 소설에는 명확한 주제와 그것을 형상화할 몇 가지의 사건들만 있으면 충분하지. 그리고 노인들의 삶은 소설로 담기엔 너무 길고 겨우 닮은 것들은 너무 식상하기 그지없지. 왜냐하면 노인들의 삶이란, 마치 갓난아이들의 삶이 그러하듯이, 수세기 동안 거의 변하지 않았기 때문이야. 마사오, 자네 소설의 독자들은 지금, 동대문시장 제일의 재력가에게 돈을 빌려 세상에 통쾌하게 복수한 노인이 5년여 뒤 왜 또다시 가짜 명품 가방을 만들게 되었는지 궁금해할 거야. 어서 이야기를 마무리 짓고 공손승의 소설을 시작하자고. 내가 어제 술집에서 만난 여자에게서 들은 이야기가 사그리 잊히기 전에.

전통 가죽신을 만드는 스승에게 다시 돌아간 노인의 헌신 덕분에 화혜장은 중요 무형문화재로 지정되었고 스승은 매달 국가로부터 전승 지원금을 지원받게 되었다. 그 소식에 지방 단체와 독지가들로부터 금전적 지원이 이어졌고, 무덤보다도 더 어두운 골방에서 죽은 자처럼 지내고 있는 스승의 이야기가 언론에 알려지면서 은행들은 스승의 빚을 탕감해주지 않을 수 없었다. 스승의 부활은, 그가 기술 자문으로 참여하여 제화업체와 함께 제작한 신사화 시리즈가 시장에서 공전의 히트를 치면서 완성되었다. 고집스럽고 무능한 가장을 떠났던 가족과 친척이 다시 모여들면서 노인의 공적은 스승의 혈족들에 의해 완전히 부정되었다. 급기야 스승의 아들이 공식적인 전수자로 지명되어 매달 생활비를 수령해 갔고 공방의 운영은 맏사위에게 맡겨졌다. 문화재 기술의 유출을 막겠다는 명분으로 그들은 노인을 2년 동안 행랑채에 구금하였으나, 슬픔은 늘 행복과 함께 찾아오지만 늘 행복보다 늦게 드러난다는 사실을 너무나 잘 알고 있는 그는 결코 스승을 원망하지 않았다. 그리고 스승의 재산을 둘러싸고 혈족들 사이의 추악한 싸움이 벌어졌을 때, 노인은 스승의 뜻에 따라 스승의 손때 묻은 공구들을 챙겨 들고 행랑채를 빠져나왔다. 그러고도 노인은 곧장 가짜 명품 제작의 명인으로 돌아오지 않고 두 차례의 자살을 시도했다가 실패하였으며, 여생의 쓸모를 다하기 위해 우시장으로 유명한 지방에다 공방을 차리고 다시 가짜 명품 가방을 만들기 시작했다.

그렇지. 이제야 이야기의 얼개가 좀더 치밀해진 것 같아 안심이 되는군. 좀더 바란다면, 내가 여러 차례 반복해서 말했던 이 문장들을 빠뜨리지 않았으면 좋겠어. "무형문화재로의 등재는 동물원으로의 편입과 같다. 한동안 멸종을 피할 수 있겠지만 인위적인 격리와 보호는 본성을 잃게 만들어 나중엔 괴물과 맞닥뜨릴 위험이 높다." 내가 그 노인에게서 들은 문장 중 가장 감동적인 것이었다네. 그래서 수첩에 받아 적으면서 꼭 소설에 실어주겠노라고 노인과 약속까지 했지. 비록 자네 이름 뒤에 숨어 있긴 하나, 내 체면도 있고 하니, 제발 잊지 말고 꼭 넣어주시게. 그건 그렇고 진도가 이렇게 더뎌서야 일정에 맞추지 못할 것 같아 걱정이군. 늦어도 내일 아침까지 자네가 퇴고를 끝내주어야 내가 오후에 검토하고 인쇄소로 넘길 수가 있을 텐데, 아직까지 우린 여기밖에 못 왔고, 설상가상으로 오늘 저녁엔 작가 지망생들과 저녁 식사 약속까지 잡혀 있으니 더욱 절망적이군. 매월 말 신간 서적들이 서점에 일제히 진열되는 기회를 놓친다면 다시 한 달을 기다려야 하는데 그러면 공손승의 데뷔도 자연히 늦어지게 될 테지. 공손승 자네야 어떻게든 설득한다지만, 스무 명 남짓 대기자들의 불만은 누가 어떻게 누를 수 있을런고? 그들을 모두 등단시키고 3기 수강생들을 받으려면 족히 2년은 기다려야 할지도 몰라. 그래선 절대 안 되지. 차라리 이렇게 하면 어떻겠나? 지금부터 내가 그 노인에게서 들은 이야기를 다시 들려줄 테니까, 마사오 자네는 타이핑을 하고, 공손승 자네는 녹음을 하게나. 요즈음엔 녹음한 내용들을 그대로 타이핑해주는 컴퓨터 프로그램도 있다고 들은 것 같은데. 아무튼 내일 점심 식사 전까지 최종 원고를 가져다주면 내가 마지막으로 검토해서 인쇄소로 직접 넘기겠네. 마사오 자네의 열정은 충분히 이해하지만 어찌 첫술에 배부를 수 있겠나? 이야기의 힘이 작가의 작은 실수를 감쪽같이 덮어줄 거야. 게다가 우린 자네의 책을 읽게 될 독자들에 대해 잘 알고 있지 않은가? 베스트셀러를 만드는 건 마케팅보다는 타이밍이라네. 나를 굳게 믿어야 자네가 책을 완성할 수 있고, 그래야 독자들도 자네를 믿게 되겠지. 공손승 군, 녹음 준비가 끝나면 알려주게나.

도메크가 잠시 화장실에 간 사이 우리는 옥상에서 담배를 한 개비씩 피웠다. 내겐 담배를 피웠다는 표현보단 씹어 삼켰다는 표현이 더 어울릴 것 같았다. "그래도 이건 엄연히 나의 첫번째 소설책인데 이렇게 시간에 쫓겨 날림으로 마무리 짓는 게 옳다고 생각해? 시간이 없는 쪽은 늘 작가지 독자가 아니잖아? 그들은 김장김치를 꺼내 먹듯 아주 조금씩 내 소설을 읽으면서 흠을 찾아내고 실컷 조롱하겠지. 그러고 나면 은밀하게 네 소설로 옮겨 갈 거야." 공손승이 대답했다. "결국 우린 책이 아니라 독자를 팔게 될 거니까 소설의 교졸 따위에 크게 신경 쓸 필요는 없어. 우리에게 지금 절실한 건 작품을 끝내는 것이고, 도메크의 도움 없인 그게 불가능하다는 사실만 명심하면 좋겠어."

마사오의 이야기가 어디에서 끝났더라? 그렇지. 전설적인 노인이 환갑 직전에 다시 가짜 명품의 세계로 돌아왔지. 그다음엔 이런 사실들

을 포함시켜야 한다네. 우선 노인의 귀환은 곧 중산층의 몰락을 의미한
다는 것. 그리고 중산층의 몰락은 필연적으로 민주주의를 후퇴시킨다는
사실. 전태일의 투쟁은 실패했고 소득의 양극화는 고스란히 소비의 양
극화로 이어졌지. 상류층이 새로운 명품 브랜드를 발굴해내고 상표법을
앞세워 가짜 명품들을 적발해낼수록 중산층과 하위 계층은 가짜 명품의
소비에 더욱 집착하게 되는데, 중산층도 하위 계층하고는 구별되고 싶
어서 가짜 명품에도 등급을 매기게 되는 것이지. 전설적인 노인이 만드
는 제품이야말로 중산층의 욕망을 가장 충실하게 담았다는 걸 강조할
필요가 있어. 그는 명품 속에 반영되어 있는 장인들의 철학과 삶의 태
도와 습관과 역사와 제작 과정을 완벽하게 이해하고 있기 때문에 최고
의 재료만을 엄선하여 가위질 한 번, 바느질 한 땀 허투루 하지 않았고
마음에 흡족하지 않은 상품들은 결코 시장에 내놓지 않았을 뿐만 아니
라, 눈앞의 이익을 좇아 제작 시간을 줄이거나 생산량을 늘리지도 않았
어. 심지어 원자재 가격 상승으로 진짜 명품 가방의 가격이 올랐는데
도, 노인의 가방은 10여 년 전 가격을 여전히 고수하고 있으니, 로고만
흉내 내는 얼치기 제작자들이 어찌 그와 경쟁할 수 있었겠나? 탐욕과
질투심에 사로잡힌 몇 명의 경쟁자들이 경찰에게 그 노인의 범죄를 밀
고하였지만 군침 도는 현상금에도 불구하고 용의자는 끝내 잡히지 않았
어. 분명히 그의 사업을 돕는 사람들이 주위에 있었을 텐데도 단 한 명
의 유다조차 나타나지 않은 걸 보면, 노인은 사이비 종교 집단의 교주
처럼 군림하고 있었을지 몰라. 물론 이건 내 짐작이니까 자네가 적당히
바꿔 써도 좋아. 자신의 성공에는 자기희생적인 아내의 내조가 결정적
이었다고 노인이 말한 것 같기도 한데 정작 자세하게 들은 바는 없으니,
주부 대상 월간지들을 참고해서 한 단락 정도 러브스토리를 채워 넣는

것도 나쁘진 않겠지. 하지만 노인이 매달 익명으로 세 곳의 고아원에 수백만 원의 후원금을 보냈다는 일화와 전태일의 희생을 섣불리 연결하는 상투적 실수를 범하지 않길 바라네. 노인은 내게 분명하게 말했어. 그렇게라도 자신에게 불필요한 잉여를 덜어내지 않으면 자신의 스승처럼 가장 가까운 사람들로부터 치명적인 상처를 입게 될 것 같아 몹시 두려웠다고. 하지만 그의 선행으로도 아내를 향해 돌진하는 트럭의 방향이나 속도를 어찌할 순 없었지. 아내의 장례식과 함께 노인의 공장과 두 곳의 고아원이 영원히 폐쇄되었지. 씁쓸한 건, 그가 남긴 가짜 명품 가방들은 전 세계에 한정 판매된 진품으로 둔갑하여 중고 명품 시장에서 여전히 거래되고 있다는 것이야.

자, 이쯤에서 녹음이 잘 되었는지 확인해주겠나, 공손승 군?

도메크는 저녁 식사 약속 시간에 맞춰 사무실을 떠났다. 그 전에 나와 공손승은 강의실로 올라가 스무 명의 작가 지망생들이 제출한 첫 소설책 포트폴리오들을 모으고 그들을 돌려보냈다. 가장 마지막까지 강의실에 남아 있던 여자 두 명이 우리에게 술자리를 제안했지만 공손승의 기대와는 달리 나는 정중히 거절하였다. 강의실 정리를 끝내자마자 공손승은 여자들이 기다리는 호프집으로 달려갔고 나는 근처 식당에서 국수 한 그릇을 비운 뒤 사무실로 돌아와 원고를 갈무리했다.

동대문시장 제일의 재력가에게 돈을 빌려 가짜 명품 가방을 만들기 시작한 쉰 살 이후로 노인은 늘 누군가에게 쫓겼다. 경찰들은 프랑스 사업가들의 재산권을 보호해주기 위해 한국인들이 납부한 세금으로 현상금까지 내걸고 노인을 추적하였고, 가짜 명품 시장의 엄청난 성장 잠재력을 간파한 사업가들은 그의 솜씨를 선점하기 위해 경쟁하였다. 노인은 그저 자신이 공들여 만들어낸 가방들을 시간 순서대로 늘어놓으며 자신의 삶을 기록하고 싶었을 뿐이다. 그래서 단 한 순간도 자신이 가짜를 만들고 있다고 자책한 적은 없었다. 세상에서 가장 아름다운 가방 하나를 만들기 위해서 자신의 영혼까지 덜어내고 있는 장인들의 외로움과 덤덤함에 깊이 동감하며, 그들의 철학과 삶의 태도와 습관과 역사와 제작 과정을 더욱 발전시켜서, 숨은 동료로서 자신의 존재를 그들에게 알리고 싶었다. 그래서 그는 항상 최고의 재료만을 엄선하여 가위질 한 번, 바느질 한 땀 허투루 하지 않았고 마음에 흡족하지 않은 상품들은 결코 시장에 내놓지 않았을 뿐만 아니라, 눈앞의 이익을 좇아 제작 시간을 줄이거나 생산량을 늘리지도 않았다. 심지어 원자재 가격 상승으로 진짜 명품 가방의 가격까지 오르는데도, 노인은 10여 년 전 자신이 처음 내걸었던 가격을 그대로 유지할 만큼 탐욕을 경계했다. 하지만 지명수배자 명단에 오른 뒤부터 노인은 하루 종일 골방 안에서 지내야 했으며 새벽에 잠깐 외출을 할 때에도 가짜 신분증을 챙겨 넣어야 했다. 취미나 기호도 없었고 친구나 가족도 없었으며 가졌거나 버릴 것도 없었다. 나중엔 자신의 정체마저 모호해졌다. 그러다가 우연히 노인은 집시법 위반으로 도망 중이던 여자를 식당에서 만났다. 그들은 한눈에 서로의 불안한 처지를 알아보았고 서른 살 남짓의 나이 차이에도 굴하지 않고 아늑한 동거를 시작하였다. 노인의 몸에 배인 조심성 덕분에 여자는 죽음 전까지 감옥을 피할 수 있었다. 한때 서울 소재 대학에서 경영학을 전공하였기 때문에, 중산층의 몰락이 필연적으로 민주주의를 후퇴시킨다는 주장과 가짜 명품이야말로 한 나라의 민주주의 정도를 측정할 수 있는 바로미터라는 궤변은 충분히 이해할 수 있었으리라. 제작비를 변통하고 판매하는 역할을 여자가 맡게 되면서 노인의 사업은 더욱 번창하였으나, 그들이 벌어들인 돈의 절반은 어김없이 세 곳의 고아원에 익명으로 보내졌다. 도망자 처지 때문에 차마 아이를 가질 수 없었던 그들에게 고아원 아이들의 감사 편지는 하루치 삶을 허용해주는 비타민과 같았다.

노인의 러브스토리는 너무 작위적인 것 같은데? 식상한 이야기는 오히려 표절보다도 독자들에게 더 환영받지 못하지. 게다가 나는 이렇게 시작하는 시를 읽은 적이 있어. "한 사나이가 있다. 그는 도망 중이었다." 인터넷으로 찾아보면 금방 확인할 수 있겠지.

한 사나이가 있다. 그는 도망중이었다./한 사나이는 새침한 여자와 만난다 그녀는/예뻤고 그녀는 귀여웠고 도망중이었고/사나이는 그녀가 좋다. 한 남자가/한 여자를 사랑할 때, 사내는 매일/구두를 반짝거리게 닦지요 붉은 장미를/사지요 비오는 공원에서 기다리지요./그러던 어느 날 사내는 그녀에게/구혼을 한다. 그들은 결혼을 하고 신접/살림을 차린다. 그 살림은 도망중이었다.[2]

아니, 내 부모님의 이름을 걸고 맹세하건데, 공손승, 난 그런 시를 절대 읽은 적이 없어.

물론, 난 누구보다도 마사오 널 굳게 믿어. 하지만 자연이 인간을

---

2) 장정일, 「도망중」 부분, 『햄버거에 대한 명상』, 민음사, 2002, p. 52.

모방하는 경우도 있다고 하잖아? 중요한 건 작가의 변명이 아니라, 독자의 판정일 테지. 작가는 한 명이고 독자는 수만 명이니까, 결국 누군가는 나처럼 네 소설과 그 시와의 유사성을 찾아내고 시비를 걸어올 거야.

하지만 네 말처럼 우리가 책을 파는 게 아니라 독자들을 파는 거라면, 그들의 묵인 아래 모든 글들이, 심지어 표절한 글들까지도 가능하지 않을까?

스무 명 남짓의 작가 지망생들이 강의실로 모여들기 직전까지 나는 사무실에 처박혀 원고를 수정하였으나, 그럴수록 더욱 기괴해지는 이야기 때문에 쓰고 지우기를 반복하느라 귀한 시간을 모조리 소진하고 말았다. 도메크의 녹음 파일이나 공손승의 충고도 전혀 도움이 되지 않았다. 결국 나는 입영 구령에 혼비백산하여 애인을 바닥에 떠민 채 위병소를 향해 뛰기 시작한 신병처럼 최종 원고와 작별했다. 강의실에 먼저 도착한 공손승은, 아직까지 브리태니커 백과사전을 주문하지 않은 작자들을 한 명씩 불러내어 무섭게 을러댔는데, 왕년의 유명한 무협소설 작가답게 그가 표창처럼 던져대는 언어들에 급소를 맞은 자들은 유언장을 남기듯 주문 요청서에 서명했다.

아직 전부를 읽어보진 않았지만, 가짜 명품을 만드는 사내 역시 가짜 인생을 살 수밖에 없었다는 발상은 아주 그럴 듯했어. 〈서천집〉에서 처음 만났을 때 그 노인의 유령 같은 표정을 자네들도 봤어야 하는데. 제 기억과 의지는 있지만 제 몸이 없어서 결코 제 삶을 살 수 없는 존재가 유령이 아니겠나? 첫번째 소설책을 이 정도로 완성할 수 있는 실력이라면 마사오 자네의 두번째 소설은 가히 초대형 태풍을 일으켜 문단의 모든 상들을 휩쓸 게 틀림없어. 그동안 너무 수고했고, 이제 엄연한 작가가 되었으니 다음 달부턴 나를 도와 강의의 일부를 맡아주게나. 나 혼자서 감당하기엔 수강생들이 너무 많은 것 같아. 물론, 공손승 자네가 맡아야 할 강의도 이미 생각해두었으니까, 자네 이름의 소설책을 출판하는 데 서둘러야 할 거야. 솔직히 말해서, 난 아직도 강의실에 앉아 있는 작자들의 심리를 완전히 이해하지 못하고 있다네. 남의 글들은 읽지 않으면서도 제 글은 한 사람도 빠짐없이 읽히고 싶어서 안달이니, 적어도 자본주의 윤리 강령의 핵심 모토인 '기브 앤 테이크'조차 모르고 있는 것 같아. 개인화, 정보의 홍수, 디지털치매, 불평등 등의 요소들을 어떤 순서로 묶어야 작금의 현상을 설명할 수 있을까? 네트워크 기술의 발달이 오히려 빅브라더를 탄생시킬 것만 같아 불안해. 아무튼 마감 시간을 잘 지켜줘서 고맙네. 게다가 백과사전 판매 수익마저 지난달보다 두 배 이상 늘어났으니 내가 자네들에게 뭘 불평할 수 있겠나? 그래서 오늘 점심은 내가 근사한 식당을 예약했으니 늦지 않게 가세.

우리는 이쯤에서 헤어져 누구의 간섭도 받지 않고 무협소설이나 야설을 쓰는 건 어떨까?

그럴 순 없지. 그건 엄연히 계약 위반이야. '기브 앤 테이크'의 모토를 너부터 잊지 마. 너와 도메크는 내 소설을 함께 완성해야 할 의무가 있어. 무협의 세계에선 신의를 저버리는 순간 피비린내 나는 전쟁이 일어난다고.

하지만 내 소설책이 서점에 배포되는 즉시 내가 가짜 작가라는 사실이 만천하에 들통 나고 말 거야.

아니, 그런 상황이 오히려 네게 유리하게 작용할 수도 있어. 가짜 작가의 가짜 이야기는 적어도 식상하진 않을 테니까. 그리고 도대체 어느 누가 자신의 삶을 백 퍼센트 소유할 수 있겠어? 우리가 존경해 마지 않는 뱅크시[3]의 일갈을 떠올려봐. "익명의 예술가만이 세상의 부조리에 저항하여 진실을 되찾아 올 용기를 지닌다." 작가가 스스로를 믿어야 독자도 작가를 믿는다잖아? 난 너와 도메크를 굳게 믿어. 그러니 너도 내 말을 믿어주면 좋겠어.

토요일이 되자 우리는 공손승이 미리 호프집에서 인연을 쌓아둔 두 명의 여자들과 함께 강화도로 피크닉을 갔다. 전등사 나무 그늘에서 오후 3시부터 시작된 술자리는 9시가 넘어서야 끝이 났고 우리는 이미 이 나라의 문학을 이끌고 있는 양대 거목이 되어 여자 한 명씩을 선택할 권리를 부여받았다. 가난해서 더욱 위대해진 예술가들을 위해 여자들은 기꺼이 모텔 방값까지 지불해주었다. 두 개의 문들이 동시에 닫히자마자 공손승은 여자를 침대 위에 쓰러뜨리고 자신이 알고 있는 모든 무협 기술들을 동원하여 여자의 성감대를 공격했다. 벽을 흔드는 신음 소리 때문에 나와 여자는 순수문학의 미래에 집중할 수 없었다. 만약 내가 한때 유명한 야설 작가였다는 사실을 알게 되었더라면 여자는 나의 빈약한 애무 기술에 실망하여 방을 뛰쳐나갔을 뿐만 아니라 내 첫 소설책을 겨냥하여 악의적 소문들을 무차별적으로 퍼뜨렸을 것이다. 하지만 그 여자는 작가가 되기를 간절히 희망하였기 때문에 내 몸을 샅샅이 더

---

3) 뱅크시Banksy: 1974년 영국 출생. 백인. 그래피티 화가. 본명은 로버트 뱅크스Robert Banks 또는 조지 데이비스George Davis 또는 로빈 거닝엄Robbin Gunningham. 그의 벽화는 저작권이나 가격이 없지만 일단 자신의 벽에 그려진 그림이 뱅크시의 그림으로 판명되면 집주인은 영국 관광청과 문화재 지정을 위해 흥정을 하거나 벽을 통째로 떼어내서 소더비 경매에 내놓는다.

들어 욕망의 배출구를 찾아주었다.

강의를 끝낸 도메크는 우리에게 강단을 양보하면서 어설프게 윙크까지 던졌다. 강단 아래에는 열 개의 종이 상자들이 놓여 있었다. 자리에서 일어서려는 수강생들을 내가 강제로 앉히자 공손승이 이야기를 시작하였다.

드디어 우리가 1년 전 의기투합하여 시작한 프로젝트의 첫번째 결실이 저 상자들 속에 담겨 여기에 놓여 있도다. 여기 서 계신 마사오 선생이 우리가 모두 기억해야 할 첫번째 영광의 주인공이시다. 3초간 열렬한 박수를! 그만! 너무 부러워하지 마라. 여러분 모두에게 기회는 공평하게 주어질 것이다. 물론 브리태니커 백과사전 두 질을 구입한 사람들이 우선될 것이다. 지금부터 마사오 선생의 신성한 소설책을 한 사람당 열한 권씩 나누어 줄 것이니, 한 권은 여러분의 미래를 위해 투자하고 나머지 열 권은 각자 지정받은 서점에다 내일 저녁까지 진열하기 바란다. 신간 서적들은 이미 제 자리를 할당받아 진열되었고 당분간 서점 주인이나 종업원들은 재고 조사를 하지 않을 것이니 모두 안심해도 좋다. 여러분은 그저 그들의 감시를 피해 진열대 열 곳에 이 책을 한 권씩 끼워두고 나오면 된다. 두 권 이상을 나란히 진열하면 발각될 위험이 높으니 절대 삼가라. 노파심에서 말하는데, 이건 결코 범죄가 아니다. 그리고 서점이 보유한 책들의 숫자가 저절로 늘어난 셈이니 그 주인이 굳이 싫어할 이유도 없다. 마사오 선생의 소설책에는 가격표나 바코드가 붙어 있지 않기 때문에 당장 이익을 얻을 순 없겠지만, 이 비밀스런 책들의 존재가 세상에 알려지게 되면, 보물찾기에 참가하기 위해 몰려든 독자들에 의해 양서들까지 새롭게 주목받을 수도 있을 테니까, 나중엔 분명히 이익을 얻게 될 것이다. 실제로 이 실험은 이미 영국과 프랑스, 미국에서 성공하였다. 혹시 뱅크시라는 화가를 아는가? 그는 자신의 그림을 미술관에 몰래 전시하면서 유명해졌다. 그리고 지금은 최소 수십만 달러의 가격표들이 그의 작품마다 붙어 다닌다. 너무 부러워하지 마라. 우리의 작품들도 머지않아 정당한 가치를 인정받게 되어 작가 스스로 가격표를 적어 넣는 날이 올 것이다. 우리가 스스로를 믿어야 독자도 우릴 믿는다. 명심하라. 내일 저녁까지는 배포를 끝내야 한다. 그렇다고 동료들끼리 무리 지어 서점을 순례하는 것도 권장하지 않겠다. 만약 현장에서 붙들리더라도 결코 신분을 노출해선 안 된다. 이 임무의 성패가 작가로서의 여러분의 미래를 결정하게 될는지 누가 알겠는가.

작가 지망생들이 떠나고 종이 상자에 남은 책들을 챙겨 사무실로 돌아와서야 비로소 나는 내 첫번째 소설책을 살펴볼 수 있었다. 그런데 그 책을 쓴 작가의 이름이 마사오가 아니라 노병규가 아닌가. 그것이 로버트 뱅크스를 음차(音叉)한 이름이란 걸 단번에 알아차릴 수 있었다. 마사오 역시 내 본명은 아니지만, 노병규라는 이름으로는 이곳에서 석 달 동안 지켜왔던 나의 정체성과 역사를 전혀 설명할 수 없었다. 그것은 차라리 도메크에게 어울리는 것 같았다. 노인을 만난 그가 구술한 이야기를 나는 대필 작가처럼 받아 적었을 따름이므로. 게다가 책에 담긴 이야기 역시 내가 마무리 지은 것과 너무 많이 달랐다. 이야기의 끝은 이렇다.

노인은 동대문 평화시장과 연관된 기억을 완전히 잘라내기에 앞서 막걸리집에서 처음 만난 남자—그는 소설가다—에게 이렇게 말했다. "내가 공들여 만든 가방이 명품은 아닐지라도 진품인 것만은 확실하오. 물론 진품이라고 모두 명품은 아닐 거요. 반대로 명품으로 보이지만 사실은 진품이 아닌 것들도 많소. 진짜 현실에서도 가짜들은 필요한 법이오. 하지만 우리가 위험해지는 순간은 가짜가 진짜 행세를 할 때와, 진짜가 가짜 취급을 받을 때지. 그런데 단순히 가짜가 진짜 행세를 한다고 해서 위험해지는 건 아니고, 가짜가 진짜 행세를 하면서 진짜 권력을 행사할 때 비로소 위험해지는 것이라오. 내가 만든 가방으로 진짜 명품의 권력을 탈취했다면 그건 분명 용서받지 못할 잘못이겠지. 하지만 진품을 모방하되 의도적으로 그것과 구별 가능한 표시까지 추가해서 소비자들의 혼동을 막았으니 누구도 나에게 죄를 물을 수는 없을 것이오. 진정으로 단죄되어야 할 자들은, 내가 일부러 설치해둔 장치들을 애써 제거하여 진품과 아주 흡사하게 개조하고 폭리를 취했던 사람들이 아니겠소?"

그리고 책의 마지막 페이지에는 작가의 후기를 갈음하여 이런 문장이 적혀 있었다. "작가가 되고 싶은 분들은 언제든 아래의 메일 주소로 연락주세요. 독자란 프랑스 혁명의 실패와 함께 역사에서 사라진 족속에 불과하니까."

〔『문학과사회』 2012년 가을호〕

선 정 의 말

—

신예 작가 김솔의 문학적 도전이 격렬하다. 작금의 역사와 문학장(文學
場)을 추문화하면서 이야기의 종언으로부터 새로운 이야기의 낌새를 감지
하려는 다채로운 도발을 시도한다. 그에게 기존의 역사나 문학장은 해체되
어 마땅한 어떤 것으로 단죄된다. 혁명의 실패 이후에도 여전히 이야기는
가능한가? 인상적인 소설 「은각사」(〈문장웹진〉 2012년 7월호)에서 그는 그
런 해묵은 질문을 낯설게 매설해둔 바 있다.

그러니까 "인류의 추악한 역사를 은폐하기 위"한 많은 이야기들이 있
었고, 거기에 인간 영혼들이 속절없이 휘둘렸던 것이다. 사정이 그러하기
에 "13살이 되면 우리에겐 더 이상 혁명이 불가능해질 것이라고, 그때부터
가장 어리석은 선택만을 하게 될 것이고 손해를 만회하기 위해 끊임없이 거
짓말을 발명해야 할 것이며, 혼자 포기하는 대신 함께 멸망하는 길을 택하
게 될 것"이라는 전언의 심연으로 독자들을 혼돈스럽게 안내한다. 13이라
는 혁명 한계선을 넘지 않기 위해 역진적 시간 여행으로, 성찰적 되감기의
서사를 구사한다. 그것은 혁명의 가능성을 향한 순정한 욕망의 역시간 여행
이라 불림 직한 어떤 것인데, 그것은 물론 타락한 대타자의 주이상스로 인
해 불안의 늪에 빠지기 쉬운 어떤 것이다. 혁명이 가능할 것처럼 보였던 순
정한 역사의 첫 페이지로 돌아가고자 하는 욕망과 돌아가지 못하게 하는 대
타자의 주이상스 사이의 길항이 깊은 불안을 낳는다.

이 불안의 늪을 도대체 어떻게 건널 수 있단 말인가. 김솔은 그 늪을

건너기 위한 책략보다는 인간과 세상의 도처에 늪이 널려 있음을 알리고 그 늪에 수많은 인간 군상들이 빠져 허우적대고 있음을 환기하는 서사적 탈주를 보인다. 늪에 빠져 있을 때 이야기는 뒤로 돌아갈 수도, 앞으로 나아갈 수도 없다. 「은각사」가 뒤로 돌아갈 수 없음의 곤혹스러움을 성찰한 경우라면, 「소설작법」은 진실의 진로가 앞으로 나아갈 수 없음을 투시하면서 지금의 문학과 인간 상황에 대한 비판적 아젠다를 제안한다.

이 소설은 두 개의 서사 축으로 이루어져 있다. 표절 작가와 그 문하생들이 공동으로 소설을 제작하는 과정과 그와 관련된 문학장 이야기가 그 하나라면, 그들이 만들어내는 '신허생전' 계열의 단속적(斷續的) 허구가 그 둘이다. 그리고 그 둘은 끝에서 허구의 허구 속의 노인과 허구 속의 소설가 사이의 대화로 봉합된다. 이런 성격의 「소설작법」에서, 우리의 눈길은 짝퉁 진품을 만들었던 노인이 작중 소설가에게 던지는 메시지에 오래 머물게 된다.

"내가 공들여 만든 가방이 명품은 아닐지라도 진품인 것만은 확실하오. 물론 진품이라고 모두 명품은 아닐 거요. 반대로 명품으로 보이지만 사실은 진품이 아닌 것들도 많소. 진짜 현실에서도 가짜들은 필요한 법이오. 하지만 우리가 위험해지는 순간은 가짜가 진짜 행세를 할 때와, 진짜가 가짜 취급을 받을 때지. 그런데 단순히 가짜가 진짜 행세를 한다고 해서 위험해지는 건 아니고, 가짜가 진짜 행세를 하면서 진짜 권력을 행사할

때 비로소 위험해지는 것이라오." (p. 58)

노인의 분류에 따르면 명품인 진품, 명품 아닌 진품, 진품 아닌 명품
(가짜 명품)이 있다. 물론 소망스럽기로는 명품인 진품이 제일이다. 명품
아닌 진품만 되어도 그런대로 봐줄 만하다. 그러나 진품 아닌 명품, 그 "가
짜가 진짜 행세를 하며 진짜 권력을 행사"하는 것은 매우 위험하고 나쁘다.
소비자를 기만하고 진짜 명품에 결정적 손해를 끼치기 때문이다. 그러나 정
작 김솔이 전하고자 했던 것은 단순히 가방 얘기일 리 없다. 현실과 역사를
구성하는 많은 것들이 그렇게 위험해졌음을 경고하고, 그런 현실을 해체하
려고 한 것이 아닐까. 이 소설의 인식에 따르면 문학도 그런 상황에서 비껴
나지 못한다. 진품 명품은 없거나 매우 드물고, 진품 아닌 가짜 명품들이
타락한 권력을 행사하는 상황이 만연하고 있으며, 그에 따라 작가도 독자도
문학으로부터 "도망 중"이라는 비관적 인식을 보인다. 역사와 문학이 진정
한 변혁/혁명의 가능성에서 멀리 떨어진 채 하염없이 "도망 중"일 때, 역사
는 무엇이고 문학은 무엇이고, 인간은 무엇일 수 있는가. 김솔은 불안의 깊
은 늪 속에서 도무지 헤어나기 어려운 이런 질문들을 하염없이 던지며 계곁
음질 친다. 그러니까 "도망 중"인 역사와 문학장으로부터, 김솔은 "도망
중"이다. _우찬제(문학평론가)

여자들의 세상

손보미

1980년 서울에서 태어났다. 2009년 21세기문학 신인상과 2011년 『동아일보』 신춘문예로 등단했다. 제3회 문학동네 젊은작가상 대상을 받았다.

여름 내내 '용서'라는 제목의 소설을 붙잡고 있었다. 아니, 그 소설이 구제
의 여지가 없다는 것을 받아들이기까지가 여름 내내의 시간이 필요했다는
것이 더 정확한 표현이리라. 무덥고 두렵고 절망적이었던 여름이 지나가자
나는 새로운 소설을 쓰기 시작했고, 그게 바로 「여자들의 세상」이었다.

● ··

여자들의 세상

—

그들은 결혼한 지 5년 정도 된 부부로 번화가와 비교적 가까운 거리에 있는 아파트에 살고 있었다. 그는 국제금융로에 있는 외국계 금융회사에 8년째 근무 중이었고 주위 사람들로부터 성실하며 책임감 강한 남자라는 평가를 받았다. 그의 아내는 그보다 네 살 어렸고 음대에서 바이올린을 전공했다. 결혼 전 작은 콘서트홀에서 연주회도 한 번 했고, 시청이나 구청에서 여는 행사에 초대된 적도 여러 번 있었지만, 그는 아내가 음악적으로 성공할 거라고 생각해본 적이 없었다. 그녀는 가끔 자신이 결혼하지 않았다면 유명 교향악단에 들어갔을지도 모른다고 말했는데, 그 귀여운 투정을 들을 때마다 그는 진심으로 즐거워했다. 그는 아내를 유명 백화점 창립 10주년 행사에서 처음 보았다. 그녀는 그때 어깨가 드러나는 푸른색 드레스를 입고 바이올린을 연주하고 있었다. 그는 자주 사람들에게 그때 그녀가 얼마나 아름다웠는지를 이야기하고 싶어 했고, 공통점이라고는 전혀 없는 두 사람을 고귀한 사랑으로 이끄는 신에 대해 이야기하는 것을 즐겼다. 그는 불경스럽다는 것을 알고 있었지만, 이때만은 구약의 구절을 인용하는 것도 좋아했다. "사랑은 시온산이 요동치 아니하고 영원히 있음 같다."* 그들은 만난 지 8개월 후 엄숙하고 우아한 결혼식을 올리고 로마로 신혼여행을 떠났다. 거기서 처음으로 사랑을 나눈 그들은 신성한 사랑의 결실로 배 속의 아이를 얻었다. 그녀는 태교를 위해 가끔 바이올린을 잡을 때를 제외하면 바이올린 연주를 거의 하지 않았는데, 다섯 달 후 그마저도 완전히 그만두게 되었다. 유산을 했기 때문이었다. 슬픔에 잠기긴 했지만 그래도 그들은 그 일을 아주 잘 견뎠다. 그는 종종 이렇게 말했다. "우린 아직 젊고 내 아내는 아주 건강해. 임신은 언제라도 다시 할 수 있다고." 그의 이러한 낙천성이 지금까지—이제 그를 젊다고 말할 수 있을까?—지속되는 것은 충분히 존경할 만한 일이다. 그의 낙천성을 유지해주는 이유 중 하나는 그의 아내가 지난 몇 년 동안 변함없이 사랑스럽고 성실한 안주인의 역할을 수행하고 있다는 점이었으리라.

그들은 임신하기 위한 노력에도 소홀하지 않았다. 배란일을 계산했고, 쓴 약을 먹었고, 정기적으로 병원에 들렀다. 지난해 여름에는 베니스와 로마에서 일주일간 머물렀다. 베니스는 구색 맞추기에 불과했고 진짜 목적지는 로마였다. 그들은 로마로 **돌아간** 것이다. 베니스에 머무는 동안 그들은 아기를 가지기 위한 어떤 시도도 하지 않았다. 서로에게 그런 일에 서두른다는 인상을 주고 싶지 않았고, 모든 정력을 로마에서 쏟아야 한다고 은연중에 믿었던 것이다. 그들은 산타마리아 노벨라 역 근처에 있는 고급 식당에서 점심을 먹은 후 배를 타고 베니스 구석구석을 돌아다녔다. 무라노 섬에 들어가서 유리공예품 공장을 견학하거나 산마르코 광장의 종루 앞에서 사진을 찍었고 저녁에는 리알토 다리 부근에 있는 상점을 구경했다. 저녁이 되면 동남아 사람들이 일하는 노천 식당에서 식사를 하고 어깨를 기댄 채 노을 지는 하늘을 구경했다. 잠들기 전에 그녀는 호텔 방의 창문을 열어놓은 채 바이올린으로 소곡을 연주하곤 했는데, 나흘째 되는 날 아침 호텔 측으로부터 오후에 호텔 카페테리아에서 바이올린을 서너 곡 연주해줄 수 있느냐는 요청을 받았다. 그들은 그날 오후에 로마로 떠날 예정이어서 그 요청을 받아들일 수 없었지만, 그 일이 그녀에게 매우 고무적이었음은 틀림없었다. 그녀는 로마행 기차의 일등석에 앉아서 자신의 바이올린 경력에 대해 진지하게 늘어놓기 시작했지만 그 이야기는 길게 가지 못했다. 그가 로마 일정에 대한 이야기를 시작했고 그들은 소리 내어 함께 웃었다. 그러나 로마에서 다시 맞은 첫 밤, 그들은 기차 여행의 피곤함을 이기지 못한 탓인지 곧바로 잠들어버렸다. 다음 날 일어났을 때, 그는 자신이 병들었다고 생각했다. 오후에 그들 부부는 로마 시내를 돌아다니며 쇼핑을 했는데 그날 밤 그는 밤새 고열과 기침과 두통에 시달려야만 했다. 아침에 그는 아내의 고집 때문에 뜨겁게 데운 오렌지 주스와 말린 과일, 그리고 감기약과 비타민을 먹은 후 다시 잠에 들었다. 오후에 잠깐 깼을 때 그는 아내가 호텔 방에 없다는 것을 알았지만 매우 기진맥진한 상태였기 때문에 금방 다시 잠에 빠져들었다. 다시 깨어났을 때, 밖은 어두워져 있었고 아내가 작은 스탠드 불빛에 의지해서 로마 관광 안내 책자를 읽고 있는 것이 보였다. 그는 불빛 아래에 비춰진 아내를—여전히 아름답긴 하지만 결혼했을 당시와 비교하면 확실히 생기 없어 보이는 얼굴을 보았다. 그녀는 늙어가고 있는 것일까? 그가 깬 것을 알아챈 아내가 말했다. "몸은 좀 어떠세요?" 그는 괜찮다고 대답한 후 그녀에게 물었다. "아까 낮에 어디에 갔었어?" 그러자 그의 아내는 영문을 모르겠다는 표정으로 대답했다. "난 계속 **여기에** 있었는걸요." 그녀는 옆에 둔 차가운 수건으로 그의 얼굴을 닦아주었다. "여보, 꿈을 꾼 모양이에요. 하지만 저는 항상 당신 곁에 있어요." 그러고는 갑자기 그에게 바이올린을 연주해드릴까요?라고 물었다. 그는 고개를 흔들었다.

"머리가 너무 아파."

"알았어요." 그녀는 낙담한 표정을 지었지만, 곧 차가운 물수건으로 그의 이마를 정성스럽게 닦아주었다.

그들 부부는 이탈리아 여행에서 돌아온 이후 전만큼 임신에 대해 적극적으로 굴지 않았는데, 임신에 대한 의지가 사라졌다기보다는 의도적으로 자제한 측면이 강했다. 그들은 임신에 대해 완전히 무관심한 척함으로써 로마에서의 실패를 없던 일처럼 만들고 싶어 했다. 물론 그는 어떤 종류의 변화를 받아들여야 했다. 그의 아내는 아마추어 관현악단에 나가기 시작했다. "별로 특별한 모임은 아니에요." 그녀는 약간 상기된 얼굴로 말했다. 일주일에 한 번 정도 모여서 악기 연습을 핑계로 잡담이나 나누는 곳이었기 때문에 수준이 좀 낮다고 생각되기도 했지만, 여하튼 그는 그녀가 그 모임에 나가는 것을 좋은 신호로 받아들였다. 가끔 그는 지지와 존중의 뜻을 담아 아내의 바이올린에 떨어진 송진가루를 닦아주었다. 그가 바이올린을 닦는 동안 그녀는 잘 준비를 끝낸 후, 따뜻한 차를 만들어서 그에게 건네주었다. 어느 날 밤 그의 아내는 따뜻한 차를 그에게 건네며 이렇게 말했다.

"**우리**는 무대에 오르려고 준비 중이에요."

"무대?" 아내의 설명에 따르면, 문화 콘텐츠를 다루는 전문 기관에서 몇 년 전부터 직업 음악인과 아마추어 음악인이 함께 참여하는 음악회를 진행해오고 있다는 것이었다. 아마추어 음악인들은 누구나 신청을 할 수 있었는데 여러 가지 서류와 자신들의 연주 모습을 담은 비디오테이프를 제출하도록 되어 있었다.

"예전에 당신 친구 중 한 명이 그 기관에서 근무한다고 말했던 게 기억났지 뭐예요." 그의 아내가 쑥스럽다는 듯이 웃었다. 그들이 사귀기 시작했을 때, 그는 그녀의 환심을 얻고 싶은 생각에 문화 계통에서 일하는 사람을 안다는 이야기를 했던 적이 있었다. 그가 말했던 '문화 계통에서 일하는 사람'은 대학에 다닐 때 잠깐 사귀었던 여자였다. 경영학과 동기였고, 대학원에서 문화사를 전공한 후 지금의 직장에 들어갔다. 얼굴이 예쁘고 총명했으며 야심만만한 여자였다. 그들은 사귄 지불과 석 달 만에 헤어졌다. 물론 그는 '문화 계통에서 일하는 사람'이 여자라는 사실은 밝히지 않았고 그냥 친구라고만 말했었다. 사실 이 발언에는 모호한 측면이 있다. 왜냐하면 '문화 계통에서 일하는 사람'이 그가 한때 사귀었던 여자였을지언정 헤어진 후에도 대학 동기로 함께 여러 해를 보냈으므로 전 연인이라기보다는 친구라고 말하는 편이 이치에 더 맞았지만, 다른 한편으로 그는 딱히 여자를 친구로 여기지 않는다는 점에서 그랬다. 그는 순간적으로 당혹감을 느꼈지만 아내가 말하는 바가 무엇인지 정확하게 알아차렸다. 아내는 그의 한쪽 팔을 부드럽게 쓰다듬으며 낮은 음성으로 침착하게 말했다.

"여보, 나 정말 그 무대에 서고 싶어요. 그냥 그뿐이에요. 난 사람들 앞에서 바이올린을 연주하고 싶어요. **우리**는 많은 사람들 앞에서 연주를 하고 싶어요."

"당신을 위한 일이라면 무엇이든 다 할 수 있어." 그는 다 닦은 바이올린을 그녀에게 건네주며 다시 한 번 더 중얼거렸다. "무엇이든 할 수 있지."

　그는 오로지 아내를 위해서 대학 동기인 그녀의 전화번호를 알아냈고 만날 약속을 했다. 전화기 저편의 여자는 쾌활하게 웃었다. 그들은 시내에 있는 중국 음식점에서 만났는데, 그녀는 그에게 악수를 청하며 호들갑스럽게 말했다. "너 정말 안 늙었다!" 그가 쑥스럽게 웃었는데, 그가 생각하기에 하나도 늙지 않은 건 바로 그녀 쪽이었다. 그녀는 하얀색 실크 블라우스에 허리의 굴곡이 드러나는 검정색 펜슬 스커트를 입고 있었다. 날씬했고, 얼굴의 살이 늘어지지도 않았으며, 목의 주름도 보이지 않았다. 그는 여자와 단둘이 있다는 게 약간 어색하게 느껴졌고 대화할 거리를 찾아 머리를 굴렸다. 그리고 그는 결국 그녀가 결혼한다는 소식을 몇 년 전에 들었던 것을 기억해냈다. "결혼 생활은 어때?"

　"나 아직 결혼 안 했어." 그녀는 솔직한 태도로 대답했다. "파혼했어. 그것도 벌써 오래전의 일이지만 말이야." 그의 주위에서 파혼한 사람이 없었고, 파혼이라는 단어에서 어둡고 무거운 느낌을 받았지만 놀란 기색을 보이고 싶지는 않았다.

　"아, 미안해." 그가 말했다.

　"괜찮아." 그녀는 잠시 그를 물끄러미 바라보았다. 그가 별 대답이 없자 그녀는 손을 뻗어 그의 손등을 한 번 가볍게 쓰다듬으며 다시 한 번 더 말했다. "괜찮다고." 그는 그녀의 그런 행위에 그를 안심시키려는 의도와 그녀의 과도한 배려가 섞여 있을 뿐이라는 것을, 거기에는 성적인 의미라고는 눈곱만큼도 없다는 것을 느꼈다. 그녀는 곧 지금 만나고 있는 남자친구에 대해 이야기했다. "아주 좋은 사람이야." 그녀는 아주 만족한다는 듯한 말투로 덧붙였다. "너만큼 좋은 남자야."

"뭐 하는 남자야?" 그녀가 미소를 지으며 대답했다. "그이는 사업 준비 중이야. 아직 뭘 하고 싶은지 잘 모르겠다지만, 곧 찾을 거라고 생각해." 그는 그녀가 이토록 헌신적이라는 사실을 미처 몰랐기 때문에 놀랐고, 솔직히 좀 감동을 받았다. 그는 넌지시 아내 이야기를 꺼냈다. 그녀는 그 일을 담당하는 부서에 아는 사람이 있으니 부탁을 해놓겠다고 흔쾌히 대답했다.

"하지만 무엇보다 실력이 가장 중요할 거야." 그녀의 말에 그가 고개를 끄덕이며 대답했다. "아, 당연하지. 당연해." 그가 계속 말했다. "난 사실 그 사람들 실력을 잘 몰라. 아내 혼자가 아니야. 어떤 모임이 있다고. 나는 그 모임에 가본 적이 없고 그 사람들 연주를 들어본 적이 없어. 하지만 실력이 부족하다면 당연히 떨어뜨려야겠지." 그가 명쾌한 태도로 대답했고 그 모습을 본 그녀가 싱긋 웃었다. 식사를 다 끝낸 후 그녀가 말했다.

"근처에 좋은 맥줏집이 있는데 맥주 한잔할래?" 그들은 근처 체코식 맥줏집으로 갔고, 두어 시간 함께 있었다. 헤어질 즈음 그녀가 말했다. "이렇게 오랜만에 친구를 만나다니 정말 좋다." 그가 대답했다. "그래." 그녀는 그의 손등을 다시 한 번 더 만진 후 말했다. "정말 좋아." 그리고 덧붙였다. "우린 좀더 자주 만날 수도 있을 거야."

그가 집에 도착했을 때, 아내는 헐렁한 플란넬 잠옷을 입고 그를 기다리고 있었다. "어떻게 됐어요?" 아내의 얼굴을 보자 그의 마음은 행복감으로 충만해졌다. 말할 필요도 없지만, 그들은 한 번도 파혼한 적이 없고, 서로 미워한 적도 없었다. 얼마나 운이 좋은지! 그들은 서로를 얼마나 믿고 사랑해왔는지! "걱정하지 말라고. 모든 일이 잘 풀릴 거야. 걱정할 거 없어." 그날 밤, 그들은 실로 오랜만에 사랑을 나눴다. 사랑의 행위가 다 끝난 후에도 그는 아주 오랫동안 깨어 있었다. 아내는 그의 옆에서 새근새근 잠들어 있었다. 그는 그날 일어났던 모든 일을 되새겨보았고 더할 나위 없는 흡족함을 느꼈다.

2주 후에 그가 대학 동기인 그녀를 다시 만나게 된 것은, 말하자면 그의 의지가 아니라 그의 아내의 의지였다. 아내의 음악단은 예선에 통과했고 심사위원들 앞에서 최종 오디션을 봐야만 했다. 아내의 모임은 일주일에 세 번으로 늘어났다. 그들은 함께 백화점에 가서 그녀가 최종 오디션 때 입을 여러 벌의 옷을 새로 구입했다. 그날 아내는 그의 얼굴을 보고 금방이라도 울음을 터뜨릴 것 같은 표정을 지으며 애처롭게 말했다. "여보, **우리**는 꼭 이 무대에 서고 싶다고요!"

그들은 이번에도 중국 음식점에서 만나기로 했고 그가 약속 시간보다 일찍 도착했다. 잠시 후 그녀가 도착했는데 그녀는 소매에 주름 장식이 달린 베이지색 트렌치코트를 입고 있었다. 그는 그녀가 전보다 훨씬 더 생기 있어 보인다고 생각했고, 자신도 그녀에게 그런 식으로 보였으면 좋겠다고 생각했지만, 거기에 특별한 의미가 있었던 것은 아니었다. 저녁 식사를 끝내고 맥줏집으로 가는 길에 그녀가 쾌활하게 말했다. "내 남자친구가 여기 들르고 싶다는데." 그는 좋다고 대답했다. "좋아, 좋고말고!" 진심이었다. 그는 그녀가 사귀는 남자가 어떻게 생겼는지 궁금했다. 하지만 시간이 꽤 흐른 후에도 그녀의 남자친구는 나타나지 않았다. 그녀는 계속 남자친구에게 전화를 걸었지만 통화가 되지 않는 모양이었고 그 때문에 좀 울적해 보였다. 그는 가능한 한 오래 머물면서 그녀의 남자친구를 함께 기다려주고 싶었지만, 어느덧 정말로 집으로 돌아가야 할 시간이 되어서 어쩔 수 없었다. 그는 정말 아쉽다는 의미로 그녀의 손등을 한 번 쓰다듬었다.

"난 이만 돌아가봐야 해. 아내가 기다릴 거야."

"넌 정말 좋은 남자야." 그녀가 그의 손을 잠깐—정말로 아주 잠시—잡았다. 그는 자신의 손이 그녀의 손가락과 얽혀 있는 것을 보았다. "내 남자친구 정말 보여주고 싶었는데. 원래 이런 식으로 약속을 어기는 사람은 아니야." 그녀가 변명하듯 덧붙였다. 그는 괜찮다고, 나중에 다시 만나면 된다고 대답해주었다. 그는 진심으로 그녀가 자신에게 미안해하거나 민망해하지 않았으면 좋겠다고 생각했다.

"우리는 친구잖아." 그가 이렇게 말하자 그녀는 좀 웃었다.

"그래, 좀 아쉽네. 둘이 죽이 잘 맞을 거라고 생각했거든."

"우린 다시 만날 수 있을 거야."

그녀가 환해진 표정으로 대답했다.

"넌 정말 자상하고 멋진 남편이구나. 네 아내는 무척 행복할 거 같아." 이렇게 말한 후 그녀가 말을 이었다. "너네 부부랑 우리 커플이 같이 만나는 것도 좋겠다."

"아, 그거 좋은 생각이야." 그가 대답했다. 그는 그것이 **정말로** 좋은 생각이라고 느꼈고, 꼭 그런 날이 왔으면 하고 바랐다.

그가 돌아왔을 때, 집에는 아무도 없었다. 그는 전화를 해보려다가 그만두고 소파에 기대어 앉았다. 그러다 그는 문득 이런 생각이 들었다—아내는 오늘 어떤 옷을 입고 연습에 갔을까? 뒤이어 이런 질문도 떠올랐다—아내는 왜 그렇게 많은 옷을 사 모으는 걸까? 아내와 아내의 관현악단에 대해서…… 아내는 피아노 치는 남자의 손등을 친근감의 표시로 문질렀을까? 아내는 호른 부는 남자의 허벅지에 손을 얹었을까? 아내는 북 치는 남자의 어깨를 안았을까? 아내는…… 오, 세상에! 하나님! 그는 갑자기 엄청난 두려움에 사로잡혀서 한동안 아무 생각도 할 수 없었다. 잠시 후 집으로 돌아온 아내의 얼굴을 봤을 때, 지쳐 보이는 얼굴과 충혈되어 있는 눈자위를 보았을 때, 그는 자신이 한 말도 안 되는 상상 때문에 통렬한 후회에 사로잡혀서 눈물이 날 지경이었다. 이렇게 사랑스러운 여자에 대해 나는 무슨 불결한 생각을 한 것일까? 나의 보살핌을 이토록 절실하게 필요로하는 이 여자에 대해 나는 무슨 생각을 한 것일까? 그는 고개를 가로저으며 아내의 바이올린을 받아들었다. 아내가 물었다. "친구분 잘 만났어요? 우리 이야기를 했어요?" 그제야 그는 자신이 그 만남의 원래 목적을 까맣게 잊었다는 걸 깨달았다. 하지만 그는 다른 말은 하지 않았고 아내의 손을 꼭 잡으며 이렇게 말했다.

"잘 됐어. 모든 일이 잘 풀릴 거야. 걱정하지 마. **당신들**은 실력이 있으니까." 그의 아내가 그를 꼭 껴안으며 말했다. "여보, 고마워요. 정말 고마워요. 당신이 내 남편이란 게 얼마나 다행인지 몰라요."

일주일 후 그의 아내가 속한 아마추어 관현악단은 최종 오디션에 통과했다는 통보를 받았다. 음악회까지는 보름 정도 시간이 남아 있었다. 그즈음 회사 업무가 늘어나는 바람에 그는 거의 매일 야근을 해야 했지만, 아내를 축하해주기 위해 무리해서 저녁 시간을 냈고 고메 식당의 가장 좋은 자리를 예약했다. 그리고 시내 귀금속 매장에 들러 아내에게 줄 최고급 흑진주 목걸이와 귀걸이를 샀다. 그의 아내는 오후 연습 후 바로 식당으로 오기로 되어 있었는데 30분쯤 늦게 도착했다. 그는 아내가 입고 있는 핑크색 실크 원피스와 아내의 귀에 걸려 있는 꽃잎 모양 보석이 달린 작은 귀걸이를 보았다. 그들은 저녁을 먹기 시작했고 그는 식탁 위에 있는 아내의 손을 잡았다. 모든 것이 좋았다. 그런데 식사 도중 그가 별생각도 없이 꺼낸 말에 그의 아내가 울음을 터뜨렸다. 그는 그저 언젠가부터 그들이 아이를 갖는 일에 소홀해진 것 같다는 말을 했을 뿐이었다. 당황한 그는 후식을 먹을 때 주려고 했던 선물을 허둥거리며 건네주었다. 그의 아내는 선물을 보고 금방 울음을 그쳤다. 그녀는 눈물을 닦으며 웃었고 집에 돌아와서도 분위기가 아주 좋았지만, 그 분위기는 사랑을 나누는 데까지 이르지 못했다.

음악회를 며칠 앞둔 토요일, 그는 전날의 숙취와 피로 때문에 아주 늦게까지 잠을 잤고, 정오가 다 되어서 깨어났다. 그는 그의 아내가 이 방 저 방을 왔다 갔다 하며 옷을 갈아입느라고 분주한 것을 보았고, "이렇게 입을 옷이 없다니"라고 조그만 목소리로 탄식하는 것을 들었다. 잠시 후 그녀는 보라색 니트 원피스를 입고 나타났다. 그는 처음 보는 옷이었다. "일어났어요?" 그녀는 그가 깨어난 것을 확인하고 경쾌하게 말을 걸었다. "오랜만에 쉬는 날이니까 좀더 주무세요. 요즘 내내 늦게까지 일했잖아요." 그는 화장을 하고 있는 아내의 뒷모습을 물끄러미 바라보았다. 원피스의 재질 때문에 그녀의 허리 곡선과 엉덩이 굴곡이 완전히 드러나 있었다. "이따 내가 연습실까지 데려다줄까?" 그가 묻자 그녀가 웃으며 대답했다. "피곤할 텐데 쉬세요. 게다가 그러려면 내 차를 두고 가야 하니까 당신이 저녁 때 또 데리러 와야 하잖아요." 하지만 그는 계속 고집을 부렸다. "아냐, 그럼 저녁 때 또 데리러 갈게. 그러면 되지 뭐." 결국 그의 아내가 대답했다. "그래도 지금은 좀 쉬는 게 좋을 거 같아요. 충분히 쉰 다음 이따 여덟 시 반쯤에 데리러 오세요. 약도를 그려서 냉장고에 붙여놓을게요. 오늘은 차를 놔두고 가죠, 뭐."

그는 알았다고 대답했다.

저녁 때 그는 아가일 체크가 들어간 램스울 소재의 스웨터를 입고 모직 치노 팬츠를 입었다. 거울 앞에 선 그는 이제 자신이 꽤 나이를 먹었고, 이런 옷들이 어울리지 않는다는 생각 때문에 의기소침해졌다. 하지만 잠시 후 차를 몰던 그는 자신이 그렇게까지 나이 들어 보이는 것은 아니라고, 심지어 나이보다 좀더 어려 보일지도 모른다는 생각을 했다. 30분쯤 후 그는 아내가 약도에 그려놓은 연습실에 도착했다. 연습실은 주택이 밀집한 골목에 있었다. 보라색 원피스를 입고 검정 하이힐을 신은 아내가 바이올린을 매고 허름한 건물 앞에 서 있는 것이 보였다.

"다른 사람들은?"

"아직 연습 중이에요." 그녀가 안전벨트를 매면서 물었다. "많이 쉬었어요?" 그는 아내의 얼굴이 약간 상기되어 있고, 눈은 촉촉하게 젖어 있다고 느꼈다. 그가 저녁을 먹겠느냐고 물었는데 그녀는 얼른 집에 들어가서 쉬고 싶다고 대답했다. "하지만 당신이 배고프다면 간단하게 뭐 먹고 들어가요." 그는 시내 쪽으로 차를 몰았고 아무 데나 눈에 띄는 식당에 들어가서 밥을 먹기로 했다. 차에서 내리면서 그는 아내가 자신의 옷에 대해 뭔가 이야기해주길 바랐지만, 그녀는 아무런 언급도 하지 않았다. 식사를 하는 내내 그녀가 몹시 피곤해했기 때문에 그는 서둘러서 식사를 마쳤다. 그들이 나올 때쯤 되자, 거리는 사람들의 시시덕거림과 설익은 흥분으로 이제 막 깨어나는 중이었다.

"세상에!" 차로 걸어가던 그가 신음하듯, 그러나 속삭이면서 말했다. "저것 좀 봐." 거기에는 술에 잔뜩 취한 젊은 여자가 땅에 쓰러져 있었고 일행으로 보이는 남자 한 명이 그녀의 양 겨드랑이에 손을 집어

넣어 그녀를 일으켜 세우는 중이었다. 여자가 너무나 뚱뚱했기 때문에 남자에게는 역부족이었다. "지금 열 시도 되지 않은 시간이야." 차에 오르면서 그는 정말로 불쾌하다는 듯이 말했다.

"도대체 왜 저렇게 마시는 거야? 도대체 이놈의 세상이 어떻게 돌아가고 있는 거냐고."

"저런 일은 많이 있어요. 여보, 신경 쓰지 말고 얼른 집으로 돌아가요." 그 말을 들은 그는 정말로 화가 나서 물었다.

"많이 있다고?"

"여보, 어제 당신도 엄청나게 취해서 몸도 제대로 가누지 못하고 집으로 돌아왔잖아요."

"그건 저거랑 달라. 우리가 술을 마실 때는 여자도 없었어. 게다가 난 남자라고."

"됐어요, 그만둬요. 우리 얼른 돌아가요. 피곤해 죽겠어요."

"저런 게 아무렇지도 않단 말이야? 저렇게 여자가 취할 때까지 저 남자는 말리지도 않고 도대체 뭘 했던 거야? 저것 좀 봐. 저 남자의 손이 여자의 가슴을 잡고 있잖아."

"부축을 하느라 어쩔 수 없는 거예요." 차에 올라탄 그녀는 룸미러를 열어 자신의 얼굴을 비춰보고 있었다. 그는 아내에게 물었다. "당신은 저런 일을 많이 겪어봤어?"

"뭐라고요?"

"저들이 모르는 사이라면 어떡할 거야?"

"그게 무슨 말이에요?" 그의 아내가 영문을 모르겠다는 듯이 그를 바라보았다. 그는 그것이 마치 로마에서의 마지막 날 밤, "난 계속 여기 있었는걸요"라고 대답하던 그 표정과 똑같다고 생각했다. 그는 성마른 노여움을 느꼈다. 하지만 무엇에 대해?

　이틀 후 출근길에 그는 손을 잡고 걸어가는 한 남녀를 보았고, 그들 때문에 몹시 언짢아졌다. 점심시간에 동료들과 식사를 하러 갈 때는 여자의 허리를 감싸 안고 걸어가는 어떤 남자 때문에 불쾌해졌다. 식사를 마치고 회사 건물로 들어가는 길에 건물 앞 벤치에 앉아서 음료수를 나눠 마시는 남녀와 마주쳤을 때는 욕지기가 올라왔다. 그날 밤 그는 늦은 시간까지 일을 했다. 차를 몰아 집으로 돌아가던 중 그는 집 근처 놀이터에서 어린 커플이 그네에 앉아서 손을 잡고 있는 것을 보았다. 그는 더 이상 참을 수가 없어져서 차창을 내리고 큰 소리로 욕설을 퍼부었다. 그는 신성한 사랑의 맹세와 서약이 점점 사라져가고 탐욕과 추악함으로 점철된 음란함만이 이 세계에 남아 있다고 느꼈다. 그가 눈을 돌리는 어디에나 그러한 끔찍한 것들이 있었다. 그는 언제 어디서나 그러한 것들을 볼 수 있었다. 저기에도! 저기에도! 저기에도! 그날 밤, 그는 화장실에 숨어서 울었다. 아내가 깰지도 모른다고 생각했지만, 사실 그의 아내는 요즘 밤만 되면 곯아떨어졌다. 세상에, 나에게 무슨 일이 일어나고 있는 걸까? 그는 자신을 둘러싼 세계가 조금씩 무너지고 있다고 생각했다. 그는 자신이 속해 있던 세계——단단하고 굽은 데라고는 전혀 없는 세계가 말랑말랑하고 여러 군데가 움푹 파인 그런 곳으로부터 침입을 받고 있다는 생각 때문에 괴로웠다. 그는 자신의 내부에서 자기 자신의 여러 원칙을 아무 의심 없이 이어주던 영속적인 결속 중 일부가 끊어지는 느낌에 사로잡혔다. 그는 외로웠다. 너무나 외로웠다. "위로가 필요해." 그는 고개를 절레절레 흔들었고 다시 한 번 더 중얼거렸다. "위로가 필요해." 하지만 누가? 누가 그를 위로해준단 말인가? 그는 욕조에 걸터앉아서 입술을 잘근잘근 씹으며 차근차근 끈기 있게 머리를 굴렸고, 결국 적임자를 찾아냈다. 그는 체코식 맥줏집에서 자신의 손을 잡았던 그녀를 떠올렸다. 오, 그 따뜻한 손이란. 그는 그녀와 자신이 만나지 말아야 할 이유 따위는 전혀 없다고 생각했다. 아무런 불손한 의미도 없고, 특별할 것도 없는 이 만남을 굳이 꺼릴 이유가 무엇이 있을까? 만약 우리가 그 만남을 피한다면 그것이야말로 뭔가 부도덕적인 의미들이 끼어 있기 때문이 아닐까? "날이 밝으면 바로 전화를 하는 거야." 그는 세면대 앞에 서서 눈물을 닦고 손을 씻은 후 거울을 쳐다보며 머리를 매만졌다.

다음 날 저녁 그는 전에 만났던 중국 음식점에서 그녀를 기다렸다. 그녀는 가슴 굴곡이 드러나는 검정 트위드 원피스를 입고 나타났다. 그들은 밥을 먹은 후 체코식 맥줏집으로 갔다. 그녀는 그전에 남자친구가 오기로 해놓고 오지 못한 이유에 대해 이야기했다. "교통사고를 냈어. 사람을 차로 쳤다는 거야. 그이는 모아둔 돈이 없었기 때문에 내가 합의금을 내야만 했어." 그녀는 가볍게 한숨을 쉬고 말했다. "너였다면 그런 일 따위는 만들지 않았을 거야." 그는 그렇다고 대답했다. "너 같은 친구가 있다니 정말 다행이야." 그는 진실로 위로받는 기분이었다. 그들은 일주일 후 다시 만나기로 했다.

아내의 연주회가 열리는 날 그는 평소보다 서둘러 퇴근했다. 집으로 가서 스웨이드로 된 캐주얼 재킷으로 갈아입고 면도도 다시 했다. 문화회관 근처에 도착해서는 아내에게 줄 커다란 수선화 다발을 샀다. 공연은 1부와 2부로 나눠서 진행될 예정이었는데 1부가 아마추어 팀의 연주였고 그의 아내가 속한 관현악단의 순서는 세번째였다. 콘서트홀 입구에서 그는 며칠 전 만났던 그녀가 공연 관계자들과 함께 서 있는 것을 보았다. 그는 거기서 그녀를 만날 거라고는 생각하지 못했기 때문에 몹시 당황했다. 당황할 필요가 전혀 없었는데도 그랬다. 그는 그녀가 말을 걸까 봐 걱정했지만 그녀는 그냥 눈인사만 보냈을 뿐이었다. 그 행위에는 은밀하거나 비밀스러운 면이 전혀 없었음에도 불구하고 그는 갑자기 가슴이 두근거렸다. 하지만 그는 곧 그녀를 위한 장미꽃 한 송이 정도를 따로 준비했다면 어땠을까 하는 생각을 하고 있었다.

잠시 후 첫번째 악단의 연주가 시작되었을 때 그는 자신이 팸플릿도 챙기지 못했다는 사실을 알았다. 그러나 그들이 연주하는 곡이 차이코프스키의 발레곡이라는 것을 알았고, 자신의 고상함과 우아함을 확인받은 느낌에 기분이 좋았다. 그는 연주자들, 특히 남자 연주자들의 모습을 유심히 바라보았다. 바이올린을 켜는 남자, 호른을 부는 남자, 북을 치는 남자들. 그는 그들이 이 연주를 위해 쏟아부었을 시간과 열정에 대해 생각했고 잠시나마 구슬픈 마음이 들었다. 두번째 악단의 연주는 쇼스타코비치의 소품이었는데, 그는 그들의 연주가 시원치 않다고 생각했다. 누가 들어도 저 무대 위의 악단은 실력 미달이었다. 이번에도 그는 무대 위에 있는 남자 연주자들의 얼굴을 바라보았다. 저들의 나이는 몇 살이나 되었을까? 결혼들은 했을까? 왜 저렇게 무의미한 모임에 들어서 시간과 돈을 낭비하는 것일까? 여자를 꼬시려고? 더러운 자식들! 그들의 연주가 끝나고 아내의 연주가 시작되기를 기다리는 동안 그는 조바심을 느꼈다. 이제 아내와 그리고 몇 명의 남자 연주자들이 무대에 오르겠지. 그는 자신이 아내와 함께 연주하는 남자들의 얼굴을 궁금해하고 있다는 것을 깨달았다. 그는 진심으로 그들이 별 볼일 없어 보이기를 바랐다. 아니, 아니지. 그는 그 남자들이 누구보다 젊고 매력적이기를 바라는 것인지도 몰랐…… 잠시 후 무대 위에 커튼이

걷히고 조명이 들어왔다. 악기 튜닝을 끝낸 연주자들이 자신의 자리에 서 있었다. 그는 그 사람들의 얼굴을 하나하나 확인하며 숫자를 세었다. 하나, 둘, 셋…… 모두 열다섯 명이었다.

덧붙여 말하자면, 열다섯 명의 여자들이었다. 열다섯 명의 여자들.

그 여자들은 마치 서양 장기말처럼 반절은 하얀색 원피스를 나머지 반절은 검정 원피스를 입고 있었다. 그들은 청중을 향해 인사를 한 후 자리에 앉았다. 그는 아내를 보았다. 그녀는 진지하고도 순수한 기쁨과 적당한 긴장감에 사로잡힌 표정으로 주위의 여자들과 눈짓을 교환했다. 잠시 후 여자 지휘자의 지휘봉이 움직이자 바흐의 브란덴부르크 협주곡이 시작되었다. 연주는 아주 뛰어났다. 누구나 알 수 있었다. 앞서 연주한 어떤 악단보다 훌륭했다. 그는 아내가 이뤄낸 성취를 인정할 수밖에 없었다. 그는 마음이 찢어질 것 같은 괴로움을 느꼈다. 그는 고개를 돌려 자신처럼 혼자 온 남자를 찾아보았다. 그의 시야에 들어온 혼자 온 남자는 모두 여덟 명 정도였다. 그들은 모두 그의 나이 또래처럼 보였고, 잔뜩 멋을 부렸다. 그는 그것들이 하나도 어울리지 않는다고 생각했다. 그는 저 남자들 중 일부는 지금 무대 위에 올라온 여자들의 남편이리라고 생각했다. 저 남자들은 자신의 아내가 늦게까지 연주 연습을 하느라 집을 비웠을 때, 어떤 일들을 하면서 시간을 보냈을까? 저들은 아내 몰래 어떤 일들을 해치웠을까? 저들은 어떤 상상을 했으며, 얼마나 오랜 시간 동안 의혹의 소용돌이에 사로잡혀 있었으며, 어떤 유혹에 빠져들었을까? 저들은 그 유혹들에 굴복했을까? 아니면 그 유혹들을 이겨냈을까? 도대체 저들은 세상의 어떤 끔찍한 면을 보았을까……?

다음 날 아침 그는 아내가 차려준 아침 식사를 먹은 후 시큰둥한 표정으로 집에서 나와 차를 몰고 회사로 갔다. 일을 하는 도중 대학 동기인 그녀로부터 두 통의 전화가 왔지만, 받지 않았다. 저녁에는 일찍 퇴근을 하고 시내 거리를 돌아다녔다. 하지만 그는 거리에 퍼져 있는 음란함과 명백하게 타락한 흔적들 때문에 몹시 지쳐서 진절머리를 내며 집으로 돌아왔다. 아내는 잠옷을 입은 채로 그를 기다리고 있었다. 그녀는 당분간 〈여자 음악단〉 연습 모임은 없을 거라고 말했다. "우린 연습을 자제할 생각이에요." 그의 아내가 말했다. "가족에게 너무 소홀했으니까요." 그는 혼란스러움과 어지러움을 느끼며 고개를 내젓고는 애절하게 대답했다. "아냐, 아냐, 안 그랬어. 당신은 그러지 않았어." 며칠 동안 그는 지독한 죄책감과 좌절감에 빠져 있었다. 또한 전화벨이 울릴 때마다 마음이 끝도 없이 덜컥덜컥거리는 것을 느꼈다. 아내의 연주회가 있었던 날부터 일주일 동안 그는 총 스무 통의 전화를 무시해야만 했고, 그것 때문에 엄청난 괴로움과 두려움을 느꼈다. 그는 중국 음식점에서 맡았던 음식 냄새와 체코식 맥줏집에서 마셨던 맥주의 거품이 부지불식간에 자신을 침범할 때, 혹은 그녀와 비슷한 체구의 여자가 가슴 굴곡이 드러난 검정 트위드 원피스를 입고 걸어가는 걸 볼 때, 마치 자기 자신이 이 세상 곳곳에 퍼져 있는 악(惡)과 대결하고 있는 듯한 느낌에 사로잡히곤 했다. 어느 날 회사에 있던 그는 문득 아내에게 전화를 걸어야 한다는 생각이 들었다. 무언가 이야기해야 한다고 느꼈던 것이다. 그는 집 전화번호를 눌렀다. 하지만 아무도 전화를 받지 않았다. 외출을 한 걸까? 핸드폰도 마찬가지였다. 아내는 지금 어디서 무엇을 하고 있는 걸까? 누군가를 만나는 것일까? 하지만 도대체 누구를? 그날 그는 결국 아내와 통화하지 못했다. 그날 저녁 그들은 전화에 대한 이야기는 한마디도 하지 않았다. 잠들기 전에 침대에 누워 있던 그의 아내가 갑자기 생각났다는 듯이 말했다. "여보, 우리는 계속 연주를 할 거고, 그리고 앞으로 기회가 있을 때마다 무대에 설 거예요." 그는 아내의 손을 잡았다. 잠시 후 그의 아내가 마치 꿈꾸듯 말했다. "여보, 난 무대에 올라가 있을 때 마치 살아 있는 것 같아요." 그는 아내가 잠든 후에도 차가운 아내의 손을 계속 잡고 있었다.

일주일 후쯤 그들은 함께 외출을 했다. 백화점 안에 있는 영화관에서 장 자크 밀레노 감독의 영화를 본 후, 2층의 여성복 매장에 들러 그녀가 입을 트렌치코트와 모직 스커트를 사고 남성복 매장이 있는 3층으로 올라갔다. 그들은 에스컬레이터에서 내려서 왼쪽으로 꺾이는 지점까지 손을 잡고 계속 걸어갔다. 그리고 코너를 도는 시점에 그는 그만 마음이 철렁 내려앉고 말았다. 그녀가 거기 있었던 것이다. 그녀는 넥타이를 고르고 있었다. 처음에 그는 그녀를 그냥 지나쳐야 했다. 혹은 모른 척하거나. 더 적나라하게 말하자면 그녀를 피해 가야 했다. 그는 아내의 손을 끌어서 위층으로 향하는 에스컬레이터를 찾았다. 하지만 그의 허둥거리는 몸짓이 오히려 그녀의 시선을 끌었던 모양이었다. 그녀는 넥타이를 진열대에 놓아두고 무심결에 그가 있는 쪽을 쳐다보게 되었다. 그리고 그 둘은 눈이 마주쳤다. 그때도 그는 늦지 않았다고 생각했다. 어디론가 멀리 도망을 가면 된다고 생각했다. 그녀 쪽에서도 약간 어색하게 뒤로 몸을 틀었다. 그렇게 그냥 서로에게서 사라지면 될 일이었다. 그런데, 그 순간 그의 시야에 그녀 옆에 서 있던 남자가 들어왔다. 키가 아주 컸고, 머리를 뒤로 넘겨서 묶고 있었으며, 헐렁한 블레이저와 발목이 드러나는 바지를 입고 있었다. 격식이라고는 알지 못하는, 이를테면 월요일 대낮에 시내에 있는 카페에서 시시덕거리는 것을 자주 볼 수 있을 법한 그런 종류의 남자였다. 그는 아내의 손을 놓았다. "여보, 어디 가세요?" 그는 가던 길을 다시 돌아가 그들에게 다가갔다. 그 짧은 시간 동안 그는 자신을 열흘 넘게 괴롭혔던 감정들을 하나하나 다시 떠올릴 수 있었다. 그는 그녀를 한 번 바라보았다. 가여운 여자. 그는 그 남자에게 주먹을 날렸다. 그의 펀치는 그다지 센 편은 아니었지만, 남자는 기습적인 공격에 나가떨어졌다. "여보!" 아내가 찢어질 듯한 목소리로 그를 부르며 그에게 달려왔다. "저 남자가 네 남자친구야?" 그가 그녀에게 물었다. 그녀는 너무 당황해서 입을 벌리고 서 있었다. 사람들이 우르르 다가왔다. 그는 의기양양해서 소리를 질렀다. "이봐, 당신 같은 남자들이 이 세상을 망치고 있어. 알아? 당신 여자친구가, 저 멀쩡하고 예쁜 여자가 왜 남의 남자를 유혹하려 들겠어?" 그는 그녀를 바라보았다. 그녀는 분노로 얼굴이 파랗게 질려서 이를 딱딱거리고 있었다. "너 미쳤어? 누가 누굴 유혹해?" 그녀는 자신의 남자친구에게 다가가 그를 부축했고 그의 귓가에 대고 계속해서 무엇인가 말을 하고 있었다. 몇몇 남자들이 그가 더 이상 주먹다짐을 하지 못하도록 그를 잡았다. 그는 허공에 대고 주먹을 붕붕거리며 소리 질렀다. "왜 내가 아이를 안 낳는 줄 알아? 너 같은 자식들 때문이야. 이 세상을 이토록 더럽고 허약하게 만들어버린 바로 너 같은 자식들 때문이라고!"

집으로 돌아왔을 때는 이미 자정이 넘어 있었다. 그의 아내는 울지도 않았고, 그에게 무언가를 물어보지도 않았으며, 화를 내지도 않았다. 그저 이렇게 물었을 뿐이었다. "당신은 괜찮은 거죠?" 그는 옷도 갈아입지 않고 그냥 침대에 누웠다. 그는 약간의 승리감에 도취돼 있었다. 솔직히 말해서 그 순간 그는 이전에는 한번도 느껴본 적이 없었던 충만한 기쁨에 사로잡혀 있었다. 동시에 그는 아내에 대한 한없는 애정을 느꼈다. 그는 문득 고개를 들고 아내에게 말했다.

"여보, 나를 위해 바이올린을 연주해줘." 그의 아내가 그의 얼굴을 빤히 쳐다보았다. 그가 다시 말했다.

"정말 뜻깊은 순간이 될 거야." 그의 아내는 다시 한 번 그를 바라보다가 곧 바이올린을 가지고 와서 말없이 연주를 시작했다. 연주가 진행될수록 그녀는 자신의 음악에 빠져들어갔고, 그와는 상관없는 세상으로 옮겨 가고 있었다. 하지만 그는 그러한 그녀의 모습에서 완전무결함을 느꼈다. 어쩌면 그는 그때 어떤 질문들을 떠올렸는지도 모른다. 그러나 그 질문 속에는 아무런 내용도 없고, 그 안은 완전하게 텅 비어 있어서 온갖 미혹된 감정들과 추상적인 의혹들로만 가득 차 있었으리라. 그는 문득 자신이 설명하기 어려운 미묘한 감정의 모퉁이에 도달했다고 느꼈다. 그의 마음속을 꽉 채우고 있던 충만한 기쁨은 흔적도 없이 사라졌고 어느새 그 자리는 끝을 알 수 없는 비애감이 대신 차지하고 있었다. 하지만 그는 그 혼란스러운 감정들 속에서 분명하고 사리에 맞는 어떤 것, 그가 그녀를 몹시 사랑하고 있다는 사실을 끄집어냈다. 그들이 영원히 아이를 가질 수 없다고 해도, 온갖 의혹들이 자신을 감싸고 있더라도, 그는 푸른 드레스를 입은 자신의 아내를, 약간 허영기 있는 성격을, 바이올린을 켤 때마다 미세하게 움직이는 팔뚝의 근육을, 나긋나긋하고 조용한 말투를, 아이를 낳은 적이 없는 탄력 있는 아름다운 몸을, 자신의 얼굴을 닦아주던 저 세심한 손짓을 진심으로 사랑한다고, 그리고 그 사랑을 방해할 수 있는 것은 이 세상엔 없다고 생각했다. 그는, 이를테면, 자신의 눈앞에 이 세상의 실루엣이 분명하게 떠오르는 것을 보았다. 오, 사랑은 마치 시온산이 요동치 아니하고 그 자리에 영원히 있는 것과 같은 이치인 것을.

* "사랑은 시온산이 요동치 아니하고 영원히 있음 같도다"는 시편 125편 1절의 "여호와를 의
  뢰하는 자는 시온산이 요동치 아니하고 영원히 있음 같도다"의 인용.

〔『문학들』 2011년 겨울호〕

선 정 의 말

—

　손보미의 최근 소설들은 건조하고 차갑다. 이유인즉, 이 작가의 최근 관심사가 안온해 보이는 (소)부르주아 가족의 내부에 난 미세한 균열이나 은폐된 허위를 가감 없이 드러내는 데 있기 때문이다. 「여자들의 세상」도 그런 계열의 작품들에 속하는데, 이 작품을 읽다 보면 작가가 인용하고 있는 "사랑은 시온산이 요동치 아니하고 영원히 있음 같도다"라는 구약의 (변형된) 한 구절이 사랑에 대한 지고한 가치부여라기보다는 마치 냉소적인 저주의 주문처럼 읽힌다. 그 영원한 견고한 지반 아래에 균열과 욕망이 영원히 있으리라. 그러나 이 작품에서 특별히 유념해 봐야 할 지점은, 소위 낭만적 사랑이라는 부르주아적 가족 이데올로기에 대한 냉소만이 아니다. 이 작품을 더욱 흥미롭게 하는 것은 프로이트가 말한 소위 '투사' 심리에 대한 가히 현미경적이라 할 만한 관찰들이다. 내 욕망을 타인의 욕망으로 투사하고, 내 죄의식을 세계 전체의 죄로 투사하는 주인공의 심리에 대한 관찰, 이 작품의 백미는 바로 거기에 있다. 문제는 그 심리가 주로 여성 판타지(성녀/창녀)에 침윤된 남성들의 투사 심리라는 점인데, 이 작품의 제목에는 그러므로 남성들의 세상에 대한 여성 작가의 차가운 냉소가 서려 있다. 한기가 느껴진다. _김형중(문학평론가)

2012년 4월
이달의 소설

너무의 극장

박솔뫼

1985년 전라도 광주에서 태어났다. 2009년 자음과모음 신인문학상을 받으며 작품 활동을 시작했다. 장편소설 『을』『백 행을 쓰고 싶다』가 있다.

작 가 노 트

어느 날인가 새벽 맥모닝을 먹고 돌아와 잠시 눈을 붙인 후 이걸 쓰기 시
작했다.
그게 조금 먼 일처럼 느껴진다.
푸른 티셔츠의 배우가 읽는 내용은 손톤 와일더의 「우리 읍내」이다.
나는 이 희곡을 좋아하는데 이걸 읽고 나니 한 번 더 읽고 싶어졌다.
셰익스피어나 이오네스코도. 다시 전부 다 읽고 싶다.

● ··

너무의 극장

—

처음엔 그게 체호프의 「갈매기」라고 들었어. 그 이야기를 듣고 조금 설레었는데 체호프의 「갈매기」라면 한 번쯤은 해보고 싶다고 이전부터 생각했거든. 「벚꽃 동산」이라면 고민했을 거야. 「갈매기」라면 그래 좋아 괜찮은데? 싶었던 거지. 「갈매기」로 결정되었다는 이야기를 듣고 줄곧 그런 마음이었다. 약간의 부담은 있지만 대체로 설레는 마음. 그렇게 체호프의 「갈매기」로 결정된 줄 알았더니 곧 연락이 와 아니 공연은 이오네스코의 「왕은 죽어가다」일지도 모른다고 하는 거야. 처음엔 살짝 놀라고 황당했지만 곧 마음이 바뀌어 그런가? 생각하며 「왕은 죽어가다」라, 그래도 뭐 꽤 재미있겠는데? 싶어졌다 바보같이. 아니 실은 이오네스코도 좋아한단 말야. 기대하고 있었지. 내가 맡은 일은 공연 직전에 준비하면 되는 거고 내가 아니라도 상관없고 다른 누가 해도 대체로 비슷한 그런 일이지만 그래도 공연 기간 내내 봐야 하니까 좋아하는 공연이면 싶었거든. 하지만 말은 또 바뀌어 작품은 정해지지 않았지만 어쨌거나 셰익스피어…… 저기 셰익스피어요? 네 그 셰익스피어요. 셰익스피어, 셰익스피어란 말인가. 이제 다른 무엇으로 바뀐대도 놀라지 말아야지 싶은 마음이 그 순간 들었다 들어버렸다. 놀랍지도 않디는 목소리로 알았다고 하고 말았어. 그리고 며칠 후 다시 전화가 왔는데 다행히! 셰익스피어에서 바뀐 건 없고 좀더 좁혀지는 중이라고만 했다. 아마 「햄릿」이나 「리어왕」은 아닐 거예요. 셰익스피어를 떠올렸을 때 10분쯤 고민해야 생각나는 뭐 그런 작품으로 정해질 거예요. 그게 어떤 거냐고 물었는데 그 사람은 다시 말을 바꾸게 될까 봐 우물쭈물하다가 글쎄요 「겨울 이야기」 같은 거 아닐까 싶네요. 사실 「겨울 이야기」가 될 것 같아요. 자신 없는 목소리로 덧붙였다. 여태 듣던 목소리 중에 가장 자신이 없어서 그 자신 없음이 묘하게 믿음을 주었고 왠지 아 「겨울 이야기」일 것 같아, 이번에야말로 바뀌지 않고 「겨울 이야기」가 되지 않을까 생각했어. 그랬다. 셰익스피어의 「겨울 이야기」. 제목만 들으면 셰익스피어의 극인지 모를 확률이 높은 그 작품. 아마 보통은 모르겠지. 그런 작품 10분쯤 고민해도 모를걸? 그런, 「겨울 이야기」.

애초에 조연출이 나를 부른 건 조명 오퍼레이터를 하라는 거였지. 그런 아르바이트라면 너무 많이 해봐서, 게다가 시간이 많았다 정말. 네 좋아요 연락주세요 하고 곧 잊어버렸다. 부르면 가야지 부르기 전에는 나대로 나의 것 나의 돈벌이 나의 빨래 나의 청소 나의 잠 나만의 것이 아닌 잠 나와 남자의 잠 같은 것들을 할 계획이었다. 계획대로 나의 것들을 하는 사이 공연은 연극영화과 신입생들의 필독 목록들을 차례차례 지나더니 셰익스피어의 「겨울 이야기」까지 왔다. 와버렸다. 제본된

「겨울 이야기」를 건네받고 다시 읽으며 셰익스피어는 신기한 사람이네 정말, 그런 생각도 했다. 몹시 감정적이며 균형 감각이라고는 없으며 그럼에도 그런 평가들을 뭉개며 내 눈앞에서 웅변한다. 너는 지금 나를 읽고 있어 보고 있어 똑바로 보거라 하고. 그게 끝인 거야 근데. 그 후로 누구도 나를 부르지 않았다. 왜 부르지 않을까, 리허설을 보라고 할 텐데 조명 디자이너가 설명을 할 텐데 왜 안 부를까 고민하다 먼저 연락을 하면 아 예 아 예 하고 조연출은 바쁘다는 듯이 끊어버렸는데 시간은 그럼에도 흐르고 아니 오히려 굉장히 빠르게 흐르는 느낌을 주었는데 결국 내가 극장에 들어선 것은 공연 시작 두 시간 전이었고 조연출 연출 무대감독은 날 보더니 아무것도 아녜요 여기 이 큐시트대로만 하면 돼요 조명 바뀌는 거 거의 없어요 짠 듯이 큰 목소리로 말했다. 내 옆에는 나 못지않게 한가한 남자가 날 따라와 멀뚱히 서 있었는데 조연출 연출 무대감독 등은 남자가 누구냐고 묻고는 대답을 듣자마자 음향 오퍼레이터를 하라고 부탁도 아니고 권유도 아니고 그냥 시켰다. 해야만 해요 당신은 우릴 도와야 합니다 구해야 합니다 공연이 어떻게든 올라가야 하지 않겠어요 시켰다 그런 식으로. 그렇게 아무 생각 없는 남자와 여자는 음향 오퍼레이터와 조명 오퍼레이터가 되어 조정실로 들어가 큐시트를 봅니다. 남자와 여자는 큐시트를 보고 또 보고 익숙해지려 노력하고 대본을 보고 다시 확인하고 남자는 스스럼없이 여자의 치마 안으로 손을 넣고 여자는 이 다음 큐가 뭐였더라 혼자 떠올리며 다리를 벌린다. 그렇게 한 시간쯤 지났을까 무대감독은 무전기를 들고 와 사용법을 알려준다. 이미 알고 있어 아주 간단하지 이 버튼을 누른 채로 말하면 되는 거잖아. 무대감독은 조정실을 나가며 부담 갖지 말고 편하게 하라는데 나는 이 막무가내들은 틀려도 할 말이 없을 거야 줄곧 그렇게 생각하고 있어서 생긋 웃으며 네에 부담 없이 할게요 진심으로 대답한다. 무대감독이 나가고 남자는 야 이거 음악이 고작 세 번 나와라고 말하고는 여자를 뒤에서 끌어안는다. 남자와 여자는 껴안은 채로 무대를 바라보는데 무대에는 어째 아무것도 없는 느낌이라 뭐지 셰익스피어 아닌가 아주 아방가르드한 셰익스피어인가 현대적으로 재해석해보는 셰익스피어인가 웃기는군 생각하며 텅 빈 무대를 바라보고 있다. 혹시 몰라 조명을 켜보았는데 역시나 텅 빈 무대 왠지 망연자실한 기분이 되었다.

— 음악이 세 번 나오고 조명은 열네 번 바뀌는 텅 빈 무대의 셰익스피어 극은 어떤 극일까, 어떤 극이 될 수 있을까, 어떤 극이라야 좋을까?

연극의 이해 혹은 연극사 구체적으로는 서양 연극사 그런 교양 수업 기말고사 문제 같은 얄팍한 질문이다 의문이다. 나와 남자는 비웃고 싶은 마음을 추스르고 다시 의자에 앉아 큐시트를 보고 대본을 보고 그럴수록 더욱 웃기지도 않네 싶은 마음이 되었지만 그런 마음도 간신히 누르고 다시 큐시트를 보고 대본을 보며 관객 입장을 기다렸다. 기다릴수록 대체 누가? 배우 친척 친지 친구들이 오는 것인가? 싫었지만 네에 잘해볼게요라고 어딘가 있을 것이 분명한 극장과 연극의 신에게 떨떠름한 표정으로 고개를 끄덕였다. 기다리고 기다리다 보니 무전기로 관객 입장이 시작된다는 목소리가 들리고 나는 객석 등을 켜고 남자는 지정된 편안한 음악을 튼다. 그때 극장 문을 열고 들어오는 관객들의 등을 보았는데 모든 등은 굳어 있고 무엇도 기대하지 않는 등이었는데 어째서 공연을 보러 오는 등이 다 저렇게 딱딱하지? 신기할 정도였다. 입장

하는 관객들의 등을 보며 왠지 무서워, 하고 남자에게 말했는데 남자도
그지 그지? 하고 동조해주었고 나는 우리가 같은 것을 느낀다는 것이
즐거워 살짝 가벼운 마음이 되었다. 하지만 왠지 그 엄격한 등을 보는
것만으로도 마음이 무거워져, 방금 전의 가벼운 마음은 곧 서늘한 마음
이 되었다. 그에 아랑곳하지 않고 굳어 있는 엄격한 등들은 줄줄이 극
장 문을 열고 들어와 앉았다. 딱딱한 등들은 떠들지도 않고 웃지도 않
고 A열 1번 좌석부터 차례차례 앉았다. 고민하지 않고 질서 있게 마치
앉는 것을 연습했던 것처럼. 앉아버렸다. 어느새 멍한 눈이 되어 무대
를 바라보았다. 바라보고 있는데 옆의 남자, 그러니까 한가하고 어린
남자애 지금은 어쩌다 보니 음향 오퍼레이터가 되어버린 그 남자가 나
를 툭 치며 5분 전이라고 말했다. 황급히 조명을 바꾸었다. 남자는 음
악을 서서히 줄였다. (음악, 페이드아웃)

바뀐 조명을 확인하고 무대를 보았다. 여전히 텅 빈 무대 아무도
안 나오네. 큐시트를 확인하고 대본을 앞뒤로 다시 보고 고개를 들어
무대를 보고 또 보며 한참을 기다려도 누구도 나오지 않았다. 어쩔 수
없지, 불안한 마음으로 기다렸다. 기다리고 기다리며 하염없이 기다리
다 무전기로 왜 배우님이 나오시지 않는 거지요? 극존칭으로 세 번을
묻고 또 물어도 대답은 없고 여전히 텅 빈 무대. 나와 남자는 미국인처
럼 어깨를 으쓱했다 동시에.

(모두 움직이지 않은 채로)

여전한 것은 텅 빈 무대와 딱딱하게 굳은 등들이 열을 맞춰 앉아
있는 객석

—배우의 등장이 늦어지고 있을 시 스태프들은 어떤 대처를 해야 옳은가?

(혹은)

—배우의 등장이 늦어지고 있을 시 스태프들이 취해야 할 행동을 서술하시오.

나는 다시 시답잖은 문제를 만들어내고 나보다 키가 17센티미터 정도 큰 음향 오퍼레이터는 내 목덜미를 빨기 시작한다. 귀 뒤를 천천히 빨고 손은 엉덩이를 주무를까 말까 고민하며 잠시 머뭇거리다 주무르고 환한 조명은 여전히 환하다. 저 환한 조명은 왠지 조명 오퍼레이터를 부끄럽게 만드는구나. 아니 조명 오퍼레이터뿐만이 아니라 전 극장의 모든 사람을 부끄럽게 할 만큼 환하다고 말할 수 있다. 그때 붉은 숄을 두른 수염이 난 남자 배우가 등장했는데…… 너무 오래 기다려서인지 그의 등장이 몹시 비현실적으로 느껴졌다. 배우의 등장에 긴장을 한 조명 오퍼레이터와 음향 오퍼레이터는 하던 일을 멈추고 무대를 주시한다. 배우는 숄 안에서 신문을 꺼내 읽기 시작하는데 무어라 하는 거야? 무대에 설치된 마이크 볼륨을 좀더 높이고 귀를 기울인다. 남자 배우는 반복적인 텍스트를 읽는다. 한참 귀를 기울이고 듣자 남자가 무어라 하는지 알아들을 수 있었다.

"우리는 인간을 죽였고 남자와 여자를 늙은이와 아이를 죽였으며, 인간을 그리고 그들의 심장을 먹어치웠다. 우리는 그들이 눈멀 때까지 구타를 했고 사람들의 얼굴을 무참히 가격했다."

"우리는 인간을 죽였고 남자와 여자를 늙은이와 아이를 죽였으며,

인간을 그리고 그들의 심장을 먹어치웠다. 우리는 그들이 눈멀 때까지 구타를 했고 사람들의 얼굴을 무참히 가격했다."

"우리는 인간을 죽였고 남자와 여자를 늙은이와 아이를 죽였으며, 인간을 그리고 그들의 심장을 먹어치웠다. 우리는 그들이 눈멀 때까지 구타를 했고 사람들의 얼굴을 무참히 가격했다."

배우는 반복적으로 세계의 매우 반복적인 일에 관해 이야기했다. 한편 오퍼레이터인 우리에게 예정된 일은 다음과 같았는데 나의 조명은 붉은 옷을 입은 일곱번째 배우가 등장할 때까지 바뀌지 않으며 남자의 음악은 푸른 옷을 입은 세번째 배우가 울기 전까지 바뀌지 않는다. 조명 큐시트와 음향 큐시트는 그렇게 말하고 있었다. 그것이 우리에게 예정된 일이었다. 반복과는 무관한 듯하지만 절대로 무관하지 않은 예정된 일. 각각 붉은 옷의 일곱번째와 푸른 옷의 세번째가 등장할 때까지 또한 울 때까지 바뀌지 않아. 우리는 세계의 반복적인 일에 관해 말하는 반복적인 텍스트를 들으며 포개져 있는데. 우리는 일곱번째와 세번째가 등장하기를 기다리며 곁눈질을 하며 입술을 댔다 뗀다. 나는 고개를 돌려 남자의 입술을 빨았다. 남자는 내 티셔츠 안으로 손을 넣어 가슴을 만졌다. 나는 남자의 손 그러니까 티셔츠 안에 있는 손을 티셔츠 바깥에서 잡았다. 우리는 반복적인 텍스트를 들으며 우리는 예정된 일을 기다리며 우리는 집에서 반복하던 일을 우리는 극장에서 반복했다.

"(티셔츠 안의 남자의 손이 움직이고 그 위로 티셔츠가 있고 티셔츠 위로 나의 손이 움직이며) 우리는 (혀를 움직이며) 인간을 죽였고 (나는 남자의 침을 삼키며) 남자와 (잠시 눈이 마주쳤고) 여자를 (남자는 남는 손으로 내 허벅지 안쪽을 쓰다듬으며) 늙은이와 (나와 남자는 잠시 떨어져 다시 무대를 보았으나 곧 다시 포개져) 아이를 (남자는 무릎을 꿇고 나의 다리 사이를 핥고) 죽였으며 (나는 조명 콘솔의 모퉁이를 잡고 간신히 서 있으며), 인간을 (한 손으로는 남자의 머리를 쓰다듬고) 그리고 (남자의 머리를 끌어 올려 다시 남자의 입속으로 혀를 집어넣고) 그들의 (단추들을 풀고 그러자 셔츠가 열렸고) 심장을 (나의 혀는 남자의 상반신을 가로지르며) 먹어 (남자는 힐끔거리며 무대를 확인하고) 치웠다. (남자의 바지를 벗기고 남자는 한 손으로 바지를 붙잡고) 우리는 (나는 혀를 내밀어) 그들이 (핥고 또 핥고 그게 무엇이든) 눈멀 때까지 (핥고 또 핥으며) 구타를 했고 (남자는 아까의 나처럼 내 머리를 끌어 올려 키스를 하고) 사람들의 (키스를 하고) 얼굴을 (나는 아까의 남자처럼 힐끔거리며 무대를 본다) 무참히 가격했다(다시 반복했다)."

붉은 옷의 배우는 적어도 열 번은 되지 않았을까? 그 텍스트를 반복했다. 그리고 들고 있던 신문을 접어 옷 사이로 넣고 뒤를 돌아 퇴장을 하려고 걸음을 옮겼다. 그렇게 세 걸음쯤 옮겼을 때였지 아마. 객석의 C열 2번쯤일 거야 거기 앉아 있던 누군가 일어나 무대 위로 올라갔다. 올라가 붉은 옷의 배우를 붙잡는다. 오늘 관객의 등은 그러니까 등이라는 모든 등은 엄숙하고 엄격하고 딱딱하고 무자비한 등이라고 생각했는데 정작 밝은 조명 아래서 보니 그게 아니야. 아니었다. 아까 내가 본 어김없이 하나같이 모두 똑같이 짠 듯이 딱딱한 그 등이 저 등이 맞는 거야? 정말 저 등이었어? 그런 말이 튀어나올 정도로 무대 위로 올라간 등은 왜소하고 불안해 보이는 평범하고 밋밋한 등이었다. 저런 등이 무서웠단 말이야? 말도 안 돼. 전혀 무섭지 않군. 이상하다고 생각하며 그 평범한 등을 주시했다. 저 사람은 근데 왜 무대로 올라간 걸까 이 공연은 제대로 되는 게 하나도 없네 나는 내 맘대로 관객에게 그러니까 저 왜소한 등에 핀 조명을 주고 싶은 마음을 꾹 참고 무대를 지켜보았다. 남자는 아무 말없이 내 왼손을 붙잡아 자신의 성기를 감싸게 했고 나 역시 질문도 없이 익숙하게 손을 움직였다. 남자는 무대감독이 무전기와 함께 가져다준 박카스 병을 따더니 한 모금 마시고 한 모금은 내 손에 붓는다. 나는 박카스에 젖은 채로 손을 움직이고 남자는 다시 내 귀 뒤를 핥는다. 무대에 올라간 왜소한 등은 붉은 옷의 배우의 어깨를 붙잡은 채로 한참을 가만히 있는다. 어깨를 붙잡은 손은 부들부들 떨리는데 거기에는 납득할 수 없는 분노가 있다. 납득할 수 없는,이라기보다는 납득해서는 안 되는,에 가까우려나. 그때 남자애가 갑자기 내 목을 세게 깨물었고 나는 아야 하고 소리를 질렀는데 너 왜 그래 원래 안 그러잖아! 움직이던 손이 잠시 멈추었고 객석에서는 D열에 앉아 있던 다른 관객이 무대 위로 올라와 트로피 같아 보이는 물건으로 붉은 옷을 입은 배우의 머리를 내리쳤다. 붉은 옷의 배우는 방금 전 내가 지른 것보다 큰 소리를 그러나 엄청나게 큰 소리는 아닌 소리를 질렀다. D열의 관객은 다시 내리쳤다. 내리치고 내리쳤다. 내리치는 것을 반복했다. 남자는 다시 한 번 내 목을 깨물었다. 나는 뒤를 돌아 남자의 얼굴을 후려쳤다.

(낮은 목소리로) 하지 마.

남자는 머뭇머뭇거리다 내 어깨에 손을 얹는다. 나는 고개를 앞으로 돌리고 남자는 내 어깨에 고개를 묻고 우리 둘은 무대를 바라본다.

D열의 관객은 C열의 관객보다는 커다란 어깨를 가졌지만 그 어깨에는 강한 피해 의식이 들러붙어 있다. 강한 피해 의식과 강한 폭력. 그것을 양가적이라고 한다면 나는 내 어깨에 고개를 묻고 있는 이 남자에게 이 남자와 살을 맞댈 때마다 누구보다 강한 양가적인 감정을 느낀다. 그렇다고 말할 수 있다. 남자의 손을 가져와 내 허리를 감게 하고 감자마자 휙 풀어 뺨을 때린다. 그것은 기쁘고 그것은 나쁘고 결론적으로는 즐겁다. 네가 나를 무릎 꿇린다면 그보다 좋은 일은 없을 것이며 내가 너를 무릎 꿇린다면 그보다 기쁜 일은 없을 것이다. 네가 나를 때리면 나는 맞겠다는 자세로 너의 옷을 벗기며 네가 빌 때까지 너를 후려치는 일을 멈추지 않겠다는 자세로 나의 옷을 벗는다. 옷을 벗을 때면 거기에 뭐가 있는지 보는데 거기엔 귀여움 애정 따뜻함이 있어 우리에겐 공정한 데다 다정한 마음과 부는 바람이 있어 그런 가벼운 구름들을 본다. 그런 공기들을 보지만 내 양손은 모든 양가적인 때리고 맞고 던지고 구르는 그 모든 것을 하고야 말겠다는 자세를, 또한 의지를 쥐고 있다. 내가 쥐고 있다기보다는 손을 펴보니 그런 걸 쥐고 있었다.

—에로스란 무엇인가? 에로스가 이런 것인가? 이런 것이란 대체 무엇이란 말인가?

질문은 여전히 시시하다. D열의 관객은 내리치는 것을 반복하다 어느 순간 멈췄다. 붉은 옷의 배우는 붉은 덩어리가 되었다. C열의 관객은 그 왜소한 어깨로 흐느꼈다. 부들부들 떨었다. 나란히 앉아 있던 사람들 꼿꼿하게 어깨를 펴고 있던 관객들 아무런 움직임 없이 붉은 덩어리를 보고 있다. 보고 있다 아무런 반응 없이. 나는 뒤를 돌아 남자의 어깨를 붙들고 묻고 싶지만 묻지 못하고 남자의 어깨를 흔든다. 남자는 떨고 있었는데 내가 흔드는 대로 흔들리다 다시 나를 껴안았다. 나와 남자는 그러니까 조명 오퍼레이터와 음향 오퍼레이터는 껴안은 채로 떨다 견딜 수 없어져 서로를 힘을 주어 껴안고 잠시 후 다시 무대를 본다. C열의 남자는 비틀거리며 배우 쪽으로 간다. 이미 너덜너덜해진 배우의 상반신을 일으킨다. 주머니에서 줄을 꺼내 배우의 팔을 뒤로 돌려 묶는다. 여러 번 묶는다. 튼튼하게 묶고 줄로 배우를 힘들게 끌고 간다 무대 뒤로. 잠시 후 C열의 관객은 이전보다 차분해진 얼굴로 원래 자리로 돌아가 앉는다. 그러니까 C열로. 그런가 하면 D열의 관객은 진작 원래 자리 D열에 앉아 있다. 내 옆의 남자는 부질없이 무전기로 묻는다. 이게 어떻게 된 건가요? 방금 이거 뭔가요? 나는 남자의 떨리는 손에서 무전기를 뺏는다. 우리는 도망을 가야 할지 모든 것이 끝나기를 그러니까 여기는 극장이고 저기는 무대니까 기다리다 보면 끝이 있기야 있을 테니 그 끝을 기다려야 할지 아직 판단을 내리지 못한 채 떨고만 있었다.

그때 나는 셰익스피어의 「겨울 이야기」를 떠올리려고 애쓰고 있었는데 「겨울 이야기」가 내게 무언가 알려줄 것 같아서 그런 것은 아니었다. 무슨 생각을 해야 할지 몰라서 「겨울 이야기」라도 생각해볼까 싶었던 것이다. '무얼 해야 할지 모른다면 생각해보아도 도무지 모르겠다면.' 남자는 다시 내 치마 안으로 손을 집어넣고 떨리는 손으로 문지르다 무릎을 꿇고 핥는다. 핥고 핥다 깨무는데 왜 오늘 이렇게 자꾸만 깨무는 거야? 우선은 참는다. 나는 화를 참고 참다가 화를 쌓아두다가 아주 커다랗게 화를 낼 거야. 그러니까 참는다. 아까는 한 번을 후려쳤지? 이번엔 다섯 번을 때릴 거야. 남자는 자꾸만 깨문다. 팔에 힘을 주고 간신히 서 있는다 나는.

　두번째 붉은 옷의 배우가 무대 위로 등장했다. 흰옷을 입은 여배우도 무대 위로 등장했다. 흰옷을 입은 두번째 여배우도 무대 위로 등장했다. 셋은 연기를 했다. 붉은 옷의 배우는 죽기 싫다고 하고 여배우 한 명은 울고 다른 여배우는 당신은 죽을 것이라 한다. 셋은 크게 훌륭하지 않은 연기를 하고 있는데 크게 훌륭하지 않은 연기는 크게 나쁘지 않은 연기이기도 하여 그럭저럭 괜찮은데 생각하며 지켜보았다. 어느샌가 관객 셋이 무대 위로 올라가 각 배우 뒤에 서서 트로피 같은 무거운 물건으로 그들의 머리를 내리치기 시작했다. 관객들의 등은 이전처럼 딱딱하거나 거대해 보이지 않는다. 평범한 등을 가진 세 명의 관객은 세 배우들의 머리를 내리치는 것을 반복했다. 그런가 하면 남자는 아직도 무릎을 꿇고 핥고 깨무는 것을 반복했고 나는 이제 화를 참지 못하고 좁은 조정실 바닥에 남자를 쓰러뜨린다. 생각했는데 그러니까 자꾸 셰익스피어의 「겨울 이야기」가 생각이 나서 말이야. 나만 이상하다고 생각하는 거 아니지? 체호프의 「갈매기」에서 이오네스코의 「왕은 죽어가다」, 그다음엔 셰익스피어의 「겨울 이야기」. 그런 식으로 자꾸만 바뀌었던 거. 사실 「갈매기」라고 말할 때도 저기 해럴드 핀터의 「배신」과 체호프의 「갈매기」 중 고민하고 있는데 아마 「갈매기」일 거예요 90퍼센트 「갈매기」. 이랬다고. 이럴 수 있는 거야? 나는 남자의 얼굴을 찰싹찰싹 때리며 속으로 자꾸만 물었다. 체호프와 해럴드 핀터가 대체 무슨 상관이니? 거기서 이오네스코로 점프해버리는 인간의 머릿속에는 도대체 뭐가 든 거야? 그리하여 결론은 셰익스피어야? 셰익스피어는 그중에서도 제일 이상한 애잖아. 관객들은 배우들의 머리를 무거운 것으로 내리치는 것을 반복하고 그걸 보는 나는 반복을 멈춘다. 나는 남자를 때리던 손을 멈춰 멈춘 채로 손을 든 채로 가만히 있는다. 정지된 동작으로 가만히. 나한테는 이 공연 「겨울 이야기」랬지. 그래놓고 무대의 배우들은 「겨울 이야기」 대사는 「겨울 이야기」 연기는 「겨울 이야기」라고 할 만한 것은 한 번도 하나도 하지 않았잖아. 안 했잖아. 뭐 하자는 거야 정말. 그러거나 말거나 극장에서 벌어지는 모든 일은 조명 오퍼레이터와 음향 오퍼레이터가 벌이는 짓거리를 포함하여 몹시 셰익스피어적이라 셰익스피어를 하지 않지만 셰익스피어를 하고 있다고 그렇게 말할 수 있는데 누군가의, 그 누군가가 연출이라면 이게 연출의 의도야? 셰익스피어를 하지 않는데 셰익스피어를 누구보다도 하는 그런 식으로 셰익스피어를 하는 것 말이야.

무대 위의 관객들은 무대 위의 관객이라니 웃기는 말이네 그러나 무대 위의 관객들은 그중 누군가는 떨고 누군가는 떨지 않지만 어쨌거나 모두 이미 뭉개져버린 세 명의 배우들을 묶었다. 줄로 묶인 배우들을 끌고 무대 뒤로 사라졌다가 곧 다시 나타나 차례차례 자신의 원래 자리로 돌아갔다. 돌아가 앉았다. 나는 멈춰 있던 손을 내려 남자의 어깨를 문질렀다. 남자는 손으로 바닥을 짚어 상반신을 일으켜 내 어깨를 안고 나는 고개를 돌려 남자의 입술에 내 입술을 갖다 댄다. 남자는 내 입술을 빨다 침을 삼키고 묻는다.

—이런 게 연극이야? 연극은 대체 뭐야? 연극은 무엇이란 말이야!

손가락으로 남자의 입술을 두드렸다. 마치 대답하는 것처럼. 무릎으로 남자의 성기를 문지르고 문지를수록 남자는 힘을 주어 나를 안고 네 개의 다리는 엇갈린 채 힘을 주어 서로를 조인다. 남자는 내 티셔츠를 걷어 혀로 유두를 핥고 나는 남자의 목을 감싸고 그러다 머리를 힘을 주어 안고 잠시만이라고 내뱉고 테이블을 짚고 일어나 무대를 본다. 뒤따라 일어난 남자는 팔을 뻗어 가방에서 콘돔을 꺼내 성기에 씌우고 미끄러지듯 내 안으로 들어온다. 팔을 뻗어 간신히 테이블을 붙잡고 무릎을 약간 굽힌 채로 움직인다.

간신히 테이블을 짚은 채 본 무대는 이렇다. 방금 전 제자리로 돌아간 관객 중 하나가 옆에 앉은 다른 관객을 끌고 무대 위로 올라간다. 무대 위로 올라가 다른 관객을 들어 바닥에 내던진다. 셔츠에 피가 묻은 관객은 아까 흰옷의 여배우를 내리치던 사람 내리치는 것을 반복하던 사람 이제는 옆에 앉아 있던 사람을 끌고 와 바닥에 내던지는 사람. 다시 들고 던지고 다시 들었다가 던진다. 나는 뼈와 테이블이 자꾸 부딪쳐 조금 아프다는 생각이 들지만 무언가 꽉 맞는 느낌이 많은 것을 아주 많은 것을 잊게 했고 실제로 눈앞에서 무슨 일이 벌어지는 거야 잠시 아무 생각도 들지 않았다. 그렇게 멍하게 움직이고 있는데 무대 위의 사람은 나보다 확실하게 움직이고 있고 그것만은 분명해 보였다. 어떻게 확실히 움직이냐면 던지고 또 던지고 상대가 비명을 지르건 머리에서 피가 나건 아랑곳하지 않고 같은 속도로 던지고 또 던지고 그런 식의 확실함이었다. 그사이 무대 상수에서 푸른 옷을 입은 배우가 걸어나와 한가운데에 섰다. 무대 위 사람들의 움직임은 배우나 관객이나 모두 나보다 확실했다. 무대 위에 있기 때문인가 다들 나는 지금 내가 뭘 하고 있는지 알고 있어 말하고 있는 움직임이었다. 배우가 입고 있는 푸른 옷은 맨 처음 등장한 배우가 입고 있던 숄 같은 게 아니고 청록색의 평범한 티셔츠였다. 나는 남자에게 저게 푸른 옷일까? 저 사람이 첫번째 푸른 옷의 배우일까? 저런 사람이 두 명 더 나오고 거기다 울기까지 해야 음악이 바뀌는 것일까? 그러고도 한참을 기다려 다음 음악이 바뀌어야 이 무어라 해야 할까 연극이라고 해야 하나 이게 끝나는 걸까?

푸른 티셔츠의 배우는 관객들을 향해 동네 소개를 하기 시작하는데 여기가 한길이고 기차역은 저 뒤쪽이고 철길은 저쪽으로 뻗어 있다고 말한다. 왼쪽을 향해 저쪽에는 조합 교회가 있다고 장로 교회는 그 건너이고…… 말한다. 계속 동네 소개를 한다. 무대 하수에서는 관객이 관객을 내던지고 있으며 자꾸 관객 관객이라고 말을 해도 무대 위에 올라간 이상 온전한 관객이라고 말하기 힘든데 그래도 편의상 계속 관객이라고 하자면 관객은 배우를, 배우는 관객을 없는 사람 취급하며 전혀 신경 쓰지 않고 각자의 할 일을 했다 하기만 했다. 남자는 나를 의자에 앉히고 내 다리를 자신의 어깨에 놓고 내 안으로 들어왔다 급히. 의자는 바퀴가 있는 빙글빙글 잘 돌아가는 의자 의자는 슬슬 굴러가 벽에 닿았다. 의자는 벽을 자꾸만 치고 나는 남자의 입술을 빨았다. 푸른 티셔츠의 동네 소개는 교회를 지나 읍사무소 읍사무소 다음에는 학교였다. 관객은 누워 있는 관객의 옷을 벗겨 팔을 묶고 묶인 관객은 발버둥을 치는데 객석에서는 또 다른 관객이 올라와 예의 그 트로피 같은 물체로 누워 있는 관객의 머리를 친다. 아무것도 없던 무대에는 피가 있다. 아주 많은 피가. 관객은 관객을 내리치고 또 치고 머리는 형체가 없이 으깨지고 그 와중에 혹은 그렇기 때문이야? 남자는 계속 움직이고 나 역시 멍한 눈을 한 채로 손에 힘을 준 채 남자의 어깨를 붙잡는다.

　─(나는 여전히 무언가 묻고 싶은데 더 이상 질문이 만들어지지가 않는다) 그 이유가 뭘까?

푸른 티셔츠의 배우는 퇴장한다. 무사히 퇴장한 첫번째 배우, 우리에게는 무사한 사람이 있어야 해 왜인지 알 수 없지만 누군가는 무사해야 해 생각하며 남자의 어깨를 잡고 있는 손에 힘을 주었을 때 또 다른 관객이 그래 관객은 너무 많지 객석에 빽빽하게 들어앉아 있다고 셰익스피어의 「겨울 이야기」가 뭐라고 아니 이제 그런 건 상관없어졌지 어쨌거나 너무 많은 관객 공연에 비해 너무 많은 관객 이제 지쳤어 또 다른 관객이 무대를 가로질러 뛰어가더니 좀 전의 유일하게 무사했던 배우를 끌고 온다. 푸른색 티셔츠의 배우는 이제 무사하지 않게 되었다. 바닥에는 피 점점 더 많아지는 피 이제 묶인 사람은 움직이지 않는다. 관객은 배우의 머리를 내리치며 남자 배우를 죽이고 여자 배우를 살해하고 관객은 관객을 밀치고 바닥에 집어 던지고 팔을 묶고 머리를 내리치며 관객은 관객을 죽인다. 나는 우리에게 예정되어 있던 것을 떠올렸다. 붉은 옷의 일곱번째 배우의 등장과 푸른 옷의 세번째 배우의 울음 간신히 기억해냈지만 그것은 영영 일어나지 않을 일처럼 여겨졌다.

한숨을 쉬고 이마의 땀을 닦고 잠시만 다시 말하고 남자의 어깨에서 다리를 내리고 비틀비틀 일어나 올라간 치마를 내리고 속옷을 다시 입고 조명 콘솔 앞에 섰다. 현재 조명 넘버는 2 마지막 넘버는 고작 14. 나를 우습게 아는 거야? 나는 조명 넘버가 100이 넘어가는 공연도 실수 없이 잘 했단 말이야. 반짝이고 있는 'GO' 버튼을 눌렀다. 무대와 상관없이 눌렀다. 무대도 이미 대본과 상관없어졌으니 끝까지 가도 문제없겠지. 3번 4번 5번 바뀌는 조명들을 감상했는데 3번은 무대 가운데로 떨어지는 조명 4번은 상수만 비추는 조명 5번은 20초가 넘는 긴 조명이었다. 이미 뭉개져 얼굴이 사라져버린 관객 위로 긴 조명이 서서히 밝아지는 환한 조명이 비춰졌다. 끌려 나온 푸른색 티셔츠의 배우는 나는 스스로 움직일 거야 그런 의지로 한 걸음 한 걸음 무대 가운데로 향하는데 (이제 무슨 일이 벌어질지 모두 알고 있지?) 뒤에서 관객이 후려친 트로피로 무릎을 꿇고 머리를 떨군다. 이제 누가 무사할 수 있어? 아직 등장하지 않은 배우 영영 등장하지 않을 배우 그들만이 무사할 것이다 안전할 것이다. 나는 다시 'GO' 버튼을 누르고 남자는 할 수 없지 하는 표정으로 다음 음악을 튼다. 오르간 미사곡이 흐르고 무대는 어쩐지 장엄해 보인다. 이어지는 조명들은 개연성이 없고 그것은 전혀 새삼스럽지 않다. 8, 9, 10 이제 조명은 11번이었고 미사곡이 끝나면 남자는 다음 음악을 틀겠지.

그런데 말이야 조명이 끝난다고 음악이 끝난다고 연극이 끝날 수 있을까. 이건 고작 오퍼레이터의 의지잖아. 조명을 다 넘겨버려서 공연을 끝내버리겠다는 거. 주제 파악이 안 되는 의지. 모든 조명을 다 넘겨버려도 배우는 암전 속에서 대사를 할지도 몰라 상대 배우는 그 연기에 반응을 해줄지도 모르지 제대로 된 배우라면 말이야. 그렇다면 관객은 감동을, 기다렸다는 듯이 감동을 하겠지 참고 기다리다 기립 박수를 칠지도 모르는 거야. 객석의 관객 넷은 다시 무대 위로 올라가더니 무대를 가로질러 무대 뒤로 향한다. 이들은 아마 아직까지는 무사한 배우들을 무대 위로 끌어낼 생각인가 봐. 남아 있는 관객들은 아직 많은데 이들은 아직도 꼿꼿하게 어떻게 저렇게 꼿꼿한 거야 싶게 허리를 세우고 앉아 있는데 남아 있는 배우들은 몇이나 될까. 객석에 앉아 있을 때 관객들의 등은 엄격하고 딱딱하고 굳고 커다랗고 무서워. 하지만 무대 위로 올라가면 모두 뻔하겠지. 왜소하고 불안하다. 아주 평범하다. 나는 다시 'GO'를 누르고 12번은 커튼콜 조명이네 13번은 암전이며 그렇다면 14번은 관객 퇴장 조명이겠지. 제대로 만든 게 하나도 없으면서 그

외중에 커튼콜 조명은 입력시켜놓다니 조명 디자이너는 대체 누굴까 무섭다 무섭다 정말 무섭다. 남자는 마지막 음악을 틀고 관객들은 배우들을 질질질 끌고 나온다.

　　―(나는 여전히 무언가 묻고 싶지만 물을 수 없고 이제는 그 이유를 알지도 모른다)

　　박카스 병에 남은 박카스를 다 마시고 빈 병은 쓰레기통에 버리고 박카스는 끝났어 조명은 끝났어. 음악도 끝났어. 그럼 공연도 끝난 거야? 알 수 없지만 자신이 끝낼 수 있는 것을 끝내는 수밖에 그러므로 조명을 끝내버렸다. 남자는 음향을 끝내버렸다. 그러나 우리가 서로의 입술을 빨고 혀를 집어넣는 것은 아직 끝낼 수 없고 언제고 끝낼 수 없을 것 같은 기분이 들었으므로 문에 기대어 다시 서로의 입술을 빨고 혀를 움직인다. 나는 정말로 아직도 이상하다고 생각하는데 대체 어째서 셰익스피어의 「겨울 이야기」였던 거야? 체호프의 「갈매기」를 고르는 사람과 해럴드 핀터의 「배신」을 고르는 사람과 이오네스코의 「왕은 죽어가다」를 고르는 사람과 셰익스피어를 그중에서도 「겨울 이야기」를 고르는 사람은 상당히 다른 사람이라고 나는 생각해. 누가 모든 것을 차례차례 바꾸고 거절하고 넘기고 반대하고 마지막으로 찬성했을까? 혹은 강요하고 수긍하라고 다그치고 이걸 하라고 시켰을까? 극장 안의 누구도 셰익스피어의 연극을 하고 있지 않지만 몹시 셰익스피어적인 것을 각자 하고 있으며 그러니까 우리 모두는 셰익스피어를 하지 않음으로 가장 셰익스피어를 하고 있었는데, 그러고 보면 셰익스피어의 「겨울 이야기」에서는 마지막에 동상이 깨어나 사람이 되지. 아니 동상이 동상인

척하지만 원래부터 동상이 아니었나. 어느 쪽이든 너무 너무한 이야기지? 이 사람들은 이보다 더 너무한 것을 하고 있는데 그것을 멈추지 않고 계속하려는 것인가 봐. 어쩐지 가장 너무한 것을 해야 이 모든 연극을 연극이라고 할 수 있다면 연극을 끝낼 수 있을 것 같은데 그게 뭘까? 아무리 생각해도 알 수 없었는데 이봐, '무얼 해야 할지 모른다면 생각해보아도 도무지 모르겠다면.' 남자는 다시 내 치마 안으로 손을 집어넣고 나는 손잡이를 돌려 문을 연다. 문을 열고 뒷걸음질 쳤다. 조정실을 나가려고 한 걸음을 떼자 왠지 그게 무엇인지 알 수 있을 것 같은 기분이 들었는데 그런 기분이 들자 풉! 하고 웃음이 터져 나왔다. 나는 남자의 귀에 대고 '무얼 해야 할지 모른다면 생각해보아도 도무지 모르겠다면'이라고 속삭였고 남자도 풉! 하고 웃음을 터뜨렸다. 우리는 알고 있을지도 몰랐다. 어쩌면 혹시나 알고 있을 거야. 아주 너무한 것 몹시 너무한 것 여기에서 할 수 있는 가장 너무한 것. 그리고 달려 나갔나? 뛰어 나갔나? 아주 빠르게 할 수 있는 것들을 하기 시작했다 몹시 빠르게. 할 수 있는 가장 너무한 것을 향해. 그러다 생각이 났는데 처음엔 그게 체호프의 「갈매기」라고 했지. 아마 「벚꽃 동산」이라면 거절했을지도 몰라. 「갈매기」니까 한다고 했던 거지. 「갈매기」 체호프의 「갈매기」 그걸 했다면 어땠을지 모르겠네 이 모든 것이 너무한 것으로 향하지 않았으려나? 모를 일이야. 체호프의 「갈매기」는 날아갔고 이오네스코의 「왕은 죽어가다」는 사라졌으며 남은 것은 셰익스피어인가, 셰익스피어의 「겨울 이야기」. 셰익스피어, 셰익스피어라 중얼거리며 나는 달리기 시작한다.

그런데 있잖아. 달려 나가며 나는 그곳은 어디야? 하는 질문을 들었는데 그 목소리는 독백 같지는 않고 방백에 가까웠다. 사람들은 우리가 계속 서로의 입술을 빨기 때문에 그곳은 분명 사람들을 죽이는 곳의 대칭점인 계속 계속 입술을 빠는 곳이라고 생각하겠지? (그곳은 천국이야 그럼?) 나는 남자애의 볼을 감싸고 집중을, 집중이라고 할 만한 정신 상태로 그 애의 혀를 빤다. 나는 혀를 빨면서도 그곳은 어디야?라는 질문을 집어 던지지 않고 제대로 펴 내 눈앞에 걸었다. 현재 우리가 극장 밖에 있다면 그러니까 셰익스피어의 세계 밖에 있다면 나는 아주 가볍게 종이를 찢을 것이다. 극장과 대본과 객석과 목소리를 종이에 눌러 담아 찢어버릴 것이다. 하지만 우리가 여전히 몹시 셰익스피어 안에 있다면 나는 트로피를 뺏는다. 혹은 뺏는 것이 늦어 죽임을 당합니다. 아, 정녕 그뿐이란 말인가 탄식하며 고개를 흔듭니다. 그뿐이 아닌 것 또 다른 방법 그 모든 것을 뒤집을 만한 것. 중얼거리며 고개를 계속 흔듭니다. 그리하여 결국 결정을 내린 나는 너무하지 않은 것을 향해 달려나가며 발밑을 살피고 남자애의 어깨 너머를 주시해. 그러다 그곳에 다다르면 언제고 종이를 찢을 것이다. 그럴 것이다. 그렇게 뛰어가다가 죽지도 죽이지도 않았습니다라고 말할 수 있는 곳에 닿으면 말이야. 그러니까 계속 달린다. 계속 빠르고도 빠르게 할 수 있는 가장 너무한 것을 향해. 동시에 가장 너무하지 않아서 너무 너무하지 않은 것을 향해. 달린다. 달려 나간다.

* pp. 96~97에서 반복되는 문구는 중국 현대미술 작가 구더신의 작품 「2009-05-02」를 한국어로 옮긴 것으로, 그는 이 작품을 마지막으로 미술계를 떠났다.

[『문학과사회』 2011년 겨울호]

선 정 의 말

—

한 가지는 분명하다. 적어도 내게는 그렇게 보인다. 밀란 쿤데라가 한 국어를 읽을 줄 알았다면, 이 소설을 매우 좋아했을 거라는 사실. 쿤데라의 생각(에 대한 나의 해석): 소설(이라는 관습적 형식)보다 중요한 것은 질문 (의 급진적 형식)이다. 또는 문학(이라는 담론 현실)보다 더욱 근본적인 것은 언어speech(의 생김새figure of)이다.

「너무의 극장」은 소설이라기보다는 차라리 특이하게 생긴 하나의 언어이다. 거의 모든 점에서 지나치다는 점이 이 언어의 개성이다. 소설의 이름 표를 달고 소설 형식을 너무 심하게 찢어놓는다는 점에서, 거룩하고 고결한 인간적 소통—에로스—을 하찮은 물리적 행위로 발가벗겨놓는다—이것이 외설이다—는 점에서, 그리고 무엇보다 지구라는 무대 위에서 펼쳐지는 거대한 인류(학적) 연극anthropo(logical) theater을 폭력과 부조리와 유혈이 낭자한 극장으로 뒤바꿔놓는다는 점에서 그러하다(이것들은 물론 의도의 차원에서는 나름의 정당성을 주장할 수 있다).

그러나 이 모든 지나침, 지나친 성격 들은 단 한 가지 절제를 통해 진정되고 있다. 어떤 행위에서 「너무의 극장」은 이렇듯 힘든 과제를 성공적으로 완수했는가? 독자를 유혹/현혹하지 않(으려)는 데에서. 다시 말하자면 「너무의 극장」은 독자에게 아주 약간의 부담만을 느끼게 하는 데 성공한 작품이다. 그러나 물론 이 성공은 적지 않은 대가를 치러야 했다. 질문을 특이하게 더 특이하게 빚으려는 집중력 덕분에 가장 중요한 사실을 잊어버린 것이다. 언어가 던져야 할 질문은 오직 사람들의 눈길이 가장 놓치기 쉬운 부분에서만 특이해야 한다는 사실. 이 망각에 대해서는 "극장과 대본과 객석과 목소리를 종이에 눌러 담아 찢어버릴" 거라는 마지막 부분의 진술이 확실한 증거가 된다. 그 반대가 옳다. 극장과 대본과 객석과 목소리는 모두 건재해야 한다. 찢어져야 할 것은 오히려 그것들을 찢겠다는 목소리, 찢으려는 손짓이다. 이것 역시 분명한 사실이다. 적어도 내게는 그렇게 보인다.

_조효원(문학평론가)

절반 이상의 하루오

이 장 욱

1968년 서울에서 태어났다. 1994년 현대문학 신인추천에 당선되며 시인으로, 2005년 문학수첩
작가상을 받으며 소설가로 활동을 시작했으며 제1회 웹진문지문학상을 받았다. 시집 『내 잠 속의
모래산』『정오의 희망곡』『생년월일』, 소설집 『고백의 제왕』, 장편소설 『칼로의 유쾌한 악마들』
이 있다.

지금에 와서 느끼는 것이지만, 하루오에게는 어쩐지 슬픔도 우울증도 없을 것 같은 생각이 든다. 적어도 절반 이상의 하루오에게는. 그에겐 하루오식 배영이라는, 그만의 수영법이 있으니까.
하지만 언젠가 내가 하루오를 만나게 된다면, 그건 길고 쓸쓸한 바닷바람이 불어오는 오키나와의 거리일 거라는 예감.

● ‥

절반 이상의 하루오

—

1

내 일본인 친구의 이름은 다카하시 하루오(高橋春夫)인데, 그는 일본인답지 않게 여행을 매우 좋아했기 때문에 전 세계에 친구를 가지고 있었다. 하루오 자신의 말을 그대로 옮기면 이렇다. 나, 하루오는 일본보다 다른 나라에 친구들이 더 많다.

실제로 세어 보지는 않았다고 하지만 아마 사실일 거라고 생각한다. 그는 연중 일본보다 일본 바깥에 있는 시간이 더 길고, 일본에 있을 때는 "죽은 듯이" 시간을 보낸다고 한다. 아무도 만나지 않고 아무런 활동도 하지 않는다. 일부러 그러는 건 아닌데, 지내고 보면 그렇게 된다는 것이다. 심해어나 바다거북처럼 시간을 보내다가 문득 비행기를 타고 다른 나라로 날아간다. 그게 나, 다카하시 하루오가 살아가는 방식이다. 그는 그렇게 말했다.

그럼 무슨 돈으로 생계를 유지하는가? 여행은 무슨 돈으로 다니는

가?

이것은 나의 질문이었지만, 곧 우문임이 밝혀졌다. 나는 여행을 하는 것이 직업이고, 여행을 함으로써 생계를 유지한다 — 는 것이다.

하루오의 대답은 사실이었다. 그의 홈페이지를 방문해보면 유수의 다국적 기업들이 배너광고를 띄워놓고 있었다. 한 귀퉁이에는 내가 일하는 외국계 회사의 광고도 보였다. 마케팅 코디네이션 팀—이라고는 하지만 몇 안 되는 국내 대리점들의 공동 프로모션을 관리하는 수준—에서 일하게 된 지 얼마 되지 않았지만, 앞으로 해외 쪽으로 나가게 될지도 몰랐다. 그건 내가 바라는 바였다.

하루오는 영어로 홈페이지를 운영하고 있었는데, 그는 거기에 자신의 여행담을 연재하는 중이었다. 그 여행담은 꽤나 인기가 있는 모양이어서 전 세계에 폭넓은 독자층을 갖고 있었다. 조회 수를 보면 1만 회는 보통이었고, 어떤 게시물은 10만을 넘기는 경우도 있었다. 덕분에 그는 세계 각국의 다종다양한 잡지에 자신의 글을 싣게 되었고, 책도 몇 권 냈다고 했다. 그리고 언젠가부터 여행은 그의 취미가 아니라 직업이 되었다는 것이다.

나는 영어 공부 삼아서 자주 그의 홈페이지에 들렀다. 하루오의 문장은 대개 단문이었고 어려운 단어는 거의 없었다. 영어는 하루오에게도 내게도 외국어였으니까 — 라고 말하면 이상하지만, 바로 그래서 편하기도 했다.

그의 글은 여행 정보를 전달하는 류의 것은 아니었다. 파리에 가면 노천주점에서 홍합 요리를 먹어보라거나, 페테르부르크에서는 에르미타주 박물관보다 러시아 미술관이 좋다거나, 뉴올리언스라면 밤의 버번 스트리트를 강추한다거나 — 그런 글이 아니라는 뜻이다. 일본과 비교하자면 이곳은 이렇고 저곳은 저렇다는 식의 내용도 없었다. 그는 관광지를 소개하지도 않았고 특별히 일본인으로서 글을 쓰지도 않았다. 그렇다고 맛깔스러운 에세이나 지적이고 감성적인 여행기도 딱히 아니었다. 나로서는 그런 것이 왜 그리 인기가 있는지 알 수 없을 정도로 그냥 무색무취하다고 할까. 그러면서도 나 자신부터 그의 게시물들을 멍하니 읽고 있으니 신기하다면 신기한 노릇이었다. 글에다가 중세의 마법 같은 걸 걸어놓은 게 아닌가 싶을 정도였다.

사실 그는 자신의 행적을 글과 사진을 통해 노출할 뿐이었다. '노출'이라고 해서 사생활을 까발리면서 쾌감을 얻는다는 뜻은 아니다. 말하자면 자신이 있는 곳에서 자연스럽게 살아가는 모습을 옮겨 적는다고 하는 편이 옳았다. 그곳이 뉴욕 타임스스퀘어이건 치앙콩의 후미진 골목길이건 개의치 않는다는 투였다. 타임스스퀘어에서는 뉴요커처럼 살았고 치앙콩에서는 치앙콩에서 나고 자란 태국인인 듯이 살았다. 그랬다. '살았다'고 말할 수밖에 없는 방식으로, 하루오는 여행을 했다. 그걸 '여행'이라고 할 수 있다면 말이지만.

어쨌든 낯설고 새로운 게 없지 않을 텐데, 하루오는 그런 것에 별다른 관심이 없는 것 같았다. 기껏해야 자기가 어디에 있는 것인지 갑자기 어리둥절해졌다는, 그런 정도의 느낌뿐이었다. 낯섦에 관심이 없는 여행가라니 —— 이건 거리 풍경에서 매일 신기함을 느끼는 노선버스 기사만큼이나 도대체 말이 안 되는 게 아닌가.

나는 그렇게 생각했지만, 독자들 가운데는 실제로 '프렌드'가 된 사람들도 있다고 하루오는 말했다. 어떤 친구는 온라인의 글로만 알고 있다가 우연히 여행을 간 곳에 살고 있어서 만나게 되고, 어떤 친구는 여행길에서 만났다가 나중에 그의 홈페이지에 들어와 연락을 주고받게 되고, 그렇다는 것이다.

우리―나와 그녀―로 말하자면, 후자의 경우였다. 여행 중에 만난 뒤 홈페이지에 들어가 독자가 되었다는 뜻이다.

2

하루오를 만난 건 몇 해 전 델리에서 바라나시로 가는 야간열차 안에서였다. 그녀와 나는 만난 이후 처음으로―실은 처음이자 마지막으로―함께 여행을 떠난 참이었다. 그것도 해외여행을.

사실 그녀는 외국이 익숙했지만, 나는 그렇지 않았다. 그때 나는 추리닝에 토익 책을 끼고 사는 취업 준비생이었다. 고교 시절까지만 해도 파일럿이 장래 희망이었지만 해외여행이라고는 중국에 가본 게 전부인 위인이 나였다. 그것도 아버지가 추진한 동네 노인회의 마을 여행에 억지로 끼어서였다. 사내는 모름지기 넓은 세상을 알아야 한다―그게 아버지가 나를 어르신들의 중국 여행에 끼워 넣은 이유였다. 당신 자신이 비행기를 처음 타본다는 이야기는 하지 않았다. 내가 그때 '중원'의 넓은 세상에 나가서 한 것이라고는 건강식품을 파는 상점에서 가이드의 지루한 설명을 들으며 물건을 집었다 놨다 집었다 놨다 했던 것뿐이다.

그녀는 달랐다. 전 세계에 라인을 갖고 있는 외국계 N 항공사의 객실 승무원이 되었으니까. 나는 파일럿이 꿈이었으되 책상머리에 앉아 핏발 선 눈으로 컴퓨터 화면을 노려보는 사무직원이 될 것이었고, 그녀는 안정된 공무원이 꿈이었으나 고도 9천 킬로미터의 허공에서 일하는 스튜어디스가 될 것이었다. 이제 막 입사했을 뿐이지만 인천을 베이스로 미주 등지를 왕복하게 될 그녀의 미래는 밝았다. 미국 내의 호텔에서 퍼 디움(체류비)을 받으며 머물 자격이 있는 인생이라는 얘기다.

그러니까 이건 거대한 쇳덩어리인데 어디든 날아갈 수 있단 말야. 가벼운 솜털이 가지 못하는 곳을 무거운 쇳덩어리는 왕래할 수 있다는 거지. 그녀는 첫 비행을 마치고 난 소감을 그렇게 말했다. 얼굴이 달떠 있었다. 꽤나 낭만적인 소감이네 — 나는 그렇게 이죽거릴 뻔했지만, 그녀는 내 기분을 알아차리지 못하고 말을 이었다.

하룻밤 내내 비행기를 타고 머나먼 도시로 날아갔다가, 그곳의 호텔에서 시간을 보낸 후 다시 돌아오는 생활인 거야. 바다 건너의 마천루에 도착하면, 스무 시간밖에 날아가지 않았는데도 이틀이 지나 있는 거지. 돌아올 때는 반대야. 스무 시간이나 날아왔는데도 두 시간밖에 안 지나 있어. 시간을 호주머니에 넣었다가 다시 꺼내는 꼴이랄까.

그녀는 갓 내린 커피를 마시며 대단히 흥미롭다는 어조로 말했다. 그날 우리는 만난 뒤 처음으로 술을 마시지 않고 헤어졌다.

그녀 역시 내 꿈이 비행사였다는 걸 알고 있었다. 어렸을 때는 아카데미의 팬텀 시리즈나 하세가와 모델들을 수집했고 나중에 항공학교로 진학하는 걸 당연하게 생각할 정도였다. 집에서도 물론 반대하지 않았다. 문제는 시력이었는데, 고교 때 시력이 급하게 안 좋아졌기 때문에 안경을 써야 했던 것이다. 중대한 결격사유였다. 하지만 나는 꿈을 접지 않았다. 부모님을 졸라 라식수술을 받은 것이다.

그리고 그것으로, 모든 꿈이 물거품처럼 사라졌다. 나중에 알게 된 사실이지만 눈 수술은 치명적이었다. 신체검사 때 의사는 이렇게 말했다. 비행기라는 것은 전후좌우뿐 아니라 위아래로도 움직이는 기계지. 비행사는 급격한 중력의 변화에 견뎌야 해. 그런데 라식은 망막을 깎아내는 수술이야. 결론은? 기압이 갑자기 낮아지면 시야가 흐려질 수도 있고, 최악의 경우 안구 자체가 터져버릴 수도 있다는 거지.

나는 하늘에서 안구가 터지는 상상을 했다. 수없이 했다. 구름 속을 날아가다가 갑자기 거대한 태풍을 만난다. 기체가 상하좌우로 급격히 흔들린다. 그러다 문득 태풍의 눈으로 진입한다. 태풍의 눈은 고요로 가득하다. 그 고요의 한가운데서 갑자기 안구가 펑, 터져버리는 것이다. 시야가 사라진다. 시야가 캄캄해지는 게 아니라, 시야라는 것 자체가 그냥 없어진다는 뜻이다. 상상력이 꿈을 죽이기도 한다는 것을, 나는 그때 알았다. 이불을 뒤집어쓰고 상상을 반복한 끝에, 나는 흔쾌히 꿈을 접을 수 있었다.

하지만 요즘도 출장을 갈 때마다 공항에 들어서면 묘한 느낌이 든다. 그곳에서는 모두들 제 몸만큼 커다란 가방을 두어 개씩 끌고 머나먼 곳으로 떠나거나 머나먼 곳에서 돌아온다. 그런 곳에서 정장을 한 채 보딩 패스를 받고, 수화물을 보내고, 출국심사를 받기 위해 줄을 서서 허공을 바라보고 있으면…… 하릴없는 생각들이 나를 사로잡는 것이다. 세상의 모든 목적지들이란 어떻게 태어나는 것일까. 사람에게 목적지가 필요한 게 아니라 목적지가 사람들을 필요로 하는 게 아닐까. 인간이 떠나고 돌아오는 게 아니라 떠날 곳과 돌아올 곳이 인간들을 주고받는 게 아닐까 — 알록달록한 표지로 된 서양 잠언집의 문장 같은, 그런 생각들 말이다. 그러니까, 그녀에게 여행을 제안한 건 나였다.

열차는 꽤 지저분했다. 침대차였지만 쿠페식이 아니라 개방형이었다. 위 아래로 두 칸씩의 침대가 마주 보는 형태였다. 바닥에는 오물들이 흩어져 있고 상한 과일 냄새 같은 것이 차내를 흘러 다녔다. 나와 그녀는 냄새 같은 것은 아랑곳없이 창밖과 열차 안을 번갈아가며 구경하고 있었다. 한국을 떠날 때는 한겨울이었는데 인도에 도착하니 초가을이구나. 그녀가 하나 마나 한 말을 중얼거렸다. 그게 지구라는 물건이야. 나 역시 하나 마나 한 말로 대꾸했다. 과연 그렇다고. 그녀는 고개를 끄덕였다. 낮의 창밖으로는 어느 나라에나 있을 법한 정겨운 시골 풍경이 지나갔고 밤의 창밖으로는 역시 어느 나라에나 있을 법한 캄캄한 어둠이 흘러가고 있었다.

시타푸르쯤을 지날 때였던가. 열차 안에서 바닥의 오물들을 치우기 시작한 사람이 있었다. 잠을 자거나 무료하게 시간을 보내고 있는 사람들 사이에 얌전히 앉아 있다가 문득 몸을 일으키더니, 어디선가 빗자루와 걸레를 가져와 물까지 슬슬 뿌려가며 객차 바닥을 청소하기 시작한 것이다. 중키에 호리호리한 체구의 젊은 남자였다. 남자가 그 열차의 직원이 아니라는 것은 누구나 알 수 있었다. 낡은 면바지에 헐렁한 그레이 티셔츠를 걸친, 평범한 복장을 하고 있었으니까.

저 사람, 뭐 하는 거야? 그녀가 남자 쪽을 턱으로 가리켰다. 다른 승객들 역시 그런 남자를 이상하다는 듯이 바라보고 있었다. 남자는 웃음 띤 얼굴로 승객들과 인사까지 나누며 청소를 계속하고 있었다. 남자가 가까이 다가왔을 때에야, 우리는 그의 얼굴이 인도인과는 다르다는 것을 깨달았다.

남자가 내 자리까지 와서 다리를 들어달라고 청했다. 나로서는 자연스럽게 그에게 말을 걸 기회가 생긴 셈인데, 내 입에서 나온 영어란 겨우 이런 것이었다.

당신은, 무엇을 하고 있습니까?
남자는 고개를 들어 나를 바라보더니 당연하다는 듯 대답했다.

나는, 청소를 하고 있습니다.

그의 싱거운 대답에 나는 다시 질문했다.

내 말의 뜻은, 왜 당신이 청소를 하고 있는가 하는 것입니다.

나는 '당신이'에 강세를 두고 말했다. 남자는 무표정하게 나를 바라보며 대답했다.

왜 내가 청소를 하면 안 되는 것입니까?

남자 역시 '내가'에 힘을 주어 대답했다. 나는 어이가 없어져서 실없는 웃음을 터뜨리고 말았다. 그녀가 끼어들었다.

이곳은 인도이고, 우리가 있는 곳은 다른 곳도 아닌 야간열차 안입니다. 인도의 열차는 대개 이렇게 지저분하고 오래된 차량으로 되어 있습니다. 그것은 자연스러운 것입니다. 그것 자체가 인도의 일부라고 할 수 있습니다. 당신은 직원이 아니라 승객이며, 그렇기 때문에 청소를 할 필요가 없다고 우리는 생각합니다.

거의 연설에 가까운 그녀의 말을 듣고 나더니, 남자는 천진한 표정으로 빙긋, 웃었다. 그리고 그가 한 말은 다소 뜻밖의 것이었다.

당신들과 나는, 친구가 되도록 합시다.

그것이 하루오와의 첫 만남이었다.

그 후 우리는 정말 '프렌드'가 되었다. 하루오의 얼굴을 보고 있다가, 그녀와 나 역시 서로를 마주 보며 빙긋, 웃고 말았으니까. 우리가 웃는 이유를 우리 자신도 딱히 잘은 모르겠다는, 그런 표정으로.

3

하루오는 짐을 챙겨 우리 자리로 옮겨 왔다. 그리고 그 밤의 열차 안에서 내내 오랜 친구처럼 이야기를 나누었다. 처음 만났을 때조차 전혀 어색하게 느껴지지 않았다는 건 좀 의아한 일이지만, 하루오는 공기처럼 자연스럽게 우리에게 스며들었다. 말하자면, 그녀와 내가 이쪽에 있고, 풍경과 사람들이 저쪽에 있다. 이쪽과 저쪽은 서로를 바라보지만 그 사이에는 건널 수 없는 유리막 같은 게 있다. 우리는 유리막 저편의 세계를 구경하고 저편의 세계는 우리에게서 어떤 식으로든 수수료를 받는다. 여행이든 관광이든, 그런 것이다. 그런데 그 중간에 하루오가 슥 들어와 양쪽의 경계를 흩뜨려놓는다. 유리막 같은 것이 갑자기 사라져버려서 바깥의 공기가 밀려 들어온다. 그런 것이다.

새벽의 바라나시에 도착한 우리는 역시 같은 게스트하우스에 여장을 풀었다. 우리는 함께 노천카페에서 인도 맥주를 마셨고, 오토릭샤들이 윙윙거리며 내달리는 바자르를 헤맸으며, 갠지스 강변의 가트(계단)에 앉아 이런저런 이야기를 나누었다. 하루오는 처음부터 우리와 함께 떠나온 사람처럼 자연스러웠고, 그녀와 나 역시 그걸 자연스럽게 여겼다.

그게 하루오가 가진 기묘한 재능이라는 것은 나중에서야 깨달았던 것 같다. 하루오와 맥주를 마시며 떠들고 있으면 내가 외국의 언어를 쓰고 있다는 느낌이 사라지곤 했다. 하루오와 바자르를 헤맬 때는 그녀보다 더 오래 알고 지낸 옛 친구와 걷고 있다는 착각에 빠지기도 했다. 그녀보다 더 — 라는 표현을 빼고 말하긴 했지만, 그녀도 내 의견에 동의를 표했다.

하지만 하루오가 우리 곁에만 붙어 지냈던 것은 아니다. 하루오에게는 하루오의 여행이 있다는 식이랄까. 하루오는 자주 사라졌다. 밤새도록 어딘가를 돌아다니다가 아침에 개처럼 지친 몰골로 나타나기도 했고, 어디선가 오토릭샤를 빌려 와 혼자 먼지 날리는 시골길을 달리기도 했다. 인도인 친구들이라며 낯선 사람들을 게스트하우스로 데려와 '짜이(茶)'를 마신 일도 있었는데, 그럴 때 둥글게 앉아 있는 인도사람들 사이에 일본인이 끼어 있다고 생각할 수 있는 사람은 거의 없었다.

하루오는 하루오의 주위에 아무도 없는 것처럼 자연스럽게 행동했다. 때로는 하루오 자신이 이미 하루오가 아닌 것처럼 보이기도 했다. 한번은 게스트하우스에서 가까운 바자르를 지나가다가 인도산 액세서리들을 파는 상인을 물끄러미 바라본 적이 있다. 저 사람, 어딘지 낯이 익다 — 는 느낌이 들어서였다. 잠시 후 그녀와 나는 입을 딱 벌릴 수밖에 없었다. 그 복잡한 시장통에 좌판을 벌여놓고 액세서리를 팔고 있는 것은, 다름 아닌 하루오였던 것이다. 인도인 친구에게서 물품을 받아 파는 것이라고 말할 때의 하루오가 어찌나 천연덕스럽던지, 그가 이곳에서 나고 자란 사람이 아닌가 착각이 들 정도였다.

너는 내가 알고 있는 일본인과 다르다 — 고 하루오에게 말한 적이 있다. 그때 하루오는 내 얼굴을 멍청하게 쳐다보더니, 너도 내가 알고 있는 한국인과 다르다 — 고 대꾸했다. 예의 그 빙긋, 하는 웃음과 함께였다. 그건 당연한 일 아니냐는 투였다. 옆에 있던 그녀가 나를 향해 편견이 너무 많다고 비난한 것 역시 당연한지도 모른다. '일본인답지 않게 여행을 좋아하는 하루오' 어쩌고 한 것을 두고 하는 말이었다. 하긴 이 글의 첫 문장도 그렇게 시작했으니 나로서는 할 말이 없는 셈이다.

게다가 하루오는 엄밀히 말해서 전형적인 일본인도 아니었다. 하루오의 할아버지는 미국인이었고, 하루오의 어머니는 오키나와 태생이라는 것이다. 오키나와라면, 하고 그녀가 말했다. 대만 쪽에 있는 그 섬들인가? 류큐 제도라고 하던가?

하루오가 고개를 끄덕였다. 오키나와인들은 일본인이라고 할 수도 없고 일본인이 아니라고 할 수도 없고, 그렇다던데. 그녀가 애매하게 뇌까렸다. 그때 하루오가 던진 농담은 이런 것이었다.

말하자면, 절반 이상의 하루오는 어딘지 다른 하루오이다 ―라고.

오키나와에서 나고 자란 하루오는 도쿄의 백부 댁으로 이주한 뒤에 이런저런 불행에 시달렸다고 한다. 하루오가 도쿄로 오자마자 오키나와의 부모님이 이혼한 게 첫번째였다. 게다가 학교에서는 왕따에 시달렸다. 일본인으로서는 어딘지 모르게 이상한 외모에 말수가 적은 하루오로서는 교실이라는 우주에 적응하는 것이 가장 힘든 일이었다. 게다가 지원한 대학에는 보기 좋게 낙방까지 해버렸던 것이다.

하루오는 백부 집을 나와 무작정 여행을 떠났다고 한다. 일종의 '자살여행'이었지, 삶에 의욕이 없었고 죽음에 특별한 거부반응이 없었기 때문에―라고 하루오는 설명했다.

죽기 전에 그간 모아둔 돈을 모두 털어 여행을 가기로 마음먹은 하루오는, 절망에 빠진 청년답게 무작정 북극에 가고 싶다고 생각했다. 하지만 경제 사정 등 여러 이유 때문에 결국 가까운 한국을 택했다고 한다. 부산에서 출발해 서울, 춘천, 속초를 거쳐 7번 국도를 타고 내려와 부산으로 돌아가는 루트였다.

여행의 첫날, 하루오는 이상한 느낌을 받았다고 한다. 부산 뒷골목의 어느 게스트하우스에서―아마도 그건 모텔이나 여관일 거라고 그녀가 정정해주었다——머물게 된 하루오는 전에 없이 길고 깊은 잠을 잤다. 깨어보니 낯선 방이었다. 몇 겹의 삶이 지나간 듯 오래 잔 느낌이었다. 그 아침, 천장을 바라보며 누워 있던 하루오는 어쩐지 바다 밑바닥에서 빠져나오는 기분으로 몸을 일으켰다. 창문을 열고 소음으로 가득한 거리를 내려다보았다. 희미한 햇살이 있었고, 무수한 자동차들이 지나다녔고, 매연이 뒤섞인 찬 공기가 창문으로 밀려들었다. 하루오는 아, 하고 짧은 신음을 내뱉었다. 어딘지 모르게, 그것은 새로운 세계였던 것이다.

아침 식사를 위해 거리로 나갔다가 하루오는 사소하지만 이상한 경험을 했다고 한다. 길 저편에서 다가오던 젊은 여자 하나가 하루오에게 이렇게 물었던 것이다.

혹시…… 도를 믿으시나요?

하루오는 여자를 멍하니 쳐다보았다. 자신이 도를 믿는지 아닌지 알 수 없다는 표정을 짓고 있다가, 하루오는 자기도 모르게 빙긋, 웃음을 흘렸다. 여자도 하루오의 얼굴을 쳐다보고 있다가 그를 따라서 빙긋, 웃었다. 그것으로 그만이었다. 어쩐지 서로 더 이상 말이 필요 없어진 것 같은, 그런 기분이 된 것이다.

여자를 지나쳐 걸어가다가 하루오는 문득 이상한 느낌이 들었다. 여자가 한 말이 영어가 아니었다는 것을 깨달았던 것이다. 물론 일본어도 아니었다. 발음으로 보아——하루오는 그 발음을 또렷이 떠올릴 수 있다고 했다——그것은 확실히 한국어였다. 자신이 아는 한국어라고는 김치와 불고기, 그리고 안녕하세요——라는 인사말뿐이라고, 하루오는 덧붙였다.

여자와 헤어지고 찬 공기가 흘러 다니는 거리를 걸어가면서, 하루오는 기이하게도 죽고 싶었던 마음이 어디론가 사라져버렸다는 사실을 깨달았다. 그것을 하루오는 이렇게 표현했다. 말하자면 그건, 나라는 존재가 5센티미터쯤 다른 세계로 옮겨진 것 같은, 그런 순간이 아니었을까. 어쩌면 정말 도를 알게 된 것인지도 모르지만. 믿거나 말거나, 그건 겨울의 부산 남포동 거리에서 있었던 일이 분명하다—고 하루오는 진지한 표정으로 말했다.

4

바라나시를 떠나기 전날 밤이었다. 우리는 게스트하우스의 방에 앉아 술을 마셨다. 하루오가 들고 온 포도주였다. 그녀와 나는 인도와 갠지스 강에 대해 여행자들다운 대화를 나누었다. 인도의 현재는 갠지스 강의 신비와 IT 산업의 결합이다 — 라든가, 조지 해리슨은 갠지스 강변에서 죽음을 기다리면서 무슨 생각을 하고 있었을까 — 같은 싱거운 이야기들이었다. 하루오는 간간이 웃어주었을 뿐이다.

잠시 옅은 잠이 든 모양이었다. 어둠이 깊다는 느낌이 들었다. 깊은 물속에 잠겨 있는 기분이었다. 새벽 2시나 4시는 된 듯했다. 나는 술을 마시던 그대로 침대 위에 누운 채였다.

어둠 속에서 하루오와 그녀가 이야기를 나누는 소리가 아련하게 들려왔다. 물속에서 들려오는 대화 같았다. 나는 무거운 눈꺼풀을 조금 들어올렸다. 하루오와 그녀가 눈에 들어왔다. 창밖에서 스며든 희미한 불빛이 하루오와 그녀에게 부드러운 실루엣을 만들어주었다. 그들은 나란히 앉아 가만히 손을 잡은 채 이야기를 나누고 있었다. 아주 오랜 연인들처럼 자연스러워 보였다.

이것은 밤과, 어둠과, 희미하고 연약하게 심장이 뛰는 물속의 풍경
이라고 나는 생각했다. 그들의 모습이 너무 아늑하고 고요해 보여서,
나는 내가 깨어 있다는 기척조차 낼 수 없었다.

나는 물고기처럼 다시 잠에 빠져들었다.

아침에는 잔뜩 날이 흐려 있었다. 우리는 마지막으로 갠지스 강에
나가보기로 했다.

우리는 아무런 목적 없이 걸었는데, 발이 멈춘 곳은 버닝 가트였
다. 버닝 가트는 일종의 화장터로, 계단들 사이사이의 석조 제단에 장
작이 쌓여 있고 그 곁에 천으로 싸맨 시신이 순서를 기다리는 곳이다.
한쪽에서는 이미 장작불이 타오르고 있었다.

우리는 가트 주변을 걸었다. 바람을 타고 검은 재가 점점이 우리를
지나갔다. 검은 재는 불규칙하게 흩날리다가 우리의 머리와 어깨에 내
려앉았다. 그녀와 나는 곧 델리로 돌아가 인천행 비행기를 탈 것이었
다. 하루오는 바라나시에서 네팔을 거쳐 방글라데시까지 내려가볼 요량
이라고 했다. 거기 어디서 일본으로 돌아갔다가, 두어 달 뒤에는 쿠바
와 남미를 돈 뒤에 북미로 향할 거라는 계획도 덧붙였다. 일본에 있을
때는 "죽은 듯이" 시간을 보낸다는 이야기도 그때 들은 것이다.

버닝 가트 뒤쪽으로 천으로 싸맨 시신들이 드문드문 수레 위에 놓
여 있었다. 그 위로 빗방울이 떨어지기 시작했다. 천이 젖어 들고 있었
다. 내 곁의 수레에 놓여 있던 시신의 윤곽이 스르르 드러나는 것을, 나
는 물끄러미 바라보았다. 가슴과 허리의 굴곡, 가는 다리 선이 시신을
덮은 주홍색 천 위로 조금씩 도드라지고 있었다. 젊은 여성의 시신인

것 같았다. 나는 그 윤곽에서 시선을 떼지 못했다. 오늘은 춥네—나를 힐끗 바라본 그녀가 몸을 여미며 중얼거릴 때까지.

찬 안개가 물 위를 흘러 다니고 있었다. 인도의 아침이라고는 믿을 수 없을 정도로 체감온도가 낮았다. 공기 중에 얼음을 몇 개 푼 것 같은 느낌이었다. 몇몇 인도인들만이 강물에 몸을 담그고 묵상을 하거나 가볍게 몸을 씻고 있었다.

강 저편은 황량해 보였다. 집도 사람도 보이지 않는 모래땅이었다. 그곳을 '죽음의 땅'이라고 부른다는 이야기는 게스트하우스의 주인이 해준 것이다. 가트에서 타고 남은 재들이 모두 그곳으로 흘러가기 때문에 붙은 말이라고 했다.

그녀와 나는 계단에 앉아 점점이 떨어지는 빗방울을 맞으며 강과 강의 저편을 바라보고 있었다. 우리가 무언가 생각을 하고 있었던 것 같지는 않다. 그저 물 위를 떠가는 재들을 바라보고 있었을 뿐이다. 아니면 재들이 우리를 바라보고 있었는지도 모르지만.

그때 우리의 눈에 들어온 물체가 있었다. 그것은 강물에 떠 있었는데, 가만히 보니 남자의 머리였다. 남자는 거의 움직이지 않은 채 물 위로 머리를 내놓은 채 흘러가고 있었다. 처음에는 시신인가 싶었지만, 때때로 팔을 들어 물을 젓기도 하는 것으로 보아 헤엄을 치고 있는 게 틀림없었다. 그것은 확실히, 배영이었다.

간혹 수영을 하는 사람을 본 적이 있긴 하지만, 빗방울까지 듣는 차가운 아침에 배영이라니. 그녀와 나의 멍한 표정이 일그러지는 데는 그리 오랜 시간이 걸리지 않았다. 수영을 하고 있는 사람은 바로 하루오였던 것이다. 어느 결엔가 또 우리 곁에서 사라진 하루오가, 거기 물 위에 있었다.

하루오는 머리를 물 밖으로 내놓고 하늘을 바라보며 간간히 물을 저으며 흘러가고 있었다. '흘러가고 있다'고 표현할 수밖에 없는 속도였다. 아마도 강의 저편에 닿을 요량인지도 몰랐다. 하루오 주위의 수면에는 시신을 태우고 난 뿌연 재들이 형체 아닌 형체를 이루어 떠내려가고 있었다. 그런 하루오의 모습을, 우리는 가트에 앉은 채 멍하니 바라보고 있었다.

그녀가 중얼거리듯 말했다.

하루오가…… 떠내려가네.

나 역시 중얼거리듯 뭐라 대꾸했는데, 내 입에서 튀어나온 말은 나 자신도 어리둥절한 것이었다.

아무래도…… 절반 이상의 하루오니까.

그녀가 나를 돌아보았다. 내 목소리가 어딘지 퉁명스럽게 들린 모양이었다.

5

한국에 돌아온 뒤 나는 하루오의 홈페이지에 들러 그의 여행기 아닌 여행기를 읽기 시작했다. 어쩐지 탐닉이라고 해도 좋을 만한 열정이었던 것으로 기억한다.

하루오는 인도에서 만난 '프렌드'로 그녀와 나를 소개하고 있었다. 그것은 무관심도 아니었고 과도한 애정도 아니었다. 우리를 묘사의 대상으로 삼지도 않고 주인공으로 삼지도 않는다는 느낌이었다. 그냥 그녀와 내가 그의 글에서 숨 쉬고 있을 뿐이었다. 카트만두를 거쳐 치타

공까지 가면서도 하루오는 황량하고 아득한 그곳의 풍광에 감탄하지 않았다. 그는 여행길에서 만난 이들과 자신이 어떻게 지냈는지, 어떤 음식을 먹을 때 어떤 생각이 떠올랐는지, 그런 시시콜콜한 것들을 기록해놓고 있었다. 얼마 뒤 문득 쿠바의 음악을 들려주면서도 이것은 단지 음악일 뿐이라는 듯 말했으며, 멕시코의 거리에서 목격한 강도 사건을 적으면서도 나리타의 어디인 것처럼 쓰고 있었다. 하지만 이상하게도 그 모든 글들에서 내가 떠올린 것은, 재와 함께 갠지스 강물 위를 떠가는 하루오의 모습이었다.

세월은 빠르게 흘러갔다. 하루오의 홈페이지를 방문하는 빈도는 눈에 띄게 줄어들었다. 시간이 흐르니까 어쩔 수 없지, 하는 느낌이었지만 실제로는 그의 글에 대해 그리 흥미를 느끼지 않게 되었다고 하는 편이 옳았다. 하루오는 그토록 많은 장소들에서 살아가고 있었지만, 그의 글이 나에게 주는 인상은 점점 줄어들고 있었다.

그의 글을 읽으며 느꼈던, 이유를 알 수 없는 탐닉도 희미해졌다. 마음이나 집중력이라는 것에도 탄생과 소멸의 주기가 있는 법이니까 — 라고 나는 생각했다. 아마도 그 때문일 것이다. 그녀와 내가 헤어진 것역시.

어느 날인가 그녀가 나를 불러낸 적이 있다. 그녀는 2단짜리 캐리어를 끌고 비행기에서 내린 모습 그대로 내 사무실 앞에 서 있었다. 퇴근하는 길인 모양이었다. 두 손을 앞으로 모아 캐리어의 손잡이를 잡고, 그녀는 가만히 서서 나를 바라보고 있었다.

그런 그녀를 향해 한 걸음 한 걸음 다가가는데, 무언가 내 가슴속을 지나가고 있다는 느낌이 들었다. 한 줄기 텅 빈 바람인지도 모르고, 늙은 나무에서 마지막으로 떨어지는 잎사귀인지도 몰랐다. 이것으로 그녀와의 관계가 과거의 것이 되었다는 것을 나는 깨닫고 있었다. 그건 그녀도 마찬가지였던 모양이다. 그날 저녁 식사를 하면서 서로 눈이 마주쳤을 때, 우리는 동시에 어색한 미소를 지었다. 우리 두 사람 사이에 앉아 있는 타락한 천사가 우리의 표정에 무거운 돌을 하나씩 올려놓은 느낌이었다. 돌이 떨어지면 잠시 미소가 돌아오려 하고, 그러면 그 짓궂은 천사는 무거운 돌을 하나 더 올려놓는 것이다. 나는 하루오의 그 빙긋, 하는 웃음을 흉내 내보려고 했지만 잘 되지 않았다.

나는 생각했다. 뭐랄까, 이건 그냥 일상적인 사건인 거야. 그래서 지금 당장은 아무런 영향도 미치지 않을 테니 괜찮아. 나는 그녀와 헤어져서 집에 가서 잠을 잘 것이고, 내일은 출근을 할 것이고, 그리고 아무 일도 일어나지 않을 것이다. 나는 그런 엉뚱한 생각을 하면서 그녀와 마주 앉은 시간을 흘려보냈다. 기린과 펠리컨이 같이 앉아 있는 것처럼, 서로 말이 없었다.

다음 날 밤 그녀가 전화를 걸어왔다. 그리고 그 무렵 새로 사귄 미국인 애인에 대해 이야기했다. 새로 배운 악기라든가, 새로 익힌 외국어에 대해 설명하는 것 같은 어조였다. 같은 항공사에서 근무하면서 뭐가 어떻게 된 건지 모르게 자연스럽게 그렇게 되었다고 했다. 그것이 나와 헤어지게 된 원인인지 결과인지는 잘 모르겠다고, 그녀는 웃으면서 말했다. 나는 전화를 귀에 댄 채 고개를 끄덕였다.

어느 순간 인생은 '갑자기' 흘러가는 모양이다. 그 무렵 나는 같은 회사에서 근무하던 인턴 여직원과 가까워졌고, 모든 면에서 전형적인 연인 관계로 발전해 있었다. 고향에서 홀로 지내시던 아버지를 모셔 와 전쟁 같은 결혼식을 치른 것은 그로부터 얼마 뒤였다. 충동적으로 떠난 여행처럼, 모든 것이 내 곁을 휙휙 흘러간다는 느낌이었다. 결혼 후의 생활은 순탄치 않았다. 나는 자꾸 밖으로 돌았고, 아내는 그런 나를 견디지 못했다. 절반 이상의 나는 어디 다른 곳에서 살고 있는 듯한 느낌이었다. 그건 아마도 아내 역시 마찬가지였을 것이다.

해외 전출을 희망했던 것과는 달리, 나는 국내 대리점 관리를 벗어나지 못했다. 그도 그럴 것이 미국에 본부를 둔 모회사가 휘청거리는 바람에 한국 지사 역시 인원 감축 등 사업 전반의 구조조정이 시작되던 때였기 때문이다. 모든 것이 뜻대로 되지 않는다고 생각했지만, 실은 내 뜻이 무엇인지도 정확히 알 수 없었다. 원인과 결과가 마구 뒤섞이는 느낌이었다. 아내와는 한 해를 채우지 못하고 결국 이혼에 합의했다. 불행은 불행을 따라다니는 모양인지, 이혼 수속이 진행되는 와중에 아버지가 돌아가셨다.

아버지는 고향 집에서 눈을 감으셨는데, 나는 그걸 아버지의 작고 겸손한 행복이라고 생각했다. 아버지는 평생 한 번도 떠나지 않은 자신의 공간에서 고요히 눈을 감으신 것이다. 오래전 함께 중국 여행을 떠나기도 했던 동리 어르신들은 이제 거의 남아 있지 않았다. 절반 이상이 세상을 떠난 탓이기도 했지만, 한편으로는 근방에 생긴 리조트 덕분이기도 했다. 그쪽에 땅을 갖고 있던 몇몇 고향 어른들은 '한몫' 잡아서 도회로 나갔다고 했다. 반면 아버지를 포함한 많은 토박이들은 리조트 건설 반대 시위를 벌이며 사이가 벌어졌다. 이후 리조트 쪽과 시청 쪽의 로비 몇 번에 시위는 유야무야되었다. 시간은 많은 것을 순식간에 바꿔놓았다. 고향은 고향이었지만, 나로서는 아무런 미련이 남지 않는 고향이었다.

사흘간의 장례는 참으로 간소했다. 가까운 곳에 살던 몇몇 지인들이 찾아오고, 내 직장 사람들 중 친한 이들 몇몇이 내려와 술을 마셔주

고, 사설 공원묘지를 구입해 아버지를 모시고, 장례가 끝난 뒤 아버지
의 유품들을 정리하고, 사망신고를 하고……

읍내의 부동산에 작은 집과 쓸모없는 텃밭을 내놓고 나오는데, 아
버지의 친구이기도 한 주인이 생전의 아버지를 회고했다. 멀쩡하던 양
반이 갑자기 쓰러졌다 깨어난 와중이었기 때문에 더더욱 가슴이 아팠다
고 덧붙이면서였다. 이보게, 여기가 어딘가? 내가 태어난 곳이 맞는가?
내가 태어난 곳은 어디로 사라졌는가? —아버지의 말을 들려준 뒤에
부동산 주인은 허공을 쳐다보며 안타까운 듯 혀를 찼다. 그래도 그 양
반은 고향에서 뜨셨으니, 다행이지.

나는 정중한 인사를 건네고 부동산을 나왔다. 아마도 아버지의 옛
친구를 만나는 것도 마지막일 것이다. 집과 텃밭이 팔리면 전화와 팩스
로 일을 처리할 것이었다.

나는 아버지의 방에서 아버지의 요를 깔고 누운 채 고향에서의 마
지막 밤을 보냈다. 낡은 벽지가 그대로인 천장을 바라보며 붓꽃 무늬들
을 하나하나 세었다. 50개쯤의 붓꽃까지 세다가 숫자를 놓치면 처음부
터 다시 세었다. 2백 개쯤의 붓꽃까지 세다가 숫자를 놓치면 처음부터
다시 세었다. 5백 개쯤의 붓꽃까지 세다가 숫자를 놓치면 처음부터 다
시 세었다.

그녀와는 가끔 연락하고 지냈다. 아내가 아니라 스튜어디스였던 그
녀 말이다. 한번은 아주 오랜만에 저녁 식사를 함께한 적도 있다. 하필
이면 우리가 처음 연애를 시작한 바로 그날이었다. 목소리들이 마구 날
아다니는 술집에서, 대화라는 걸 생전 처음으로 해보는 사람의 기분으
로 그녀와 이야기를 나누던 오래전의 그날.

하필이면……이라고 했지만, 어쩌면 우리는 그날을 기억하고 있다
가 우연을 빙자해 만난 것인지도 몰랐다. 다시 만날 것도 아니면서 옛
기념일이라니, 우리는 참 괴팍하군. 누가 먼저랄 것도 없이 그런 말들
을 뱉어놓고는 동시에 웃음을 터뜨렸다. 샐러드의 키위드레싱이 좀 시
었던지, 그녀가 얼굴을 찡그렸다. 내가 농담 삼아 물었다.

공중은 어때? 좋은 곳인가?

그녀는 뜻밖에 풀이 죽은 목소리로 탁자를 내려다보며 중얼거렸다.

공중은…… 외로운 곳이야. 창밖을 봐도 신호등도 없고, 마주 오
는 구름을 향해 손을 흔들 수도 없고.

혼자 중얼거리듯 그녀는 말을 이었다.

공중에 있는 건 사람들뿐이지. 내가 시중들 사람들.

내가 짓궂게 반문했다.

비행기 속도가 시속 9백 킬로미터야. 선동렬이 던지는 공보다 여섯
배나 빨리 움직이는 기계 안에서 주스와 생수와 식사를 서비스하는 거
지. 설마, 그걸 모르고 시작했다는 말이야?

그녀의 얼굴에 힘없는 미소가 떠올랐다가 사라졌다. 그녀가 문득
하루오 이야기를 꺼낸 것은 그 무렵이었다.

하루오를 봤어.

하루오? 하루오? 아, 하루오.

나는 그녀의 입에서 하루오라는 이름이 나오자 가벼운 감탄을 뱉어냈다.
물풀과 녹조와 쓰레기로 채워진 기억의 늪에 잠겨 있다가, 스르르 수면
위로 떠오르는 이름 같았다. 인도 여행을 한 지 꽤 된 데다 그간의 생활
에 변화가 심했기 때문인지, 이젠 '올드 프렌드'라는 느낌마저 들었다.

그녀의 이야기는 다소 뜻밖이었다. 그녀가 하루오를 본 것은 디트

로이트 공항에서였다고 한다. 아니, 그게 하루오인지 아닌지는 확실하지 않지만 — 이라고 얼버무리면서 그녀가 말을 이었다.

그녀는 승무원 전용 라인에서 순서를 기다리고 있었다. 두 손을 모아 예의 그 2단 캐리어를 쥐고 정복을 입은 채였다. 그런데 옆쪽 외국인 입국자들이 수속을 밟는 웨이팅 라인 쪽에서 작은 소동이 벌어지고 있었다.

한 남자가 공항경비대 소속 직원과 실랑이를 벌이고 있었던 것이다. 남자는 간간이 괴성을 지르면서 항의했고, 직원 두 명이 남자의 양팔을 잡고 조사실로 동행을 요구하고 있었다. 낡은 청바지에 헐렁한 갈색 니트를 입은 동양계 남자였다. 목소리와 억양으로 보아 일본인인 듯했는데, '일본인답지 않게' 격렬히 항의하더라는 것이다.

저것은 하루오이다 — 라는 생각이 든 것은 실랑이를 벌이던 남자가 문득 그녀 쪽을 돌아보았을 때였다. 눈이 마주치는 순간 빙긋, 하는 웃음이 남자의 얼굴을 지나갔다고 생각한 것은, 아마도 자신의 착각이었을 거라고 그녀는 덧붙였다.

미국 공항에서는 전신 스캔이 '랜덤하게' 이루어진다고 그녀는 설명했다. 임의로 선택된 외국인 승객을 커다란 원통형 촬영실에 넣고 용의자처럼 두 팔을 들게 한 뒤 엑스레이 같은 것으로 전신을 스캔한다는 것이다. 9·11 테러 이후 강화된 조치라고 했다. 요구를 거부하면 때로는 입국허가를 받지 못할 수도 있었다.

그녀는 하루오를 돕지 못했다고 한다. 몰려온 공항경비대원들이 그를 조사실로 데려갔기 때문이었다. 단순한 항의를 넘어 일종의 난동을 부렸으니, 아마도 간단한 신상조사 후 입국거부 절차가 진행됐을지도 모르겠다고 그녀는 덧붙였다.

기념일이란 이렇게 쓸쓸한 것일까, 하는 생각을 나는 하고 있었다. 식당 창밖으로는 눈이 내리고 있었다. 겨울도 막바지인지라 소담스러운 눈송이는 아니었다. 젖은 눈, 젖은 눈, 나는 그렇게 중얼거렸다.

그녀는 앞으로의 계획에 대해 말했다. 조만간 항공사에서 근무하는 '캡틴'과 결혼이 예정돼 있으며, 로스앤젤레스에 정착할 계획이라는 얘기였다. 승무원 일은 이미 그만두었고, 한국은 이것으로 이별이라고 덧붙였다. 아주 길고 끝나지 않는 여행을 하게 된 셈이야—라고 그녀는 말했다. 그래도 가끔은 놀러 와. 하나 마나 한 말을 뱉으며 나는 고개를 끄덕였다.

헤어질 때 그녀가 지나가는 말인 듯 들려준 이야기는 이런 것이었다.

그때 바라나시의 게스트하우스에서 하루오와 밤새 이야기를 나누었잖아.

그녀는 젖은 눈이 떨어지는 하늘에 시선을 두고 말했다.

너도 우리를 바라보고 있었으니까 기억하겠지. 그때 우리가 어떤 이야기를 나눴는지 알아?

나도 눈발이 굵어지는 하늘을 바라보았다.

나는 하루오가 아름답다고 말했어.

폭설로 바뀌는 하늘에 시선을 둔 채 그녀가 말을 이었다.

그때도 하루오는 빙긋, 웃었는데, 그 웃음 뒤로 너무 쓸쓸한 표정이 떠오르는 거야.

그 표정 앞에서 그녀는 입을 다물 수밖에 없었다고 한다. 바라나시의 밤이 흘러가고 있었다. 그 어두운 방 안의 고요 속에서, 하루오가 지나가는 말인 듯 이렇게 말했다고 한다.

아름다운 건, 하루오를 제외한 모든 것이다.

그게 하루오의 말이었는데, 어딘지 건조한 그 말이 그때는 아주 조용하고 희박한 공기처럼 느껴져서, 뭐라고 더 말을 할 수가 없었다는 것이다. 그리고 그 순간, 그녀에게는 이상한 느낌이 들었다고 한다.

그녀가 젖은 눈을 손바닥으로 받으며 가만히 말했다.

작은 사랑이 하나 지나간 느낌이었어 ── 라고.

하루오에 대해서는 덧붙일 이야기가 하나 더 있다.

얼마 전부터 내가 일하는 한국 지사는 위기를 극복하고 회복세를 타고 있었다. 나는 오랜 무력감을 느끼고 있었지만, 회사는 정치권에 발이 넓다는 신임 회장의 강력한 의지에 힘입어 사세를 확장해가고 있었다. 한국 지사가 동아시아 및 동남아시아 시장 쪽을 총괄하게 되면서 사내에는 고요한 흥분이 일고 있었다.

나는 해외 영업 강화를 위해 시작된 프로젝트에 참여하게 된 후, 외국인 사원 신규 채용을 추진하는 일을 진행하게 되었다. 다양한 아시아계 외국인들을 선발하는 작업이었다.

뜻밖에도 나는 지원자들 가운데 하루오와 비슷한 일본인을 발견했다. 온라인으로 받은 지원서에는 다카하시 하루오가 아니라 하라 교스케라고 적혀 있었다. 하지만 사진으로 보아 그는 다카하시 하루오의 바로 그 눈매와 콧날과 입술을 가지고 있었다. 전체적인 인상은 지원서의 사진 쪽이 훨씬 날카로웠지만, 아무래도 하루오인걸 ── 하는 생각을 떨칠 수 없었다. 나는 반신반의했지만 확인할 방법은 없었다. 하루오의 홈페이지가 어느 날 문득 폐쇄된 뒤로, 그의 근황은 물론 글도 전혀 접할 수 없었기 때문이다.

면접 때, 나는 하라 교스케를 직접 대면할 수 있었다. 하라 교스케는 스트라이프 양복을 맵시 있게 차려입고, 입가에 절제된 미소를 띠고 있는 남자였다. 예의와 절도를 안다는 느낌이 들었다. 일본의 소규모 무역 회사에서 인턴으로 근무한 적이 있고, 최근 한국 여성과 사귀게 되면서 한국의 문화에 깊은 관심을 갖게 되었다고 했다.

하라 씨는 혹시 다카하시 하루오라는 이름을 따로 쓰지 않으십니까? 나는 그렇게 물었다. 하라 교스케는 나를 보고 무슨 뜻이냐는 표정을 지으며 갸우뚱하더니 또박또박 답했다. 자신의 이름은 하라 교스케이며, 다카하시 하루오라는 이름은 알지 못한다는 것이었다.
나는 고개를 끄덕였다. 그 순간 하라 씨의 얼굴에 빙긋, 짧은 웃음이 지나갔다.

면접이 끝난 그날 밤, 나는 혼자 집에서 술을 마시다가 하라 교스케의 번호를 찾아 전화를 걸었다. 하라 교스케는 인사담당자가 밤늦게 전화를 걸었다는 게 이상한 모양이었다. 10시가 넘은 시간이니 당연한 반응이었다. 나는 아랑곳없이 질문을 던졌다.

하라 씨, 당신은 정말 다카하시 하루오가 아닙니까? 당신은 오래전에 여행에 대한, 아니 삶에 대한 블로그를 운영한 적이 있고, 인도에서 나를 만난 적이 있습니다.
영문을 모르겠다는 듯한 침묵이 지나간 뒤, 하라 씨가 말했다.

그렇습니다. 나는 오래전에 인도를 여행한 적이 있고, 블로그를 운영한 적이 있습니다. 하지만 그것은 여행이나 삶에 대한 것이 아니라 글로벌 트렌드에 대한 것입니다. 물론 글로벌 트렌드 역시 삶에 대한 것이긴 합니다만…… 어쨌든 나의 이름은 하라 교스케이며 다카하시 하루오라는 사람은 알지 못합니다.

나는 하라 씨의 말이 끝나기 무섭게, 이상한 열에 들떠서, 단호하게 말했다.

그렇죠? 당신은 역시 다카하시 하루오가 아닙니다. 당신은 다카하시 하루오여서는 안 됩니다. 다카하시 하루오는 여전히……

전화기 저편에서 하라 씨는 침묵을 지켰다.

……여행 중일 테니까요.

그렇게 말한 뒤 나는 일방적으로 전화를 끊었다. 독한 중국술이 담긴 술잔을 들어 입에 털어 넣었다.

얼마 뒤 나는 회사를 그만두었다.

이유는 여러 가지였다. 프로젝트가 지지부진해졌다는 것, 거기에는 나와 우리 팀원들의 책임도 있다는 것, 회사 쪽의 압박이 조금씩 들어오면서 팀 내 갈등이 심각해졌다는 것 등등.

나는 별다른 계획 없이 사표를 제출했다. 어쨌든 홀몸이었으니 회사를 옮길 수도 있고, 지방으로 내려가 전혀 다른 일을 할 수도 있다. 하지만 마음은 어느 쪽으로도 움직이려 하지 않았다.

며칠 동안 침대에 누워 천장의 아라베스크 무늬들을 바라보며 시간을 보냈다. 3백 개쯤의 무늬까지 세다가 숫자를 놓치면 처음부터 다시 세었다. 7백 개쯤의 무늬까지 세다가 숫자를 놓치면 처음부터 다시 세었다. 9백 개쯤의 무늬까지 세다가 숫자를 놓치면 처음부터 다시 세었다. 천 5백 개까지 세다가, 나는 문득 인터넷에 접속해 인도행 비행기 티켓을 구했다.

여행이나 다녀오자는 느낌도 아니었고, 도를 찾아가자는 마음도 아니었다. 이렇게 말해도 좋다면, 어쩐지 그래야 할 것 같았다고나 할까.

아마도 나는 뉴델리로 가서 바라나시행 야간열차를 탈 것이었다. 잠을 자거나 무료하게 시간을 보내고 있는 사람들 사이에 얌전히 앉아 있다가 문득 몸을 일으켜 청소를 시작할 것이었다. 그렇게 하고 있으면 누군가 이렇게 말을 걸어올지도 모른다.

당신은 혹시 다카하시 하루오를 아십니까?

라고.

나는 빙긋, 웃으며 이렇게 대답할 것이다.

절반 이상의 하루오라면,

아마도.

[『문학사상』 2012년 3월호]

—

이장욱의 「절반 이상의 하루오」를 읽으며 나는 소설을 읽고 서사를 분석하고 그 의미를 애써 찾는 일이 다 무슨 소용일까, 라는 다소 과장된 생각마저 하게 되었다. 작가가 무심히 적어놓은 어떤 한 문장이 나의 삶과 만나 말로 표현하기 힘든, 아니 말로 표현하고 싶지 않은 어떤 울림을 만들어냈기 때문이라고 솔직히 고백할 수도 있다. 이러한 개인적 고백이 이 소설의 가치를 증명하는 데 얼마나 큰 의미가 있겠냐마는, 특별한 이야기가 전개되지 않는 이 담백한 소설이 미학적 측면이나 윤리적 측면에서보다는 정서적 측면에서 강력한 힘을 발휘하고 있다는 사실만은 틀림없다.

하루오라는 인물이 등장한다. 그는 여행을 직업처럼 하는 사람이고 여행을 하지 않을 때에는 "죽은 듯이" 시간을 보내는 사람이다. "일부러 그러는 건 아닌데, 지내고 보면 그렇게 된다는 것이다." 내가 여행지에서 우연히 만나 알게 된 하루오라는 인물에 대해 묘사하는 것이 이 소설의 절반을 이룬다. 하루오를 설명하기 위해 내가 빈번히 동원하는 수식어는 "자연스럽게"라는 부사어다. 여행지에서의 하루오는 "'살았다'고 말할 수밖에 없는 방식으로" 그렇게 거기 있다. 하루오의 모습이 묘사되는 가운데 다른 한편에서는 '나'의 삶이 무심히 그려진다. 비행사가 되고 싶었던 '나'는 시력 교정을 위해 눈 수술을 받았고 그것이 결격사유가 되어 결국 꿈을 접어야 했다. 오랫동안 사귀던 '그녀'와는, 모든 것에 "탄생과 소멸의 주기가 있듯", 그렇게 자연스럽게 이별하였다. 직장 동료와 가까워져 결혼했고 그 결혼에 잘 적응하지 못해 이혼했고 아버지가 돌아가셨으며 직장 생활도 원만하지는 않았다. 그 모든 것들이 자연스럽게 진행되었다.

하루오에 대한 묘사와 '나'의 삶이 중첩되면서 하루오의 이미지들은 그저 무심히 흘러가는 우리의 일상을 환기하는 것처럼 읽히기도 한다. 하루에 하루가 겹쳐 만들어지는 일상은 어느 순간 몹시 지루하기도, 또 어느 순간 몹시 버겁기도 하지만, 그저 흘러간다. 탄생도 죽음도, 만남도 헤어짐도, 일상의 자연스러운 흐름 앞에서 결코 특별한 사건이 될 수 없다. 지내고 보면 그렇다. 그런데, 이 담담한 소설이 우리에게 먹먹한 슬픔을 안겨주는 것은 '지내고 보면 그렇다'는 사후적 깨달음 때문만은 아니다. 이 같은 깨달음 뒤에도 일상은 어김없이 지속된다는 사실을 환기한다는 점에서 「절반 이상의 하루오」는 어쩐지 쓸쓸한 소설이 된다. 소설을 읽다 보면, 이미 흘러가 버린 과거의 시간보다, 지금 흐르고 있는 현재의 시간이 더 아프게 느껴진다. 우리는 지나온 시간이 허무해 슬프기도 하지만, 지금 보내고 있는 이 시간이, 아니 앞으로 닥칠 시간이 막막해 슬프기도 한 것이다. 이 슬픔을, 이 쓸쓸함을, 어찌 해야 할까. _조연정(문학평론가)

2012년 6월
이 달 의 소 설

어디쯤

최진영

1981년 태어났다. 2006년 실천문학 신인상을 수상하며 문단에 나왔고 제15회 한겨레문학상을 받
았다. 장편소설 『당신 옆을 스쳐간 그 소녀의 이름은』 『끝나지 않는 노래』가 있다.

작 가 노 트

2012년 봄이 아닌 2013년 입춘께 생각 ─ 결국, 당신이 옳을 수도 있다. 옳다면, 옳아서 화가 난다. 용기를 내볼까. 하지만 용기 이후의 삶이 두렵다. 용기를 내서, 지금까지와 똑같이 살까 봐. 이미 단물 다 빼먹은 이 자리, 이곳에 아주 드러누워버릴까 봐. 그렇게 영영 일어나지 않을까 봐. 그러니 지금 내게 필요한 건 용기가 아니다. 옳고 그름도 아니다.

● ··

어디쯤

—

　지하철역에서 빠져나와 아버지가 그려준 약도를 펼쳐 들었다. 직진 후 우회전. 건널목을 건너 다시 우회전. 한동안 직진. 그리고 좌회전. 드문드문 스쳐 지나가게 될 건물 이름조차 생략된 대충 그린 약도였다. 아버지의 글씨는 알아보기 어려웠다. '다'인지 '아'인지 '시'인지 '서'인지 분간할 수 없었다. 성원빌딩(선원빌딩 혹은 서운빌딩일 수도 있다) 3층. 지도의 끝에 그려진 건물. 내가 최종적으로 도착해야 할 그곳.

　습관처럼 땅만 보고 걸었다. 회색, 검은색, 갈색의 어그부츠와 운동화 몇 켤레가 내 옆을 스쳐 갔다. 진동이 느껴졌다. 주머니에서 휴대전화를 꺼내다가 맞은편에서 오던 사람과 부딪쳤다. 휴대전화가 바닥에 떨어졌다. 입에서 허연 입김이 터져 나왔다.

　죄송합니다.

상대편이 짧게 사과했다. 헝클어진 머리칼. 경직된 얼굴. 낡고 더러운 운동화. 검은 파카엔 뿌연 재 같은 것이 묻어 있었다. 오랫동안 거리를 헤맨 몰골이었다. 그는 바닥에 떨어진 내 휴대전화를 주워준 뒤 파카 주머니에 손을 넣고 내가 걸어온 방향으로 바삐 걸어갔다. 몸을 약간 돌려 그의 뒷모습을 잠시 쳐다보다가 어, 지하철역. 하고 중얼거렸다. 방금 빠져나온 지하철역 입구가 보이지 않았다. 휴대전화 진동이 다시 울렸다. 사랑한다고 믿는 사람, 안이었다. 지하철역이 있었다고 짐작되는 곳을 멍청히 쳐다보며 통화 버튼을 눌렀다.

어.

어디야?

어, 밖이야.

밖 어디?

여기가……

주변을 둘러봤다. 낯선 곳이었다.

어디 좀 가는 길인데.

어디?

어. 아버지가 가보라고 해서.

그러니까 어딜.

성원빌딩인가, 선원빌딩인가, 모르겠어.

뭐가 그래.

가봐야 알아.

거길 왜 가보라셔?

몰라. 가보면 좋을 거라고.

퇴근하고 가는 거야?

응. 근데……

퇴근했으면 전화 좀 주지.

근데 있잖아.

나도 퇴근해.

이상해.

뭐가?

지하철역이 없어졌어.

응?

바로 저기 있었는데……

다른 전화가 걸려 온다는 신호음이 울렸다. 잠깐. 전화 온다. 다시 걸게. 말하곤 통화 버튼을 눌렀다. 아버지였다.

가고 있냐?

네. 아버지.

얼마나 갔냐?

방금 지하철역에서 나왔는데요, 근데……

잘 찾아가야 한다. 길이 좀 복잡하댔어.

……네. 그런 것 같네요.

지하철역이 없어진 게 아니라 내가 못 찾고 있을 뿐이라는 생각이 들었다. 땅만 보고 걷느라 방향을 놓친 것일 수도 있고. 아버지 말대로 길이 복잡해서 그런 것일 수도 있다. 손톱깎이나 라이터도 아니고, 지하철역 같은 게 사라질 리 없지 않나.

정신 바짝 차리고 다녀라.

아버지가 말했다.

네. 아버지.

전화를 끊은 뒤 아버지가 그려준 약도를 다시 펼쳐봤다. 지하철역에서 나와 직진만 했으므로 지하철역은 분명 내가 걸어온 방향 어딘가에 있을 것이다. 패밀리마트, 파리바게트, 김밥천국, 더페이스샵, 올레, 까페베네, 비비큐치킨. 인도에 죽 늘어서 있는 상점들을 눈여겨보았으나 색다를 건 없었다. 나열된 순서만 다를 뿐 내가 사는 동네에도, 회사 근처에도, 안의 동네에도 같은 이름의 가게가 들어서 있으니까. 하지만 낯설었다. 똑같은 이름으로 채워진 거리였지만 친근감이랄까 안도감 따윈 전혀 들지 않았다. 배가 고파 편의점에 들어가 컵라면을 샀다. 포장을 뜯고 물을 붓고 면이 익길 기다리다가 편의점 직원에게 말을 걸었다.

저, 혹시 이 근처에 성원빌딩이나 선원빌딩이라고 있습니까?

두 손으로 휴대전화를 든 채 손가락을 바삐 움직이던 직원이 잘 모르겠다며 고개를 저었다. 미성년자 같았는데, 뽀얀 뺨 위에 돋아난 분홍빛 여드름이 참 예뻤다.

그럼 여기서 얼마나 가야 오른쪽으로 꺾이는 길이 나옵니까?

그런 길은 위로 가도 있고 아래로 가도 있는데.

직원이 인도의 양쪽을 동시에 가리키며 말했다.

어디가 위고 어디가 아래죠?

말을 할 때마다 움찔거리는 여드름을 보며 말을 이었다.

저는 지하철역에서 왔는데, 나온 방향으로 쭉 걸어가면……

아.

직원이 고개를 갸웃하며 목을 쭉 뽑아냈다. 연갈색의 탄탄한 머리칼이 허옇게 드러난 목덜미를 살짝살짝 건드렸다.

이 근처엔 지하철역 없는데.

차가운 표정이었다.

지하철역은 아주 멀리 있는데. 한참 걸리는데.

걸어온 시간을 가늠해봤다. 내가 그렇게 많이 걸었던가. 그럴 수도 있다. 생각 없이 오랫동안 빠른 걸음으로 여기까지 왔을지도. 오른쪽으로 꺾이는 길을 벌써 지나쳤으면 어쩌나 불안해졌다.

저 방향으로 쭉 올라가도 오른쪽으로 가는 길 나와요. 근데 여기 그런 길 되게 많은데.

직원이 유리문 너머를 고갯짓으로 가리키며 말했다. 친절하고도 귀여운 말투였다. 안도 오래전엔 내게 저런 목소리, 저런 말투로 말하곤 했다.

뭐, 그건 어느 동네나 그렇죠.

피식 웃으며 대꾸했다. 직원은 잠시 샐쭉한 표정을 짓곤 고개를 숙여 휴대전화만 쳐다봤다. 약간 불어버린 라면을 세 젓가락 만에 다 먹어버리고 생수와 담배를 샀다. 거스름돈을 주고받을 때 손가락 끝에 직원의 손바닥이 살짝 닿았다. 몰랑하고 따뜻했다. 여자애의 내장 같은 걸 건드린 기분이었다. 싫지 않았다. 편의점을 나오며 내 손바닥을 매만져봤다. 누렇고 딱딱하고 메마른 손. 굳은살로 무장된 발뒤꿈치 같았다. 금세 언짢아졌다. 담배를 피우며, 왔던 길로 되돌아갈까 가던 길로 계속 갈까 고민하다가 다시 걸었다. 걷는 속도와 시간의 흐름에 신경을 쓰려고 애썼으나 뜻대로 되지 않았다.

긴 연필심이 뚝 부러지듯 느닷없이 오른쪽으로 꺾이는 길이 나왔다. 길모퉁이에 국민은행과 우리은행이 마주 보고 서 있었다. 우리은행엔 내 돈 오십만 원 정도가 들어 있는데, 내일쯤 카드대금으로 다 빠져나갈 것이다. 국민은행엔 매달 삼십만 원씩 적금을 붓고 있다. 앞으로 이 년만 더 부으면 천오백만 원이 된다.

지난 몇 년 동안은 학자금 대출을 갚느라 적금 부을 여유도 정신도 없었다. 처음 적금을 들었을 때 기분이 정말 좋았다. 하지만 안이 침울한 목소리로, 이런 식으로 돈 모아서 우리 언제 결혼하지. 하고 말해버려서 기가 죽어버렸다. 매달 삼십만 원밖에 저금을 못 하는 내가 바보 등신처럼 느껴졌다. 그때 안에게, 나랑 결혼하고 싶어? 하고 되물었다가 큰 싸움이 났었다. 나는 정말 나와 결혼을 할 생각이 있는지 궁금했을 뿐인데, 안은 내 말을 그렇게 받아들이지 않았다. 자기와 결혼할 마음이 없다는 뜻으로 받아들인 것이다. 억양의 문제였을까? 억울했지만 미안하다고, 잘못했다고 사과했다. 안은 내 말을 들으려고도 하지 않고, 그동안 자기를 무슨 생각으로 만난 거냐고 화만 냈다.

이후 두 달 넘게 연락을 받지 않던 안은 계절이 완벽히 바뀐 후에야 내게 연락을 해왔다. 안은 나를 계속 만나보자고 마음먹은 차였고, 나는 안과 헤어져야겠다고 결심했던 차였다. 서로 반대 방향으로 가던 길이었지만, 그래서 한 번은 만나야 했다. 만나서 술 마시다 보니 헤어지자고 말하기가 성가셔졌다. 결국 우리는 다시 잘 만나고 있지만, 안이 예전만큼 가깝게 느껴지진 않는다. 이전의 내 안엔 이별이란 단어가 없었다. 하지만 지금은 언제든 펑 터질 수 있는 폭약처럼 박혀 있다. 이별. 헤어질 수 있다는 가능성. 안과 연락이 닿지 않던 두 달 동안 나는 그 가능성의 맛을 봤다. 때론 쓰고 때론 달콤한 맛이다. 전화가 온다.

왜 전화 안 해.

안이다.

응?

아까 전화 끊어놓고 왜 다시 안 하냐고.

아. 깜빡했어. 미안.

어딘데?

아까 거기.

아직 못 찾았어?

응.

난 집에 거의 다 왔어.

그래.

오늘도 있잖아. 그런 말 들었어.

무슨?

오랜만에 연락 온 친구랑 통화하다가, 남자친구 무슨 일 하느냐고 묻기에 너 다니는 데 말했더니 대뜸 그러잖아.

……

야, 거기 진짜 별로라던데!

아……

너네 회사 정말 안 좋니?

글쎄. 나는 딱히 모르겠는데.

근데 다들 왜 그럴까?

그러게. 왜들 그러지.

하고 말한 뒤 잠시 뜸을 들였다. 그런 말이야 나도 숱하게 들었다. 내가 엠사에 다닌다고 하면, 그 일 힘들지 않냐. 돈도 별로 안 주지 않냐. 장래성도 없지 않냐. 하지만 많지 않은 월급이라도 제때 나오고, 나는 그 돈으로 빚도 갚았고 적금도 붓고 밥도 먹고 차비도 하고 데이트도 하며 잘 살고 있다. 같이 일하는 사람들도 점잖고. 일 힘든 거야 어느 직장이나 마찬가지 아닌가 싶고. 설렁설렁 일하면서 염치없이 돈만 많이 받고 싶진 않다. 엠사가 불법적인 일을 하는 데도 아니고, 여느 곳처럼 인간생활에 도움될 만한 것을 정성스럽게 만들어 적당한 가격에 파는 곳이고, 내가 하는 일에 나름 자부심도 있는데. 사람들은 어째서 엠사에 다니는 나를 불치병 걸린 환자처럼 대하는 걸까.

우리 엄마만 해도.

건조한 목소리로 말을 이었다.

다른 사람들한테는 내가 7급 공무원 준비 중이라고 말하니까.

어머님이?

응. 내가 엠사에서 돈 버는 것보다 고시생인 게 더 낫다고 생각하나 봐.

진짜?

진짜.

주말에 안을 만나려고 집을 나설 때마다 어머니는 고3 수험생 대하듯 나를 다그친다.

너, 그렇게 놀면서 공부는 언제 하려고 그러니. 그게 보통 어려운 시험인 줄 알아?

그럴 때마다 나도 내가 뭘 하는 놈인지 헷갈린다. 정말 공무원이 되지 않는 이상 어머니 앞에서는 영영 고시생 노릇을 해야 할지도 모른다는 생각도 들고. 하지만 그런 어머니도 나를 어엿한 직장인 취급해줄 때가 있다. 부모님 생신. 설. 추석. 어버이날. 알량한 용돈이나마 내미는 그런 때.

이직 생각은 없지?

안이 묻는다.

……응. 아직. 근데 이직하기 전에 잘릴지도 몰라.

왜?

우리 회사에서 만드는 제품을 더 큰 회사에서도 만들기 시작했거든. 더 싼 값에 대량으로.

그래서 나는 화가 난다. 사람들이 내가 다니는 직장을 얕잡아서가 아니라, 자기들이 얕잡아보는 그 일자리마저 뺏으려 해서.

이직해. 그럼.

……

내 말 들려?

싫어.

왜?

난 지금이 좋아.

없어질지도 모른다며.

큰 데 가도 더 큰 게 잡아먹을 텐데.

그럼 제일 큰 데로 가면 되지.

……

자신 없어?

……

어디든 도착하면 전화해.

내 침묵의 결을 하나하나 세던 안이 갑자기 주눅이 든 목소리로 말을 맺고 내가 응, 이라고 대답하기도 전에 전화를 끊었다. 술집이 빽빽하게 늘어서 있는 길을 말없이 걷는다. 비틀거리는 사람. 토하는 사람. 소리지르는 사람. 꽁꽁 얼어버린 밤공기를 깨부수듯 깔깔깔깔 웃다가 나자빠지는 여자. 그리고 묵묵히 제 갈 길을 걸어가고 있는 많은 사람들. 나는 내가 있는 곳을 지키고 싶다. 더 높은 곳으로 가고 싶은 게 아니라.

건널목에 다다라 아버지가 그려준 약도를 다시 펼쳐 들었다. 신호

등 옆에 선 아주머니에게 약도를 보여주고 길을 물었다. 지도를 훑어보던 아주머니가

　돌아가.

하고 말했다. 단호한 목소리로.

　이 근처가 아닙니까?

　잘못 왔어. 돌아가야 해.

　어디로요?

　왔던 길로. 왔던 길로 돌아가.

아주머니는 자꾸 돌아가라는 말만 했다. 늦은 밤 불쑥 찾아온 반갑지 않은 손님 대하듯.

　여기가 여기 아니에요?

지도에 그려진 건널목을 손가락으로 가리키며 다시 물었다. 신호등이 녹색으로 바뀌자마자 아주머니는 현관문을 쾅 닫듯 도로로 발을 내려놓았다. 돌아가라는 말 때문에 조급하고 불안해졌다.

　실례합니다.

앞서 걸어가던 남자를 붙잡았다. 남자가 고개를 돌렸다. 나보다 젊은 남자였다. 약도를 보여주려고 하자, 남자가 고개를 저으며

　저도 여기 처음이에요.

하고 말했다. 앞을 보고 바삐 걸어가는 남자를 쫓아가며 물었다.

　그럼 어디서 오셨습니까? 여기까지 어떻게 왔어요?

남자가 미심쩍은 눈으로 나를 돌아보더니 마지못해 대답했다.

　지하철 타고요.

　무슨 역이오? 무슨 역에서 내렸습니까?

내심 나와 같은 곳에서 내렸길 바랐으나, 남자의 입에선 낯선 지명이

튀어나왔다. 신호등의 녹색불이 깜빡이자 남자가 달리기 시작했다. 묻고 싶은 게 많았지만 따라잡을 수가 없었다. 남자가 사라진 길 안쪽으로 수십 개의 모텔 네온사인이 아우성치듯 번쩍이고 있었다. 그 불빛들을 보자 문득 춥고 배고팠다. 따뜻한 객실에 들어가 뜨거운 물에 몸을 담그고 쉬고 싶었다.

모텔 대신 편의점에 들어갔다. 요깃거리를 고른 후 계산하려는데, 지갑을 찾을 수 없었다. 코트 안주머니에 넣어둔 지갑이 만져지지 않았고 거짓말처럼, 코트 안주머니도 없었다. 가슴께를 두 손으로 마구 더듬다가 코트를 벗어 안쪽을 샅샅이 뒤졌다. 안감과 겉감이 견고한 바느질로 철썩 들러붙어 있었다. 휴대전화가 떨린다. 아버지다.

네. 아버지.

아직이냐?

네. 아버지. 근데……

밥은 먹었고?

아뇨. 근데 아버지.

생각보다 오래 걸리는구나.

네. 아버지. 근데요.

말해라.

……

못 찾겠니?

……거기 꼭 가야 합니까?

왜. 힘들어?

왜 가야 합니까?

가보면 알아. 손해 보진 않아.

아버지 약도가 이상해요.

니가 못 찾으니 그런 거지.

아뇨. 사람들도 다들 모른다 그러고.

못 가본 사람들이니 모르는 거지.

아버지는 가보셨어요?

서둘러라. 많이 늦었어. 도착하면 전화해.

전화가 끊겼다. 돌아가자고 마음먹었다. 지갑도 없고 돈도 없고 피곤하고 배도 고프고. 약도도 믿을 수 없고 아버지 말도 믿을 수 없었다. 왔던 길로 되돌아갈까 하다가, 이 근처엔 지하철역 없는데. 하고 말하던 편의점 여자애가 생각났다. 그 여자애가 내 지갑을 훔쳤나? 그 여자애가 내 안주머니도 꿰매버렸나? 여자애의 내장 같던 손바닥 살집이 떠올랐다. 그 여자애가 노인이 되어 죽어버렸다 해도 수긍할 만큼 아주 오래전 일처럼 느껴졌다. 편의점 유리문에 나를 비춰봤다. 젊었다. 징그러울 만큼 젊었다. 안에게 전화를 걸어 지갑을 잃어버렸다고 말했다.

주머니 다 찾아봤어?

무얼 먹고 있는지, 안의 말이 쩝쩝 소리와 함께 들렸다. 지갑도 없어지고 주머니도 없어졌다고 대꾸했다.

농담이 나와?

주머니도 없어졌다는 내 말을 안은 농담으로 받아들였다. 진심으로 한 말인데 제대로 알아듣지 못하는 이런 상황이 언제부턴가 자주 일어난다는 생각이 들어 짜증이 났다. 나랑 결혼하고 싶어?라고 물어봤던 그날 이후 우리 사이에 놓인 말의 도로에 골목이 너무 많이 생겨났다. 골목과 골목 사이의 막다른 길에 갇혀 진심은 길을 잃고 오해는 그 자리에서 자꾸 새끼를 낳는다. 지름길은 없고 이정표도 없고 사람들에게 물어

보면 다들 다른 방향을 가리킨다.

어딘데. 내가 갈게.

그 말을 듣자마자 빵빵하게 부풀었던 짜증에 커다란 구멍이 뚫렸다. 이곳을 어떻게 설명해야 하나 고민하는 사이 안이 다시 다그쳤다.

거기 어디냐고. 어딘지 몰라?

모른다는 대답을 할 수가 없어 처음 내렸던 지하철역 이름을 댔다. 안이 도착할 때까지 그곳으로 가면 된다. 그 정도는 할 수 있을 것이다. 전화를 끊고 주변을 둘러봤다. 동네 이름만 알아내도 안심이 될 것 같은데, 도로에도 인도에도 이정표 따윈 보이지 않았다. 건물 벽면에 응당 붙어 있어야 할 주소도 없었다. 편의점에 들어가 동네 이름을 물었다. 직원 입에선 생소한 지명이 튀어나왔다. 가까운 지하철역으로 가려면 어떻게 가야 하느냐고 물었다.

여기서 좀 멀어요. 택시를 타는 게 좋아.

지갑을 잃어버려서 돈이 하나도 없다고 대꾸하자, 직원이 버려진 영수증 하나를 주워 그 뒷면에 그림을 그리며 중얼거렸다.

힘들 텐데.

직원이 내민 영수증에는 조잡한 약도가 그려져 있었다. 편의점을 나오며 약도를 유심히 살펴봤다. 직진 후 우회전. 건널목을 건너 다시 우회전. 한동안 직진. 그리고 좌회전. 코트 주머니에서 아버지가 그려준 약도를 꺼내 들었다. 비슷했다. 길의 모양이 비슷할 뿐인지 두 약도가 설명하는 곳이 진짜 같은 곳인지 알 수 없었다. 직진 후 우회전, 건널목을 건너 다시 우회전, 한동안 직진, 그리고 좌회전으로 이루어진 길이 세상에 어디 하나뿐이겠는가. 어쩌면 모든 길을 그런 식으로 설명할 수도 있을 것이다. 두 개의 약도를 초조하게 쳐다보다가, 무엇이든 찾자고,

어서 걷자고 생각했다.

직진 후 우회전. 건널목을 건너 다시 우회전. 그리고 한동안 직진을 반복했다. 오른쪽으로 꺾이는 골목은 자주 나왔고 건널목도 흔했다. 한자리만 맴맴 맴도는 기분이기도 했고, 서너 개의 동네를 거침없이 지나온 것도 같았다. 살아오면서 길을 잃은 적은 거의 없었다. 태어나서 지금까지 한 동네에서만 살았고 대부분 같은 곳만 오갔다. 낯선 곳으로 간 적도 별로 없었고, 가더라도 길을 잃을 정도로 넓게 움직이진 않았다. 모르면 물어봤고, 어른들은 언제나 그들이 아는 길을 가르쳐주었다.

어젯밤 아버지가 약도를 내밀며

네가 이곳까지 꼭 갔으면 좋겠다.

하고 말했을 때,

여기 가면 뭐가 있는데요.

하고 내가 물었을 때,

가면 널 알아봐 줄 사람이 있을 거다.

하고 아버지가 말했을 때,

요즘 바쁜데. 시간 되면 한번 가볼게요.

하고 무성의하게 대꾸했을 때, 아버지의 누추한 눈빛과 힘없이 꿈틀거리던 입가를 보고 고민하지 말았어야 했다. 그것에 겁먹지 말았어야 했다.

지나가는 사람들을 붙잡고 길을 물었다. 모르겠다는 사람이 대부분이었다. 어떤 이의 설명은 매우 복잡하고 장황해 알아들을 수가 없었다. 중년 남자가 자신만만하게 가르쳐준 대로 갔다가 모텔 골목을 다시 맞닥뜨렸을 때는, 길을 거슬러 가 그 남자를 찾아내 쌍욕을 퍼붓고 말겠다는 생각만 들었다. 그래서 한동안 성원빌딩도 선원빌딩도 지하철역도 아니고, 길을 잘못 알려준 그 남자를 찾으려고 거리를 헤맸다. 하지만 그가 길을 잘못 알려준 게 아니라 내가 잘못 찾아간 것이라면 어쩔 것인가.

　전화가 온다. 안이다. 전화를 받자마자 소리를 질렀다.

　어디야!

지하철역도 못 찾은 주제에, 안에게 화를 냈다.

　나 못 갈 것 같아.

안이 절절매며 대꾸했다. 우는 것 같았다.

　울어?

혹시 안도 길을 잃은 건 아닐까. 두려워졌다.

　아빠가 맞았어.

안의 목소리가 부들부들 떨렸다.

　경찰 오고 지금 난리도 아니야.

　아버님이 맞아?

　어떤 사람이 우리 집 앞을 지나가면서 이런 데서 어떻게 사느냐고. 이게 사람 사는 집이냐고. 이런 데는 싹 다 밀어버리고 아파트 세워야 한다고. 자기애한테 막, 아빠 말 안 들으면 너도 나중에 이런 데서 살게 될 거라고. 그래서 우리 아빠가……

　누가. 어떤 새끼가 그딴 소리를 해!

　여기 사람 사는 집 맞다고. 우린 여기서 한평생 잘 살았다고. 여기서 자식 낳고 키우고 다 했다고. 늙어 죽을 때까지 우린 여기서 살 거라고. 당신 대체 뭐냐고 따지다가…… 어떡해. 네가 이리 와줘. 좀 와줘.

정신없이 울며 겨우 말을 잇는 안에게 길을 잃었다는 말을 할 수 없어서 알았다고, 곧 가겠다고 말한 뒤 전화를 끊었다. 택시를 잡으려고 큰 길로 나갔다. 짜증과 분노가 뒤섞인 뜨거운 감정이 몸을 가득 채우고 콸콸 넘쳐흘러 목구멍 귓구멍으로 쏟아져 나왔다. 아무리 손을 흔들어도 수십 대의 택시는 그냥 지나갔다. 간신히 택시 한 대를 잡고 안이 사는 동네 이름을 댔다.

안 가요.

기사가 무기력하게 고개를 저으며 그대로 떠났다. 대여섯 대의 택시를 그렇게 놓쳤다. 휴대전화를 열어 시간을 봤다. 자정 가까운 시간이었다. 순간, 뜨겁게 끓어오르던 감정이 거짓말처럼 사라졌다. 여섯 시에 퇴근한 뒤 바로 지하철을 탔다. 삼십 분쯤 지하철을 탔다고 쳐도, 내가 그렇게 오랫동안 길바닥을 헤매고 다녔나?

차가 이동하는 방향으로 무작정 달리다가 젊은 남자를 붙들고 길을 물었다. 물으면서도 어리석은 일이라는 걸 알았다. 아무도 모르고 다들 제멋대로 말하는데, 새파랗게 어린 데다 이 동네 사람 같지도 않은 그에게 원하는 대답을 얻을 순 없으리라는 예감이 들었다. 결국 너도 모르지? 결국 너도 모르는구나. 그래 결국 너도 나랑 같은 처지지. 확인하고 싶은 마음을, 똑똑히 느낄 수 있었다.

아, 당신도 여기가 처음이군요.

남자가 대꾸했다. 나만큼이나 혼란스러워하는 것 같았고, 나만큼이나 시비를 걸고 싶은 것 같았고, 나만큼이나 두려워하는 것 같았다.

안 가본 길이 없는 것 같은데.

그가 몸을 잔뜩 웅크리며 말했다.

새로운 길은 계속 나오고.

얼굴이 노랗고 몸이 얄팍한 남자였다.

근데 결국은 다 비슷한 길이에요. 그러니까 더 헷갈려.

춘스러운 광택이 줄줄 흐르는 검은 양복을 입은 채 몸을 부르르 떠는 남자의 입에서 뿌연 입김이 터져 나왔다. 양복만 입고 돌아다니기엔 너무 추운 날씨였다. 어디를 찾는 중이냐고 물었다. 남자는 집에 가고 싶다고 대답했다. 애초에, 어디를 찾아 이곳으로 왔느냐고 다시 물었다. 글쎄. 성원빌딩인가. 선원빌딩인가. 남자의 입에서 내가 찾던 빌딩 이름이 튀어나왔다.

거긴 왜 찾아요? 누가 가보랬어?

다그치듯 물었다.

늦기 전에 꼭 가봐야 하는 곳이래요.

남자가 사방을 둘러보며 대답했다. 얼굴과 귀와 손이 피 묻은 것처럼 빨갛게 얼어 있었다.

돈 있어요?

남자에게 물었다. 지쳐 있던 남자의 표정이 긴장과 경계의 표정으로 변했다. 내가 일하는 곳과 내가 사는 곳을 말하고, 내 전화번호를 가르쳐주며 택시비만 빌려달라고 했다.

나라고 택시 안 잡아본 줄 알아요?

남자의 말투가 어른스럽게 변했다. 내가 말한 무언가가 그를 거만한 어른으로 만든 것 같았다

여기 밖으로 나가는 택시는 없어요. 포기해요.

포기하라는 말을 듣자마자 간신히 참고 있던 화가 폭발했다. 그럼 당신은 어쩔 건데? 어디로 어떻게 갈 건데! 하고 소리 질렀다. 잠시 표정을 찡그리던 남자가 거칠게 자기 옷매무새를 다듬었다. 소리만 질렀을 뿐인데, 마치 그의 멱살이라도 붙잡고 뒤흔든 것 같은 착각이 들었다.

찾아야죠. 빌딩을.

남자가 왜소한 어깨를 펴며 대꾸했다.

포기하라며!

내 말은.

크고 넓은 도로로 몸을 돌리며 남자가 말을 이었다.

여기서 니갈 생각을 말라는 거죠.

혼자 남겨지는 게 두려워 남자를 따라 걸었다. 종종 뒤돌아보며 그
와 나를 따라오는 사람이 없는지 살폈다. 같은 방향으로 걷는 사람은
많았지만, 그들이 어디로 가는지는 알 수 없었다. 전부 그 빌딩을 찾는
것처럼 보이기도 했고, 혹은 그 빌딩에 이미 다녀온 것처럼 보이기도
했다. 어서 안에게 가야 한다는 생각은 우선 집으로 가자는 생각으로,
아니 일단 이 동네만 벗어나자는 생각으로 변했다. 그리고 결국, 그 빌
딩을 찾아야만 모든 게 가능하리라는 예감에 사로잡히고 말았을 때, 나
를 괴롭히는 건 분노와 짜증이 아닌 체념과 두려움이었다. 남자의 걸음
은 지나치게 빨랐고, 내 걸음이 그보다 빠르지 않다는 사실에 자존심이
상했다. 안에게서 자꾸 전화가 왔다. 어디쯤이냐는 질문을 받을 때마다
말을 더듬고 거짓말을 했다. 길이 막히네. 생각보다 오래 걸려. 사고가
났나 봐. 거의 다 온 것 같은데. 안의 질문은 한결같았고, 남자에게 건
네는 나의 질문은 조금씩 바뀌었다. 우리가 빌딩 이름을 잘못 알고 있
는 게 아닐까요? 혹시 지나친 거 아닐까요? 이 동네가 아니지 않을까
요? 남자를 따라잡기 위해 닥치는 대로 질문을 했다. 어디서 왔어요?
몇 살이에요? 무슨 일 해요? 결혼했어요? 학교 어디 나왔어요? 이름이
뭐예요. 축구 좋아해요? 군대 어디서 다녔어요? 고향이 어디예요. 이봐
요. 사람이 묻잖아! 남자는 나를 흘금흘금 돌아보기만 할 뿐 대답 없이

내처 걸었다. 자기도 나처럼 헤매긴 마찬가지지만, 그래도 나보다는 앞서 간다는 사실에 일말의 위안을 얻는 듯했다.

　술집과 모텔이 즐비한 거리를 다시 맞닥뜨렸다. 아까 지나온 그곳 같기도 했고, 그와 비슷한 또 다른 구역 같기도 했다.

　이봐요.

남자를 불렀다.

　여기, 왔던 곳 같지 않아요?

남자의 걸음이 잠시 느려졌다.

　성가시게 왜 이럽니까.

남자가 나를 돌아보며 신경질적으로 말했다.

　그렇게 자꾸 의심할 거면 따라오지 마요. 각자 찾자고. 각자.

　하지만 우리는 찾는 곳도 같고 빌어먹을 이 동네는 온통 비슷한 길 뿐이잖아요.

　우리가 같은 곳을 찾는다고 어떻게 확신합니까.

　성원빌딩인지, 선원빌딩인지. 젠장. 그거 찾잖아요.

　빌딩 이름도 제대로 모르면서.

　당신도 모르잖아.

　그러니까 우리가 찾는 곳이 다른 곳일 수도 있단 거죠. 누군 안 피곤하고 짜증 안 납니까? 그래도 나는 묵묵히, 필사적으로 가고 있잖아. 근데 당신은 뒤따라오는 주제에 무슨 말이 그렇게 많으냐 이 말이야. 당신이, 아닙니까? 맞습니까? 아니지 않습니까? 할 때마다 다리에 힘이 쭉쭉 빠진다고.

남자의 말을 들으며 담배에 불을 붙였다. 어지러웠다.

　저기요.

침착하게 말하려고 노력했다.

좀 쉬었다 갑시다. 두 시가 넘었어. 이러다 밤새요. 뭘 좀 먹든지. 아님 눈 좀 붙이고 가든지. 난 지갑을 잃어버렸어. 돈이 없다고. 나는 내일 출근도 해야 합니다. 휴대전화 배터리도 얼마 안 남았는데 이놈의 동네는 사람 뺑뺑이질만 계속시키고, 씨발, 그쪽 걸음은 너무 빠르지 않습니까.

……뭘 어쩌라는 겁니까. 나한테.

무심결에 나온 씨발이란 욕 때문인지, 남자의 말투가 온순해졌다.

뭘 알고나 가는 겁니까. 그쪽은.

나도 돈 없어요. 다 쓴 지 오래야.

어디가 어딘지 알고나 가는 거냐고. 그쪽은.

당신이 따라오고 있잖아.

당신도 쥐뿔 아는 거 없지?

그래도 당신이 따라오잖아.

내가 당신을 왜 따라갔는데!

내가 맞게 가니까 따라온 거 아닙니까?

휴대전화가 울렸다. 통화 버튼을 눌렀다. 어머니였다.

어디냐. 왜 아직 안 들어와.

아, 어머니. 제가 길을 잃었는데요.

술 마시냐?

아뇨. 제가 길을 잃었다고요. 근데……

너 언제까지 그렇게 나태하게 살 거야. 공부는 대체 언제 하려고 그래. 죽자고 달려들어도 떨어지는 사람이 태반인 시험이라고.

엄마. 내가 지금 길을 잃었다고. 여기가 어딘지 모르겠다고요.

나도 니가 뭘 하고 돌아다니는지 모르겠다. 언제까지 그렇게 살 수 있을 것 같니. 요즘 니 아버지 보면서도 느끼는 거 없어? 늙어서 소용 있는 거라곤……

엄마. 아버지 있어요?

없다.

어디 계세요?

넌 어디냐.

……

정신 차려. 난 하루하루가 너무 아깝다.

전화를 끊고 아버지에게 전화를 걸었다. 신호음이 울리는 사이 담배 한 대를 더 꺼내 피웠다. 전화가 끊어져 통화 버튼을 다시 눌렀다. 남자는 편의점 앞 플라스틱 의자에 몸을 웅크리고 앉아 있었다. 24시간 꺼지지 않는 편의점의 강렬한 형광등을 보자 마음이 서늘해졌다.

도착했니?

아버지가 물었다.

아뇨. 아버지.

그럼, 아직도 아직이냐?

아버지. 그 빌딩 이름이 정확히 뭐죠?

내가 적어주지 않았니.

알아볼 수가 없어요.

길을 따라가.

이름을 알려주세요. 아버지.

나도 잘 기억은 안 난다만. 길을 따라가면 돼.

그런 길은 어디에나 있다고요.

그래도 가야 할 곳은 한 곳이지 않니.

아버지는 가보셨어요?

시간이 많이 늦었다.

아버지는 가보셨냐고요.

……

아버지는 어디 계세요?

내 걱정은 마라. 난 괜찮다.

아뇨. 아버지는 지금 어디 계시느냐고요.

누군가와 부딪혔다. 휴대전화가 바닥에 떨어졌다. 나와 부딪힌 사람이 휴대전화를 주워 내게 건네줬다. 죄송합니다. 그가 말했다. 검은 파카를 입은 남자였다. 파카엔 뿌연 재 같은 것이 드문드문 묻어 있었다. 헝클어진 머리칼. 경직된 얼굴. 낡고 더러운 운동화. 어깨를 움츠린 채 바삐 걸어가는 남자의 뒷모습을 멍청히 쳐다보다가 큰 소리로 그를 불렀다. 남자는 어둠에 스며드는 그림자처럼 사라져버렸다. 편의점 의자에 앉아 있던 남자도 검은 파카가 사라진 방향으로 다시 걷기 시작했다. 전화가 울렸다. 안이었다.

어디야. 온다면서 왜 안 와?

지갑을 잃어버렸다고 했잖아. 나도 미치겠어.

아버지가 많이 아파.

안이 울었다. 울음 섞인 목소리를 듣자 죽고 싶었다. 많이 아프겠지만, 그렇지만 안의 아버지는 적어도 가족과 함께 있지 않은가. 길을 잃은 것도 아니고, 지갑을 잃은 것도 아니고, 어쨌든 아버지가 있어야 할 곳에 있지 않은가 말이다.

이럴 때 네가 옆에 있어주길 바랐어.

안이 말했다.

우리는 충분히 그런 사이라고 믿었어.

아니. 들어봐. 네가 생각하는 것처럼 한가한 상황이 아니야. 나는 길을 잃었고, 돈도 없고 씨발, 다들 자기 말만 하고 약도는 엉터리고. 이러다가 내일 출근도 못 할 것 같다고.

택시 타. 택시 타면 되잖아. 여기까지만 오면 내가 돈 줄게. 다 큰 남자가 그 정도 생각도 못해?

갑갑증이 올라왔다. 이곳에 있지 않은 이에게 이곳이 어떤 곳인지 설명해봤자 바보 취급밖에 더 받겠나. 폴더를 닫아버리고 남자가 사라진 어둠을 향해 달려갔다. 가로등 불빛이 나타났다 사라지기를 반복했다. 남자의 뒷모습이라 짐작되는 것을 놓치지 않기 위해 숨이 차도록 뛰었다. 골목은 점점 가팔라졌다. 막연한 밤하늘에 둥실 떠 있는 낡은 여관 간판과 여기저기 흩어져 있는 빨간 십자가. 센 바람이 불었다. 코트 깃을 세워 목과 귀를 가렸다. 양복 한 벌만 걸친 그의 뒷모습에 가까워질수록 말할 수 없이 속상해졌다.

가파른 오르막 끄트머리에 간결한 지평선이 보였다. 그 너머에 무엇이 있을지 짐작조차 할 수 없었다. 시간을 보려고 휴대전화 폴더를 열었다. 배터리가 방전되었는지 까만 창이 떴다. 오르막 끝에 다다른 남자가 우뚝 멈춰 서더니 황망한 표정으로 나를 돌아봤다. 그곳으로 올라가기 두려워 걸음을 멈췄다.

뭐가 보여요?

선 채로 물었다.

……

뭐가 있긴 있어요?

……내리막길이요.

그와 나는 지쳐 벌벌 떨었다. 주머니를 뒤져 아버지가 그려준 약도를 꺼내 펼쳤다. 접고 펴길 반복해서 접히는 모서리마다 지저분한 구멍이 뚫려 있었다. 성원빌딩인지 선원빌딩이 적혀 있던 곳에도 블랙홀 같은 검은 구멍이 뚫려 있었다.

아직이냐?
아버지가 묻는다.

[『현대문학』 2012년 3월호]

선 정 의   말

—

  그는 왜 거기에 갈 수 없는가? 최진영의 단편 「어디쯤」은 악무한을 다
룬 소설이다. 어딘가로 가라는 아버지의 명령과 이곳으로 오라는 연인 '안'
의 요청이 반복된다. 그러나 '나'는 조금 전 빠져나온 지하철 입구와 낯선
골목 사이, '어디쯤'에서 빠져나가지 못한다. 소설 속에는 약도가 두 번 나
온다. 하나는 아버지가 준 "대충 그린 약도"이고, 다른 하나는 편의점 직원
이 영수증에 그려준 "조잡한 약도"가 그것이다. 아버지(엄밀히 말해 아버지
도 그곳을 알지 못한다)나 직원의 설명이 틀렸다기보다는, 세상의 모든 약
도가 본래 이상한 것이 아닌가 싶다. 지도에는 "블랙홀 같은 구멍이 뚫려
있"게 마련이니까.
  미로에 갇힌 악무한, 바깥으로 나가려고 애쓸수록 내부(안)의 내부
(안)에 갇히는 부조리한 상황은 '어디쯤'이라는 부사어가 가리키는 의미를
부정(不定, 정해지지 않음)에서 부정(否定, 정할 수 없음)으로 대체하도록
만든다. '어디쯤'의 미로에서는 위상학이 존재하지 않는다. 약도에 표시된
그곳은 사실은 절대 찾아갈 수 없는 공간, 목적지로서는 존재하지만 도달지
로서는 포함되어 있지 않은 공간을 지시할 뿐이다. 그곳이 실재가 비어 있
는 그저 어디쯤이라면, 우리는 무엇을 할 수 있을까. 저 주인공처럼 그저
어딘가를 향해 "묵묵히 필사적으로" 걸어갈 수밖에 없지 않을까. 아버지와
'안'의 명령과 요청은 텅 빈 저편에서 울려 나오고, '나'는 그 불가지를 수
행해야 한다. 그것이 어디쯤이라는, 안팎이 뚫린 이상한 위상학이 현실에

개입하는 방식이기 때문이다. 작가가 만든 저 (이른바 카프카적) 공간은 대단히 매력적이다. 현실에 포함되지 않으면서도 현실 바깥에도 존재하지 않는 저 공간이야말로 우리가 처한 실존적 내면의 다른 이름이기 때문이다. 그런 점에서 최진영의 공간 조형술은 놀랍다. _양윤의(문학평론가)

2012년 7월
이달의 소설

영철이

김 엄 지

1988년 서울에서 태어났다. 2010년 문학과사회 신인문학상을 받으며 작품 활동을 시작했다.

작 가 노 트

위우 월 월

● ··

영철이

—

　당신은 그냥 무야. 무. 차라리 진짜 무면 썰어 먹기라도 하지. 너란 인간을 도대체 어디에 써먹어. 어디에 써먹느냔 말이야. 달달 떨린다, 떨려. 김영철의 아내는 양팔로 몸통을 감싸고 떠는 시늉을 했다. 꼭 나를 어디에 써먹어야겠어? 김영철은 고개를 숙인 채로 대꾸했다. 뭐? 뭐라고? 뭐라고 씨불이니 인간아. 인간아. 영철의 아내는 울부짖다가 분에 못 이겨 집밖으로 나갔다. 그로부터 정확히 석 달 뒤에, 영철에게는 컴퓨터 한 대만이 남겨졌다. 그가 결혼 생활 중 유일하게 보탠 살림이 컴퓨터였다. 영철은 컴퓨터를 동생 집으로 보내고, 여행을 떠났다. 영철은 강화도 어느 모텔에서 무가 되는 꿈을 꿨다. 아내가 김영철의 팔과 다리를 댕강댕강 썰어주었다.

　너도 내가 무능하다고 생각하니? 영철은 동생에게 물었다. 아니에요, 형. 동생은 아니라고 대답했지만, 영철은, 아닌 게 아니지? 다시 물었다. 아이 형. 나와서 밥 드세요. 하지만 영철은 영 밥 먹을 기분이 아니었다. 그래서 영철은 동생과 동생 처, 동생의 아들이 밥을 먹는 동안 컴퓨터를 조립했다.

그는 대부분의 시간을 컴퓨터와 함께 보냈다. 컴퓨터와의 시간이 대부분인 것은 결혼 생활이나 이혼 생활이나 마찬가지였다. 영철이 컴퓨터로 특별한 일을 하는 것은 아니었다. 그는 주로 바둑을 뒀다. 바둑만 뒀다. 끈질기게 바둑만을 두었다. 다섯 시간 동안 담배를 물고 바둑에 몰두하고, 화장실을 한 번 가고, 밥은 먹거나 굶거나, 다시 다섯 시간 동안 담배를 물고 바둑에 몰두하는 식이었다.

형, 나와서 밥 드세요. 동생의 대사는 정해져 있었다. 대사일 뿐이라는 것을 영철은 알고 있었다. 함께 밥을 먹는 날이면, 동생도, 동생의 처도, 영철도, 서로 눈치를 보았다. 영철은 동생 처의 눈치를 살폈고, 동생 처는 영철의 눈치를 살폈다. 그리고 동생은 영철과 처, 둘 다의 눈치를 봐야 했다. 저녁 식사 시간이었다. 큰아버지 집에 안 가요? 이제 다섯 살이 된 영철의 조카는, 핵심을 잘 짚어내는 편이었다. 영철과 영철의 동생과 동생의 처는 동시에 씹기를 멈추고 무언가 말하려다, 아무도, 아무 말도 하지 않았다. 영철의 조카도 답이 그리 궁금하진 않았는지 다시 소시지에 열중했다. 왜 나는 집에 안 갈까. 영철은 생각해보았다. 갈 집이 없으니까 못 가지. 간단하게 생각하니 편했다. 영철의 심플마인드는 사는 데 가끔 도움이 되었다. 이혼에도 도움이 되었다.

*

영철은 아내가 뭐라고 묻건 간에, 글쎄, 그러게, 잘 모르겠는데, 라고 대답했다. 아내와 상종하고 싶지 않다거나 한 것은 아니었다. 오히려 영철은 아내를 사랑했다. 좋게 말해주자면 영철의 사랑 방식, 사랑 대화법이 그랬다. 영철은 아내가 밉지 않았다.

아내는 시시때때로 영철이 미웠다. 그래서 오늘은 뭘 먹고 싶다는 거야, 뭘! 아내는 매일같이 영철에게 물었다. 영철은 집에만 오면 밥 생각이 없어졌다. 그에 비해 아내는 온종일 밥 생각뿐이었다. 그녀에게는 끼니 해결이 하루 일과 중 가장 큰 고민이었다. 영철이 출근 한 뒤에 혼자 먹는 밥은 맛이 없었고, 영철이 퇴근 한 뒤에 그와 함께 먹는 밥은 더 맛이 없었다. 그녀는 친정엄마에게 전화를 걸어 고민을 토로했다. 엄마, 뭘 먹어도 맛이 없어. 나 알지? 뭐든지 맛있게 먹는 거. 김영철이랑 같이 살면서부터 입맛이 죄다 떨어졌나 봐. 어쩌면 좋아? 친정엄마는 오이지와 게장을 추천했다.

아내의 부모는 처음부터 영철이 탐탁지 않았다. 딸보다 여덟 살이나 많았지만, 사회적 능력은 딸과 크게 다르지 않았다. 영철은 아무런 준비도 되어 있지 않았지만, 결혼 적령기가 되었으니 결혼을 하는 것도 나쁘지 않겠다고 생각했다. 아내의 친정에서는 열일곱 평짜리 아파트를 한 채 내어주었고, 영철과 아내는 이혼하는 날까지 그곳에서 살았다.

아내는 시시콜콜 영철이 궁금했다. 저 남자는 왜 저렇게 말수가 적을까. 저 남자에게 불만이란 아예 아주 없는 걸까. 저 남자는 왜 화를 내지 않는 걸까. 못 내는 걸까, 안 내는 걸까. 저 남자는 유흥을 모르는 걸까. 저 남자는 왜 매일 꼬박꼬박 정시에 퇴근을 할까. 저 남자는 내가 해주는 밥이 맛이 없나. 저 남자는 왜 매일 저녁을 남기나. 원래 입이 짧았던가. 입은 그렇다 치고, 눈은 왜 안 마주치나. 섹스는 아예 잊었나. 아이는? 낳을 생각이 없는 건가? 도대체 저 남자는 무슨 생각으로 나랑 결혼을 했을까. 그녀는 몇 개의 질문은 직접 입 밖으로 꺼내 물었고, 몇 개는 묻지 못했다. 눈 마주침과 섹스와 아이에 대해서, 아내는 영철에게 직접적으로 묻지 않았다. 눈 마주침과 섹스와 아이 문제는, 끼니 해결 다음으로 그녀를 괴롭히는 고민이자 부담이었다.

부담 갖지 마, 고민할 것도 없어. 아이는 낳아서 뭐하려고. 낳아봤자 짐이야, 짐. 좀 곤욕인 줄 알아? 임신은 성병이야, 성병. 섹스 부작용이라고. 임신이 성병이라고 말한 사람은 아내의 친구였다. 너는 애도 있으면서 그렇게 말하고 싶니? 아내의 친구에겐 백일 된 딸아이가 있었다. 딸아이가 있을뿐더러 다정한 남편도 있었다. 그리고 번듯한 직업도 있었다. 그것도 두 개나. 아내의 친구는 나무를 조각하고, 사람들 몸에 그림을 그렸다. 조각가와 타투이스트, 투잡인 셈인데, 아내는 그 친구가 학창 시절부터 부러웠다. 나 네 밑에서 일할까? 집 지키는 거 너무 외로워. 그녀는 진심으로 친구에게 호소했다. 일은 외롭다고 하는 게 아니야. 친구는 단호하게 거절했다. 그럼 어떨 때 일해야 하는 건데? 아내가 친구에게 물었다. 돈이 필요할 때. 이번에도 친구는 단호했다. 정답을 확신하는 사람의 목소리였다. 너 돈 필요해? 친구는 쐐기를 박았다. 딱히 돈이 필요한 것은 아니었다. 영철의 월급이 매달 그녀의 통장으로 꽂혔기 때문이었다. 넉넉한 액수는 아니었지만, 아내는 특별히 저축이나 투자가 간절하지도 않았다. 너 애 갖기 전에 사람부터 돼라. 살림 깨끗이 하고 영철 씨 내조 잘해봐라. 예뻐서 매일같이 불주사 놔줄걸. 이 대목에서 영철의 아내는 기분이 상했다.

지가 내 엄마야 언니야 이모야 고모야 뭐야. 지가 뭔데. 뭔데 나한테 살림을 잘하라 마라야. 영철이 퇴근했을 때 아내는 또 화가 나 있었다. 내가 집에서 살림한다고 날 무시한 거야. 그래, 안 그래? 화살이 영철에게 돌아갔다. 글쎄. 영철은 밥그릇에 눈을 박고 들릴 듯 말 듯 말했다. 뭐라고? 안 들려. 크게 좀 말해 크게. 말할 때 목이 아파? 당신 목에 문제 있는 거 아니야? 아내가 영철의 턱 끝을 잡고 들어올렸다. 영철의 입안에 있던 밥알 몇 개가 주르륵 떨어졌다. 아내는 식탁에 떨어진 밥알을 주워서 영철의 입안에 밀어넣었다. 그러더니 별안간 그녀가 울어버리는 것이었다. 울지 말란다고 그만 울 아내가 아니었기 때문에 영철은 묵묵히 식사를 계속했다. 고등어가 비렸다. 밥은 설었고, 아내는 서러웠고, 김치는 싱거웠고, 영철은 목이 멜 때마다 물을 마셨다. 아내는 아무것도 먹지 않고 울기만 했다. 그날 저녁, 침실에서 아내는 결심한 듯 말했다. 개를 키워야겠어. 영철은 개를 키우는 것에 대해서 잠시 상상해보았다. 상상이 되질 않았다. 영철은 무언가 키워본 적이 없었다. 어떤 개를 키울까? 아내가 벽을 보고 모로 누워서 말했다. 글쎄. 영철은 똑바로 누워 대답했다. 영철은 딱히 호감을 가지고 있는 개가 없었다. 내가 문제 하나 낼까? 아내는 벽을 보고 누워서 문제를 내겠다고 말했다. 영철은 덜컥 겁이 났다. 영철이 딱히 제대로 아는 답이 없었기 때문이었다. 우리 집 벽지 무늬가 뭔지 알아? 아내가 낸 문제는 영철이 가장 취약한 부분, 가정사 문제였다. 가정사 중에서도 벽에 관한 문제라니. 영철은 천장에 붙어 있는 도배지 무늬를 읽어보려고 애를 썼다. 그러나 천장은 너무 멀고, 침실의 불은 꺼져 있었다. 글쎄. 영철은 하는 수 없이 글쎄,라고 대답했다. 그럼 보기를 줄게. 아내는 보기를 주겠다고 했다. 일번, 점 점 점들이 사선으로 찍혀 있어. 이번, 점 점 점들이 가로 일렬로 찍혀 있어. 삼번, 점 점 점들이 세로 일렬로 찍혀 있어. 사번, 실크벽지. 맞춰봐. 어렵지 않아. 영철은 보기로 내준 벽지들에 대해 잠시 상상해보았다. 몇 개의 점들이 눈앞에서 모였다가 흩어졌다. 영철은 호감을 가지고 있는 숫자도 없었기 때문에 아무 번호나 찍어 말하기도 난감했다. 잠깐 기다려줘. 영철은 오랜만에 아내에게 기다려달라 말했다. 기다려. 기다려줘. 영철은 연애 시절 자주 지각했다. 이번. 가로 일렬. 가로 일렬이었던 것 같아. 영철의 손안에 땀이 고였다. 맞았어. 아내가 돌아누워 영철의 가슴에 볼을 비볐다. 영철은 아내가 아직 귀여운 구석이 있다는 것에 안도했고, 그녀와 함께 오래도록 살 수 있을 것 같았다. 아내는 영철이 답을 맞춰줘서 기쁘고 신통했다.

개가 들어오고 난 후 기쁘고 신통한 날들은 더 늘어났다. 아내가 가져온 개는, 갈색 믹스견이었다. 잡종이지만, 잡종이기에 공짜라며 그녀는 기뻐했다. 잡종이었지만 영철 눈에도 아내 눈에도, 예뻤다. 집에 막 왔을 때 개는 생후 삼 주차에 접어들었고, 영철 부부의 결혼 생활은 어느덧 삼 년차를 넘고 있었다. 이름을 뭐라고 지을까? 아내는 영철에게 작명을 요구했다. 글쎄. 어려운 문제였다. 영철의 아내는 노란색 담요를 방 가운데에 두 번 접어 깔고 그 위에 개를 올려놓았다. 생후 삼 주짜리 개는, 개라기보다 털뭉치였다. 겨울이었고, 담요와 개는 겨울에 잘 어울렸다. 영철은 와인이 먹고 싶었다. 와인이라니. 영철은 술을 한 잔도 못 하는 타입이었다. 그러나 와인이 먹고 싶었고, 와인 한잔하면서 개 이름을 지을까? 아내에게 제안했다. 아내의 눈이 번쩍 뜨였다. 와인? 좋아. 영철은 삼만구천 원짜리 와인과 만이천 원짜리 글라스 두 개를 얼른 사 왔다. 아내는 영철의 속도에 한 번 더 감탄했다. 세상에. 저 남자가 저렇게 와인을 좋아했던가.

영철이로 짓겠어. 글라스 가득, 넉 잔의 와인을 먹은 아내가 말했다. 당신은 김영철이고. 아내가 검지로 영철의 코를 콕 찍었다. 쟤는 개영철이야. 아내가 검지로 담요 위에 누운 개를 가리켰다. 하하. 영철이 짧게 웃었다. 하도 짧아서 헛기침 같은 웃음이었다. 개영철아, 이리 온. 우쭈쭈, 쭈쭈우. 아내는 양팔을 뻗어 개를 불렀고, 영철은 한 번 더 하하, 기침처럼 웃었다. 실제로 아내는 영철이 감기에 걸린 것이라 생각했다. 정말 목에 문제가 있는 걸까. 기침이 너무 심하네. 저 남자는 무슨 감기를 한 계절 내리 달고 살지? 영철은 계절 하나가 오고 가는 동안 계속 웃었다. 개의 재롱이 짭짤했다. 손을 달라면 손을 주고, 공을 던지면 공을 물어 왔다. 영철이 퇴근해서 돌아오면, 개는 영철의 발을 졸졸 쫓아다녔다. 개는 영철의 양말을 좋아했다. 개는 영철을 잘 따랐고, 영철도 개를 잘 따랐다.

아내는 개를 영철아, 영철아, 불렀고, 영철은 개에게 특별한 호칭을 붙이지 않았다. 그는 손뼉을 치거나 간식을 흔들어 개의 시선을 끌었다. 영철 부부는 개와 함께 밥을 먹고, 개와 함께 같은 침대에서 자고, 개와 함께 산책을 했다. 심지어 영철과 아내와 개는, 셋이 함께 샤워를 하기도 했다. 가끔 영철 부부는 섹스를 하기도 했는데, 개가 그 옆을 지나갈 때도 있었다. 개와 함께하는 결혼 생활은 썩 할 만했다. 개가 들어온 뒤로 아내의 짜증은 현저히 줄었다. 하지만 그리 오래가지는 못했다. 영철의 실직 때문이었다.

영철은 본인이 회사에서 잘린 이유를 알지 못했다. 어떤 실업은 이런 식으로 이루어지기도 해. 아내에게 설명하고 싶었지만. 세상의 모든 실업에 이유가 있는 건 아니야. 아내에게 설명하고 싶었지만. 그것은 그녀가 원하는 설명이 아니라는 것을, 누구보다 영철이 잘 알았다. 오류이거나 복직 가능성에 대해서, 아내는 말했다. 오류와 복직의 가능성에 대해서 영철은, 글쎄, 그러게, 잘 모르겠는데, 대답했고, 아내는 자기 머리카락을 두 손으로 쥐어뜯기 시작했다. 모르겠다고? 모르겠다고?

그녀는 자기 머리를 쥐어뜯으면서 두 발을 동동 굴렀다. 그러지 말란다고 그만할 아내가 아니었기에, 영철은 대꾸하지 않고 개의 간식을 잘게 뜯어 방바닥에 흩뿌렸다. 개는 종종거리며 방바닥을 핥았다. 아내는 개의 허리를 발로 걷어찼다. 말을 해. 모르겠다는 말 말고 말다운 말을 좀 해보라고! 아내가 소리쳤고, 개는 식탁 밑으로 납작하게 숨었다. 영철도 개처럼 숨고 싶었다.

영철은 주로 작은방으로 숨었다. 작은 방에는 LED 모니터와 무선 키보드, 컴퓨터 본체, 헹어와 철 지난 옷들이 있었다. 영철은 철 지난 옷과 같이 작은 방 한구석에서 바둑을 두었다. 어깨에 얌전히 먼지가 쌓이도록 영철은 바둑만 두었다. 아내는 전처럼 영철에게 무엇이 먹고 싶으냐고 닦달하지 않았다. 그녀는 이제 혼자서 뭐든 잘 먹었다.

아내는 조각가이자 타투이스트인 친구 밑으로 들어가 일을 하기 시작했다. 그녀는 친구가 부탁하는 잡다한 심부름을 했다. 잡일이었지만 일을 하는 동안 보람을 느꼈다. 일하는 사람이 바뀌었을 뿐, 영철 부부의 삶은 크게 달라지지 않았다. 여전히 영철은 말수가 적었고, 화를 내지 않았고, 아내가 차려주는 밥을 남겼다. 여전히 아내는 무엇을 먹을지 고민했고, 친구와 엄마에게 전화를 걸었고, 개를 영철이라 불렀다. 영철아. 너는 개새끼 주제에 무슨 바둑을 그렇게 열심히 두니. 아내는 개에게 직간접적으로 영철에 대한 마음을 털어놓았다. 영철아. 추석에는 어쩔 생각이니? 집에 있을 생각이니? 너는 무슨 생각을 하고 사니? 그녀는 개에게 자꾸 물었다. 작은방에서 바둑을 두는 영철은, 아내의 말을 듣기도 하고 듣지 못하기도 했다. 들으나 못 들으나 영철은 입을 다물고 있었다. 아내는 영철의 입 다묾에 이제 익숙해졌다. 익숙해져서 울지 않았다. 울지 않는 시간은 빠르게 지나갔다.

아주 오랜만에 아내가 운 것은, 개가 사라졌기 때문이었다. 아내는 영철에게 영철이를 보지 못했느냐고 물었다. 영철은 개를 마지막으로 본 것이 언제였는지 정확히 기억나지 않았다. 어제였던 것도 같고, 그제였던 것도 같았다. 어제나 그제, 영철은 개에게 간식과 개밥을 주었다. 개와 산책을 하고, 개의 똥을 치웠고, 목욕을 시켰다. 아내가 일을 나가는 동안 개를 돌보는 것은 영철의 몫이었다. 글쎄. 영철은 글쎄,라고 말한 다음에 한참을 고민했다. 아무리 생각해보아도 어제였는지 그제였는지 확실하지 않았고, 확실한 것은 어제도 그제도 영철은 바둑을 두었고, 아내는 일을 나갔다는 것이었다. 개는 집 안 어디에도 없었다. 당신이 모르면 누가 알아. 잘 좀 생각해봐. 아내는 반성과 원망이 동시에 솟구쳤다. 실은 그녀도 개를 마지막으로 본 것이 언제였는지 기억나지 않았다. 그래서 섣불리 영철만을 다그칠 수 없었다. 외출을 했던 거야? 아내는 혹시 열린 문틈으로 개가 나갔을까 염려되어 영철에게 물었다. 글쎄. 영철은 글쎄,라고 말한 뒤에 한참 생각해보았다. 담배를 사러 나가기는 했는데, 그게 글쎄 어제였는지 그제였는지 확실하지가 않았다. 확실한 것은 어제도 그제도 영철은 담배를 물고 바둑을 두었고, 아내는 일을 나갔다는 것이었다. 밖에 나간 적이 있었느냐고! 아내가 목소리를 높였다. 잘 모르겠어. 영철은 아무리 생각해도, 아무것도 정확하지가 않아서 잘 모르겠다고 대답했다. 그러면 당신, 영철이가 무슨 색 옷 입고 있었는지는 기억나? 그녀는 자기도 기억하지 못하는 것을 영철에게 물었다. 영철은 잘 모르겠다고 대답할 수밖에 없었다. 몰랐기 때문이다. 도대체 아는 게 뭐야? 어쩌면 그렇게 무능하니. 당신은 그냥 무야, 무. 차라리 진짜 무면 썰어 먹기라도 하지. 너란 인간을 도대체 어디에 써먹어. 어디에 써먹느냔 말이야. 달달 떨린다, 떨려. 아내는 양팔로 몸통을 감싸고 떠는 시늉을 했다. 꼭 나를 어디에 써먹어야겠어? 영철은 고개를 숙인 채로 대꾸했다. 어째서 영철이 그 순간에 그렇게 용감했는지, 영철 스스로도 알지 못했다. 뭐? 뭐라고? 뭐라고 씨불이니 인간아, 인간아! 영철의 아내는 울부짖다가 분에 못 이겨 집 밖으로 나갔다. 곧장 영철도 아내를 따라 나갔다. 영철은 현관문 잠그는 것을 잊지 않았다. 현관문을 잠그면서, 나는 이렇게나 보안 정신도 투철한데, 아내는 어째서 내가 무능하다고 하는 걸까, 그는 생각했다. 아내가 탄 엘리베이터가 1층에 도착했을 때, 영철은 13층에서 엘리베이터 내림버튼을 눌렀다.

아내는 놀이터로 뛰어갔다. 영철아, 영철아. 주민들은 그녀가 영철이라는 이름을 가진 자식을 잃어버린 것이라 여겼다. 영철아, 영철아. 영철은 개를 부르는 소리를 듣고 아내를 찾아냈다. 그녀는 103동 놀이터에서 107동 놀이터로 가는 길목을 뛰고 있는 중이었다. 영철은 앞에서 뛰고 있는 아내의 팔을 덥석 붙들었다. 뒤를 돌아 영철을 확인한 아내는 바닥에 주저앉았다. 주저앉아서 울기 시작했다. 어딜 간 거야, 어딜. 그녀는 입을 벌리고 울었다. 그만 울란다고 그만 울 아내가 아니었기 때문에 영철은 묵묵히 아내 옆에 서 있었다. 해가 지고 있었다. 103동에서 107동으로 가는 길목에 영철은 서 있었고, 아내는 주저앉아 있었고, 아내는 이제 어리지 않았고, 영철은 젊지 않았으며, 개는 보이질 않았다. 어딜 간 거야, 어딜. 그녀는 쉽게 울음을 그치지 않았다. 그러게. 영철은 아내의 옆에 서서 속삭이듯이 말했다. 영철이 속삭이는 동안 해가 완전히 사라졌다.

개는 완전히 사라진 걸까. 어디로 갔을까. 아내는 두 시간 만에 늙은 얼굴이 되어 있었다. 영철은 아내에게 기다리라고 말한 뒤에 게토레이 캔 두 개를 얼른 사 왔다. 아내는 영철의 속도에 놀랐다. 저 남자가 저렇게 게토레이를 좋아했던가. 당신 게토레이 좋아해? 아내는 물었고, 영철은 글쎄,라고 대답했으며, 그녀는 영철의 얼굴에 게토레이를 부어버리고 싶었지만, 그럴 여력이 없었다. 힘이 든다. 아내는 힘들다고 말했고, 영철은 그러게,라고 응수하며 게토레이를 벌컥벌컥 들이켰다. 당신 정말 힘들어? 아내는 물었고, 영철은 글쎄,라고 말했다. 아내와 영철은 둘 다 힘이 들었다.

다른 동네엘 가보자. 개가 많이 있는 동네에. 이렇게 말을 꺼낸 사람은 영철이었다. 개가 많이 있는 동네가 어딘데? 아내는 묻고 싶었지만, 묻는다고 영철이 제대로 알 리가 없었다. 행여 안다고 해도 똑바로 대답해주리란 보장이 없었다. 보장이란 보증보다도 무서워서, 그녀는 영철에게 개가 많은 동네가 어딘지 묻지 않았다.

개를 따라서 산책 갔던 동네가 있어. 이 말 역시 영철이 꺼냈다. 영철은 익숙하게, 개를 개라 불렀다. 아내는 그 호칭이 마음에 들지 않았다. 지금 개라고 했니? 걔는 개가 아니고 이름이 있어. 영철이라고 영철이.

영철과 아내는 아파트 단지를 빠져나와 이십 분을 걸어 옆 동네의 옆 동네에 도착했다. 그곳에는 과연 개가 많았다. 가로등과 골목이 많았고, 지붕과 계단이 많았다. 재개발을 기다리고 있는 동네였다. 그런데 당신, 여기서 다시 집에 찾아갈 수는 있어? 아내는 영철을 위아래로 훑어보았다. 그녀가 생각하기에 영철은, 집에서 바둑만 둘 줄 아는 남자, 아니 남자가 아니라 사람, 사람이라 하기에도 뭐한, 생명체일 뿐이었다. 영철은 히죽 웃으며, 당연하지, 대답했다. 이 남자에게 당연한 것도 있었던가. 아내는 의아해서 영철의 얼굴을 찬찬히 뜯어 살폈다.

아무런 감흥도 일으키지 못하는 이목구비였다. 나는 왜 이 남자와 결혼하고 싶었을까. 사라진 뒤에야 당연하다고 말하는 작자를.

영철은 앞장서서 골목으로 아내를 인도했다. 골목은 한 사람이 겨우 지나갈 수 있을 만큼 좁고 가팔랐다. 담과 담 사이에서 영철과 아내는, 개를 부르기 시작했다. 영철아, 영철아. 그리고 부를 때마다 꼭 한 마리씩 보이기 시작했다. 가로등 밑에서. 가로등 옆에서. 가로등을 기준으로 개들이 나타났다. 이 동네엔 무슨 가로등이 이렇게 많아. 아내가 말했다. 응, 그래서 나도 여기가 좋아. 영철이 뜬금없이 미소를 지었다. 영철의 미소는 때와 장소, 어디에도 어울리지 않았으므로, 아내는 황당했다. 황당해서 따지지도 못하고 개의 이름만 불렀다.

이름만 부른다고 될 일이 아닌 것 같아. 아내가 걸음을 멈추고 서서 말했다. 한 마리씩 자세히 보자. 크기도 영철이랑 비슷한 애들이 많아. 봐, 쟤도 그렇잖아. 그녀가 가리킨 쪽에는 가로등이 있었고, 가로등 밑에 개 한 마리가 누워 있었는데, 그녀의 말대로 색과 크기가 사라진 개와 흡사했다. 영철은 개에게서 이 미터가량 떨어진 채로 바짓주머니를 뒤적거렸다. 영철은 주머니에서 동전을 꺼내 자기 입에 가져다대고 먹을 것인 양, 슈룹슈룹후룹후룹 소리냈다. 그러고는 동전을 땅바닥에 떨어뜨렸다. 그런 방식이 개를 유혹할 수 있다고 영철은 생각했다. 그러나 개에게는 통하지 않았다. 개는 동전이 떨어지는 소리에 예민하게 반응하여 집과 집 사이의 어둠 속으로 도망쳤다. 무슨 짓이야? 아내 역시 동전이 땅바닥에 떨어지는 소리에 예민하게 반응했다. 무슨 짓이냐고! 아내는 영철이 부러 개를 쫓아버렸다고 확신했다. 하지만 그녀는 실망하지 않았다. 빽빽이 붙어 있는 지붕들만큼 가로등은 많았고, 가로등 주위에는 틀림없이 개들이 보였다. 가로등 주위에만 개가 있는 것은 아니었고, 단지 가로등 때문에 개들이 보일 뿐이었다. 실망할 틈이 없었다. 모든 개를 자세히 조사해야 했다. 눈에 보이는 모든 개의 크기와 색이, 사라진 개의 그것과 같았다. 아내는, 보이는 개란 개는 모두 집에서 사라진 개이거나, 사라진 개의 친인척일 것이라 믿었다.

영철과 아내는 동네의 지붕과 계단과 골목처럼, 가로등처럼, 개처럼 굴었다. 고개를 숙이고 어깨를 움츠리고 발소리와 숨소리를 죽였다. 그리하여 한 시간 반 뒤에, 사라진 개와 꼭 닮은 개 한 마리를 집어드는 데 성공했다. 영철이 해낸 일이었다. 저 남자가 저렇게 재빨랐던가. 아내는 입을 벌리고 영철과 개를 쳐다보았다.

코의 길이와 모양, 귀의 길이와 모양, 눈매, 배의 온도, 발바닥의 촉감까지, 사라진 개와 꼭 같았다. 그러나 아내는 확신이 서지 않았다. 우리 영철이는 집에서 큰 개야. 괜히 헷갈려서 이상한 개 데려가면 골치 아파. 똑바로 봐. 자세히 봐야 돼. 아내는 영철에게 주의를 줬다. 영철은 알아들었다는 의미로 휴대폰 폴더를 열어 개의 얼굴에 가져다댔다. 개의 얼굴이 더 밝게 보였다. 사라진 개이거나 사라진 개가 아니거나, 꼼꼼히 살필수록 헷갈렸다. 영철은 아내와 개의 얼굴을 번갈아가며 쳐다보았다. 멀뚱멀뚱. 사정은 아내도 다르지 않았다. 아내는 영철과 영철의 손에 들린 갈색 개의 얼굴을 번갈아 쳐다보았다. 아내는 울컥 슬펐다. 영철의 얼굴이 똑바로 떠오르지 않았기 때문이었다. 그녀는 영철을 진심으로 사랑한다고 생각했다. 사람 김영철보다, 개 영철을 더 사랑한다고 스스로 자부했었다. 개는 아내를 잘 따랐고, 아내도 개를 잘 따랐다. 그녀가 퇴근해서 돌아오면, 개는 그녀의 발을 졸졸 쫓아다녔다. 개는 아내의 양말을 좋아했다.

우리 영철이 무슨 특징 같은 거 없었어? 아내는 자기도 기억하지 못하는 것을 영철에게 물었다. 당신이 매일 씻기고 먹였잖아. 그녀는 영철이 개의 특징을 말해야 하는 근거를 덧붙였다. 글쎄. 영철은 개의 얼굴과 배, 발과 발, 등과 털의 결을 떠올렸지만, 특징이랄 것이 없었다. 영철은 고개를 숙였다. 당신이 밥 주고, 당신이 여기까지 산책도 같이 왔었다며. 왜 이제 와서 발뺌인 거야. 왜 또. 아내는 영철을 다그쳤다. 세상의 모든 개가 특징을 갖고 있지는 않아. 아내에게 설명하고 싶었지만. 세상의 모든 개가 영철이와 다를 수는 없어. 아내에게 설명하고 싶었지만. 그것은 그녀가 원하는 설명이 아니라는 것을, 누구보다 영철이 잘 알았다.

두 번, 세 번, 네 번 더, 영철과 아내는 가로등을 기준으로, 사라진 영철과 똑같은 모습의 개를 만났다. 그러나 어떤 개도 집으로 데려오지 못했다.

우리가 본 개 중에 영철이가 있었을까? 아내가 똑바로 누워 영철에게 물었다. 글쎄, 영철은 벽을 보고 누워 대답했다. 우리가 본 개 중에 영철이가 있었으면 어쩌지? 아내가 다시 물었고, 영철은 정말 어쩌지, 속으로 말했다. 내가 우울증 걸리면 칠십 퍼센트는 당신 책임인 거 알지? 아내가 모로 누운 영철의 등을 노려보았다. 영철은 나머지 삼십 퍼센트는 누구의 책임인지 묻고 싶었지만, 좋은 대답이 돌아올 리 없었기에 잠자코 벽만 보고 누워 있었다. 벽지의 점들이 가로 일렬로, 그리고 세로 일렬로, 사선으로 흩어져 있었다. 가로를 기준으로 가로로. 세로를 기준으로는 세로로. 사선으로 본다면 사선으로 점들이 찍혀 있었다.

영철은 아내가 몇 해 전에 맞춰보라던 문제가 떠올랐다. 내가 문제 하나 낼까? 영철은 벽을 보고 누워서 문제를 내겠다고 말했다. 문제? 지금 문제라고 했니? 아내가 영철에 등에 대고 말했다. 응, 문제. 가정사 문제. 벽에 관한 문제야. 어렵지 않은데. 영철이 대꾸했다. 무슨 개소리야. 우리 집 가정사에서 제일 큰 문제는 너야, 너. 아내는 영철의 등을 손바닥으로 서너 번 떠밀었다. 영철의 이마가 두어 번 벽에 박혔다. 영철은 아팠지만, 신음 소리를 내지 않았다. 그래서 스스로 뿌듯했다. 말 한번 잘했어. 문제 얘기가 나왔으니까 진짜 문제가 뭔지 좀 말해보자. 아내가 몸을 일으켰다. 영철은 계속 벽을 보고 누워 있었다. 얘기해보자고. 아내는 영철의 어깨를 흔들었다. 어깨가 흔들릴 때마다 영철의 이마가 벽에 가 박혔지만, 영철은 꿋꿋이 아무 소리도 내지 않았다.

당신, 당신 컴퓨터 가지고 나가. 영철은 아내의 말을 알아들을 수가 없었다. 어디로 언제 나가라는 것인지 알 수 없었다. 컴퓨터는 왜? 영철이 아내에게 물었다. 당신이 사 오셨잖아요. 잘난 혼수셨잖아요. 여기는 제 집이구요. 그녀는 칠 년 만에 영철에게 존대를 했는데, 그 말소리가 연애 시절만큼 부드럽지는 않았다. 언제까지 나가야 하는데? 언제까지 나가시게요. 시간 넉넉히 드릴게요. 영철은 아내에게 석 달을 부탁했다.

*

영철의 동생은 쉽게 집 주소를 알려주었고, 영철은 동생에게 어려운 부탁 들어줘 고맙다고 인사했다. 아이, 형. 밥은 드셨어요? 동생은 물었고, 영철은 밥 생각이 없었다. 일주일 뒤에 가마. 아무런 짐도 되지 않게 있으마. 영철은 전화를 끊었다. 그리고 강화도로 여행을 떠났다. 영철은 일주일 동안 낚시나 실컷 해볼 요량이었다. 여태 영철은 한 번도 낚시를 해본 적이 없었다. 그에겐 취미가 없었다. 하루 종일 두는 바둑은 그의 취미가 될 수 없었다. 하루 종일 뒀기 때문이었다. 그는 특기도 없었고, 직업도 없으며, 이제는 부인도 없으니 앞으로 자식도 없을 터였다. 그러니 낚시를 할 수밖에. 영철은 낚시 대여점과 민박을 겸하는 건물로 들어가 일주일치 숙박비를 선불로 냈다. 갈색 믹스견이 민박집 앞을 지키고 있었는데, 사라진 영철과 생김새가 똑 닮았다고, 영철은 느꼈다.

일주일 동안 고기는 한 마리도 잡지 못했다.

일주일 동안 영철은 꿈에서 무가 되었다. 그래서 행복했다.

행복이 뭐예요? 다섯 살 된 영철의 조카는 TV를 보다가 이것저것 영철에게 자주 물어보았다. 행복이 뭔지 모르니? 영철이 조카에게 되물었다. 몰라요. 조카가 대답했고, 나도 몰라, 너도 죽을 때까지 모를 가능성이 다분하다고 말해주고 싶었지만. 어제 너희 아버지가 케이크를 사 와서 네 기분이 어땠니? 조카에게 물어보았다. 빨리 초 켜고 싶었어요. 불 끄고 먹고 싶었어요. 빨리 먹고 싶었어요. 조카는 어제 먹은 케이크의 기억이 생생했는지 양팔을 세차게 흔들었다. 그게 행복이란다, 라고 영철은 말해주려다, 아이에게 거짓말을 할 수 없다는 생각이 들었고, 아니 어쩌면 조카에게는 그것이 행복일 텐데 싶어서, 그게 행복이란다, 말해주려다, 아무래도 영철이 생각하기에 행복이란, 행복이라는 게 그러니까 그렇게 그런 게 아닌데 싶어서, 그랬구나, 케이크를 좋아하는구나, 조카의 머리를 쓰다듬었다. 감사합니다. 영철의 조카는 대뜸 영철에게 고개를 조아려 배꼽인사를 했다. 인사는 어디서 배웠니? 영철은 조카의 머리를 계속 쓰다듬었다. 안 배웠는데요. 세상에 누가 인사를 배워요?

하지만 세상엔 인사를 배워야 하는 사람들이 있었다. 영철의 온라인 바둑 파트너들이었다. 그들의 끝인사는 주로 욕설이었는데, 이런 식이었다. 야이 개새끼야 밥 처먹고 바둑만 뒀냐 더런 새끼 퉤. 영철은 밥 먹고 바둑만 뒀으니 뭐라 반발할 수 없었다. 그리고 밥 먹고 바둑만 뒀으니 영철이 연승을 하는 것은 당연했다. 욕설 후 바로 퇴장은 영철에게 연패를 맛본 자들의 것이었다.

저랑 이름이 같으시네요. 눈웃음 표시로 첫인사를 건넨 바둑 파트너는, 영철과 이름이 같은 18세 김영철이었다. 그의 이름이 영철과 같은 김영철이라고 해서, 밥만 먹고 바둑만 둔 영철이 그를 봐줄 수는 없는 노릇이었다. 영철은, 바둑 새내기인 18세 김영철에게 한 번쯤 일부러 져줄 수도 있었다. 그리고 영철은 정말 그러려고도 했으나, 그것이야말로 18세 김영철에게 굴욕을 주는 것이라 생각했다. 하여 영철은 끊임없이 18세 김영철을 이겨먹었다. 18세 김영철은 고수를 만났다며 몇 번이고 채팅창에 눈웃음 표시를 하다가, 연패의 시간이 두 시간이 되었을 무렵부터 채팅창에 아무런 말도 하지 않았다. 이윽고 연패 다섯 시간이 되었을 때 18세 김영철은 무언가 되게 분했는지, 영철에게 욕설을 퍼부었다. 존나게 이기니까 기분 좋냐 병신 새끼가 나잇살 처먹고 반나절 바둑 두네 아 쪽팔. 너랑 이름 같은 거 존나 쪽팔. 파트너가 뭐라 욕설을 퍼부어도 크게 마음을 쓰는 성격이 아니었지만, 영철은 그날따라 18세 김영철에게 한마디 해주고 싶었다. 나와 이름이 같은 건 나도 유감이네. 자네의 미래가 나와 같지 않길 바라네. 영철은 검지 두 개를 이용해 타자를 쳤다. 뭐래 병신. 뭔 개솔. 18세 김영철은 그렇게 퇴장했다.

그날 밤 영철은 울었다. 창밖에서는 개와 개가 서로 짖었다. 영철은 집에서 사라진 개가 저 중에 하나일 수도 있다고 생각했다. 영철은 창을 열었다. 가로등과 가로등이 듬성듬성 보였고, 개는 한 마리도 보이지 않았다. 그러나 개 짖는 소리는 여전히 여기저기서 들렸다. 영철은 창밖으로 고개를 쑥 빼고 개 소리를 냈다. 워우 월 월. 영철이 소리를 냈고, 어둠 속에서 영철에게 대답하는 개 소리가 들렸다. 워우 월 월. 영철은 본인의 목소리가 개들에게 어떤 말로 들릴지 궁금했다. 그리고 영철은 울컥 슬펐다. 영철은 어느 날 갑자기 집에서 사라진 개의 울음소리가 기억나지 않았다. 아예 들어본 적이 없는 것 같았다. 영철은 개를 사랑한다고 생각했었다. 아내보다 개를 더 사랑한다고 자부했었다. 그래서 문득, 영철은 아내에게 미안했다. 사과해야 한다고 생각했다. 영철은 아내에게 전화를 걸었다.

무슨 일이야? 아내는 신호음이 세 번 울렸을 때 전화를 받았다. 일은 무슨. 아내가 너무 빨리 전화를 받았기 때문에 영철은 당황했다. 혹시 영철이가 어떻게 짖었는지 기억나? 꼭 그걸 그녀에게 물어보려던 것은 아니었는데, 그런 물음이 불쑥 튀어나왔다. 왜? 개 소리만 들어도 영철이 생각나? 아내가 되물었다. 그런 것도 있고, 어떻게 짖었는지 기억이 안 나서. 영철이 대답했다. 나도 며칠 그랬어. 그럴수록 잘 먹고 잘 자야 돼. 당신 밥은 잘 먹고 살아? 아내가 물었다. 밥맛이 없네. 혼자 먹어도 맛이 없고, 동생 식구랑 같이 먹으면 더 맛이 없으니. 아내는 영철에게 오이지와 게장을 추천했다.

〔『문학동네』 2012년 봄호〕

선 정 의 말

—

처음엔 그녀가 영철이를 미워하는 줄 알았다. 도대체 어디 써먹을 데가 없는 "그냥 무"와도 같은 영철이가 (차라리 진짜 무면 댕강댕강 썰어 먹기라도 하지) 하염없이 모멸스러워 정말 눈앞에서 그가 사라지기를 바라는 것으로만 보였다. 뭐가 하고 싶은지 먹고 싶은지 명확히 얘기하는 법이 없고 실직을 해도 그 이유나 복직 가능성 등에 대해 아무 말도 못 하니, 영철이는 참말로 한심하고 무능한 작자인가 싶었다.

다시 보니 그녀가 영철이랑 같이 살기 싫은 게 아니라는 걸 알겠다. 뭐라고 묻건 간에 "글쎄, 그러게, 잘 모르겠는데"라고 대답하는 그를 그토록 타박했던 건, 영철이를 혐오해서가 아니라 심지어 사랑해서라는 데 심증이 갔다. 왜 저렇게 말수가 적을까, 왜 화를 내지 않을까, 왜 밥을 남길까 등 영철에 대해 시시콜콜 궁금한 그녀가 씩씩거리는 까닭은 영철이 대체 '어떤' 인간인지를 몰라서가 아니다. 입바른 소리도 안 하고 거짓말은 더 안 하고 18세 소년에게도 예의를 지키고 현관문 잠그는 보안 정신도 투철한 영철이를, 영철이가 어떤 타입인지를, 그녀가 왜 모르기만 하겠는가. 다만 바로 그것 때문에 같이 살고 싶었는데 이제 그것 때문에 같이 살기 괴로워진 것을, 한 남자가 "남자가 아니라 사람, 사람이라 하기에도 뭐한, 생명체일 뿐"으로 느껴지는 순간이 어이없게도 당연해진 상황을 그녀 스스로 통탄하고 있는 것일 뿐.

그리하여 마침내 그녀가 어쩔 수 없이도 영철이를 이해하고야 말았다는 것을 안다. 영철이 꼭 한 번, 어디서 나왔는지 모를 용기로 "꼭 나를 어디에 써먹어야겠어?"라고 되물었던 대꾸가 그녀에게 콕 박혔으리란 것이, 사실 그를 내쫓고도 그녀는 그 '인간'이 여하간 "잘 먹고 잘 자"기를 바랐다는 것이 결국엔 눈치채인 것이다. 어쩌면 그녀 자신이 그보다 더 먼저, 썰어 먹어야 할 무도 아닌 인간이 왜 꼭 어디다 써먹혀야만 '無'가 아닌 '有'인 건지 알 수 없어 영철이 대신 괴로워하느라 분통을 터뜨렸던 건 아닌가 싶어진다.

이렇게 김엄지의 「영철이」는 세상에 어필한다. 영철이는 말하자면 요즘 소설에 간간히 등장하여 은근히 호감을 끌어내곤 하는 '무위'의 인간형 삼십대 버전쯤이라고 할 수 있지 않을까? 그런데 김엄지의 '영철'이라면, '삼뻑' 징크스를 깨고도 아들에게 케이크를 사다 주지 못했던 화투판의 김첨지, "유독 싸는 것에 있어" 약했던 그 동네 호구가 아니던가? 그 통통거리는 비속한 말들 밑으로 흥건히 고이는 비참함을 보았을 때 그녀의 아이러니컬한 인간 이해가 이어져갈 여러 갈래의 길을 기대하며 사뭇 설렜던 기억이 떠오른다. 「영철이」는 그 설렘이 기쁜 화답을 받은 가까운 사례가 되었다. 앞으로 또 어떤 영철이를 미워하는 척 이해하고 무시하는 척 사랑할지, 지금은 이 발랄한 엄지 공주의 사랑법을 응원하지 않을 까닭이 없다.

_백지은(문학평론가)

2012년 8월
이 달 의 소 설

센티멘털도 하루이틀

김금희

1979년 부산에서 태어났다. 2009년 『한국일보』 신춘문예에 당선되며 작품 활동을 시작했다.

작 가 노 트

지난 계절의 단편을 읽고 있다. 우연하게도 다시 이 단편을 쓰던 계절이다. 이제 막 플랫폼에서 떠나가는 기차를 배웅하는 기분이다. 나를 남겨놓고 씩씩하게 달려갈 것이다. 내가 만나보지 못한 사람들을 만나고, 내가 주지 못한 의미들을 챙겨 싣고, 너무 아득해서 내가 짐작할 수 없는 곳까지 가 닿을 것이다. 나쁘지 않다. 아니, 더 솔직히 말하자면 마음이 벅차다.

● ‥

센티멘털도 하루이틀[*]

—

그 나라 사람들은 하루를 여섯 시간씩 네 번으로 나눈다고 했다. 아누차와 김의 대화를 들어보니 그랬다. 그곳에서는 새벽 한 시, 아침 한 시, 오후 한 시, 밤 한 시, 이렇게 네 번의 한 시를 만난다. '띠능' '몽 차오' '바이 몽' '능틈'. 같은 한 시라도 이름은 다 달랐다. 감춰졌던 시간의 결들이 페이스트리 빵처럼 살아나는 느낌이었다. 인생도 두 배쯤 더 늘어날 것 같았다.

그전에 살던 중국인에 비하면 태국인 아누차는 유령처럼 조용한 세입자였다. 종종 월세가 밀리는 건 마찬가지였지만 적어도 술은 덜 마셨다. 다만 부엌도 없는 방인데 자주 요리해서 문제였다. 홍은 향신료 냄새를 왜 이렇게 풍기냐고 따졌다가 김에게 한소리 듣기도 했다. 너무 매정하다는 것이었다. 하지만 아누차는 고향 음식만은 포기하지 않았다. 홍이 외출한 틈을 노려 여전히 요리했다.

홍은 이혼한 지 칠 년 만에 이 다세대주택을 샀다. 옥탑방까지 4층이었고 일곱 가구가 살았다. 원래는 한집이던 반지하에 두 가구를 들이는 바람에 월세를 더 낸 쪽만 실내 화장실을 쓸 수 있었다. 10만 원이 그렇게 큰 차이라고 외할아버지는 역설했다. "백만 원은 또 어떻고." 보증금을 그만큼 더 주면 지상에서 살 수 있었다. 거기다 세를 올리면 더 넓은 방을 쓸 수 있고, 전세로 돌리면 작은 베란다를 가질 수 있었다. 외할아버지는 "그런 게 세상이니라" 했다.

어쩐지 치사하다고 생각했지만 말대꾸할 수는 없었다. 외할아버지는 집 여러 채로 재산을 불려온 어엿한 임대사업자니까. 2002년, 홍이 아홉 살이나 어린 김을 재혼 상대로 데려왔을 때도 외할아버지의 분석은 임대사업자다웠다. 김이 홍의 다세대주택에서 세나 받아먹으며 편하게 살 심산이라는 것이었다. "세— 에나 받아먹으며"라고 할 때 외할아버지는 신발창에 붙은 껌을 들여다보듯 언짢은 말투였다. 결혼 초만 해도 외할아버지와 김 사이에는 쟁 하는 긴장이 일곤 했다. 세법이 개정돼 부동산세를 더 내야 했을 때 그 긴장은 정점에 달했다. 외할아버지는 그 당시 정권을 뽑은 '손모가지들'을 싹 다 잘라야 한다고 화를 내기도 했다. 하지만 그 대통령이 세상을 떠나면서 언쟁은 사라졌다. 외할아버지는 여전히 김을 '빨갱이'라고 불렀지만 김은 더 이상 "그런 시절은 지났습니다"라고 대꾸하지 않았다.

그나저나 삼수생이 되었다는 소식을 김과 홍에게 어떻게 알리나. 스물한 살에 애 엄마가 될지도 모른다는 얘기는. 나는 마당 평상에 걸터앉았다. 수능을 망친 표는 결과도 안 보고 외국으로 떠났다. 아르바이트를 하면서 어학원에 다니겠다고 했다. 나는 말리지 않았고 임신했다는 말도 안 꺼냈다. 표는 매사에 진지해서 오히려 상황이 복잡해질 것 같았다. 내가 널 쿨하게 놔주마, 이렇게 생각했던 것도 같다.

하지만 막상 병원에 가보니 그리 간단한 일이 아니었다. 혈액검사로 임신을 확인하고 초음파 사진을 찍기까지는 오래 걸리지 않았다. 내가 원하지 않는다고 하자, 간호사는 알았다는 듯 고개를 끄덕이며 시술 가능한 방법들을 설명했다. 습관적으로 볼펜을 까딱까딱 흔들면서 몇몇 단어를 메모해주었는데 '9주' '흡입' '약물' '분쇄' 같은 말이었다. 나는 흘려써서 'ㄹ' 자가 형체도 없이 풀려버린 간호사의 글씨를 들여다보았다. 오래 남을 것 없이 얼른 날아가고 싶은 듯한 필체였다. 평소에도 겁이 많았던 나는 다리가 후들후들 떨렸다. 결국 산모수첩을 구겨 넣고 병원을 나왔다.

어쩌다 재수생들 사이에서도 가장 볼품없던 애와 연애했을까? 그건 일종의 연민 때문이다. 판단을 잘못했거나 남자 보는 눈이 없었던 게 아니란 말이다. 누가 따져물으면 그렇게 말하리라 생각했다. 이를테면 김과 홍이, 외할아버지가, 친구들이. 그렇다면 그놈의 연민은 어디서 왔나. 나는 평상 다리를 툭툭 찼다. 그건 바로 집 때문이었다.

내가 크는 동안 집에는 헤아리기 힘들 정도로 많은 세입자들이 들락거렸다. 직업도 다양했다. 정육점 직원, 간호조무사, 대리운전 기사, 마트 계산원, 애견 미용사, 보험설계사, 요가 강사, 물리치료사…… 개중에는 도둑이나 사기꾼이 있었는지도 모른다. 공인중개사였던 홍은 집에 거의 없었고 세입자들은 낮에도 한둘쯤 남아 있었다. 그들은 내 것까지 중국음식을 시켜주거나, 내 줄넘기 횟수를 세어주었다. 아주 가끔은 반대로 하기도 했다.

열두세 살 무렵 지하방에는 긴 머리칼의 여자가 세들었다. 여자는 의수를 낀 남자와 살았는데 비 오는 날이면 비빔국수를 만들었다. 국수 면발은 여자의 머릿결처럼 윤이 흘렀고 양념장은 청양고추를 넣어 매콤했다. 홍은 그때도 세입자들에게 깐깐해서 집차로 대문을 막아놓는다고 한소리하곤 했다. 하지만 컵라면이나 햄버거 따위에 물린 나는 일부러 여자의 방을 서성이다 국수를 얻어먹었다.

여자는 글씨를 아주 잘 썼다. 반듯하고 둥글고 흐트러짐 없이 마치 스케이트를 타듯 종이 위를 미끄러졌다. 글자들을 보며 나만 감탄하는 건 아니었다. 여자가 글씨를 쓸 때면 남자도 하, 하고 무릎을 쳤다. 남자는 마치 자기가 글씨를 쓰는 듯 한쪽만 남은 손가락들을 꼼지락거리기도 했다. 그러면 홍은 자기들끼리는 얼굴만 봐도 좋은가 보지, 하며 코웃음을 쳤다.

그 무렵 내 방에는 '이중칼날 칼가리' '써라운드 이어폰' 같은 글씨를 연습한 종이들이 굴러다녔다. 내가 여자의 '양귀비 염색약' '오동나무 효도손'을 완벽하게 따라쓸 수 있을 때쯤, 남자의 발걸음이 끊겼다. 남자는 왜 그랬는지 평상에다 의수를 벗어놓고 갔는데 여자는 그걸 화단에 꽂아두었다. 남자의 몸에서 떨어져나오자 그것은 하나도 손 같지 않았다. 대신 넝쿨이 손가락을 휘감고 자라면서 꽤 훌륭한 지지대가 되었다. 마당에 꽃나무를 심기는 했지만 너무 바빠서 돌볼 겨를이 없었던 홍은 그게 있는지도 알아채지 못했다.

그러던 어느 날, 여자도 짐을 챙겨 사라졌다. 의수가 뽑혀 나간 자리에는 클로버가 수북했다. 세간 몇 가지를 남기고 갔는데 고장 난 세탁기도 한 대 있었다. 외할아버지는 방 안 곳곳에 숨어 있는 소주병을 찾아서 세탁기를 가지러 온 고물장수에게 팔았다. 마흔여덟 병이었다.

나는 방을 서성이면서 여자의 글씨가 적힌 종이를 주웠다. '매직

스펀지' '한국산 바늘' 이외에 '애드벌룬' '보잉747' '인공위성' 같은, 용도를 알 수 없는 말들도 있었다. 그러다 아름다운 글씨체로 쓰인 '쥐 덫' '바퀴' '박멸' 같은 단어가 주는 어떤 아이러니와 비애를 비로소 눈 치챘다. 이런 글씨를 쓰는 사람이 불행해지는 건 불공평하다 생각했고 눈물이 났다. 나중에 그 이야기를 하자 김은 무척 감동받은 눈치였다. "훌륭하구나." 김은 내 머리를 쓰다듬으며 격려했다. 새아빠가 꽤 마음 에 들었던 나로서는 기분 좋은 칭찬이었다. 김은 그런 마음을 연민이라 한다고 했다. 연민,이라고 나는 중얼거렸다. 그 말은 사랑과 비슷했지 만 온도는 좀더 낮았고 덜 비밀스럽고 오래된 듯 느껴졌다.

일단 김에게 알리기로 마음먹고 집을 나섰다. 김은 지금쯤 동네 운 동장에 있을 것이다. 한 계절 전에 축구 심판 3급 자격증을 따더니 경 기만 있으면 심판을 맡았다. 자격증은 협회 교육을 이수하고 시험을 치 르면 받을 수 있는 것이었다. 이제 축구 심판으로 직업을 바꾸려나, 나 는 생각했다. 김은 수학 강사가 싫다며 한동안 공사장 인부, 농산물 직 판장 배달원, 삼겹살집 아르바이트 등을 전전했다. 신선한——신성한이 었을 수도 있다——육체노동을 하겠다고 해서 홍에게 핀잔을 들었다. 그러나 1년쯤 직업의 세계를 유랑하던 김은 결국 학원 강사로 되돌아갔 다. 난 좀 실망했다. 모험의 세계로 떠난 칼잡이가 조용히 돌아와 푸줏 간에서 고기 써는 걸 보는 기분이었다. 그건 내 미래처럼 느껴지기도 했다. 우선 대학부터 붙어야겠지만.

이따금 축구공이 허공으로 솟았다 떨어질 뿐 운동장은 고요했다. 김은 팔자걸음의 사내에게 반칙을 주고 있었다. 동네 축구에서 너무 빡 빡하게 군다며 사내가 투덜댔다. 김은 수첩에 무언가를 적더니 손을 흔들어 경기를 재개시켰다. 김은 동네 축구라는 말을 싫어했다. 동네에서 한다고 축구가 축구 아닌 것이 되지는 않는다, 작다고 해서 보잘것없고 사소한 것은 아니다, 라고 말하곤 했다. "예를 들어 0은 작지만 이 세상에서 0이 얼마나 중요하냐. 컴퓨터나 인터넷만 해도 0과 1, 이진법 체계잖니. 0이 없으면 1도 없어. 하물며 2, 3, 4, 5는 말해서 뭐해?"

모두 사실대로 말할까, 나는 고민했다. 김은 홍과 좀 다르니까. 하지만 입을 여는 순간 돌이킬 수 없는 일이 될 것이다. 아무 말 안 한다고 없던 일이 되지는 않겠지만. 이윽고 호루라기 소리가 울려 퍼지고 경기가 끝났다. 김은 내 어두운 얼굴을 보더니 입시 결과는 묻지도 않았다. 우리는 스탠드에 앉아서 텅 빈 운동장을 지켜봤다. "기죽지 마라." "글쎄……" "늦는 게 꼭 나쁜 것만은 아냐."

김은 무너진 갱도에서 살아 돌아온 자기 아버지 이야기를 했다. 붕괴의 전조가 있었을 때 다른 사람들은 재빨리 도망치다가 목숨을 잃었지만 그 자리에 다리가 얼어붙었던 아버지는 살아남았다는 얘기였다. 어둠 속에서 김의 아버지는 볼 수도 들을 수도 냄새 맡을 수도 없었다. 심지어 꼬집어도 감각이 없었다. 그래서 김의 아버지는 앞으로 살 수 있을까가 아니라, 대체 지금 살아 있는 걸까를 고민했다고 했다. 그러다보니 어둠이 사라지고 "거기 있나?" 하고 누군가 외치는 소리가 들렸다.

우리는 운동장을 나와 편의점에서 호빵을 사 먹었다. 우리 것을 꺼내자마자 아르바이트생은 찜기의 코드를 뽑았다. "학원에 등록해야지?" "글쎄……" 맞은편 산부인과가 눈에 들어왔다. 그런데 대학에 떨어진 날 이런 결정을 해도 괜찮을까. 김은 배가 고팠는지 호빵 두 개를 몇 번 씹지도 않고 삼켰다. 그러고는 우리가 서울에서 가장 늦도록 호빵을 사 먹었을걸, 했다. 그 말을 들으니 정말 청승맞은 기분이었다.

김과 헤어져 걷는 동안 새봄, 장미, 마리아, 정다운 같은 이름의 병원들을 지나쳤다. 생각보다 산부인과 병원은 많았지만 이름이 너무 화사해서 기가 죽었다. 지하철역으로 가면서 친구들에게 전화를 걸었다. 수능시험을 보겠다는 애가 둘, 휴학했던 대학으로 돌아가겠다는 애가 하나, 일단 합격한 대학에 들어가 전과를 하겠다는 애가 하나였다. 외할아버지에게서 걸려온 전화는 받지 않았다. 대학은 놓쳐버린 풍선처럼 달려가 잡으려고 하면 자꾸만 발끝에 차여 달아난다. 5점이 더 있으면 4년제에, 10점이 있으면 국립대에, 20점이 있으면 '인(in) 서울' 할 수 있는데, 30점이면 또 어떻고. 외할아버지의 임대업이나 대학이나 마찬가지였다. "차라리 하프나 한 대 살걸." 전화를 끊으며 한 애가 말했다. "그거 하나 있으면 대학은 문제없다던데."

누군가 등을 두드려서 돌아보았더니 재수 학원을 같이 다녔던 마였다. 친한 사이도 아니라서 우리는 봄이 왔네, 꽃이 피었네 하며 역으로 내려갔다. 친구들이 마가 이상하다고 했던 게 생각났다. 트위터에서 만난 팔로워들의 상갓집을 다 찾아간다고 했다. 애들은 마가 누구보다 문상을 자주 다녔을 거라며 '문상맨'이라는 별명을 붙였다. 그러고 보니 오늘 옷차림도 그랬다. 양복은 그렇다 해도 검은 넥타이는 아무 때나 매지 않으니까.

마는 내 앞에서도 휴대전화를 들여다보며 부지런히 손가락을 움직였다. 나도 이어폰으로 음악을 들었다. 핑계를 대고 다음 지하철을 탈까 망설이고 있을 때 마가 "어제 지나가다 표를 봤는데…… 연수 안 갔나?" 했다. "어디서?" "주택가에서." "주택가 어디?" "주택가였는데 설명하긴 힘들어." 마는 나를 힐끔 봤다. 막상 표가 떠나지 않았다는 애기를 듣자 입안이 바싹 말랐다. "역 근처야?" "왜?" "돈을 꿔줬거든." "얼마나?" "5백만 원." "전화 안 돼?" "없앴어." 마가 눈썹을 추켜올리며 놀랐다. "잡아야겠네." 드디어 마는 주머니에 휴대전화를 넣었다.

"너, 지하철 선로 보면 무슨 생각 들어?" 나는 마가 가리키는, S자로 굽은 선로를 바라보았다. 저런 걸 보면서도 뭘 생각해야 하나 싶었다. "난 선로 보면 서울이 살아 있다는 생각이 들어." 영화에서처럼 박물관이 살아 있는 것도 아니고 서울이 그렇다니. 친구들 말대로 마가 좀 이상하다고 생각했다. 마는 우리가 서울에 사는 게 아니라, 사실은 서울이 우리를 거점으로 생명을 유지한다고 했다. "생각해봐. 빌딩, 아파트, 다리, 하수도, 도로 들은 너보다 더 오래 살아남을 거야."

나는 이런 이야기 말고 어디서 표를 봤는지 말해주기를 바랐지만 마한테는 아파트만 해도 40년이면 재건축을 한다고 대답했다. "부순다고 사라지진 않지." 마의 말투는 나직했지만 꽤 단호했다. "낡은 것을 교체하면서 영원히 불멸하는 거야. 서울 여기저기를 잇는 선로들은 사람으로 치면 등뼈인 셈이고." "학교는 어떻게 됐어?" 내가 화제를 돌렸다. "수능, 안 봤어." 마는 심드렁하게 말하더니, 언젠가 표를 봤던 골목으로 안내해주겠다고 약속했다.

내 소식을 들은 외할아버지는 모두 김의 탓이라고 역정을 냈다. 내가 중학생 때 사교육을 안 시키겠다고 했기 때문이었다. 그게 언제 적인데 내 인생이 갈팡질팡할 때마다 외할아버지는 그 일을 끄집어냈다. 그때는 학원을 가는 대신, 김이 제안한 대로 『월든』이나 『위대한 개츠비』 같은 책을 읽었다. 김이 몸담은 정당의 당원 모임에 가서 토론회가 멱살잡이로 변질되는 과정을 구경하기도 했다. 주말농장에도 갔는데 의

외로 재미있었다. 흙은 특유의 냄새가 있었고 모종들은 부드러웠다. 바람이 잎들을 타넘으면 내 팔에도 기분 나쁘지 않게 소름이 돋았다.

좋았던 몇 달은 이내 끝나버렸다. 성적이 곤두박질쳤기 때문이다. 김이 나를 어떤 아이로 키우고 싶어 하는지는 눈치챘지만, 기대에 부응할 수는 없었다. 나는 종합반 등원과 영수 특별과외가 필요한 그저 그런 중학생으로 되돌아갔다.

언젠가 물으니 김도 더 이상 당원 모임에 나가지 않는다고 했다. 거긴 껍데기가 너무 많은 허수의 세계라는 것이다. 그래서 뛰어든 곳이 권투, 레슬링, 축구 같은 스포츠였다. 숫자로 치자면 진짜 룰이 지배하는 자연수의 세계라고 했다. 운동이 좋으면 그냥 좋다고 할 것이지 김은 항상 이유가 많았다. 생선가시 같던 몸에 살이 붙고 혈색도 좋아졌지만 김의 스포츠 정신에는 좀 찜찜한 구석이 있었다. 취미치고는 절박했고 열정에 비해서는 즐기지 못했다.

홍은 마흔여덟 살 생일을 맞았다. 삼수생 딸을 둔 데다 내일모레가 쉰이라 홍의 기분은 롤러코스터를 탔다. 자기 혼자 아등바등해봐야 뭐 하냐고 낮에도 늘어져 있었다. 그러자 곤란해진 건 우리였다. 아누차는 몰래 요리하느라, 김과 나는 각자의 한가한 오후를 감추느라 그랬다. 김은 하루 종일 컴퓨터 앞에 앉아 일자리를 찾았다. 밀린 월급을 받지 못한 채 학원에서 해고됐기 때문이었다. 안 그래도 원생 수가 줄어 사양길을 걷고 있던 학원이 정부의 심야 교습 제한으로 더 어려워졌다고 했다. 그건 김이 열렬히 지지했던 정부 정책들이라서, 홍은 "저 죽을 줄 모르다가 이렇게 됐지" 하며 혀를 찼다.

홍의 친구들이 놀러 온 날에는 김과 함께 아누차의 방에 가 있었다. 김은 그곳이 자신의 첫 자취방 같다고 했다. 자기 어려웠던 시절을 이야기하고 싶어 하는 걸 보면 김도 늙긴 늙었다. 방 안 물건들에는 한국어로 이름이 적혀 있었다. '테레비' '가방' '장판' '문고리'······ '형광등'이라고 쓴 종이가 바람에 나풀거렸다. 아주 곧고 긴장된 글씨체였다.

벽에는 사진들도 붙어 있었다. 김은 그중 하나를 유심히 들여다봤다. 돌담을 타고 나무뿌리들이 내려와 불상의 얼굴을 감싸고 있었다. 아누차는 그 불상이 태국에서 아주 유명하다고 말했다. 수십 갈래로 나뉜 나무뿌리들은 불상의 수호자처럼, 혹은 파괴자처럼 보였다. 그 앞에서 아누차는 머리카락과 눈썹을 민 채 주황색 승복을 입고 있었다. 출가를 했었다고 해서 놀랐더니, 태국에서는 성인 남자라면 얼마 동안 다들 그렇게 한다고 했다. "모두가 부처네." 김이 말하자 아누차가 "사장님, 부처예요." 대답했다.

마는 약속 장소에 먼저 나와 있었다. 여전히 휴대전화를 들여다보고 있다가 얼굴도 들지 않고 말했다. "가자." 마의 표현대로라면 우리는 서울의 등뼈를 타고 한강을 건넜다. 정말 표가 살던 동네라서 긴장했다. 학생들로 넘쳐나는 학원가를 지나 오르막을 오르니 오래된 단독주택들이 오밀조밀한 골목이었다. 마는 지나치게 빨리 걸어서 내가 허둥지둥 뒤따르게 되었다. 아니면 무엇을 들여다보는지 한자리에 서서 움직이지 않았다. 어떤 골목은 너무 좁아서 한 사람이 겨우 지나갈 정도였다. 안이 훤히 들여다보이는 집에서는 누군가가 분갈이 중이었다. 그림자가 드리운 골목에는 푸릇한 이끼가 돋아 있었다. 흐린 날이면 표에게서도 이 골목처럼 습습한 냄새가 났다. 재수생들이 모여 있는 교실이란 대체로 조용했지만 팽팽한 긴장과 신경질적인 불안이 흐르게 마련이었다. 표에게서 나는 냄새는 그래서 예외적이었다.

마는 골목에 서서 담을 자세히 보라고 말했다. 철거하지 않은 채 시멘트를 발라 무너진 부분을 올렸다는 것이었다. 그리고 또 시멘트가 깨어져 나가자 거기에 벽돌을 쌓아 담을 유지했다. 마는 이런 흔적들이 이를테면 서울의 나이테 같은 것이라고 말했다. 우리는 표가 살았던 고시원을 지났다. 창문이 열리더니 여자애 하나가 양치를 하며 골목을 내려다봤다.

독서실에서 졸리면 표는 일종의 숫자 퍼즐인 스도쿠 책을 꺼내 빈 칸을 채웠다. 표와 처음 말을 트던 날, 스도쿠가 무슨 뜻이냐고 물어봤다. 표는 '數獨'이라는 일본어를 영어식으로 읽은 것인데 '스'는 숫자, '도쿠'는 홀로라는 뜻이라고 대답했다. "모든 숫자는 완벽히 홀로 있어야 한다는 뜻이야." "참 고독한 말이네." 나중에 표는 내가 한 그 말 때문에 심장이 두근거렸다고 고백했다.

도로에서는 케이블 매립공사를 하고 있었다. 홈이 파여 있는 거대한 검은 관으로 수십 가닥의 케이블이 묻히고 있었다. 포클레인이 퍼 나르는 아스팔트 파편은 인부들 머리 위를 아슬아슬하게 지났다. 우체국과 은행 사이로 새롭게 들어선 점포에서는 한 사내가 그라인더로 철근을 다듬고 있었다. 불꽃이 분수처럼 화려하게 일었다 사라졌다. 우리는 노점에서 붕어빵을 사 먹었다. 이미 수북한데도 여자는 붕어빵을 자꾸 구워냈다.

"사실 우리가 살아 있다는 게 무수한 세포들이 생겨났다 사라지는 과정이거든." 마는 서울도 탄생과 죽음을 반복하는 무수한 것들을 통해 살아간다고 했다. 사람도 그중 하나인데 서울을 넓히고 보수하는 역할을 담당한단다. "이를테면 하수인, 하수인이란 말이야." "그거 씁쓸한데." 건성으로 말했더니 마가 그렇게 생각할 필요는 없다고 정색했다.

무엇을 짓거나 부수지 않아도 되는 세상이 있으니까. "그게 어딘데?" 나는 분명 마가 어떤 종교 같은 것에 빠져 있다고 생각했다. 마는 두 손으로 자판 두드리는 시늉을 하더니 앞서 걸었다.

마가 표를 봤다던 골목에는 타이어의 바람이 빠진 자전거가 한 대놓여 있었다. 한낮이라 조용했고 멀리서 텔레비전 소리가 들렸다. "표는 어쩌고 있었어?" "걷고 있었지, 주머니에 손을 넣고." 어깨가 구부정한 표가 주머니에 손을 감춘 채 걷는 모습을 떠올렸다. 마지막으로 본 표의 얼굴은 아무리 해도 기억나지 않았다. 그건 표가 떠들어대던 뉴욕이나 런던, 멜버른, 밴쿠버 같은 도시들의 이름만큼이나 멀었다.

다시 학원에 등록했지만 병원 앞을 서성이면서 더 많은 시간을 보냈다. 어느 날은 한강 둔치의 볕이 너무 따뜻해서, 어느 날은 길고양이가 내 손을 핥아서, 어느 날은 좋아하던 가수가 세상을 떠나서…… 결국 아무것도 하지 못했다. 수업시간에는 종이 위를 경쾌하게 흐르던 여자의 글씨를 연습했다. 글씨체는 엇비슷했지만 그전과 같은 감동은 느껴지지 않았다.

이러다 인생이 망하겠다 싶어서 병원으로 발을 들여놓기도 했다. 프린터의 롤러 자국이 선명한 수술 동의서에는 '자궁 천공' '흡인성 폐렴' '출혈'을 경고하는 문구가 적혀 있었다. 동의서에 연달아 동그라미를 쳤지만 그때마다 물수제비처럼 마음을 건너가는 슬픔이 문제였다. 나는 최대한 냉정하게 주민등록번호를 적다가도 끝내 서명자란에 사인을 마치지 못하고 나왔다.

병원 홈페이지에서 받아 본 초음파 사진에는 그러데이션으로 펼쳐진 어둠이 있을 뿐 아무것도 보이지 않았다. 심장마저 아주 진한 어둠으로 나타나 있었다. 너무 짙어서 텅 비어 있는 듯한 어둠이었다. 나는 손가락으로 휴대전화의 창을 이리저리 흔들었다. 어딘가 가리키는 화살 표만 아니라면 거기에 무엇이 있는지 전혀 알 수 없었다. 그것이 바로 내 몸이라는 건 더더욱. 삭제 버튼을 누르자 사진은 순식간에 사라졌다. 하지만 언제든 다시 불러낼 수 있었다. 그것은 간단한 일이었다.

"사모님 없죠?" 아누차가 아시아 식품이라고 쓰인 커다란 비닐봉투를 든 채 물었다. 나는 밤늦게나 돌아올 거라고 알려주었다. 아누차는 고개를 끄덕이더니 재빨리 방으로 들어갔다. 도마 소리를 듣자니 몸이 노곤해지면서 눈이 감겼다. 무언가 두툼한 것을 써는지 칼은 속닥속닥, 도마에 부딪혔다. 그리고 칼이 단번에 무언가를 자르면서 도마에 부딪히는 소리, 절구 찧는 소리가 일정하게 들려왔다. 시큼한 냄새를 맡다가 평상에서 일어났다. 배 속이 출렁거리며 신물이 나는 시기가 지나니 이제 뭐든 먹어야 속이 편했다. "뭐 만들어요?" 방문을 두드리자 아누차는 놀란 것 같았다. 그래도 문을 열어주며 들어오라고 했다.

상에는 태국어로 이름이 적힌 소스병들이 나란히 있었다. 네모반듯한 글자들은 요가하는 사람의 유연한 몸처럼 보였다. 아누차는 개구리참외를 썰었다. 원래는 파파야로 해야 하지만 한국에서는 너무 비싸다고 말했다. 음식 이름은 쏨땀이었다. 새콤하고 매웠지만 속이 시원해졌다. 오징어를 넣은 볶음밥에서는 재채기가 날 만큼 자극적인 냄새가 풍겼다. 여러 번 이름을 가르쳐줬지만 정확히 알아들을 수는 없었다.

"무슨 일 해요?" 아누차는 '대한정밀금형기계공업사'라는 회사 이름을 알려주었다. 그 긴 이름만으로는 무슨 일을 하는지 알 수 없었다. 아누차의 입에서 나온 '밀링' '면삭' '선반' '도금' 같은 단어는 마치 외국인 이름처럼 들렸다. 아누차는 기계를 만든다고 간단히 말했다. "어떤 기계?" "기계 만드는 기계." 공장에서 무언가를 만들어내려면 기계가 필요한데 그 기계 역시 어떤 기계에서 만들어진단다. "그럼 그 공장의 기계는 어디서 만들어요?" 아누차는 그 기계 역시 또 다른 기계에서 만들어진다고 답했다. 우리는 좀 허탈하게 웃었다.

"요리 안 귀찮아요?" "태국에서 요리 잘 안했어요." 한국에 오면서 요리하는 시간이 늘었는데 처음에는 향수병을 달래기 위해서였다. 여기가 마음에 드냐고 묻자 아누차는 바빠, 너무 바빠, 하며 손사래 쳤다. "월급은 많아요?" 아누차가 어깨를 으쓱했다. 한국에 처음 와서는 지하철 건설 현장에서 일했는데 그때가 차라리 더 나았다. 아누차는 자기가 웬만한 한국 사람들은 가볼 수 없는 서울의 가장 밑바닥까지 가봤다고 했다. 조금은 자랑스러운 투였다. "거긴 어떤데요?" 아누차는 가만히 생각하고는 아무것도 없더라고 말했다. 그러더니 갑자기 물었다. "밥냄새 나요?" 냄새를 맡아봤지만 잘 모르겠어서 나는 "전혀요"라고 대답했다. 하지만 외출에서 돌아온 홍은 금세 알아챘고 한 번만 더 걸려보라며 별렀다.

그날 밤, 나는 홍과 같이 텔레비전을 보다가 김을 어떻게 만났느냐고 물었다. "그딴 건 알아서 뭐하게." 그러면서도 홍은 자기가 김의 자취방을 얻어주었다고 얘기했다. "저 화석들을 신줏단지마냥 모셔놨더라. 자기 아버지가 탄광에서 가져온 거라고. 처음 들었을 때 마음이 짠했지." 나는 거실장을 들여다봤다. 화석들은 동생의 상장들과 과실주에 가려져 궁색해 보였다. 줄기가 가늘고 작은 잎들이 달려 있는 건 고사리 같았다. 누군가 성의 없게 그린 듯한 빗금은 잎사귀의 수맥이었다.

홍이 황갈색 돌을 가리켰다. "저런 걸 흔적화석이라 부른다나." 음각으로 중심선이 있고 양옆에 작고 볼록한 마디들이 이어져 있었다. 홍은 삼엽충이 지나간 흔적이라고 했다. 단지 뭐가 지나갔을 뿐인데 화석이라니, 좀 이상했다.

"근데 쉽지 않아." 홍이 마른세수를 하면서 심드렁하게 말했다. "능력 없는 남편이랑 살다가 이렇게 나만 늙는다." 홍은 자기가 못 해본 걸 내가 누렸으면 좋겠다고 했다. 대학 가고 외국에서 공부도 하고 근사한 직장에서 성공한다. 서울 중심가 어디에 아파트를 사고 해치백 자동차를 몰며 주말에는 도쿄나 홍콩으로 짧은 여행을 떠난다. 홍의 말을 들으니 마음이 식빵처럼 부풀어 올랐다. "얼마나 좋은 세상이니?" 홍은 내가 그렇게 못 할 거라고 생각한 적이 한 번도 없었다고 했다. 그건 내가 삼수생이 된 지금도 마찬가지였다.

골목을 잘못 가르쳐준 것 같다며 마가 연락을 해왔다. 공교롭게도 병원 앞을 서성이고 있을 때였다. 가로수 가지치기를 하던 인부들이 나더러 비키라고 소리를 질렀다. 새 움이 튼 은행나무 가지들이 잘려나왔다. 나는 건물 쪽으로 몸을 붙이고는 어디로 가면 되냐고 물었다. 노량진역에서 만나자고 해서 그쪽으로 가는데 마가 다시 전화를 걸었다. 급한 일이 생겼다고 했다. "어딜 잠깐 들러야 하는데…… 기다리기 뭣하면 같이 갈래?" 마는 오늘도 검은 양복 차림이었다. 걸을 때마다 엉덩이와 무릎 부분이 반질반질해 보였다. 자기 차림은 생각 않고 마는 나더러 왜 그 후드 티셔츠만 입느냐고 물었다. 요 며칠 옷차림 따위는 신경도 못 쓰긴 했다. 아랫배가 묵직해진 것 같아서 레깅스나 원피스는 입을 수 없었다.

마가 날 데리고 간 곳은 장례식장이었다. 국화와 사철이 꽂힌 화환들을 지나치면서 마는 눈에 띨 정도로 두리번거렸다. "누가 죽었는데?" 친구의 당숙이 세상을 떠났는데 빈소를 찾는 중이라고 했다. 친구의 당숙까지 챙기는구나 싶어서 마가 다르게 보였다. 하지만 어찌 된 건지 마는 친구를 영 찾지 못했다. 울음소리와 웃음소리, 누구를 부르는 소리, 와장창 그릇 깨지는 소리, 전화벨 소리, 아이들이 숨바꼭질하는 소리, 곡하는 소리가 뒤섞이는 가운데 관 하나가 옮겨졌다.

보다 못한 내가 이름이 뭐냐고 묻자 마는 '빌리브 오어 낫'이라고 했다. 외국인인가 했더니 트위터 닉네임이었다. 얼굴은 모르냐고 했더니 클라크 케이블 사진이 있는 프로필을 보여주었다. "이 사람이 장례식장에 있는 건 확실해?" 마가 한창 올라오고 있는 트윗들을 가리켰다. 머리고기도 인터넷으로 구입 가능한가요? 당숙이 좋아하던 노래가 생각납니다. 억울하면 출세해라. 출세를 해라. 제목 아시는 분요. 장례식장에서 꽃값이며 식대를 너무 많이 요구하네요. 물론입니다. 항암 주사 믿지 마세요. 치즈는 100퍼센트 뉴질랜드산입니다. 신대방동도 배달 가능해요. 장례식장 앞에 목련이 폈습니다. 당숙은 다시 태어나면 느릅나무가 되고 싶다고 하셨죠.

나는 복도의 맨 마지막 빈소에서 마처럼 줄곧 휴대전화를 들여다보고 있는 한 남자를 지목했다. 마는 남자를 가만히 지켜보더니 맞는 것 같다고 했다. 얼마 전 안경테 바꿨다는 글을 올렸는데 저런 색이라고 했다. 가게는 어쩌고 왔을까, 마가 걱정했다. 얼굴도 모르면서 남자의 일상에 대해서는 꿰고 있었다. 피자 가게를 하는데 오랜만에 단체주문이 들어왔다는 것이다. 그런데 마는 저 남자가 맞다고 하면서도 가서 알은체하지는 않았다. 우리는 그냥 장례식장을 나왔다. "인사라도 하지?" "그건 안 돼." "왜?" 마는 온라인에서 오프라인으로 발을 옮기는 순간, 거대한 슬픔과 마주칠 거라고 했다. "그러면 왜 몰래 사람들 얼굴을 보러 오는 건데?" 마는 그건 망원경으로 밤하늘의 별을 관찰하는 것과 같다고 했다. 별이 거기 있고 가까이 갈 수 없다는 걸 알면서도 우리는 보고 싶어 하니까.

물어보니 마의 닉네임은 '슬픔이여 안녕'이었다. '문상맨'보다 서정적인 이름이기는 했다. 온라인에서는 슬픔이 사라지느냐고 묻자, 마는 거기엔 아무것도 없다고 했다. 소유해야 할 것도, 고쳐주어야 할 것도, 철마다 갈아주어야 하는 것도, 심지어 소리도, 냄새도, 빛도, 어둠도, 내 몸도, 죽음도 없다. 마는 그래도 우리의 흔적들은 그곳에 남을 거라고 했다. 그건 아무런 가치가 없는 것들이고 그렇기에 무한한 인터넷을 떠돌며 영원히 남을 수 있다.

나는 문득 '한국산 바늘' '오동나무 효도손'을 남기고 간 여자가 생각났다. 지하철에서 마에게 그 이야기를 했더니 김처럼 내 연민을 높이 사지는 않았다. 마는 그 방을 굴러다녔던 '애드벌룬' '보잉747' '인공위성' 같은 말들이 무엇일까만 궁금해했다. 무슨 뜻인지 알 듯 말 듯 하다고 했다. 내가 10년 동안 생각해도 풀 수 없던 걸 어떻게 알겠느냐 싶어서 기대도 안했다.

우리는 고시원 골목에 다다랐다. 건물들이 다닥다닥 붙어 있어서 한낮인데도 볕이 들지 않았다. 마는 장례식장에 가줬으니 같이 표를 기다려주겠다고 했다. 고시원 한쪽 벽에 그물망이 다 떨어진 농구 골대가 달려 있어서 우리는 구긴 신문지로 자유투를 했다. 바람에 날려 근처에도 가지 못했다. 신문지를 버리려는데 스도쿠 코너가 눈에 띄었다. 가로와 세로가 아홉 칸씩인 사각형에 7과 3, 2 같은 숫자들이 띄엄띄엄 적혀 있었다. 이걸 풀면 표에게 다 이야기하겠다고 생각했다. 해가 질 때까지 끙끙댔지만 한 칸도 풀 수 없었다. "1은 3 옆에 있을 수 없고 7은 같은 7 옆에 있으면 안 되지." 이마를 찌푸리며 표가 조심스럽게 숫자를 써 넣던 게 생각났다. 숫자들의 관계를 알아내려고 고심했지만, 이제 보니 결국 그건 정해진 칸만큼 떨어뜨리기 위해서였다.

주말이 되자 외할아버지가 김과 나를 불렀다. 셋집들을 차로 한 바퀴 돌자고 했다. "자네는 언제 일 나갈 건가?" "알아보고 있습니다." "알아보다가 아까운 청춘 다 가네." 김이 더 이상 대답하지 않자 외할아버지는 정 할 게 없으면 자기 일이나 좀 도우라고 했다. 웬일로 김은 아무 말도 하지 않았다. 나는 저러다 김이 "세―에나 받아먹으며" 살겠구나 싶었다. 이제 칼잡이는 윤이 나게 닦은 검을 액자에 넣어 거실에 잘 걸어놓을 생각인 것이다. 나는 썰렁한 분위기를 깨려고 콧노래를 불렀다. 물론 그럴 기분은 아니었다.

어제 김은 모든 걸 알게 됐다. 그건 사소한 실수였다. 일기를 쓰는 블로그에서 로그아웃하지 않았고 그 창을 김이 열었다. 내가 부탁하자 김은 당분간 홍에게 말하지 않겠다고 했다. 물론 그냥 넘어가겠다는 건 아니었다. "다음주까지 기다리겠어." 내가 우물쭈물 사과하자 김은 "나한테 미안할 건 없다"라고 말했다. 듣고 보니 그랬다. "제 나이 때마다 할 일이 있는데 감상적으로 굴지 마라. 센티멘털도 하루이틀이지."

김의 말은 내 뺨을 한 대 올려붙이듯 지나갔다. 말투는 따뜻할 것도 차가울 것도 없었지만 센티멘털이라는 단어가 마음을 얼얼하게 만들었다. 무심하게 붙은 듯한 하루이틀에도 어떤 가시 같은 것이 있었다. 그간의 날들과 결별은 해야 하지만 그렇게 해도 크게 좋아질 건 없을 거라는 닳고 닳은 냉소였다. 나는 연민에서 센티멘털까지 말의 온도 차가 너무 크다고 생각했다. "다음 주까지." 김이 경고하듯 손가락으로 날 가리키며 한 번 더 말했다.

외할아버지의 상가에는 깡마른 사내가 당구장을 운영하고 있었다. "지반이 약하다고 구청에서 건물을 보고 갔어요." 사내는 벽에 사선으로 간 균열을 가리켰다. 월세를 내기는커녕 보증금 받아서 나가야 할 판이라는 것이었다. 외할아버지는 자기가 서울 토박이인데 여기는 개천 한 줄기 흐른 적 없고 전쟁 때도 말짱했다고 반박했다. "그 뒤로 지하철을 팠는지, 하수도를 묻었는지 알게 뭐예요." 사내가 퉁명스럽게 말했다.

"저걸 좀 봐라." 시내를 지나다가 외할아버지가 어딘가를 가리켰다. 공익근무요원들이 지하철역으로 가는 계단에 물을 뿌리고 있었다. "왜 저러는 줄 아나?" "봄맞이 대청소 하나 보죠." 김이 말했다. 흐헹, 외할아버지는 웃는 건지 못마땅하다는 건지 모를 소리를 냈다. "저놈들이 계단을 적셔서 노인네들 못 앉아 있게 하려는 거야." 다시 창밖을 보니 종로였다.

또 다른 빌라에는 커다란 장미가 그려져 있었다. 하지만 이삿짐센터에서 찍은 검고 푸른 스탬프들이 꽃잎을 좀먹어가고 있었다. 이름은 '테라스 빌라'였지만 테라스는 없었다. 외할아버지는 리비아에 가서 번 돈으로 이 빌라를 샀다고 했다. 모래폭풍이 한 번 일면 정지 작업이 수포로 돌아가 허허벌판이 돼버리는 곳이었다. 자재를 싣고 오다가 길을 잃은 적도 있는데 거기서 신기루를 봤다고 했다. 커다란 궁전이 모래 위로 남실대며 떠올랐다가 사라졌다는 것이었다. 외할아버지는 진짜보다 더 진짜 같더라고 말했다. 어쩌면 진짜였는지도 모른다고.

라디오 채널을 돌리다가 불교방송이 잡혔다. 외할아버지는 거기에 맞춰놓으라고 했다. "채우지 못한 욕심이 마음을 어지럽게 합니까?" 성우는 이렇게 묻고는 『반야심경』의 한 구절을 소개했다. 외할아버지는 손으로 의자를 치면서 흥얼흥얼 따라했다. 사리자 색불이공 공불이색 색즉시공 공즉시색 수상행식 역부여시…… 외국어처럼 도무지 뜻을 알 수 없는 말들 속에는 처량함 같은 게 있었다. "사리자여." 성우가 방금 읽은 구절을 설명했다. "물질은 비어 있는 것과 다르지 않고 비어 있다는 것은 물질과 다르지 않다. 물질이 곧 공이고 공한 그 모습이 물질이니 우리의 의식이나 행동이나 마음 또한 마찬가지니라." 메아리 효과가 있어서 목소리는 아주 근엄하고 극적으로 들렸다. "얼마나 듣기 좋은 소리냐?" 외할아버지는 연신 감탄했지만 성우가 "성불하십시오" 할 즈음에는 꾸벅꾸벅 졸고 있었다.

표에게서 이메일을 받았다. 김이 말한 데드라인에서 이틀 전이었다. "여기서는 그라운드 제로가 바로 보여." 첫마디가 그랬다. 그 공터에 세계무역센터가 있었다고는 상상하기 어렵다고 했다. 표가 갔을 때 이미 거긴 그라운드 제로였으니까. "관광객, 추모객, 카메라맨, 정치인, 시위대가 아니라면 그 빌딩이 있었다는 건 실감하지 못했을 거야." 지금은 세계에서 몇째 가는 고층 빌딩을 다시 짓고 있는 중이라고 했다. 그러면 그곳이 그라운드 제로였다는 사실도 곧 잊히고 말 것이었다.

표는 뉴욕에서 '스시맨'이 되었다고 했다. 한인이 운영하는 초밥집인데 석 달 만에 일자리를 구한 사람은 아주 드물다, 넌 초밥을 좋아하지 않지만, 하고 표는 단서를 달았다. 그러고는 초밥 이야기를 장황하게 늘어놓았다. 초밥이 맛있으려면 7그램, 297개의 밥알이 필요하다는,

출처를 알 수 없는 말도 적었다. "단번에 그만큼 쥐려고 연습 중이야. 주방장은 무조건 빨리 쌓아놓으라고 하지만." 마지막에 표는 답장을 꼭 보내라고 했다. 그날 그렇게 헤어진 건 정말 미안해, 라고도.

나는 창을 올려 "여기서는 그라운드 제로가 바로 보여"라는 문장을 다시 읽어보았다. "나는 스시맨이 되었어"라는 문장도. "정말 미안해"는 읽지 않았다. 회신 버튼을 누르고도 한동안 가만히 앉아 있었다. 표에게로 이메일이 가는 동안은 잴 수조차 없는 짧은 시간일 것이다. 수많은 영과 일이 자리를 바꾸는 순간, 어떤 이야기든 전할 수 있다. 하지만 그냥 이메일을 지웠다. 지금 내게도 297개의 위안이 필요한데 여기서는 그라운드 제로가 안 보였다.

수술이 잡힌 날, 홍이 밥을 먹다 말고 이게 무슨 냄새야, 했다. 그길로 홍은 아누차의 방으로 달려갔다. 아누차는 창문을 조금 열어놓고 밥을 볶고 있다가 갑자기 뛰어 들어온 홍 때문에 놀랐다. 그 뒤부터는 홍과 아누차의 말이 달라서 누가 맞는지는 알 수 없었다. 홍은 아누차가 자기를 떠밀었다고 했고 아누차는 흥분한 홍이 문턱에 걸려 넘어졌다고 했다. 뒤늦게 달려온 김은 홍과 아누차의 얼굴을 번갈아 바라보았다. 그러고는 아누차를 손가락으로 지목하면서 나가라고 했다. 운동장에서처럼 단호하고 완강한 표정이었다. 부엌 없는 집에서 살림을 하는건 계약 위반이라고 김이 말했다.

아누차는 잠자코 짐을 쌌다. 문가에 놓여 있던 커다란 이민 가방은 언제라도 떠나기 위해서였던 것 같았다. 아누차의 가방은 모퉁이를 돌아 천천히 사라졌다. 보이지 않게 된 뒤에도 한동안 바퀴 소리가 들렸다. 빈방에는 물건들의 이름이 적힌 종이만 남았다. 김이 청소를 하면서 그걸 떼어냈다. 아무리 조심해도 뜯은 흔적은 남았다.

시간 맞춰 병원으로 갔는데 의사가 자리에 없었다. 점심을 먹으러 가서 돌아오지 않았다는 것이었다. 삼십 분 뒤에 다시 오기로 하고 좀 걸었다. 금식이라서 어제부터 아무것도 못 먹었더니 속이 쓰렸다. 편의점에서는 품목을 바꿔 와플을 팔고 있었다. 수술이 끝나고 나면 잇몸이 시큰하도록 단 저것을 먹으리라고 생각했다. 수술 날짜를 잡던 날, 간호사는 잠깐 자고 나오면 모든 게 끝나 있을 거라고 했다. 나는 동의서에 아무렇게나 사인했다. 그건 누구의 이름이 아니라 의미 없는 낙서 같았다.

나뭇가지들에는 요철처럼 움이 터 있었다. '오피스텔 분양' '1억에 4채' '평생 연금' 같은 문구를 달고 애드벌룬이 떠 있었다. 시간을 보니 20분이 남아 있었다. 아누차는 어디로 갔을까. 색색의 스니커즈를 팔고 있는 노점을 지나쳤다. 자동차들이 서 있는 도로에서는 아지랑이가 피어올랐다. 언젠가 외할아버지가 보았다던 신기루처럼 아지랑이는 서울을 좀 몽환적으로 만들었다.

그때 마가 전화를 걸어왔다. 날 속인 게 괘씸해서 받지 않으려 했지만 한편으론 안부가 궁금하기도 했다. 마는 이번에도 어느 골목에서 표를 봤다고 했다. "안 갈래?" 온라인으로 그렇게 많은 사람들을 만나면서 골목에서는 왜 자꾸 표를 찾는 걸까. 난 찾을 필요가 없어졌다고 했다. "돈은 받았어?" "응. 이자까지 쳐주던걸." 마는 잘됐네, 하면서도 어딘가 아쉬운 투였다. 5분 전이라서 나는 좀 서둘러 걸었다. 마는 자기가 그 문제를 풀었다고 했다. 스도쿠 이야기인가 했더니 여자가 남긴 글씨들에 관한 것이었다. 나는 흥미가 생겨서 걸음을 멈췄다. "바늘에서 인공위성까지." 마는 여자가 그렇게 써 붙이고 물건을 팔러 다녔을 거라고 했다.

횡단보도에 서 있는데 거울 조각 하나가 떨어진 게 보였다. 그것은 손가락만 했지만 빛을 되비추며 반짝였다. 보행신호가 들어오고 남은 시간의 숫자가 하나씩 줄어갔다. 마가 듣고 있느냐고 물어서 나는 으응, 했다. 이윽고 숫자는 영이 됐고 정지신호가 켜졌다. 보도에는 블록들이 모양을 맞춰 새로 깔리고 있었다. 전선들은 넝쿨처럼 얽혀 바닥으로 향했다. 그 옆으로 빈 수레를 밀며 노인들이 지나갔다. 신호가 다시 들어왔지만 발을 떼지는 않았다. 아직 시간은 남아 있고 지금은 그걸로 충분했다.

* 화가 조장은의 세번째 개인전 제목.

〔『창작과비평』2012년 여름호〕

선 정 의 말

—

대학에 또 떨어졌으므로 삼수생이 되어야 할지, 학원에서 만난 표의 아이를 가졌으므로 애 엄마가 되어야 할지, 이제 스물한 살이 된 '나'는 봄을 앞둔 어느 날, 몇 가지 고민에 봉착한다. 사소하지 않은, 아니 어떤 의미에서 지금의 '나'의 처지에서는 가장 절박한 선택에 직면했다고 할 수도 있을 텐데, 그러나 왠지 '나'는 별로 급하지 않은 것처럼 보인다.

이런 인상을 받게 된 데에는 「센티멘털도 하루이틀」이 단편소설 치고는 상당히 많은 인물들과 또 그에 따른 상당히 많은 사건들을 거느린 탓도 있다. 4층짜리 다세대 주택에 일곱 가구 세를 들인 엄마가 있고, 엄마보다 아홉 살 연하의 새아빠가 있으며, 오래전부터 "세—에나 받아먹으며" 살아온 외할아버지가 있다. 부엌 없는 단칸방에 세를 살면서 몰래 고향 음식을 해 먹는 태국인 아누차가 있고, 지금은 이사를 갔지만 '나'에게 인간에 대한 연민이라는 감정을 알려준, 글씨 잘 쓰던 여자도 있다. 트위터에서 알고 지내는 사람들을 멀리서 바라보곤 하는 학원 친구 마가 있으며, 또한 입시에 실패하고 외국으로 떠나겠다는 말만 남긴 채 실종되어 이메일로만 등장하는 남자친구 표도 있다. 이처럼 꽤 많은 인물들과 사건들이 얽혀 있는 「센티멘털도 하루이틀」에서 어떤 것이 주 스토리라인인지 파악하기란 쉽지 않다. 지금 '나' 앞에 있는 고민을 염두에 둔다면, 마와 함께 표의 행방을 찾는 스토리가 주된 것일 듯하지만, 읽다 보면 어느새 다른 이야기로 미끄러진다. 그런데 어쩌면 이러한 미끄러짐 자체가 작가의 의도인지도 모르겠다.

그런대로 의미 있는 조언을 해주던, 그리고 연민의 가치를 존중해주던 새아빠는 '나'의 임신 사실을 알자 "제 나이 때마다 할 일이 있는데 감상적으로 굴지 마라. 센티멘털도 하루이틀이지"라고 경고한다. "김의 말은 내 뺨을 한 대 올려붙이듯 지나갔다. 말투는 따뜻한 것도 차가울 것도 없었지만 센티멘털이라는 단어가 마음을 얼얼하게 만들었다. 무심하게 붙은 듯한 하루이틀에도 어떤 가시 같은 것이 있었다. 그간의 날들과 결별해야 하지만 그렇게 해서 좋아질 것 없다는 닳고 닳은 냉소였다. 나는 연민에서 센티멘털까지의 말의 온도 차가 너무 크다고 생각했다." '나'는 절박한 선택 앞에서(그 선택은 삼수를 할지, 아이를 낳을지뿐 아니라 삶에 대한 연민을 한낱 감상으로 평가절하해야 할지의 문제이기도 한데) 다른 사람들에게 한눈파는 척을 한다. 그런다고 선택의 시간이 다가오지 않는 것은 아니겠으나 아무튼 그 한눈파는 척 또한 나름대로 진지한 고민의 과정이다. _이수형(문학평론가)

2012년 9월
이달의 소설

유령

정용준

1981년 전남 광주에서 태어났다. 2009년 현대문학 신인추천으로 작품 활동을 시작했으며, 현재 텍스트 실험집단 '루' 동인으로 활동 중이다. 소설집 『가나』가 있다.

아무리 애를 쓰고 노력해도 피의 문제는 극복되지 않는다.
왜 피부 밖으로 흐르는 피는 두렵게 느껴지는 걸까.
심장 속에는 모든 지혜보다 강한 욕망이 있다.

소설을 쓰면서 내내 이런 생각들을 했다. 쓸쓸했다.

●··

유령

—

1

예상과 달리 그의 외형은 평범했다. 170센티미터 정도의 중키에 왜소하고 단단한 몸피를 갖고 있었다. 몸 곳곳에 오래된 상처와 흉터는 많았지만 문신은 없었다. 일반적인 수형자들이 교도소에 수감될 때 갖는 불안함이나 초조함도 찾아볼 수 없었고 도도하고 강하게 보이려는 의도적인 위장도 없었다. 그는 한눈에 봐도 다른 종류의 수형자였다. 억울함을 토로하지도 않았고 범행에 대한 후회도 없었으며 교도소 내에서 뭔가를 얻거나 이득을 보려는 의지 같은 것도 없어 보였다. 그는 복도를 걸어가는 내내 익숙한 동네를 걷는 것처럼 고요한 표정으로 한발한발 차분하게 배정된 방으로 향했다. 수감된 후에 방 안을 천천히 둘러봤고 아주 느리고 긴 숨을 내쉬었으며 곧 편안한 눈으로 벽을 응시했다.

나는 그의 담당 교도관으로 배치됐고 그를 밀착 감시했다. 얼마 지나지 않아 그의 명찰은 흰색에서 붉은색으로 바뀌었다. 그는 474번이라는 번호를 부여받았고 독방에 수감됐다.

2

474번은 열다섯 명을 죽였다. 당 총재를 비롯한 현직 국회의원 다섯, 청와대 관련 인사 셋, 경호원 둘, 일반인 다섯. 그중엔 일곱 살 이하 아동이 셋이나 포함되어 있었다. 그날은 전당대회가 있었던 날이었고 식사를 마친 의원들이 온천에서 회포를 풀고 있었다. 그는 스스로 이렇게 증언했다.

수건과 목욕용 파우치를 들고 온천에 들어갔습니다. 느린 걸음으로 온천 내부를 한 바퀴 돌며 몇 명이 있는지 셈했습니다. 모두 열다섯이었죠. 생각보다 많았지만 무장한 사람들이 없었기 때문에 무리가 없겠다고 판단했습니다. 수건에서 숨겨놓은 자전거용 자물쇠를 꺼내 안에서 입구를 걸어 잠갔습니다. 그리고 파우치 안에서 권총과 나이프를 꺼냈습니다. 특별한 순서 없이 입구에서 가까운 순서대로 총을 쐈습니다. 대부분 방심하고 있었기 때문에 특별한 저항도 별다른 어려움도 없었습니다. 샤워기 앞에 네 명이 있었고, 의자에 앉아 비누칠을 하고 있는 사람이 세 명이었습니다. 탕 안에는 다섯 명이 있었습니다. 나머지 세 명은 사우나실에 있었는데 탄알이 부족했기 때문에 그들에게는 나이프를 사용했습니다. 일을 끝내고 탕 속에 들어가 몸에 묻은 피를 씻어내고 사람들을 기다렸습니다.

그는 기억을 하나씩 자세히 떠올리려는 듯 느리고 부드럽게 말했다. 증언하는 내내 음성의 떨림이나 감정의 고저도 없었고 표정의 변화도 없었다. 전문가의 소견은 다음과 같다.

그는 고도로 훈련된 자입니다. 그가 사용한 권총은 러시아에서 널리 사용하고 있는 마카로프의 신형 모델입니다. 마음만 먹으면 러시아 선원들을 통해 국내에서 어렵지 않게 구할 수 있지요. 9밀리미터 탄알이 열두 발 들어가는 권총인데 그는 이 탄알을 모두 사용했고 총상으로 죽은 사람은 열두 명이었습니다. 다시 말해 그는 한 발에 한 명씩 죽였다는 것인데 이것은 결코 쉬운 일이 아닙니다. 샤워기 앞에 서 있던 자들은 뒤통수를, 의자에 앉아 있던 사람은 관자놀이를, 탕 안에 앉아 있던 사람들은 이마에 총을 맞았습니다. 그 말은 희생자들이 미처 예상할 수 없었고 혹 반응을 한다고 해도 몸을 움직일 틈도 없이 당했다는 것이지요. 피의자는 빠르게 방아쇠를 당겼고 그 과정 중에 일말의 망설임도 없었다는 것입니다. 그가 사용한 나이프는 파키스탄에서 제작된 제품인데 특별한 살상 무기는 아닙니다. 도검소지허가증이 없어도 누구나 국내에서 쉽게 구입할 수 있죠. 그런데 이것으로 세 명을 죽였습니다. 이 역시 보통의 솜씨가 아닙니다. 희생자들은 모두 턱 밑에 좁고 깊은 자상이 있었습니다. 이 상처로 인해 경동맥이 절단됐죠. 두 명은 저항의 흔적이 있습니다. 한 명은 오른쪽 발목과 뒷목에 타박상이 있고 다른 한 명은 왼쪽 손목에 멍이 들어 있고 왼쪽 어깨뼈가 탈골되어 있습니다. 아마도 저항하는 희생자들을 피의자가 제압한 것 같은데 타격을 입은 부위 모두 급소와 관절입니다. 피의자는 격투에 능합니다. 또한 빠르고 경제적인 방식으로 살인을 합니다. 그런데 이상한 점이 있습니다. 피의자는 희생자들을 빠르게 또한 단번에 죽였습니다. 나이프를 이용할 때조차 사인이 되는 치명상 외에는 다른 상처가 없습니다. 하지만 한 명의 희생자만 예외입니다. 이 역시 사인은 경동맥 파열입니다. 그런데 이 사람은 복부에 다섯 개의 자상이 더 있습니다. 그러니까 희생자가 죽은 다음에 무슨 이유에서인지 사체를 훼손한 것이지요. 그중에 하나가 많이 손상되어 있어요. 마치 열쇠를 돌리듯 좌우로 칼을 움직인 흔적이 있습니다. 아마도 전시효과를 노린 것 같아요. 일부러 그런 것이지요. 보란 듯이 말입니다.

온천 관계자의 증언에 따르면 사람들이 문을 부수고 내부로 진입하기 전까지 그가 이 모두를 죽인 시간은 10분도 걸리지 않았다고 한다.

정말 끔찍한 장면이었습니다. 총성이 들렸어요. 뭔가에 걸려 문은 열리지 않았지요. 안에서 무슨 일이 벌어지고 있는지 알 수 없었기 때문에 신고를 한다거나 온천의 시설을 함부로 파괴할 수 없었습니다. 결국엔 경호원들이 정수기와 체중계를 이용해 문을 부수고 들어갔죠. 하지만 모든 것이 끝난 후였어요. 샤워기에서 쏟아지는 물소리 외에는 아무 소리도 들리지 않았습니다. 타일 바닥에는 붉은 피가 곳곳에 실개천처럼 흐르고 있었어요. 살인자는 아무렇지도 않게 물속에 몸을 담그고 눈을 감고 앉아 있었는데 탕 안의 물이 온통 붉게 변해 있었어요.

3

수사는 난항이었다. 정부의 고위급 인사와 현직 국회의원 들이 죽었으며 아이들이 죽었다. 수사관들은 의도와 배후 세력을 물었고 의사들은 그의 정신 상태를 감정하기 위해 여러 질문을 던졌다. 그들은 피의자가 말하는 것 외에는 그들이 원하는 그 어떤 것도 들을 수 없었다.

그의 답은 간단했다.

모든 혐의를 인정합니다. 공범은 없습니다. 개인적인 원한도 없고 그 어떤 정치적 의도도 없습니다. 이렇게 하면 사형을 선고받을 수 있을 것 같았습니다. 저는 사형을 원합니다. 집행해주세요.

그는 현실에서 존재하지 않는 자였다. 그의 지문은 등록되어 있지 않았고 실제로 그에게는 주민등록번호 자체가 없었다. 때문에 그를 증명하거나 추측할 만한 그 어떤 자료도 존재하지 않았다. 전문가들은 그의 신원에 대해 간첩 혹은 제3국에서 망명한 외국인이라는 가능성을 제시했지만 확실한 것은 아무것도 없었다. 그는 정신도 온전했다. 같은 상황이나 동일한 자극에 노출되었을 때 일반인과 같은 반응을 보였고 보편적이고 분명한 인지 능력을 갖고 있었다. 또한 타인을 해칠 때 특별한 쾌감이나 잔인한 성향을 갖고 있는 것도 아니었다. 의사들의 질문과 상담가들의 모든 질문에 이성적이고 합리적으로 대답했고 스스로도 정신이상에 대해 부정했다. 종교인들과의 만남을 피하지는 않았지만 정서적 접근과 신비적인 세계에 대한 대화는 거부했다. 수사에 필요한 모든 과정에는 성실히 응했지만 반복되는 질문 앞에서는 철저히 침묵으로 일관했다. 심층 면접도 허사였다. 그에게는 뭔가를 애써 지키려는 의지가 없어 보였고, 뭔가를 더 깊이 알아내려는 조사에 대해서는 귀찮아했고 피곤한 기색을 보였다. 전문가들은 당혹스러워하며 조심스럽게 그의 말에는 거짓이 없다는 잠정적인 결론을 내렸다.

모든 매체가 정체불명의 사내가 저지른 엽기적인 살인에 대한 각종 추측과 의혹 들을 쏟아냈고 연일 특집 프로그램이 제작되어 사건에 대한 재조명이 이루어졌다. 그는 체포될 당시 메모가 적혀 있는 종이를 주머니에 넣고 있었는데 그 내용이 엄청난 사회적 이슈를 불러왔다.

사람을 죽였습니다. 사형을 원하고 집행을 원합니다. 제가 만약 석
방된다면 똑같은 일을 반복할 겁니다. 집행되지 않고 종신형을 산다면
교도관과 수형자 들을 죽일 것입니다.

이 사건은 오랫동안 정지되어 있던 사형 집행에 불을 지폈다. 사형
옹호론자들이 일제히 일어났다. 그들은 사형 집행 당위성에 대한 성명
을 발표하고 시민들에게 서명을 받았으며 법원 앞에 모여 법무장관의
강력한 결단을 촉구하는 시위를 벌였다. 사형 반대론자들도 시위를 벌
였지만 피의자 스스로가 본인의 인권과 생명에 대한 의지를 갖고 있지
않았고 사건의 질이 그 어떤 사건보다 심각했기 때문에 위축되고 소극
적일 수밖에 없었다. 종교인들과 인권위원회는 별다른 입장을 내놓지
않았다.

4

474번의 사형 집행 건은 교도소 내에서도 화제였다. 언론에서 집행
에 대해 관심을 갖기 시작하면서 사형수들은 자신이 곧 죽을 수도 있다
는 공포와 불안으로 극도의 긴장 상태를 보였다. 그 긴장감은 교도소의
공기를 날카롭고 팽팽하게 만들었고 그 압박감은 고스란히 교도관들에
게 전달됐다. 몇몇 수형자들은 규율에 노골적인 불만을 표하거나 틈날
때마다 자신의 억울함을 토로하며 상담을 신청했다. 수형자 간의 갈등
도 심해졌고 자해를 시도하는 수형자도 있었다. 통제는 어려워졌고 교

화 의지는 땅에 떨어졌다. 교도관들은 전에 없던 위기를 몸으로 느끼고 있었지만 뚜렷한 통제책을 마련하지 못해 혼란스러워하고 있었다. 몇몇 선배를 제외하고 동료들 대부분 실제로 사형 집행을 경험해본 적이 없었다. 아무리 정당한 방식이라고는 하나 실제로 집행이 된다면 교도관의 손으로 수형자를 죽여야 한다. 교도관들은 드러내놓고 내색하지는 못했지만 죽음이라는 실제적인 문제를 놓고 저마다의 방식으로 고민에 빠졌다. 그는 전에 없던 특별하고 삼엄한 감시를 받았다. 독방에 수감됐고 다른 수형자들과 만날 수도 없었으며 담당 교도관인 나 외에는 교도관들조차 마주치기 힘들었다. 표면적인 이유는 교도관과 수형자 들을 살해할 거라는 협박 탓이었지만 실제적인 이유는 그가 어떤 사람인지 밝혀지지 않았기 때문이다.

나는 담당 교도관으로 그를 매일 만났다. 동료들은 어떤 방식이든지 그에 대한 처리가 신속하게 이루어지길 원했고 나를 걱정했다. 하지만 정작 나는 그들의 염려와 달리 마음이 편안했다. 한 달 넘게 그를 지켜봤다. 돌발 상황과 기습적인 공격에 대비하며 단 한순간도 긴장을 늦추지 않았다. 식사 시간과 취침과 기상 또한 자유 시간까지 일과의 모든 것을 감시했다. 하지만 내가 직접 경험하고 느낀 것은 공포와 두려움이 아니었다. 그는 온유하고 조용했다. 또한 성실하고 착실한 수형자였다. 주어진 조건 외에 어떤 것도 요구하지 않았고 교도소의 통제에 불만을 갖지 않았다. 대부분의 수형자들은 교도관에게 억울함을 호소한다. 약한 모습을 보이며 연민을 이끌어내려고 노력한다. 조금이라도 많은 것을 얻고 싶어 하며 무슨 수를 써서라도 사적이고 은밀한 사이가 되기 위해 애쓴다. 그런 면에서 그는 내게 흥미로웠다. 나는 수형자의 죄를 생각하지 않는다. 내가 집중하는 것은 교화와 통제다. 교도관에게 수형자는 모두 평등하다. 좀도둑이라도 그의 습성을 버리지 못하고 계속 사고를 치거나 룰을 어기면 특별관심수형자가 되고 그 아무리 극악무도한 살인을 저질렀다 할지라도 교화 프로그램을 긍정적으로 받아들이고 룰에 순종한다면 모범수가 되는 것이다. 474번은 적어도 내게는 착실한 모범수였다. 생활하는 것과 표정과 말투만 보면 완벽하게 교화된 것 같았다. 나는 그전의 수형자들에게 받지 못한 독특한 매력과 호기심을 그에게서 느꼈다. 특별히 잘해준다거나 특혜를 준 것도 아니었지만 나는 그와의 의무적인 면담 시간과 잦은 만남을 은밀히 기다렸다. 나는 그의 사건에 대한 그 어떤 것도 묻고 싶지 않았지만 날이 갈수록 강렬한 호기심을 이길 수 없었다. 의도가 없다고 했던 그의 진짜 의도가 궁금했던 것이다. 그러던 어느 날 그가 물끄러미 내 눈을 들여다보며 말했다.

교도관님. 어떻게 될 것 같습니까? 형이 집행될 것 같습니까?

글쎄. 잘 모르겠네.

어떻게 되어야 한다고 생각합니까?

그것도 모르겠네. 자네는 처음부터 사형을 원했고 항소도 하지 않았네. 선고는 내려졌고 어쩌면 집행이 될 수도 있겠지. 하지만 그것은 자네가 원하는 것이니 엄밀히 말하면 자네에겐 처벌이 아닐 수도 있겠군.

그는 잠시 입을 다물고 생각에 잠겼다. 그리고 한결 밝아진 표정으로 입을 뗐다.

처벌이라…… 교도관님께는 제가 어떻게 보입니까? 왜 제가 이곳에 있는 것 같습니까?

살인을 했다고 들었네.

궁금하지 않습니까? 저는 교도관님의 그 눈이 마음에 듭니다. 이제껏 제게 의문을 가졌던 다른 사람들하고는 달라요. 두려움과 공포가 없습니다.

나는 수사관이 아닐세. 자네의 담당 교도관일 뿐이지. 자네는 묶여 있고 이곳에 갇혀 있네. 내가 자네를 두려워할 이유가 없지. 단지 나는 자네에 대한 호기심이 생기네.

호기심…… 맞습니다. 저 역시 호기심이 강합니다. 어떻게 보면 그게 제가 여기에 있는 근본적인 이유지요.

그는 처음으로 평소의 모습과 다른 얼굴로 나를 바라봤다. 상기되어 있었고 조금은 들떠 보였으며 기이하게 즐거워 보였으나 어떻게 보면 애완견을 잃은 노인처럼 쓸쓸해 보이기도 했다. 나는 더 이상의 대화를 진행하지 않고 방문을 닫고 나왔다. 처음으로 그가 두려웠다. 기이한 떨림이었다.

5

사형 집행을 찬성하는 여론이 압도적으로 우세했다. 인간이길 포기한 인간에게 존엄성을 지켜주고 바르게 살 기회를 준다는 것은 있을 수 없다는 의견이 지배적이었다. 간혹 사형 폐지론자들의 의견이 몇몇 매체를 통해 기고됐지만 특정 사건을 모든 사형수에게 일반적으로 적용해서는 안 된다는 정도의 수준이었고 그마저 언론의 집중적인 비난을 받았다. 잠재적 사형 폐지 국가임을 묵과하던 정부 역시 판단은 법무장관에게 달려 있다는 입장을 표명하면서도 법치국가의 정의와 위상을 바로 하겠다는 성명을 발표했다. 분위기만 보면 사형 집행의 부활이 임박해 보였다. 그러던 어느 날 그와의 면회를 희망하는 한 여인이 찾아왔다. 교도소는 공식적으로 그에 대한 면회를 금지하고 있는 상태였다. 그를 취재하기 위해 수많은 매체들이 집요하게 접근했고 기자들은 베일에 싸인 그에 대한 정보를 조금이라도 얻기 위해 혈안이 돼 있었다. 때문에 현재로서는 그를 만난다는 것은 사실상 불가능했다. 접견이 어렵다는 것을 충분히 설명 들었음에도 불구하고 그녀는 날마다 찾아와 면회 신청서를 작성했다. 나는 민원실에 들러 그녀가 작성한 면회 신청서를 확인했다. 나이는 마흔둘이었고 신청자와 수형자와의 관계를 적는 공간엔 아무것도 적혀 있지 않았다. 그는 주민등록번호가 없기 때문에 그 누구와의 관계도 증명할 수 없었다. 이름과 나이를 제외한 모든 것을 비워둠으로써 증명을 포기한 그녀의 계속되는 방문은 분명 이상한 일이었다. 나는 그에게 이 사실을 알리지 않았다. 그는 단 한 번도 자신 외에 그 어떤 사람에 대해서도 언급한 적이 없었고 나 역시 그에게 그것을 알리고 싶지 않았다. 이유를 설명할 수는 없지만 그녀의 존재는 어떤 방식으로든지 그를 자극할 거라는 예감이 들었다.

그와의 만남은 독방에 갇혀 있는 그를 내가 찾아가는 방식으로 이루어졌다. 그를 면담하는 것과 상태를 파악하는 것은 내 의무다. 하지만 은밀한 즐거움이기도 했다. 동료들의 걱정과 언론에서 추측하는 것과 달리 그는 위험한 사람이 아니었다. 그의 존재가 내게 주는 심적 부담감은 전혀 없었다. 적어도 내게는 그러했다. 그의 좁은 이마와 창백하고 피로한 얼굴은 이상한 연민을 불러일으켰고 느리고 침착하게 말하는 낮은 음성은 단호하고 강인했으며 묘한 설득력이 있었다. 무엇보다 그는 다른 사람을 침묵시키는 기묘한 힘을 갖고 있었는데 수사관들이 그를 취조하면서 대부분 원하는 것을 얻지 못한 것은 그 때문일 것이다.

교도관님. 제가 죄인입니까?

그는 뜬금없는 질문으로 대화를 시작하곤 했다. 언제부턴가 그는 나와 일종의 논쟁을 하고 싶어 했다. 나는 그의 의도를 예측할 수 없었으나 나 역시 그가 던지는 화제에 대해 이야기하는 것이 흥미로웠다. 나는 애써 무심하고 평이한 목소리로 대답했다.

죄인이지. 그러니 이곳에 있겠지. 하지만 재미있는 것은 이곳엔 사실 죄인이 한 명도 없네. 모두 결백하다고 주장하지. 나는 아무것도 판단하지 않네.

그는 한동안 말없이 벽을 응시했다. 벽을 뚫고 어떤 풍경을 보듯 그의 갈색 눈동자는 좀더 먼 곳을 향해 있었다.

저는 많은 사람을 죽였습니다. 이번 일뿐만 아니라 살아오면서 셀 수도 없이 많은 사람을 죽였지요. 저는 그것으로 먹고 살았습니다. 그것이 제 일이었습니다. 저는 그 일을 누구보다 잘했습니다. 저는 아무 흔적도 남기지 않았고 맡은 일을 실패한 적도 없지요. 제가 죽인 사람은 어떤 기록에도 존재하지 않습니다. 그저 미결이거나 사고로 존재할 뿐입니다. 그런데 말입니다. 어느 날부터 그만하고 싶어졌습니다. 그냥 멈추고 싶었어요. 방법은 죽음뿐이라는 것을 알았지만 아무도 저를 죽이려는 이가 없었고 아무도 저를 죽일 수가 없었지요. 저는 오직 저 자신만 죽일 수 있습니다. 하지만 그러고 싶지 않았어요. 전 한 번도 자살에 대한 충동이나 생에 대한 허무를 느낀 적이 없습니다. 그것은 제가 원하는 방식이 아닙니다. 뭐랄까, 정당한 방식으로 끝내고 싶었습니다.

정당한 방식이라…… 무엇에 대한 정당인가. 자네가 죽인 사람에 대한 죄책감을 씻고 싶었나?

죄라…… 아닙니다. 저는 단지 일종의 형식이 필요했을 뿐입니다. 저는 이것이 죄라고 생각하지 않습니다. 저는 죄의식이 없어요. 때문에 죄책감도 느끼지 않습니다.

사람을 죽였는데 그것이 죄가 아니란 말인가?

그는 잠시 입을 다물고 몸을 뒤로 기댄 후 생각에 잠겼다. 어떤 말을 천천히 고르듯 소리 없이 입술을 움직였다. 그리고 다시 말을 이어 갔다.

인간은 결국 죽습니다. 주어진 몸의 한계를 모두 사용하고 죽는 경우도 있지만 대부분 그렇게 죽지 못합니다. 갑자기 벼락을 맞을 수도 있습니다. 불어난 강물에 휩쓸릴 수도 있고 폭설에 고립될 수도 있지요. 성난 곰의 습격을 받을 수도 있고 미생물들로 인해 병을 얻을 수도 있습니다. 자연스럽게 죽는다는 것은 우리가 알고 있는 것처럼 평화로운 죽음이 아닙니다. 자연처럼 변덕이 심한 것도 없죠. 자연은 불완전함 그 자체입니다. 하지만 아무도 자연을 악하다고 하지 않습니다. 자연은 인간을 살해하려는 의도가 없었기 때문이죠. 그냥 그렇게 된 것이지요. 또한 인간은 어떤 사고로, 누군가의 복수로 혹은 모종의 우연으로 각기 다른 방식의 죽음을 맞습니다. 이것을 운명이라고 하지요. 우리들은 흔히 운명이 온다, 운명을 피한다, 같은 표현을 하는데요. 틀린 말입니다. 아니 불가능한 말입니다. 삶과 운명은 분리할 수 없기 때문입니다. 적어도 인간에게 운명은 육체를 통해서만 실현되고 표현됩니다. 누군가에게 저는 자연이고 운명입니다. 믿으실지 모르겠지만 저의 행위에는 의도가 없습니다. 죽이고 싶어 하는 욕망이 없고 그것으로 인한 쾌감도 없습니다. 저는 그들을 그냥 죽입니다. 저는 미워하는 사람이 없고 사랑하는 사람이 없습니다. 따라서 제게는 복수도 없고 오해도 없지요. 제 살인은 어떤 의미로 자연스러운 것입니다. 폭우가, 눈덩이가, 번개가, 성난 곰이 인간에게 죄책감을 가질 필요는 없습니다. 저역시 그러합니다. 심지어 저는 가끔 누군가를 죽이는 것은 내게 주어진일종의 과업이 아닐까 생각한 적도 많습니다. 사실 다른 인간들도 무심코 많은 것들을 아무 거리낌 없이 죽입니다. 꽃을 꺾고 풀을 밟고 손가락으로 벌레를 눌러 죽입니다. 하지만 죄책감을 갖지 않지요. 저 역시그렇습니다.

나는 한동안 아무 말도 할 수 없었다. 그 역시 별다른 말을 하지 않았다. 침묵이 그와 나 사이를 무겁게 맴돌았다.

그런데 왜…… 이곳에…… 있는 건가.

당황했다. 그는 너무도 차분했고 냉정했다. 나는 무슨 말을 어떻게 해야 할지 몰라 말을 더듬었다. 그는 내 눈을 보면서 부드럽게 말했다.

말씀드렸듯이 그만두고 싶었습니다. 지친다는 생각도 들더군요. 하지만 처벌을 받고 싶은 것은 아니에요. 누군가를 죽이는 것이 죄가 아니라고 생각하는 저에게 반대로 누군가가 저를 죽이는 것 역시 죄가 아닙니다. 제게 사형은 처벌이 아닙니다. 다만 반복되는 이 궤도 밖으로 나오고 싶었습니다. 어떤 운명이 있다면 그것을 분쇄하고 싶었어요. 결국엔 제가 원하는 방식으로 운명을 바꾼 것입니다. 만약 이것이 타고난 악이라고 한다면 더더욱 이것이 죄라는 것에 동의할 수 없습니다. 원죄는 용서받을 문제가 아니니까요. 사자는 사슴의 숨통을 끊고서 자신을 만든 창조자에게 용서를 빌지 않습니다. 반대로 자신의 용맹함을 자랑하며 포효하지요. 본성이란 그런 것입니다.

나는 자리에서 일어났다. 말문이 막혔고 커다란 벽에 가로막힌 듯 가슴이 답답해졌다. 그는 나를 향해 말없이 고개를 숙이며 인사했고 나 역시 그의 인사에 고개를 숙임으로 답했다. 처음으로 어떤 확신이 들었다. 그는 곧 죽게 될 것이라는 것을. 아니, 죽어야 한다는 것을. 등 뒤로 문이 닫혔고 나는 한참 동안 문 밖에 서 있었다. 그의 무연한 눈빛이 이 문을 뚫고 내 등을 붙잡고 있는 듯 움직일 수가 없었다.

6

교도관들은 모일 때마다 474번에 대해 이야기했다. 교도소 입장에서 보면 이 문제는 단순히 그의 생사와 관련된 문제가 아니었다. 이 나라에는 사형 집행이 확정된 사형수가 50명도 넘게 대기하고 있다. 그들의 죄는 법적으로 이미 사형받아 마땅한 것이라고 판결되었고 객관적인 관점에서 보면 그들 사이에서 죄질의 차이는 사실상 무의미하다. 다시 말해 474번의 사형 집행은 사형 폐지 국가라는 잠재적 위상을 무너뜨리는 상징적인 사건이 될 것이다. 영치품을 담당하는 박이 말했다.

474번이 사형당하면 다른 사형수들의 형도 다 집행되겠지? 확정된 순서대로 할까? 아니면 474번만 단독적으로 집행하게 될까?

5년 동안 형이 집행되지 않고 있는 사형수를 담당하는 정이 대답했다.

글쎄. 법무장관이 어떻게 결정하냐에 달린 거지. 하지만 지금 언론에서 문제 삼고 있는 것은 474번이니까 다른 사람들의 형은 일단 유보할 것 같은데. 만약에 그렇지 않다면 그것 역시 불합리한 경우가 될 거야. 지금 내가 담당하고 있는 584번은 반쯤 미쳐 있는 상태야. 밤마다 문을 두드리고 극심한 불안 증세를 보이고 있어. 뭐가 됐든 빨리 결론이

나지 않으면 내가 먼저 미칠지도 몰라. 선배님은 어떻게 생각하세요?

정의 질문을 받고 이는 호주머니에 손을 찌르고 아무 말도 하지 않고 바닥만 내려다보고 있었다. 그는 우리들 중에서 교도소에서 가장 오래 근무한 사람이었고 실제로 사형 집행을 경험한 교도관이었다.

금방 공문이 내려올 거야. 474번은 일반적인 사형수들하고 달라. 항소도 하지 않고 그를 돕는 단체도 없어. 심지어 가족도 없어. 여론도 그의 죽음을 원하고 있고. 그놈은 뭐랄까…… 마치 자살하러 들어온 것 같아. 실제로 본인도 사형을 원하고 있고…… 말 그대로 죽고 싶어 환장한 녀석이지. 뭐? 집행을 하지 않으면 교도관을 죽이겠다고? 미친 새끼…… 망설일 이유가 없지 않겠어? 너는 어떻게 생각해?

이의 질문에 교도관들은 모두 나를 쳐다봤다. 나는 잠시 그의 얼굴을 떠올렸다. 그리고 대답했다.

죽게 되겠지요. 결국은 그렇게 되겠지요. 그런데 이상하네요. 사형당하러 들어온 사람을 사형시키는 것이…… 뭐, 그 방법밖에 없겠지만 무력하군요. 아이러니하게도 우리 모두가 합심하여 그를 돕는 것 같아요.

우리들은 잠시 침묵 속에 나무처럼 서 있었다. 아무도 침묵을 깨는 이가 없었다. 박이 먼저 자리를 떠났고 잠시 뒤 정과 이가 내 어깨를 두드리고 자리를 떠났다. 나는 한참 동안 자리에 서서 지금 느껴지는 이 기분이 무엇인지 파악하기 위해 애썼다. 뭐라고 정확히 짚어낼 수 없는 이상한 수치심이 이마를 데우는 미열처럼 서서히 오르고 있었다.

7

자네는 특별히 먹고 싶은 음식이 없나?

무슨 뜻입니까? 곧 형이 집행이 되는 겁니까?

아니네. 아직 결정된 것은 없어.

일종의 마지막 식사…… 그런 건가요?

특별한 의미를 부여할 필요는 없어. 형이 집행된다고 하더라도 외국의 경우처럼 마지막 식사 같은 제도는 없네. 나는 단지 그동안 자네와의 정을 생각해서 묻는 거네. 교도소 안에서는 그렇게 특별한 일도 아니야. 교도관도 인간이고 수형자들도 인간 아닌가. 우리들도 자꾸 보면 정이 들지. 그것은 죄와 상관없는 아주 개인적인 감정이네. 얼마 전에 내가 담당했던 수형자가 가석방되었네. 그때는 내가 수형자들의 영치품을 담당하고 있던 때였는데 모범수인 그는 내 일을 도왔지. 난 진심으로 그와 헤어지는 것이 서운했네. 그래서 나는 그가 교도소를 떠나기 전 직접 음식을 만들어 대접한 적이 있었지. 자네의 형이 집행될지는 모르겠으나 교도관들은 반년에 한 번씩 담당 근무가 바뀌기 때문에 어쨌든 난 자네와 곧 헤어지게 되네. 그것이 아쉬울 뿐이야. 자네는 내게 해줄 수 있는 게 아무것도 없지만 내 입장은 다르지. 먹고 싶은 음식한 끼 제공해주는 것은 일도 아니네. 물론 규정에는 없는 일이지만……우리처럼 은밀하게 만나는 사이도 없지 않은가.

그는 미소를 지으며 내 눈을 바라봤다.

말만 들어도 고맙고 배가 부르네요. 성의는 고맙지만 사양하겠습니다. 전 그 어떤 것도 바라지 않습니다.

알겠네. 혹시 생각이 바뀌거든 말을 해주게. 그런데 자네에게 알려줄 것이 있네. 몇 주 전부터 한 여인이 자네를 만나고 싶다며 매일처럼 면회 신청서를 작성하고 있어. 접견이 불가하다는 것을 알려줬는데도 하루에 한 번씩 같은 일을 반복한다고 하네. 혹시 자네와 어떤 관련이 있나?

그의 눈이 순간 흔들렸다. 시종일관 총명하게 빛나던 눈빛이 갑자기 흐려졌다. 순간적이지만 설렘의 빛으로 일렁이다 곧바로 경멸의 빛을 띠었다. 이윽고 그는 평소처럼 부드럽고 텅 빈 눈으로 돌아왔다. 다른 사람이었으면 포착하지 못할 정도의 흔들림이었으나 나는 그가 당황했다는 것을 알았다. 그는 오랫동안 연습되고 학습된 노력의 방식으로 평상심을 유지했지만 나는 느꼈다. 그에게 느껴지는 기운이 불규칙적으로 흐트러지고 있었다. 예상했던 대로 그는 동요했다. 그는 소리 나지 않게 숨을 몇 번 내쉬고 천천히 입을 뗐다.

찾아올 사람이 없습니다. 저와 관계된 사람이 아닐 겁니다. 때문에 만날 일도 없습니다. 제가 마지막으로 보는 사람은 교도관님이 될 겁니다.

그런가? 영광스러운 일이군. 알겠네.

나는 세탁된 수형복을 바닥에 내려놓고 자리에서 일어났다. 그는 고개를 숙이고 눈을 가늘게 뜨고 생각에 잠겨 있었다. 감지하기 어려웠지만 미세하게 떨고 있었다.

교도관님.

그의 시선은 바닥을 향하고 있었다. 느리게 눈을 깜박거리며 좀처럼 입을 열지 않았다. 그는 손으로 천천히 눈을 비비고 눈을 가렸다.

그가 어깨를 축 늘어뜨리며 말했다. 마치 이곳이 아닌 어떤 공간이나 혹은 은밀한 기억을 향해 말하는 것처럼 그의 음성은 먼 곳을 향해 있었다.

제 행동은 광기가 아닙니다. 하지만 광기 말고는 달리 설명할 방법이 없다는 것을, 남들을 이해시킬 수 없다는 것을 알고 있습니다. 저는 오래전부터 해결하지 못한 어떤 의문을 안고 살았습니다. 왜 나는 죽이고 싶어 하는가. 왜 그 행동을 멈출 수 없는가. 뭐, 이런 것들입니다만 그것은 제가 풀어낼 수 없는 참으로 어려운 문제였습니다. 지금은 더이상 그것에 대해 궁금해하지 않지만 답은 여전히 모릅니다. 남들은 충동으로 혹은 쾌락으로 혹은 분노로 누군가를 죽입니다. 하지만 제 감정은 오래전부터 평온했습니다. 제겐 감정의 밤과 낮이 없어요. 완전한 그림자이거나 영원한 한낮입니다. 단 한 번도 우발적으로, 실수로, 혹은 저 자신이 아닌 상태로 살인한 적은 없습니다. 저는 항상 모든 것을 정확하게 인지하고 판단했습니다. 때문에 제겐 후회도 괴로움도 죄책감도 없습니다. 이것이 악이라면 전 망설임 없는 악인이겠지요. 명암이 없고 농도도 없이 완벽하게 새까맣겠죠. 저로서는 제 자신의 본질을 어쩔 수 없었습니다.

어쩔 수 없었다…… 자네의 말은 앞뒤가 안 맞네. 나는 자네의 말에 동의하지 않을뿐더러 이해할 수도 없어. 자네 입으로 말했듯 자네는 악하네. 그것도 그 누구보다 악하지. 원래 악하기 때문에 원래 이렇게 태어났기 때문에 자네는 스스로 죄가 아니라고 했네. 하지만 나는 자네가 명백한 죄인이라고 생각하네. 어쩔 수 없었다, 자신도 모르게 그렇게 했다. 말도 안 되는 소릴세. 자네는 작정하고 죄를 지었네. 인간은 마음먹지 않으면 그 어떤 것도 행할 수 없지. 하지만 마음을 먹었고 자네는 행동했네. 의도가 없다고 했나? 나는 그것이 자네의 의도라고 생각해. 생각이 존재하는 한 의도도 항상 존재하네. 자네는 예전에 내게 호기심이란 말을 한 적이 있지. 나는 이곳에서 많은 수형자들을 지켜봤네. 그들의 공통점이 무엇인지 아는가. 그들은 공통적으로 이기적이고 자신의 호기심에 충실하지. 본질대로, 욕망대로, 호기심이 이끄는 대로 사는 삶이 바로 이기네. 그것은 필연적으로 남을 해치게 되지. 순수하다고 했는가. 나쁜 것은 원래 순수하네. 선은 순수할 수 없어. 위선 없는 사랑도 없고 자만 없는 동정도 없지. 하지만 악은 다르네. 얼마든지 순수할 수 있지. 자네는 이제껏 봤던 그 어떤 사람보다 순수한 죄인이네. 아주 악하지.

흥분했다. 냉정을 찾으려고 애썼으나 허사였다. 나는 작정하고 분노와 열기를 담아 말했다. 그의 죄에 대한 분노는 아니었다. 태연하고 차분한 그를 어떻게든 자극하고 싶은 어두운 호기심 탓이었다. 하지만 곧 실수했다는 것을 깨달았다. 그는 직전까지 아무렇지도 않게 사람을 죽인 위험한 사내였다. 더구나 나는 그를 안전하게 통제해야 하는 의무가 있는 사람이 아닌가. 말이 심한 것 같다는 사과를 하려는데 그가 좀 이상했다. 아무 소리도 들리지 않는 것처럼 멍한 표정으로 벽만 응시하고 있었다. 그리고 아주 작은 소리로 중얼거렸다.

　누나.

그러고는 천천히 고개를 끄덕이며 다시 말했다.

　그 사람은 아마도 누나일 겁니다.

8

일주일이 지났다. 우려했던 것과는 달리 474번은 평소와 다르지 않았다. 다만 더 이상 나와 어떤 대화를 하고 싶어 하지 않았다. 갑자기 노인이 된 것처럼 모든 것에 흥미를 잃은 듯 보였다. 호기심 가득한 눈으로 내 표정과 행동을 살피며 뭔가를 이야기하고 싶어 했던 때와는 전혀 다른 사람 같았다. 그가 걱정됐다. 사건과 무관하게 나와 그 사이는 이미 사적이고 은밀한 감정으로 연결되어 있었다. 먼저 말을 걸어보기도 했고 원한다면 잠깐이라도 운동장에 나갈 수 있도록 건의해주겠다고 했으나 별다른 흥미를 보이지 않았다. 그렇게 며칠이 지났다. 그는 조용히 식사를 하고 있었다. 나는 그 앞에 앉아 그를 지켜봤다. 갑자기 그가 수저를 내려놓고 말했다.

지금도 그 여자가 찾아옵니까?

계속 오는 것으로 알고 있네. 궁금하면 신상 정도는 알아봐줄 수 있네.

아닙니다…… 먹고 싶은 것이 생겼습니다.

그는 길게 숨을 내뱉고는 손으로 얼굴을 감싸며 말했다.

푹 쪄낸 꽃게를 먹고 싶습니다.

아주 오래된 이야기입니다. 그러니까 제가 작은 소년이었을 때의 일이지요. 저는 산골의 어느 외딴집에서 누나와 단둘이 살았습니다.

그는 잠시 눈을 감았다. 안구가 천천히 움직이면서 눈꺼풀이 부드러운 곡선으로 일렁였다. 그는 눈을 감은 채 한 마디씩 말을 이었다. 마치 기억을 하나씩 묘사하는 것처럼 느리고 신중했다.

이름이 기억나지 않는 작은 개천이 흘렀고 근처에는 폐광이 있었지요. 작은 마을도 하나 있었는데 사람들이 어디론가 한꺼번에 이주한 듯 마을은 텅 비어 있었어요. 한 시간 정도 걸어 내려가면 소읍이 있었고 그곳의 작은 염색 공장이 누나의 일터였지요. 저는 누나가 집에 돌아올 때까지 온종일 집을 지키며 누나를 기다렸습니다. 외로웠던 것 같습니다. 마을을 향하는 언덕에 서서, 집 앞에 서 있는 느티나무 아래 앉아, 마당 한가운데 놓여 있는 커다란 바위 위에 앉아 저는 하염없이 누나를 기다렸습니다. 기다림과 외로움은 그 시절 제 삶의 전부였습니다. 사위가 어둑해질 무렵 누나는 집으로 돌아왔습니다. 빈손으로 돌아온 적은 없었어요. 검정 비닐봉지에 항상 뭔가를 담아 왔지요. 전 봉지 안을 확인하는 것이 기뻤어요. 특히 제가 좋아했던 것은 게맛살이었지요. 부드럽고 하얀 맛살을 씹으면 부드럽고 비릿한…… 그 맛을 참 좋아했어요. 그래서 누나는 자주 게맛살을 사다 줬습니다. 그런데 저는 좀 별난 취미를 갖고 있었습니다. 누나에게도 말하지 않았던 제 은밀한 비밀이었지요. 혼자 우두커니 있다 보면 제 앞으로 참 많은 것들이 지나갑니다. 전 그 움직임을 멈추게 하고 싶어 했던 것 같습니다. 처음에는 개미나 여치, 메뚜기 같은 것들을 죽였는데 나중에는 개구리나 병아리, 박새 같은 것들도 잡아서 죽였습니다. 지금도 왜 그랬는지는 모르겠지만 뭐랄까…… 무료했기 때문이라고 해야 할까요. 딱히 재미있거나 유쾌한 것도 아니었는데 그랬어요. 저는 집 주위를 돌아다니며 보이는 동물들을 죽였습니다. 어느 날엔 누나에게 알려야겠다는 생각을 했어요. 궁금한 것이 생겼거든요. 저는 누나의 손을 잡고 마당으로 내려갔습니다. 그리고 누나 앞에서 돌을 집어 들었습니다. 그 밑에는 낮에 죽인 병아리가 짓뭉개져 있었습니다. 누나는 놀란 눈치였지만 애써 담담한 표정으로 제게 물었어요. 네가 그런 거니? 저는 그렇다고 했습니다. 왜 그랬니?라는 질문에는 제가 그냥,이라고 대답했는지 죽이고 싶어서,라고 했는지는 확실하지는 않아요. 누나는 물었습니다. 다른 것들도 죽이니? 저는 사실대로 말했습니다. 곤충들도 죽이고 작은 동물들도 죽이고 얼마 전에는 고양이 목을 졸라 죽였다는 말도 했었지요. 누나는 평상에 앉아 한참 동안 마당만 쳐다봤습니다. 저는 그 순간 누나에게 물었지요. 누나, 아버지는 어디에 계셔? 누나는 평상에서 벌떡 일어나 눈을 동그랗게 만들고 저를 바라보더군요. 누나는 그것이 왜 궁금하냐고 묻더군요. 전 고개를 숙이고 아무 말도 하지 않았습니다. 누나는 미세하게 손끝을 떨며 방으로 들어갔습니다. 우리의 침묵은 다음 날까지 이어졌지요. 누나는 마당에 서서 잠시 고개를 돌려 배웅하는 저를 쳐다보곤 말없이 출근했습니다. 모든 것이 어제와 똑같았지요. 하지만 저는 누나가 달라졌다는 것을 깨달았습니다. 그 당시 저는 누나가 어머니라는 사실을 알게 됐습니다. 그동안 이상하게 짝이 맞지 않던 몇 가지 기억과 의문 들이 해결되는 순간이 있었죠. 그런 순간이 있어요. 모든 것들을 그냥 알게 되는…… 그래서 어머니에 대해선 묻지 않았던 겁니다. 어쩐지 그러면 안 될 것 같았거든요. 누나가 돌아왔어요. 손에는 여전히 검은 비닐봉지가 들려 있었는데 크고 무거워 보였지요. 꽃게였습니다. 게맛살은 사실 가짜란다. 이게 진짜 게살이야. 누나는 힘없이 웃으며 말했습니다. 말할 수 없이 쓸쓸한 미소였어요. 누나가 게를 찌는 동안 저는 마당 바위에 앉아 까만 밤보다 더 깜깜하게 서 있는 뾰족한 산을 바라봤습니다. 집 안에는 게 냄새가 진동을 했습니다. 불길한 냄새였죠. 빨갛게 익은 세 마리의 게가 더운 김을 내며 접시에 엎어져 있었습니다. 전 입술을 꾹 다물고 딱딱한 게 껍질을 쳐다봤습니다. 그리고 누나의 눈을 바라봤습니다. 누나의 눈동자는 물속에 빠진 까만 돌멩이 같았습니다. 전 먹지 않고 방으로 들어갔습니다. 그것을 먹어서는 안 될 것 같았습니다. 그 밤을 기억합니다. 좀처럼 사라지지 않는 게 비린내, 열리지 않는 누나의 방문, 밤하늘을 소리 없이 날아다니던 검은 새들, 어둠 속에 숨어 울부짖던 이름 모를 야생동물들, 밝아오는 능선, 그리고 죽음처럼 적막한 집. 다음 날 아침 누나가 사라졌다는 것을 알게 됐죠. 차갑게 식은 빨간 게만 접시에 그대로 있더군요. 전 기다렸습니다. 아직도…… 그때의 아침, 점심, 저녁, 새벽, 태양, 구름, 소리, 바람, 어둠, 적막 같은 것들이 명징하게 떠오릅니다. 기다림은 게 냄새가 완전히 사라질 때까지 계속됐습니다. 그리고 어느 날 부패한 게 위로 파리가 날아다니는 것을 보고 끝났다, 라는 생각이 들었습니다. 그리고 저도 그 집을 떠났습니다. 그 후로 지금까지 제 이름을 아는 사람을 만나본 적이 없습니다.

그는 가볍게 주먹을 쥐었다 풀며 고르게 숨을 내쉬었다. 심장이 빠르게 뛰기 시작했다. 관자놀이를 지나는 혈관이 툭툭 불거지는 게 느껴졌다. 나는 헛기침을 하며 진정하려 노력했다. 나는 동요하는 내면을 감추기 위해 일부로 목소리를 무겁게 누르며 물었다.

아버지는 찾았나?

그는 묘한 미소를 지으며 고개를 가로 저었다.

아닙니다. 만난 적도 없고 찾아볼 생각도 하지 않았어요.

그런데 왜 누나에게 아버지의 행방을 물었나?

그에게 묻고 싶었어요.

무엇을 말인가?

그때의 나는 궁금했습니다. 내 피와 심장 속에 도대체 무엇이 숨어 있을까. 아무리 생각해봐도 그것은 누나에게 물려받은 것은 아니었습니다. 때문에 누나는 알 수 없겠지요. 하지만 그는 알고 있을 것 같았습니다. 왜…… 뭔가를 계속 죽이고 싶어 하는지.

우리는 아주 오랫동안 말없이 앉아 있었다. 나는 그의 빨간 명찰을 쳐다봤다. 외부로 드러난 심장의 일부처럼 명찰은 위로 아래로 규칙적으로 움직였다.

그 후로는 어떻게 살아왔나.

그는 후, 소리를 내며 숨을 길게 내뱉고는 가볍게 웃었다. 그의 얼굴이 처음 만났을 때처럼 단단하고 기이한 표정으로 서서히 바뀌었다.

집이 없고 가족이 없던 저는 여기저기 떠돌며 지냈습니다. 하고 싶은 것을 하고, 하기 싫은 것을 하지 않고 살았습니다. 저는 점점 단단해졌고 무심한 사람이 됐습니다. 자극에 무뎌졌고 모든 것에 무관심해졌습니다. 실망하는 일도 없었고 더 이상 호기심도 의문도 없었습니다. 저는 제 본질이 이끄는 대로 살기 시작했습니다. 제 능력이 필요한 자들에게 능력을 팔았습니다. 서로에게 좋았지요. 제 존재는 어디에서도 증명받을 수도 증명할 수도 없었습니다. 때문에 저는 어디에서나 어떤 방식으로든지 존재할 수 있었습니다. 열일곱이 되던 봄에 배를 타고 러시아로 건너갔습니다. 그곳에서도 저를 찾는 사람들은 많았습니다. 누군가를 죽이고 싶어 하는 사람은 어디에나 너무도 많습니다. 저는 죽이고 싶은 사람이 없지만 사람을 죽입니다. 어떤 이는 죽이고 싶어 하는 사람이 있지만 자신의 손으로 죽이지 못합니다. 나는 그런 그들을 대신해 손이 되고 칼이 되었습니다. 저는 지금도 저 자신이 죄인이라고 생각하지 않습니다. 법은 일어난 일의 결과로 죄를 판단합니다만 사실 인

248 정용준

간은 결과로 죄를 짓는 게 아닙니다. 의도가 죄입니다. 저는 물리적인 도구에 불가합니다. 저를 움켜쥐고 분노하고 흥분하며 죄를 짓는 사람들은 따로 있지요. 겁쟁이들은 저로 인해 강해졌고 원한이 많았던 자들은 저로 인해 원한을 풀었습니다. 저는 그 대가로 삶을 유지할 수 있었습니다. 조사관들이 저를 유령이라고 하는 소리를 들었습니다. 맞는 말입니다. '쁘리즈락', 그곳에서 저를 부르는 명칭입니다. 이곳의 말로 '유령'이지요. 가끔 게 냄새가 진동했던 그날의 밤을 떠올려봅니다. 그러면 마음이 이상해집니다. 원치 않아도 노력하지 않아도 불쑥 누나 생각이 나곤 합니다. 그때는 몰랐지만 복잡하고 고단했을 누나의 일기를 상상해보곤 합니다. 제가 왜 출생신고조차 안 된 아이로 자라야 했는지, 집은 왜 그렇게 외진 곳에 있었는지, 뭐 그런 것들 말입니다. 당시에 누나는 저를 두려워했던 것 같습니다. 교도관님…… 죄라고 하셨습니까. 저는 지금 이 순간에도 제가 누군가를 죽이는 것보다 누나가 저를 무서워했다는 것이 더 무섭고 나쁜 범죄처럼 느껴집니다. 하지만 누나를 미워하진 않습니다. 세월이 많이 흘렀지요. 삶은 이해할 수 없는 것들로 가득하다는 것을 깨달았습니다. 누나의 일도 그것들 중의 하나일 뿐이지요. 단지 그 일을 생각하면 쓸쓸해집니다. 그뿐이에요. 저는 제 삶의 가장 큰 의문을 해결하지 못하고 살았습니다. 그러나 생각해보면 삶이 나름의 방식으로 답했다고 생각합니다. 이것은 제 운명이고 어쩔 수 없는 것입니다. 누군가에게는 제가 피하고 싶은 운명이겠지요. 제가 피할 수 없었듯 그들도 피할 수 없는 것뿐입니다.

9

474번에 대한 공문이 내려왔다. 교도관들은 탁자 위에 놓인 하얀 종이를 내려다보며 말없이 서 있었다. 나는 모자를 꾹 눌러쓰고 사무실에서 나와 운동장으로 나갔다. 맑은 날이었다. 수형자들은 운동장에서 각자의 취미에 따라 시간을 보내고 있었다. 나는 벤치에 앉아 그들의 움직임을 지켜봤다. 담을 따라 걷는 어떤 수형자는 기계적이고 규칙적으로 걸었다. 고인 물을 목적 없이 선회하는 곤충처럼 집요했고 고요했다. 공을 차고 근력을 기르고 대화를 나누고 웃고 떠드는 사이에도 하늘에 떠 있는 해는 정해진 궤도를 따라 서서히 기울고 있었다. 나는 그 길로 교도소를 나가 가까운 시장으로 향했다.

푹 쪄낸 세 마리의 꽃게를 그 앞에 내놓았다. 아직 따뜻했고 희미하게 김이 나고 있었다. 그는 묘한 눈으로 붉은 꽃게의 등을 내려다봤다. 낯선 이가 던져준 고기를 두고 갈등하는 개처럼 그는 조심스럽게 게와 나를 번갈아 쳐다봤다. 나는 어깨를 살짝 올렸다 내리며 말했다.

마침 꽃게에 살이 붙는 계절이라고 하더군. 걱정 말고 부담 없이 먹어주게.

그는 한참 동안 꽃게를 앞에 두고 말없이 앉아 있었다. 좁은 방 안에 비릿한 게 냄새가 가득 찼다. 마침내 그는 말했다.

어떻게 먹는 겁니까?

나는 그가 잘 먹을 수 있도록 다리를 뜯어내고 관절을 가위로 잘랐다. 등껍질을 손으로 뜯어냈고 불필요한 부분을 손질했다. 그는 손가락

크기만큼 잘린 게 다리를 집어 들고 먹기 시작했다. 껍질에 붙어 있는 살점을 남기지 않기 위해 집요하고 느리게, 또한 공들여 먹었다. 등껍질은 숟가락으로 파 먹었고 다리는 쪽쪽 소리를 내며 빨아 먹었다. 먹는 내내 단 한마디도 하지 않았으나 틈틈이 묘한 신음 소리를 내뱉으며 맛있다는 내색을 숨기지 않았다. 분해된 세 마리의 게는 30분도 되지 않아 껍질만 남았다.

아…… 맛있군요. 정말이지 최고로 맛있었습니다. 고맙습니다.

그는 눈을 감고 손가락을 하나씩 빨며 흡족한 듯 미소 지었다. 나 역시 기분이 좋았다. 우리는 게 껍질을 사이에 두고 편하게 앉아 가볍게 이런저런 이야기를 나누었다. 시간은 빠르게 흘렀고 방 안에서 더 이상 게 냄새가 나지 않는 것 같았다.

그런데 말이네. 자네의 이름은 뭔가?

글쎄요. 너무 오랫동안 사용하지도 들어보지도 못해 잊어버렸습니다. 지금은 474번이라는 이름이 생겼지요.

그는 자랑스러운 듯 가슴을 앞으로 내보이며 명찰을 보여줬다. 나는 게 껍질을 비닐봉지에 담고 접시를 들고 일어섰다. 그는 고개를 숙여 인사했고 나 역시 가볍게 고개를 숙였다. 나는 문을 열고 밖으로 나가려 했다. 그때 그가 나를 불렀다.

교도관님.

나는 열린 문을 손으로 잡고 고개를 돌려 그를 바라봤다.

지금도 그 여자가 찾아옵니까?

계속 오는 것으로 알고 있네.

그렇다면 모든 일이 다 끝나고 난 뒤에 전해주세요. 맛있게 먹었다고. 그렇게만 전해주십시오.

나는 말없이 고개를 끄덕였고 그는 이제까지 본 적 없는 가장 큰 웃음을 보여줬다. 그의 하얀 치아가 가지런했다. 나는 문을 닫고 꼼꼼하게 잠금장치를 살폈다. 왼손에는 게 껍질이 담긴 봉지를 들고 오른손에는 셀 수도 없이 많은 열쇠가 달려 있는 꾸러미를 들고 겨드랑이에는 접시를 끼웠다. 그리고 한 발 한 발 복도를 걸었다.

〔『현대문학』 2012년 6월호〕

선 정 의 말

—

　근본적으로 법이 자신의 존재론적 한계를 드러내는 순간은 생사여탈권에 대한 문제에 봉착했을 때이다. 사형 제도는 '인권 존중'이라는 이름으로 전 세계적으로 폐지되는 추세이며, 우리나라 역시 지금은 사실상 폐지되어 있는 상태이다. 그러나 사회 도처에서 어떤 예외적인 사건들이 발생했을 때마다 사형 존폐론이 재등장하듯 그것은 실은 영원한 정지가 아니라, 일시적인 휴지 상태일 수밖에 없다. 인간의 죽음을 결정할 수 있는 권리가 법의 본질이라는 사실을 망각하지 않을 때에만, 우리는 휴머니즘이라는 환상적 가면에 가려지지 않은 법의 진짜 정체와 직면할 수 있다.

　정용준의 소설 「유령」은 한편으로 그와 같은 법의 근원적인 아포리아의 지점을 재치 있게 드러내는 작품이기도 하다. 사형 집행을 당하기 위해 15명이나 되는 사람을 무차별적으로 살해한 한 인물이 등장한다. 이 인물은 분명 문제적이다. 그가 카프카의 「심판」의 그 유명한 시골 남자와 정반대의 위치에 서 있는 것처럼 보이기 때문이다. 카프카의 인물이 근본적으로 무력한 인간의 한 전형을 보여주었다면, 그리하여 '의미 없는 효력'으로서의 법의 정체를 도출하는 데 일조했다면 정용준의 '유령'은 그 효력에 결박되지 않고 거꾸로 법의 근본적 무의미성을 폭로하려고 한다. 말하자면 그는 법을 통해 법의 무의미화를 이끌어내어 법을 결딴내려고 하는 것이다.

　이러한 형이상학적인 물음과 더불어 그것에 실감을 불어넣는 것은 이 작가 특유의 뛰어난 장면 제시이다. 특히 사형수가 '마지막 식사'인 꽃게를 먹는 마지막 장면은 불길하게 압도적이다. "그는 손가락 크기만큼 잘린 게 다리를 집어 들고 먹기 시작했다. 껍질에 붙어 있는 살점을 남기지 않기 위해 집요하고 느리게, 또한 공들여 먹었다. 등껍질은 숟가락으로 파 먹었고 다리는 쪽쪽 소리를 내며 빨아 먹었다." 감정 자체가 사라진, 아니 욕망 자체가 소거된 이(이것이 그가 법에 결박되지 않을 수 있었던 이유이다)의 이 집요한 식사는 어딘지 이상하지 않은가. 그것은 이 주인공이 단순히 꽃게를 먹고 있는 것이 아니라, 어딘가 더 근본적인 것의 살을 뜯어 먹고 발라 먹는 중이라는 느낌을 주기 때문일 것이다. 이 번뜩이는 언캐니의 순간, 우리는 우리를 영원히 포박할 수밖에 없는 법의 운명을 향한 잔인한 살의에 동참하게 된다. _강동호(문학평론가)

2012년 10월
이달의 소설

객잔

이상우

1988년에 태어났다. 2011년 문학동네 신인상을 받으며 작품 활동을 시작했다.

다시 보니, 검객의 글자 생김새가 맘에 든다.

● ··

객잔

—

객잔은 흑백이었다. 호롱의 불이 꺼지면 대나무 숲에서 휘파람 소리가 들려왔다. 침상에 누워 눈을 감아도 잠에 들 수 없었고, 자연히 꿈도 꾸지 못했다. 아주 멀다가도, 너무 가깝게도 휘파람은 내 근처에 머물렀다. 근처. 보이지 않으니 가끔 울었다. 울다가도 이해할 수 없으니 결국 웃었다. 그러다 보면 아침이 밝아왔다.

마당을 쓸었다. 바람이 불자 꽃잎이 축축한 소리를 냈다. 첫날에 본 시인도 이처럼 비질을 하고 있었다. 안개를 지나 객잔에 도착하니, 옆구리에 호리병을 낀 사내가 말했다. 선택을 해야 할 거요. 고려 억양의 말투로, 남자는 자신을 규보라 소개했다. 안개에서 벗어나자 풍경이 색을 잃었다. 온통 흑백이었다. 나는 마당 구석에 꽃잎을 모아두고, 천을 냇가에 담가 적셨다. 규보가 떠난 뒤, 얼마나 지났는지 알 수 없었다. 흙은 먼지를 내지 않았으며 꽃잎은 항상 꼭 같은 양만큼만 쌓였으니, 날수는 처음부터 의미가 없었다. 대나무들이 산하를 향해 몸을 기울였다. 나는 노천의 탁자를 닦았다. 손님을 맞아야 했다.

진시(辰時). 마당에 사람의 그림자가 뉘었다. 반쪽은 멀쩡한데, 나머지 반쪽이 나부꼈다. 팔을 잃은 지 얼마 안 된 듯, 몸의 균형이 아스라졌지만 다가오는 발걸음의 간격을 보니 검객인 듯싶었다.

―여기가 어디요.

안개에게 색을 빼앗긴 남자가 물었다.

―선택을 해야 할 거요.

나는 차를 내놨다. 남자는 찻잔을 들어 자신의 빈 왼팔에 들이부었다. 팔은 자라나지 않았다.

―꿈은 아니오.

―그래. 흑백이라. 들어본 적 있소.

―여기가 그 객잔이오.

남자는 대나무 숲을 바라봤다. 그다음에는 객잔. 마지막으로 자신이 올라왔던 길을 돌아봤다. 안개가 이미 길을 지우고 있었다.

―용이가 이곳에 다녀갔소?

나는 고개를 저었다. 숲은 흰 나비 떼를 보내왔다. 나비들이 남자의 도포 자락에 달라붙었다.

―들어가 잠을 자보면 알게 될 거요.

남자가 객잔 안으로 들어가자, 바닥에 나비가 떨어졌다. 나는 비를 가져와 나비를 쓸었다. 꽃잎과 나비가 섞였다.

낮잠이 내 취향이지. 규보도 오랫동안 떠나지 않았다. 그는 꿈을 꾸고 시로 옮겼다. 그럼 나는 그 글을 몰래 읽었다. 괜찮은 시구가 나온 날이면 어김없이 주방에서 울음소리가 들렸다. 가져갈 수 없으니, 그로서는 차라리 꿈을 꾸지 않는 게 나을 법했다. 하지만 규보는 우는 자신의 모습을 좋아하는 짓을 멈출 수 없었다.

나는 남자의 옆방에 들어가 방 벽에 귀를 붙였다. 벽 너머의 소리를 들으며 만화경을 들여다봤다.

골목. 들어가면 창기(娼妓)를 만날 수 있었다. 창기들은 붉은색 부채로 얼굴을 가렸다. 홍등 아래 서 있으면 그녀들이 다가왔고 돈을 쥐여 주고 나서는 그녀들이 앞장섰다. 인근의 객잔에 방을 잡아, 창기의 허리에 둘린 섬을 풀어 불을 붙인 뒤, 재만 남을 때까지 살을 섞었다. 그리고 다시 골목. 서로의 이름을 묻지 않았다. 나는 가끔 돈을 내는 대신 그녀들의 몸에 그림을 그려줬다. 삽입의 황홀함은 짧았으나 문신의 지속됨은 길었다.

남자의 웃음소리가 들렸다. 첫번째 꿈은 대부분 그랬다.

단 한 번, 창기의 이름을 물어본 적이 있었다. 골목을 찾아가니, 바다 건너에서 온 창기들과 남창들이 가랑이를 벌리고 앉아 있었다. 노란 머리들은 밑이 너무 허했고, 남자들은 말투까지 계집처럼 굴었다. 그들은 각자 다른 언어로 떠들었는데, 그들의 입 구멍에서 쏟아지는 동류의 정액 비린내가 골목을 메웠다. 나는 가장 말수 적은 아이를 골라 돈을 쥐여 줬다. 宮瀬라 쓰고 미야세라 읽는 아이였다.

벽이 조용했다. 나는 밖에 나와 호롱에 불을 붙였다. 나비는 객잔 뒤를, 안개는 앞을 어슬렁거렸다. 객잔 한 바퀴를 돌며 호롱들에 불을 놓아주고선 냇가에 갔다. 물은 내 얼굴을 비추지 않았고, 돌 밑에 깔아 숨겨놨던 규보의 시들은 다 사라져버리고 없었다. 내 얼굴과 시가 있어야 할 위치에 둥그런 달이 비쳤다.

양과라 하오. 남자가 내 이름을 물었으나, 나는 그저 형이라 부르라 했다.
— 형. 좋은 꿈을 꿨소.
— 아직 밤이 더 남았지.
— 까짓것. 아, 멋진 꿈이었어.
노천 탁자에 앉아, 과는 첫번째 꿈에 대해 이야기했다. 용이라는 여자와 처음 만난 일. 그리고 그녀와 함께 생활했던, 초록 이끼가 빛을 내, 밤낮의 구분이 없던 동굴에 대해서. 손을 잡거나, 입술을 기울이거나, 서로의 살갗이 비껴들 때, 둘은 그때가 어느 때인지 몰랐다 했다. 초록빛이 그들을 유배했는지, 그 둘의 정사가 다른 것들을 따돌렸는지는 그도 알지 못했다.
— 팔은.
— 네 개였지.
우리는 술을 마셨다. 취하지 못했으나 흉내라도 내야 했다. 술잔을 채울 때마다 호롱의 불이 우리의 그림자를 비틀었다. 이 또한 흉내였고, 불과 그림자가 이곳을 견디는 방식이었다.

골목을 자주 찾았다. 미야세는 말이 없었다. 가끔 자기 나라 말을 읊조리긴 했지만 들으라 하는 말이 아니니 신경 쓰지 않았다. 나는 그 말씨가 섬라의 것인 줄 알았으나, 규보가 알려주길 그 나라의 사람들은 모두 거멓다고 했다. 미야세는 붉었다. 그 하얀 얼굴로 붓질하는 나를 핥았다. 젖지 못하는 아이. 핥는 것만 할 줄 아는 아이였고, 그러니 잘 핥았다. 그게 내게 필요한 전부였다.

　　─형은 어쩌다 왔소.
　　─듣는 게 내 취향이지.
내가 대답했다.
　　─나는 절벽에 몸을 던졌소.
　　─진부하군.
　　─되도록이면 더욱 진부해졌으면 좋겠소.
과가 대답했다.
　　─평균 말이오.

　　창기들은 유행가를 불렀다. 노래는 잦게 바뀌어서 가사가 질리지 않았다. 여음을 듣고 골목에 찾아온 손님들은 알아서 날마다 창기를 바꿔 품었다. 혹여 같은 창기의 손을 잡아도 창기는 어제의 손님을 알아보지 않았다. 창기들의 허리끈은 자주 풀렸고, 그녀들에게는 아주 많은 허리끈이 있었다. 단풍들이 쌓이지 않고 굴러다녔다.

　　─다음 꿈이 기대되오.

과가 웃으며 방으로 돌아갔다. 나는 술병을 치웠다. 안개와 나비 떼가 객잔에 가까워졌다. 사실 객잔에는 규칙이 없었다. 과는 첫번째 꿈만 꾸고서도 안개 밑으로 내려갈 수 있었다. 하지만 그러지 않았다. 누구나 두번째 꿈을 꿔보고 싶어 했다. 상을 치우며, 용이를 이야기하는 과의 눈빛을 떠올렸다. 그 아득함이 절벽보다 가팔랐다. 나비들이 이층으로 날아올랐다. 두번째 꿈. 나는 내 방으로 뛰어 올라가 벽에 귀를 붙였다.

바닥에 핏물이 흐르자 골목이 더 붉어졌다. 창기들이 벽에 기대 주저앉아 밑으로 아기들을 쏟아냈다. 미야세는 구석에서 다른 창기들을 따라 혼자 숨이나 내뱉고 있었다. 입술에서 혀 대신 허연 김이 새어 나왔다. 아래로는 핏덩이 대신 오줌을 지렸다. 골목의 붉은 등이 종종 흔들렸다.

과는 울었다. 소리가 커 벽을 울렸다. 댓잎들이 몸을 부비며 얇고 비열한 소리를 냈다.

미야세의 몸에 커다란 잉어를 그려줬다. 온몸에 비늘을 그려줬다. 비늘 곁에 물을 그리지는 않았다. 미야세가 내게 그래줬듯이, 나는 혀로 잉어를 적셨다. 미야세가 곧 잉어였으며 우리의 아이였다. 비와 함께 붉은 단풍이 쏟아지던 날, 관병들이 창을 들었고, 골목이 비었다.

호롱의 불이 꺼지자, 벽이 조용해졌다. 몸이라도 겸손해야지. 규보가 바닥에 맨살을 문대고 누워 말했었다. 나도 옷을 벗고 맨바닥에 누웠다. 몸을 엎드려 쇄골과 무릎, 발목 등의 뼈들이 땅에 닿게 했다. 그 래도 휘파람 소리가 들려왔다. 꿈을 꾸기 전에는 갈 수 없는 곳에서부 터였다. 그렇게 뼈가 벌려놓은 살과 땅 사이로 달빛이 지나갔다.

　　—형. 무서운 꿈을 꿨소.
과가 내 방으로 뛰어 들어왔다.
　　—꿈에서 난 모든 것을 잃었소. 신조는 늙어 죽고, 의붓아버지는 맞아 죽고, 곽정 부부는 교살당하고, 용이는 폐병에 걸려 죽고, 꿈의 마지막에는 나 홀로 빙하 밑으로 떨어지고 있었소.
　　—우아한데.
　　—그래도 미리 내다보았으니, 내려가면 피할 수도 있지 않겠소?
과가 내 옷깃을 붙잡고 물었다.
　　—내려가기 위해선 안개를 지나가야 하지.
　　창밖의 안개가 색을 지우고 있었다. 과는 고개를 숙였다. 절벽보다 깊었다.

　　골목에 등 대신 포주의 머리통이 매달리자, 아무도 노래하지 않았 다. 골목 안에는 창기들이 버리고 간 갓난아기들과 술 취한 검객들이 토사물 곁에 듬성듬성 놓여 있었다.

　　—미야세라 하는데.
　　—다섯 명쯤 베었지.
　　—宮瀬라 쓰는 아이인데.
　　—벌을 받을 걸 알아. 그런데 도대체 벌은 언제 나를 찾아오는 거지?

술 취한 검객들이 중얼거렸다.

비는 눈이 됐다. 진부했다. 골목에 눈이 쌓이고 그 위에 새벽 공기
가 앉았다. 골목이 모두 파랬다. 바람은 모여 소리를 만들었다. 여전히
보이지는 않았다. 다만 질감이 두터워졌으며 허리가 날카로워졌다. 검객
의 검은 허리에서 뽑히지 않았고, 비린내 풍기던 아기들은 얼어 죽었다.

─형. 미래라는 말을 아시오?
─들어본 적 있지.
과가 내 방 의자에 앉아 만화경을 들여다봤다. 만화경을 돌리며 말
을 이었다.
─어릴 적, 동쪽의 복숭아나무 밑에서 황약사에게 배운 말이오. 처
음 들었을 때는 설렜소. 허나 황약사가 그 단어를 매일매일 읊조리니,
그가 이 세상에 없는 걸 끌어오려는 것 같아 무서웠다오.
─지금은 어떤가.
과는 탁자 위에 만화경을 내려다 놓고 숲을 바라봤다. 나비 떼들이
과에게 다가와 날갯짓했다.
─꿈이 아직 남았을지도 모르니.
나는 만화경을 거둬들이고서 과의 빈 잔에 차를 채워줬다. 탁자가
흔들려 잔에 차가 넘쳤다. 우리 둘 다 다리를 떨고 있었다.

이틀을 읽으니, 아무것도 아닌 게 되더군. 규보는 미래가 서양에서
건너온 말이라 했다. 단어 안에 신기가 담겨 있으니, 사람을 홀리는 언
어라 덧붙였다. 그럼 객잔에서의 두번째 꿈이 미래인가 물어보자, 규보

는 고개를 끄덕였다. 끄덕이다 머리를 좌우로 흔들며 또 울었다.

과는 자신의 방으로 돌아갔다. 나는 과의 뒤를 쫓아 걸었다. 과가
나선형 계단을 올랐다. 과의 몸이 왼쪽으로 기울었다. 나도 몸을 왼쪽
으로 기울였다.

소속 없는 검객들이 지나갔다. 그들에게 이름표를 쥐여 주면 그들
은 지나가던 길에 사람을 찾아와 골목으로 돌아왔다. 대부분, 사람과
함께 돌아온 경우는 없었다. 돈을 받고, 파란 눈 속에 피 묻은 검을 숨
겨두는 것이 전부였다. 나는 종이 위에 宮瀬를 적어 검객의 손에 쥐여
줬다.

방은 소리 내지 않았다. 나는 벽에서 귀를 떼지 않았다. 계속 그러
고 있자, 과의 숨소리와 도포 자락이 나무 바닥에 끌리는 소리가 났다.
과는 방 안을 서성이고 있었다. 나는 소리로 과의 동선을 좇았다.

첫번째 검객은 골목에 돌아와 돈을 받지 않았다.

과는 대나무 숲을 바라봤다. 그 방에서 볼 수 있는 창밖은 숲뿐이
었다. 대나무들은 몸을 기울여 과를 내려다봤고, 과는 다시 걸었다. 대
통의 찻잔을 몇 번 들어 올려 의미 없이 무게 따위를 짐작해보다가 세
걸음을 움직인 후, 손을 들어 자신의 얼굴을 쓰다듬었다. 손이 하나 남
았으니, 얼굴로 손을 더듬는 걸지도 몰랐다.

두번째 검객은 골목에 돌아와 돈을 받았지만 혼자였다. 검도 숨겨 두지 않았다.

방에서 더 이상 할 수 있는 것이 없었다. 과가 침상에 몸을 뉘는 소리가 들렸다. 처음에는 한숨. 이어 숨소리가 얕아지고 간격이 생겼다. 숨이 허공을 밀어낸 자리로 꿈이 들어설 터였다.

세번째 검객은 골목으로 돌아와 돈도 받고, 눈 속에 검도 숨겼지만, 말이 없었다. 고개를 젓진 않았다. 다만 말없이 나를 바라봤다. 퍼런 눈 속에서 동물의 비린내가 났다.

과는 울지도, 웃지도 않았다. 나는 벽에 귀를 붙이고 내 호흡과 과의 호흡을 맞췄다. 그래도 과가 어떤 꿈을 꾸고 있는지 가늠되지 않았다. 숲과 안개가 객잔 저만치에서 머물렀다. 둘 모두 소리 내지 않고 각자의 자리를 지켰다. 쓸모없는 밤이 찾아오고 있었다. 나는 벽에 귀를 붙인 채로 호리병 입구에 코를 붙여 향을 훑었다. 규보가 두고 간 호리병이었다. 귀한 것이 담겨 있다 했으나 무엇인지 알려주지 않았고, 스스로도 마개를 열지 않았다. 안에 담아놓은 것이 사라져버리지는 않았을까 하는 불안함 때문이었다. 코를 대봐도 여전히 아무 냄새가 나지 않았다. 나는 안에 담겨 있는 것이 무엇인지 알게 될까 봐 병을 열어볼 수 없었다.

— 형.

나는 자리에서 일어났다. 벽 너머에서 과의 말이 이어졌다.

— 형은 내 꿈을 엿보려는 거요?

말소리가 명료해서 벽이 말하는 것 같았다.

　—네 꿈을 엿보려는 게 아니야.

내가 벽을 마주하고 대답했다. 벽이 더 크고 가깝게 느껴졌다.

　—상관없소. 이제 아무것도 보이지 않으니.

나비와 안개가 창밖에서 머물렀다. 소리 내지 않으며 과의 선택을 기다렸다.

　—숲으로 가면 쉴 수 있다더군.

내가 벽에 입술을 붙이고 말했다.

　—황약사는 매일 밤마다 비파를 꺼내 연주했소.

과가 말했다.

　—그런데 그 노인은 어느 날부터인가 오로지 한 곡만 연주하더군.

　—재능이 바닥났나 보지.

내가 대답했다.

　—아니. 어느 순간 그는 무서워진 거요.

　—무엇이.

　—다음 경지로 넘어가기가 말이오.

우리는 잠시 말이 없었다. 창밖, 숲의 꼭대기들이 흔들렸다.

　—형. 비극들의 공통점이 뭔지 아시오?

과가 물었다.

　—글쎄.

　—무엇인가를 이해했다, 라 착각하는 순간에 다가온다는 것이오.

벽은 호젓했다.

돌아온 검객들은 골목에서 팔짱을 꼈다. 허리 위로, 등은 벽에 기대고선. 그렇게 골목 안으로 불어오는 바람을 견뎠다. 바람이 골목 밖으로 빠져나가면, 검객들은 그 방향을 바라보며 바람의 결이 눈길이 다다를 수 없는 곳으로 완전히 사라지길 기다렸다. 그들은 보이지 않는 것을 벨 수 없었다.

사시(巳時). 나는 탁자에 앉아 찻잔을 기울였다. 과가 객잔을 나서는 모습이 비쳤다. 찻잔 속에 비친 그의 빈 팔 자락이 펄럭였다.

—결국 내려가는 건가.

찻물은 내 얼굴을 비추지 않았다.

—그렇소.

—숲으로 가면 두려워할 필요가 없을 텐데.

—두려워할 게 없어지는 것이 두렵소.

나는 대답하지 않았다.

—그리고 찾아야 할 사람도 있으니.

—그렇겠지.

—내려가 고려 사람을 만나게 되면 형 이야기를 전하리다.

나는 고개를 저었다. 과는 안개 속으로 사라졌다. 꽃잎들이 과를 둘러쌌다. 과는 색을 입고 흑백을 잃었다. 나는 자리에 남아 내 동공에 손가락을 찔러 넣어봤다. 눈알은 아직 남아 있었다. 풍광이 색을 잃자 눈알이 점점 가벼워졌다. 이 가벼운 눈알로 아무런 꿈도 꾸지 못했다. 안개는 과가 지나간 길을 지우고, 숲의 나비들은 자기들끼리 맴돌았다.

눈이 녹자, 골목에서 검들이 발견됐다. 검 날에 얼어붙어 있던 핏물이 눈에 섞여 골목 밖으로 길게 흘렀다. 검객들은 검을 버리고 바람이 미리 빠져나갔던 방향을 따라 떠나갔다. 바람을 앞지를 수 없으니 단지 좋음과 기다림이 그들의 일이었다. 뜨듯한 핏물이 모조리 사라지자 아기 사체들에게서 썩은 내가 났다.

과가 떠난 밤. 나는 객잔 뒤뜰의 땅을 파냈다. 세 치 정도의 흙구덩이를 만들어놓고, 나는 내 왼팔을 잘라 그 안에 넣어뒀다. 한 팔로 침상에 누워 눈을 감아봐도, 숲에서 휘파람소리가 들려왔다. 가느다란 소리가 두 귀 사이에서 떠나지 않았다.

네번째 검객은 돌아오지 않았다.

땅 위에 아지랑이가 피어오르자 골목에 선사(禪師)들이 들어섰다. 승려들의 황금빛 법복 자락이 골목을 쓸어냈다. 서축의 범어가 승려들 입술 밖으로 흘러나왔다. 나는 여전히 골목을 드나들며 승려들의 말에 귀 기울였다. 수억 개의 문장들 사이에 미야세의 소식이 들어 있을지도 모르는 일이었다.

마당이 환했다. 꽃잎은 안개로부터 날아왔다. 안개 너머는 보이지 않았다. 꽃술대를 찾기 위해 안개 속에 걸어 들어가본 적 있었다. 꿈을 꾸지 않으니 어느 방향으로 걸어가봐도, 도착하는 곳이 결국 객잔이었다. 꿈을 꾸지 않으면 영원히 길을 잃을 수 있는 장소였다. 꽃잎을 주워 혀 위에 올려뒀다. 미야세, 미야세. 꽃잎이 말했다,고 생각했다. 잎의 날을 세워 혀를 그어봤다. 혀는 잘려 나가지 않았다. 미야세, 미야세. 혀 혹은 꽃잎이 움직였다. 안개에게서 또 다른 꽃잎들이 날아왔다.

한 손으로 비질을 하니 팔이 길어진 기분이 들었다. 기다란 그림자 끄트머리에 안개가 놓였다. 안개는 본래 어떤 색이었는지 기억나지 않았다. 안개가 모여들었다. 안개 속에서 여인 한 명이 길을 잃고 있었다. 긴 몸이 색을 잃고 있었다. 허리까지 내려온 검은 머리카락과 하얀 얼굴. 이 여인도 애초에 색이 없었을지도 모른다고 생각했다. 흑백이 세련된 여인이었다. 여인이 가느다란 손으로 앞머리를 훑으며 내게 걸어왔다.

　─선택을 해야 할 거요.

내가 여인에게 찻잔을 내다주며 말했다. 여인의 눈빛은 숲에게도 객잔에게도, 자신이 걸어온 안개 길로도 닿아 있지 않았다. 내 눈을 향했지만 나는 여인 앞에서 뚫려 있는 사람 같았다.

　─과아가 여기에 왔나요.

여인이 물었다. 여인에게서 절벽 냄새가 났다.

　범어는 예감과 예언을 담지 않았다. 옮겨지기 위한 억양이었지만, 이미 말 속에 유폐되었던 것들을 끄집어내 되씹는 어감이었다. 선사들은 표정이 죄라도 되는 양, 항시 같은 얼굴, 같은 모양으로 입술을 움직였다. 그들은 기다린다기보다 남아 있었다. 말이 그들을 묶었다.

　─나를 잊었군.

내가 빈 팔 자락을 펄럭여 보이며 말했다.

　─과아를 보셨나요.

용이는 여전히 나를, 내 너머로 통과하는 시선으로 같은 물음을 반복했다.

—나를 잊었어.

용이가 탁자 위의 만화경을 집어 들었다. 나는 그녀의 손에서 만화경을 뺏은 뒤, 그녀의 손등에 입을 맞춰줬다.

—동굴에 대해서 이야기해보지.

나는 동굴의 초록 이끼, 차가운 침상, 용이가 잠을 자던 외줄, 천 마리의 새, 피리 연주에 맞춰 움직이던 별들에 대해서 이야기했다.

—왜 그 이야기는 안 하는 거죠.

용이가 물었다.

—무슨 이야기.

—풀밭에서 나에게 눈가리개를 채우고 했던 짓 말이에요.

용이를 객잔 안에 들였다. 나는 대나무 숲이 보이는 방에 들어가 벽에 귀를 붙였다.

내가 못생겼는가. 규보가 물었다. 나는 잘생겼는가. 내가 물었다. 서로의 얼굴은 볼 수 있지만 자신의 얼굴은 볼 수 없었다. 규보는 얼굴을 더듬는 습관이 생겼다. 자신의 얼굴을 자신이 유배된 섬으로 묘사해 시를 썼는데, 산 너머 호수로 걸어가는 나그네가 그의 손길이었다. 하지만 손은 언제나 그에게 붙어 있었고, 그는 쉽게 떠나는 사람이지 못했다. 나는 벽에 귀를 붙인 채 얼굴을 더듬어봤다. 손이 하나 남았으니 얼굴로 손을 더듬었다. 첫번째 꿈. 용이는 울었다.

승려들은 아기들이 얼어 죽은 자리에 앉아 법음을 읊조렸다. 나도 그들 사이에 앉아 그들의 말을 따라 했다. 유행가 부르듯 불경의 운율

을 따라서, 그렇게 미야세를 읽었다. 근근이 골목 안으로 개나리꽃들이
덮쳐 오고 승려들의 머리카락이 조금씩 자라났다.

　　—생각났어. 풀밭에서.
용이가 노천 의자에 앉아 나를 바라봤다.
　　—바위가 축축했지.
　　—무서운 꿈을 꿨어요.
용이는 내 말을 듣지 않았다.
　　—좋았던 일들일 텐데.
　　—지나간 일들이죠.
우리는 탁자를 가운데 두고 마주해 앉았다.
　　—나도 꿈을 꿨어.
나비와 꽃잎이 우리를 가운데 두고 마주했다.
　　—빙하 밑으로 떨어지는 꿈을 꿨지. 춥고, 어둡고. 바닥이 안 보이
니 영원히 추락할 것만 같은 꿈 말이야. 의지할 거라곤 내 몸짓뿐인.
　　—과아.
용이가 자리에서 일어났다.
　　—어디 있던 거야.
용이는 내 빈 팔 자락을 더듬었다. 우리는 숲과 안개 가운데의 객잔에
들어갔다.

　　미야세, 미야세, 미야세, 미야세, 미야세, 미야세, 미야세, 미야세,
미야세, 미야세, 미야세, 미야세, 미야세, 미야세, 미야세, 미야세, 미
야세, 미야세, 미야세, 미야세, 미야세, 미야세, 미야세, 미야세, 미야

세, 미야세, 미야세, 미야세, 미야세, 미야세, 미야세 미야세, 미야세,
미야세, 미야세, 미야세, 미야세, 미야세.

호롱에 불을 붙였다. 어둠이 옅어졌다. 나는 옷을 벗었다. 용이의
숨소리에 맞춰서 하나씩, 하나씩. 몸의 피부가 다 드러났을 때, 가벼
워진 왼쪽으로 몸을 기울이고 오른팔을 휘저으며 용이의 방으로 들어
갔다.

　─과아니.

용이가 눈을 감고 누워 있었다. 나는 대답 대신 그녀의 옷고름을 풀었다.

　─간지러워.

용이는 당연하게도 하댔다. 나는 혀를 내밀어 용이의 발가락을 핥았다.
종아리의 선을, 허벅지의 면을, 허리의 작은 구멍을 핥았다. 닳아 없어
질까 봐 최대한 천천히. 불이 흔들리고 흑백이 술렁였다. 한 손으로 그
녀의 몸을 더듬고, 한 혀로 그녀의 결을 따라가다 보니 내 몸이 공평해
진 기분이 들었다.

　─서쪽의 사막에서 구양봉이라는 사람을 만났어. 과아가 자신의
아들이라던데.

　─거짓말이야.

내가 대답했다.

　─알아. 하지만 속아줄 수밖에 없었어. 그 사람은 우리처럼 아무
것도 바라보지 않았거든. 눈빛 없이 그 뜨거운 모래 바닥에 드러누워서
헤엄을 쳤어. 개구리 울음소리를 흉내 내면서, 수영하듯이 말이야.

　─미친놈이야. 여자를 잃고 맛이 갔어.

　─아니. 단지 신기루 속에 살고 있는 거야. 살이 익고 입속에 모래

알이 들어가도 이게 현실인지 눈치채지 못하는 거지.

나는 그녀의 두 가슴 사이에 코를 파묻었다.

─미친놈 이야기는 그만하자.

─그 사람은 일부러 미친 거야.

─자, 이제 그 예쁜 입 좀 닥쳐봐.

─너는 정상이니?

나는 그녀의 가슴을 물었다.

─내 몸을 봐.

젖을 빨며 그녀의 허리를 감아 일으키려는데 팔이 하나밖에 없으니 몇 번을 실패했다.

─불쌍한 사람.

명징한 소리. 고개를 들어보니 용이가 나를 내려다보고 있었다. 눈길은 또다시 나를 꿰뚫고 내 너머의 어딘가를 향했다. 나는 다시 한 번 힘을 줘 그녀를 일으켜 앉힌 뒤, 그녀를 안았다.

─과아. 과아.

내가 몸을 흔들 때마다 용이는 신음 대신 자꾸 과아를 찾았다. 그럼 나는 여전히 몸을 흔들며 숲, 숲으로, 숲으로 갔어, 라 대답했다.

선사들이 하나둘 골목을 떠났다. 더 이상 범어 외의 말을 내뱉을 수 없게 된 승려들이 그랬다. 입술과 천축이 포개져 그 사이의 말이 사라진 승려들. 황색 법복이 해지고 발꿈치까지 꽃잎이 쌓였지만 아직도 떠나지 못하는 승려들이 더 많았다. 그들의 독경 속에는 침묵이 섞였다. 속임수 같은 정적. 가끔 몇 창기들이 황삼을 입고 자기가 버린 아이를 찾기 위해 돌아왔다. 내가 미야세에 대해 물어보려 하면 그녀들은 내 옆에 앉아 승려들의 말을 따라 읊었다. 나는 입을 다물었다. 창기들의 말은 이미 골목을 떠나버렸다.

하얀 용이가 잠들었다. 나는 옆에 누워 숲의 휘파람 소리를 들었다. 객잔에 오기 전, 풀밭에서 용이를 범한 사람은 과가 아니었다. 용이도 그 사실을 알고 있었다. 알고 있으면서 그자에게 몸을 내줬다. 내게도 그래줬듯이. 한 손을 머리에 기대니 용이를 만질 수 있는 손이 없었다. 과는 꿈에서 이 장면을 봤겠지. 과는 울었고, 용이는 웃고 있었다. 나도 웃었지만 기쁘지 않았다. 울어봐도 슬프지 않았다. 용이의 사타구니를 바라보다, 휘파람 소리를 들으며 내 방으로 돌아갔다. 잠에 들 수 없어서 벽에 귀를 붙이고 만화경을 들여다봤다.

법사들이 떠났다. 올 때의 수와 다르게, 몇 비구니들이 함께 갔다. 한 명의 승려와 한 명의 창기와 시든 개나리꽃들이 남았다. 남은 둘은 범어를 읊었고 서로 각자의 정적을 번갈았다. 승려는 말을 잊지 않았고 창기는 아이를 떠나보내지 않았다. 침묵이 점점 길어졌다.

냇가에 가 물밑의 돌들을 뒤졌다. 꿈으로 쓴 시들은 사라졌지만, 규보가 이곳에 오기 전에 써둔 시편이 남아 있을지도 몰랐다. 물이 색 없이 흘렀다. 돌들이 젖지 않았다. 여전히 물은 나를 비추지 않았다. 대신 달이 떠 있었다. 달 속에 손가락을 넣어봤다. 파문이 일어 잡지 못했다. 얼굴을 처박고 혀를 내밀어 삼켜봐도 달 속으로 들어갈 수 없었다. 배도 부르지 않았다. 공복은 영원할 것 같은데, 휘파람 소리 때문에 나는 어디로도 가지 못했다.

—영정중월이라 시를 쓴 친구가 있었지.

내가 냇가에 비친 용이를 바라보며 시를 읽어줬다. 중이 우물에 뜬 달을 탐해 병 속에 담았지만, 절에 돌아와 병을 기울여보니 물과 함께 사라져버렸다는 내용의 시였다.

—좀 빤하지 않나.

나는 용이가 몸을 기대앉은 창가를 올려다보며 물었다.

—중요한 건 이야기가 아니라 상태죠.

용이가 만화경을 들여다보며 대답했다. 만화경의 둥그런 입구가 달을 향했다. 나는 상태에 대해 생각했다. 달이라도 보며 자위하고 싶은 중의 외로움. 종이 다르지만 누구라도 유혹하고 싶은 달의 욕정. 용이가 고개를 저었다.

—중이 병 속에 기른 건, 달이 아니에요.

용이가 말을 이었다.

—물이 자신을 비추면 중마저도 달을 보지는 않죠.

용이는 창가에서 물러났다. 만화경을 남겨두고선.

범어가 멈추고 승려와 창기가 골목에 누워 뒹굴었다. 개나리 꽃잎들이 뒤집어지며 침묵 사이로 불쑥불쑥 말도 불경도 아닌 소리가 튀어나왔다.

—떠나는 거겠지.

용이가 계단을 내려왔다. 몸이 오른쪽으로 기울었다.

—왜 다들 내려가는 건지 모르겠어.

나는 문 앞을 가로막고 서서 빗장을 잡았다.

―과아가 밑에서 기다릴 테니까요.

―그 녀석은 겁쟁이야.

―나와 어울리죠.

용이가 나에게 다가왔다. 나는 문에 바싹 등을 붙인 채로 용이에게 물었다.

―나는 어쩌면 좋지.

―처음에 내게 말했죠.

용이는 창밖의 안개를 내다봤다.

―이건 결국 선택의 문제라고.

다음에는 숲을 봤다.

―당신이 절벽에 몸을 던진 것부터가 선택적이지.

내가 대답했다.

―사실 언제나 선택으로부터 자유로워질 수 없는 거죠.

나는 빗장에서 손을 떼고 용이의 어깨를 잡았다.

―나는 그렇지 않아. 이곳에 와서 내게는 선택이 거세됐어. 반대의 이유로도 자유로워질 수 없는 거야.

용이는 나를 쳐다보지도 않고 문의 빗장을 풀었다.

―솔직해지지 그래요. 당신은 계속 선택을 하고 있잖아요.

하나 남은 내 손이 용이의 어깨에서 미끄러졌다. 문이 열리자, 객잔 입구에서부터 안개로까지 꽃잎들이 길을 만들어놓았다. 용이가 꽃잎을 밟으며 안개 속으로 걸어 들어갔다. 나는 문 밖에 나서지 못했다. 안개가 용이를 지웠다. 과와 용은 절벽에서 떨어지고 있는 중이었다. 똑같은 절벽에서 떨어졌지만, 같은 꿈을 꾸고 정반대의 이유로 웃거나 울었다. 둘은 하나의 완성을 위해 안개 밑으로 내려갔다. 어쩌면 그들은 스스로를 위해 서로가 필요했다. 객잔에 나는 또다시 혼자였다.

　승려가 아닌 남자와 창기가 아닌 여자가 손을 잡고 떠났다. 법사들이 먼저 떠난 반대 방향으로. 그들에게 손가락질하거나 욕지거리를 내뱉을 사람이 골목에 남아 있지 않았다. 여자는 떠나며 몸을 기우뚱거렸다. 배 속에 새로 들인 아기가 여자의 몸을 흔들었다.

　골목에 비가 내렸다. 빗방울은 투명했다. 벽이 어두웠다.

　숲 앞에 규보가 서 있었다. 규보의 손가락이 접혔다 펴졌다 반복했다. 대나무들이 흔들렸다. 규보는 백까지 세고, 처음부터 다시 셌다. 규보와 대나무의 놀이가 계속됐다. 나는 바닥의 나비를 주워 귓속에 넣어봤다. 나비는 말이 없었다. 귓속에 나비를 꽂은 채로 객잔을 한 바퀴 돌았다. 모퉁이마다 주저앉아 토를 했다. 입속에서 아무것도 나오지 않았다.
　—갈 때가 된 건지도 모르네.
규보가 말했다. 나는 객잔을 한 바퀴 더 돌았다.
　—갈 때가 된 건지도 모르네.
규보가 말했다. 나는 객잔을 두 바퀴 더 돌았다.
　—갈 때가 된 건지도 모르네.
돌아올 때마다 규보가 말했다. 나는 계속 돌았다. 아무리 돌아도 규보는 똑같은 말을 반복했고 나비는 휘파람을 불지 않았다.

골목에서 움직이는 것은 빗방울뿐이었다. 요란했다.

규보가 방에 앉아 만화경을 들여다봤다. 창 안으로 나비가 들어왔다. 규보는 손가락을 세워 나비를 앉혔다.

—숲으로 가려는 거군.

내가 규보 옆에 앉으며 말했다.

—내려가봤자 다시 올라오게 될 테니.

—그럼 뭘 그렇게 오래 기다렸던 건가.

—내가 이 상태를 안고 있으면 더 좋은 시를 쓸 수 있을지 가늠해봤지.

규보가 손가락 위에 앉은 나비를 바라보며 말했다. 나비들이 하나둘씩 창 안으로 날아 들어왔다.

—어차피 아무도 읽지 않을 텐데.

나비의 날갯짓 사이사이 규보가 접혔다. 더 많은 나비 떼들이 달려들어 퍼진 곳을 메웠다. 나는 나비들을 잡아 바닥에 던졌다.

—자네 입으로 자네 좆을 빨아본 적 있나?

나비에게 둘러싸인 규보가 물었다.

—아니.

—한번 해보시게. 그게 바로 우리가 하고 있는 일이니까.

바닥에 집어던진 나비들이 사라졌다.

비는 바닥에서도 멈추지 않았다. 줄줄, 때로는 와르르 흘렀다. 창기와 검객과 승려의 발자국이 묽어졌다. 비는 흔적을 지우지 않았다. 감췄다.

방 가운데서 옷을 벗고 앉았다. 허리를 숙여봐도 좆에 입이 닿지 않았다. 혀가 짧거나 좆이 짧았다. 어쩌면 둘 다. 바닥에 누워 내 얼굴을 떠올려봤다. 눈알 두 개, 입술 하나, 코, 귀. 눈앞에 천장이 보였다. 얼굴을 구성하는 요소들의 구체적인 생김새가 떠오르지 않았다. 천장은 평평했다. 종이를 펼쳐놓고 붓을 들었다. 얼굴을 더듬고, 얼굴을 더듬은 손으로 선의 느낌을 기억해내 내 얼굴을 그렸다. 다 그리고 보니, 눈이 네 개, 입이 두 개였다. 먹 하나를 다 갈아, 얼굴 위에 먹물을 발랐다. 빈틈없이 다 바른 후에 눈을 뜬 채로 얼굴에 백지를 붙였다. 백지가 젖었다. 내 얼굴이 종이로 옮겨갔다. 종이를 떼어내 보니, 두 개의 구멍이 뚫려 있는 한 사람의 얼굴이 묻어나 있었다. 나는 붓을 들어 빈 구멍에 눈동자를 그려 넣었다. 내가 기억하는 눈동자. 한참을 쳐다봤지만 이 눈빛이 내 것인지 확신할 수 없었다.

— 듣고 있으시겠지.

딱. 딱. 벽 너머에서 규보가 손가락뼈를 문대는 소리가 들렸다.

— 생일에 생긴 습관이네.

나는 벽에 기대 앉아 고개를 끄덕였다.

— 내가 나에게 선물해준 습관이지.

딱, 딱, 딱, 딱. 딱.

— 너는 아무것도 잃지 않았는데 왜 이곳에 온 거지.

내가 물었다.

— 끝이 궁금해서 사약을 훔쳐 마셨지.

딱, 딱, 딱. 딱.

―그래서 객잔이 세계의 끝이던가.

―의식의 끝이지.

규보가 말을 이었다.

―스스로 계속 심화시키게 되는 걸세, 벗어나지 못하는 것이 아니라, 벗어나지 않게 되는 거지.

딱, 딱, 딱.

―무슨 소리를 하는 건지 모르겠는데.

―간단해. 이제 이 소리를 멈추기가 두려워진다는 거네.

딱, 딱.

―시를 쓰다 보니 정신이 나갔나 보군.

―자네는 시도 안 쓰는데 왜 그런가?

딱, 딱, 딱, 딱, 딱, 딱, 딱, 딱, 딱, 딱

휘파람 소리가 들렸다. 귓속으로 파고든 소리는 단전을 데웠다. 내장이 비대해지는 느낌과 함께 심장이 죄어왔다. 단지 그 느낌이 몸을 가득 차게 했다. 느낌만이라 팔을 들거나 발을 움직여봐도 몸이 무거운지 가벼운지 가늠할 수 없었다. 그 와중에 소리는 가늘어져서 귀와 귀 사이를 미끄러져 갔다. 휘파람이 머릿속을 훑을 때마다 눈물이 났고, 웃음이 났다. 소리가 몸 안에 들어와 휘어질 때마다 방이 좁아졌다가 넓어졌다. 안개 밑으로 내려가고 싶어졌다가 숲으로 들어가고 싶어졌다. 눈을 감을 수 없었다. 휘파람이 잠을 잘게 베어냈다. 나는 내 몸을 훑었다.

빗방울들은 오로지 자신이 갖고 있는 둥그런 몸의 감각에만 의지해

쏘다녔다. 자신들이 어디로 가고 있는지 알고 있다는 듯, 긴 골목을, 잿빛 사이를 미끄러져 갔다.

날이 밝는 대로 비를 들고 마당에 나왔다. 꽃잎이 마당에 누워 길을 만들어놓고 있었다. 자세히 보니 나비들이었다.

—이것 좀 보시게.

규보가 객잔을 나오며 손을 들어 보였다. 규보의 손목 위가 비어 있었다. 손목 위로 뒤의 숲이 흔들렸다.

—잘랐네.

규보는 빈손을 휘둘렀다. 규보의 풍경이 손만큼 더 넓어졌다. 손목이 자유로워 보였다.

—이제 정말 숲으로 갈 수 있겠어.

규보가 나비를 밟으며 걸어갔다. 규보의 등이 멀어졌다. 앞은 숲과 가까워졌다.

—떠나기 전에, 묻고 싶은 게 하나 있는데.

나는 규보의 뒤를 따라가며 고개를 끄덕였다.

—자네가 만든 만화경 말일세. 나는 아무리 들여다봐도 아무것도 보이지 않았단 말이지.

규보가 말했다. 나는 대답하지 않았다.

—자네는 그 안에서 도대체 무얼 볼 수 있었던 건가.

—떠나지 않는다면 대답해줄게.

규보가 웃었다.

—잘 있게. 미안세.

규보는 웃으며 손을 내밀었다.

—인사도 잃었군. 마음에 들어.

손목뿐이라 포권할 수 없었다. 규보는 숲으로 들어갔다. 숲이 어떤 곳인지 아는 사람은 없었다. 객잔으로도, 안개 밑으로도, 숲에 들어간 사람은 다시 돌아올 수 없었다. 돌아온 사람이 없었다.

골목은 곡선이었다. 골목은 하나의 원이었고, 빗방울은 한순간도 쉬지 않고 움직였지만 구름으로 돌아가지 못했다.

술을 마셨다. 건너편에 아무도 앉아 있지 않았다. 나비와 꽃잎이 탁자를 비껴갔다. 나는 내 그림자를 보며 술을 마셨다. 술잔은 나와 내 그림자 사이에서 움직였다. 술잔이 나를 비추지 않으니, 내가 나와 내 그림자 사이에 있는 걸지도 모른다는 생각이 들었다. 사이에서 술도 그림자도 시시했다. 만화경을 들여다봤다. 만화경 속 거울은 네 개, 규보의 말대로 화폭(畫幅)은 없었다. 대신 골목이 있었다. 만화경의 길이만한 골목. 만화경을 돌리면 골목이 거울에 반사되어 다른 화풍의 무늬를 만들었다. 돌릴수록 무늬의 변화는 끊임없이 이어졌고 같은 문양이 반복되는 일이 없었다.

인부들이 사다리에 올라가 골목의 공중에 줄을 놓았다. 매달린 등 안으로 빗방울이 스몄다. 창기들은 벽을 보고 앉아 축축한 얼굴 위에 분을 칠했다. 그녀들의 그림자를 밟지 않는 검객들이 지나갔다. 검집에서 떨어지는 빗방울들. 한 방울, 두 방울. 바닥에 괸 빗물이 멀리 나부끼는 법기와 뒤를 따라 걸어오는 승려들을 비췄다. 검객들이 갓을 눌러

고개를 숙이자 승려들은 두 손을 모아 인사를 받았다. 각자 반대편에서 다가온 그들이 서로를 통과하기 위해 한데 섞였다. 검과 염주가 부딪치고 분가루가 흩어졌다. 너무 많은 색들. 미야세 없이 골목이 회전했다. 색이 찬란히 엉켰으나 하나로 스미지 못했다.

현기증이 일어 만화경에서 눈을 뗐다. 천을 냇물에 적셔 객잔의 가구들을 닦아냈다. 문양 없는 그릇들, 모서리 없는 잔들, 네모난 탁자, 둥그런 탁자, 의자답게 생긴 의자, 네 개의 기둥. 사물들과 대화하지는 않았다. 온도를 기대하지도 않았다. 그저 더듬었다. 이층에서부터 계단을 닦으며 내려오다 넘어졌다. 천장이 멀어졌다. 천은 먼지도 묻지 않은 채 새하얬고, 계단에 찧은 갈비뼈와 광대뼈는 아프지 않았다. 나는 계단에 누워 손으로 내 몸을 더듬었다. 손의 위치는 알 수 있었는데 감각이 없어 몸을 추적할 수 없었다. 다시 계단 위로 올라가 넘어져 내려왔다. 무릎과 계단이 섞여 보였다. 코와 턱이 뭉개졌다. 피가 나지 않았다. 몇 번을 더 그런 뒤에 계단에 자빠진 채로 눈을 감았다. 어김없이 휘파람 소리가 들려왔다. 다시 눈을 뜨고 천천히 혀를 내밀어 내 얼굴을 핥았다. 닿는 느낌이 없는 것들을 핥았다. 나는 계단에 엎드려 울었다. 한참을 흐느끼다가 눈물이 흐르고 있는지 알 수 없어서 웃었다. 하하하. 객잔은 소리를 되돌리지 않았다. 하하하하하. 숨을 참아 길게 웃었다. 그래도 웃음은 끊겼다. 팔을 뻗어봤지만 계단은 삐죽해서 안아줄 수 없었다.

골목 안으로 황사가 밀려왔다. 흙먼지가 휘날리며 사위가 부예지니 이내 골목은 방향을 잃었다. 황사 속에 사람들의 윤곽만 어렴풋이 비쳤다. 황사가 심해질수록 사람들의 태가 점점 조그마해졌다. 나는 제자리에 멈춰 서서 골목을 더듬었다. 아무것도 닿지 않았다. 닿지 않는 것들이 모두 미야세였다. 골목에서 몸이 건조해졌다. 자리에 누워 눈을 감았다. 그냥 이대로 말라 죽고 싶었다.

함성과 함께 먼지 밖으로 조그만 그림자들이 튀어나왔다. 창기들도 검객들도 승려들도 아닌, 어린아이들이 황사를 뚫고 골목으로 뛰어 들어왔다. 머리카락부터 발가락 끝까지 온몸을 움직이며 달리는 아이들. 몸짓이 황홀하게 분방했다. 아이들이 골목 벽을 뚫고 지나가자, 벽이 무너지고 물이 쏟아졌다. 빗방울과는 비교할 수 없을 만큼 많은 양의 물이 더 이상 골목이 아닌 골목을 덮쳤다. 석양이 물을 보랏빛으로 적시고, 나는 물살에 휩쓸려 떠내려갔다. 힘을 줘 버티지 않았다. 머리가 물에 잠기는 순간, 이미 내가 아는 많은 것들이 물 안에 잠겨 있는 느낌이 들었다. 골목이 그랬듯, 물살 앞에서 모두 무용했다. 나는 물속에 가라앉았다. 보랏빛 물속, 부력에 이끌려 하늘거리는 내 팔과 다리를 지켜봤다. 목적도 대상도 없이 춤추는 모습이 아름다웠다. 언제인가 내가 내 몸에 그려놓은 비늘들이 자연스레 물살을 따라 누웠다. 찰랑이는 비늘을 따라 나는 어딘가를 향해 돌아갔다.

눈을 뜨니, 계단이었고 다시 흑백이었다. 창밖에 달이 보였다. 둥그런 달 앞에서, 무릎을 안아봐도 몸의 떨림이 멈추지 않았고, 자꾸 눈꺼풀이 가라앉았다. 눈이 감기면 의식이 다시 의식 너머의 화폭(畵幅) 속으로 빨려 들어갔다. 색이 가득한, 더 이상의 너머가 없는 화폭 속으로. 나는 입술을 동그랗게 모았다. 그리고 그 사이로 바람을 불었다.

가느다란 소리가 창밖으로 빠져나가자 숲이 흔들리고 안개가 흩어졌다. 눈이 감길 때마다 휘파람을 더 세게 불었다. 나는 울면서 휘파람을 불었다. 웃으면서 휘파람을 불었다. 어쩌면 아무 표정도 없이 휘파람을 불었다. 비명처럼.

〔〈문장웹진〉 2012년 7월〕

선 정 의 말

―

새삼스럽지만 주체를 초과하거나 또는 그에 미달하는 징후와 관련된 형상이 최근 한국 문학 주위를 배회하고 있었던 것은 사실이다. "동물과 속물"로 직접 지칭되거나 종종 "축생, 시체, 자동인형"으로 환원되곤 했던 역사의 종언 이후의 캐릭터들은 '지금 여기'라는 동일성의 지옥 내지는 타인 지향의 미로 속에서 출구를 찾지 못한 채 방황을 거듭했다. 새로운 모험을 감행하거나 하는 식으로 스스로의 진정성authenticity을 회복하려 하는 문제적 개인이 없었던 것은 아니었다. 그러나 최근에 출현한 몇몇 단편은 오히려 인간에 관한 유서 깊은 가능성에 대한 희망과 기대를 부러 폐색시키는 재현의 형식을 극단적으로 밀어붙이고 있는 것처럼 보인다.

「객잔」은 이와 같은 경향을 대표하는, 다분히 기이하지만 매혹적인 스타일로 조직된 단편이다. 절정곡(絶情谷)의 단장애(斷腸崖)에서 16년의 시차를 두고 투신했던 양과와 소용녀가 『신조협려(神雕俠侶)』의 전개와 달리 서로를 찾아 헤매다가 엇갈린 끝에 찾아들고, 소설의 배경과 동시대에 실존했던 문인 이규보가 찾아와 시를 쓰는 기이한 흑백의 장소가 객잔이다. 소용녀가 「영정중월(詠井中月)」을 언급하는 장면이 단적으로 시사하는 것처럼 (물론 무협소설의 전형적인 장치 중 하나이기는 하지만) 중원과 고려, 역사와 소설, 실제와 가상이라는 다양한 격차를 초월하여 공존하는 그들 각자는 화자인 '나'를 통해 매개될 뿐 결코 서로를 대면할 수 없다. 객잔에 머무는 동안 그들은 단지 자신 그리고 서로에 대한 꿈을 꾸고 있을 뿐이지만 세계의 끝, 사후세계, 꿈속으로부터 결코 분리될 수 없는 이 객잔에서 그들 자신이 꿈속에 나비가 된 것인지, 나비가 꿈속에 그들 자신이 된 것인지 구별할 도리는 막연하다. 심지어 '내'가 규보이기도 하고, 양과이기도 하며 미야세이기도 한 이 세계 속의 모두는 서로의 일부 또는 전부를 미묘하게 답습하거나 공유하고 있다. 그들 자신의 경계는 지극히 모호하며 도착적이고 심지어 서로를 그대로 통과해 나갈 정도로 실체가 없는 유령 같은 것이 되어 있다. 그러므로 그 어떤 미래도, 이해도, 의미도, 내용도, 정체성도 가능하지 않은 이 기묘한 세계에서 나를 포함한 등장인물 모두의 이름은 사실 아무것도 아니게 된다. 그들 각자는 그저 자신들의 부질없는 미망과 집착의 부서진 편린들을 잠시 마주하고 스쳐 지나갈 뿐이다. 아이의 주검과 떨어져 나간 팔과 남창과 창기와 파계한 승려와 그저 아무나 베는 검객 같은 폐기된 것들이 주위를 배회하고 있는 세상 저편의 풍경 속에서 일체의 미망과 집착은 자신의 좆을 빨거나 우물에 뜬 달을 길어 올려 간직하려는 식의 부질없는 행위에 지나지 않는다. 백일몽 그 자체라고밖에 설명할 도리가 없는 이 단편에서 분열과 모순과 자가당착은 극단적으로 전경화되어 있다. 그리고 그것들은 인간이라면 누구나 감수하지 않을 수 없는 것으로 되어 있다.

『동사서독(東邪西毒)』과 『신조협려』「영정중월」 등에서 연유한 다양한 스타일이 혼재되어 있는, 전통적인 의미에서의 시도, 소설도, 영화도 아닌 텍스트의 형식이 매혹적인 것은 저 백일몽의 내용과 기묘한 일치를 이루는

데서 비롯된 것일 터이다. 그리고 무엇보다도 객잔 안팎을 서성거리는 인간을 닮은 저 기이한 형체들이 성숙한 개인으로서의 주체에 관한 멜랑콜리에 시달리지 않을 수 없는 우리 자신의 곤경과 결코 무관하지 않기 때문일 것일 터이다. 「객잔」은 양과나 규보의 꿈과 같은 지금 여기의 그림자 내지는 세상 저편의 백일몽으로서의 형식을 극한까지 밀어붙이고 있다. 무목적의 목적성에 필연적으로 동반되는 초과 내지는 미달이 이 단편의 미(美) 자체라고 할 수 있다. 물론 주체 및 소설 형식의 조각난 파편과 잔여로 구성된 이 아상블라주적인 종합과 집적의 형식이 어디로 나아갈지는 아직 확실하지 않다. 그럼에도 불구하고 내용과 형식의 일치로부터 비롯된 순수한 미 그 자체만을 추구하는 지극히 래디컬한 태도에 내포된 미지의 가능성에 대해 문득 그러나 기꺼이 내기를 걸고 싶어졌다. _**조형래(문학평론가)**

이제는 우리가 헤어져야 할 시간

김희선

2011년 작가세계 신인상을 받으며 작품 활동을 시작했다.

작 가 노 트

하지만 언젠가는 다시 만날 날도 오겠지.

● ··

이제는 우리가 헤어져야 할 시간

—

1

1997년 2월 12일 새벽, 여섯 명의 남자들이 메인 주 배스라는 도시의 한 제철소 담장을 기어오르고 있었다. 국가적으로 중대한 무기가 보관되어 있는 곳답지 않게 제철소의 경비는 허술하기 이루 말할 데 없었다. 사실 마음만 먹으면 그냥 정문으로 통과할 수도 있을 것 같은 분위기였다.

"우리, 이러지 말고 그냥 들어가는 게 어때?"

이렇게 말한 사람은 노퍽에서 온 스티브였다. 그들은 거사를 앞두고 서로 비밀스럽게 연락을 취해왔으며, 여섯 명이 모두 모인 것은 그 전날 밤 배스 시내의 한 선술집 지하실에서의 회합이 처음이었다.

"아니, 그래도 정문을 통과하는 건 역시 좋은 생각이 아니야."

신중한 표정으로 대답한 남자가 바로 이 일의 주모자이자 정신적 지도자인 필립 베리건 신부였다. 물론 정확한 의미에서 그를 아직도 신부라고 불러야 하는지에 대해서는, 가톨릭 교리를 얼마나 오픈 마인드로 접하는가에 따라 달라지겠지만 말이다. 만약 보수적인 신자라면 수도원에서 만난 수녀와 결혼한 그 남자를 더 이상 신부님이라고 부르지 않을 것이었다. 혹시라도 국제적인 조직을 가지고 활동하며 교황청을 위하여 궂은일을 마다하지 않아온 '오푸스데이'의 광적인 수도사라면, 베리건 신부를 암살 명단의 1순위에 올려놓을지도 모를 일이었다. 오푸스데이가 하는 일이라는 게, 교황청의 명예를 더럽히거나 교황의 뜻을 거스르는 자들을 찾아내어 처단하는 것이라는 소문이 사실이라면 그렇다는 얘기다. 그러나 거의 대부분의 그를 아는 사람들은 베리건에게 여전히 신부님이라는 존칭을 붙였는데, 사실 이는 그의 살아온 행적을 살펴본다면 누구나 동의할 일이었다.

어쨌든, 손쉽게 제철소의 담장을 넘은 그 남자들이 향한 곳은 취역을 앞두고 철강 공장 내 항만에 정박되어 있던 군함 앞이었다. 핵무기를 장착할 수 있는 크루즈 미사일 시스템을 갖춘 그 거대한 이지스함은, 2차 대전에 참전했다가 한꺼번에 전사한 형제들의 이름을 기려 '설리번'호라 불렸다. 스티븐 스필버그가 그들의 이야기에서 영감을 얻어 「라이언 일병 구하기」를 만들었다는 것은 널리 알려진 일화였는데, 따라서 원래 그 영화의 제목은 「설리번 일병 구하기」라고 했어야 마땅했던 걸지도 모른다. 물론 스필버그의 영화에선 거의 소대 병력에 해당하는 인원을 희생시켜서라도 라이언 일병 한 사람은 살려냈지만, 실제의 설리번 형제들은 한 군함에 탑승한 채 모두 죽고 말았다는 엄연한 차이가 존재하긴 하지만 말이다.

중요한 것은, 설리번호를 향해 조심조심 다가가던 다섯 남자들의 손에 망치가 하나씩 들려 있었다는 사실이다. 나머지 한 명은 얼핏 봐선 무엇에 쓰는 물건인지 전혀 알 수 없는 도구를 하나 가지고 있었는데, 그것은 바로 밭을 갈 때 쓰는 쟁기였다. 여기서, 쟁기를 들고 있던 인물이 앞서 말한 팀의 리더이자 정신적 지도자인 베리건 신부라는 사실은, 굳이 밝힐 필요도 없을 만큼 당연한 일이었다 하겠다.

"아아, 마치 성령께서 우리를 인도하시는 것 같았습니다." 나중에 필립 베리건 신부는 메인 주 포틀랜드에 있는 교도소 면회실에서 가슴에 성호를 그으며 이렇게 말했는데, 그만큼 그들의 침투는 용이하게 전개되었으며, 거사는 싱거우리만치 쉽게 성공해버렸다.

"어쩌면 너무 쉽게 성공했던 데 그 이유가 있었던 게 아닐까…… 하는 생각을 한 적도 있습니다." 예수회 소속 신부로서 1997년 이지스함 공격에 참여했던 여섯 남자 중의 한 사람인 마크는 이렇게 말했다. "혹은 이젠 아무도 그런 일엔 관심조차 없다는 사실을 반영하는 걸지도 모르죠. 지금은 다들 이런 것에나 신경 쓰니 말이에요. 나도 그렇고." 수소문 끝에 애팔래치아에 위치한 중세식 이름을 가진 수도원을 찾아간 기자에게 그는 자신이 마시던 무카페인 커피를 흔들어 보이며 말했는데, 이는 당시의 거사 이후 언론이 보인 태도에 대한 나름의 분석치곤 꽤나 정확한 의견이었다.

참고로 말하자면, 수도원이 있는 애팔래치아는 버지니아 주 와이즈 카운티에 위치한 작은 마을로, 애팔래치아 산맥과는 아무 관련도 없는 곳이었다. 수도원 역시 이름만 중세적일 뿐, 마치『장미의 이름』에나 나올 법한 음침하고 어두컴컴한 회랑이 이어진 복도를 상상하며 찾아간 기자에겐 큰 실망을 안겨줄 만한 현대적인 내부 시설을 갖추고 있었다. 기자의 이름은 톰 존스였는데, 비록 메이저 언론사에 취직하진 못했지만, 세계의 분쟁 지역마다 몸을 아끼지 않고 찾아다니며 소신껏 기사를 써온 모험심 충만한 프리랜서였다는 것 정도만 밝혀두기로 하자. 어차피 여기서 중요한 것은 톰 존스의 인적 사항이 아니라 그가 어떤 연유로 한국의 김홍석이라는 사람을 찾아가게 되었는가를 따져보는 것일 테니 말이다.

"누가 가장 먼저 내리쳤나요?"

그때 톰 존스가 수첩을 펼쳐 들며 한 질문은 이런 것이었다.

면회실의 넓은 통유리 창으론 오후의 햇살이 비껴들고 있었다. 마크는 마치 성령이라도 바라보듯 경건한 눈길로 창밖을 응시하더니, 한참 만에 입을 열었다.

"아마도 제 기억으론, 베리건 신부님이었던 것 같습니다. 그분이 상징적인 무기를 들고 있었으니까요. 아시다시피, 우리들의 모임 이름이 '평화를 위한 쟁기 운동가들의 왕'이지 않습니까. 사실 쟁기를 누가 들고 가느냐에 대하여 전날 밤 꽤 긴 토론이 있었습니다. 망치야 한 손에 들고 가면 그만이지만, 쟁기는 그렇지 않거든요. 그건 꽤 무거웠어요. 우리는 베리건 신부가 나이가 많다는 데 의견을 모았고, 따라서 상대적으로 젊은 우리들 중 한 사람이 들어야 하지 않나 생각했습니다. 그러나 신부님은 역시 대단한 분이었습니다. 그분은 마치 십자가를 진 예수처럼 거룩한 얼굴로 대답했어요. 그런 힘든 일은 자신이 맡겠다고요. 어찌나 엄숙한 표정이었는지 아무도 반대할 수 없었고, 결국 베리건 신부께서 쟁기를 지고 가는 걸로 합의를 보았지요."

그들이 1997년 2월 12일 새벽, 배스의 조용한 철강 공장에서 망치와 쟁기로 내리친 것은 크루즈 미사일의 덮개였다. 그러나 핵무기를 탑재할 수 있도록 만들어진 초강대국의 전략 무기가 여섯 남자가 들고 온 어설프기 그지없는 농기구에 의해 심각하게 파손될 리는 없었다. 그저 덮개의 위쪽 둥근 부분이 약간 깨지는 사고가 발생했으며 그때 발생한 엄청나게 큰 소리를 듣고 달려온 해병들에게 그들 모두가 체포되는 데는 총 십 분도 소요되지 않았다. 놀라운 것은, 언론의 반응이었다. 베트남전이 한창이던 1968년 미국방성 문서보관소 침입 사건을 필두로 하여, 반전운동의 한 시대를 풍미한 필립 베리건 신부에게 메이저 언론사들은 철저한 무관심으로 일관했다. 그들이 항구도시 배스에 정박해 있던 이지스함의 미사일 덮개를 부순 사건은 그저 스포츠지 가십란의 한 귀퉁이를 장식했고, 누렇게 빛바랜 그 신문지들은 지하철 가판대에서 먼지 섞인 바람에 날려 이리저리 떠돌다 사라져버렸다. 시위대에 대한 처벌도 관대하기 이루 말할 데 없었다.

"사실 별로 중요한 일이 아니라고 생각합니다. 합법적으로 시위하고 의견을 표명할 수 있는 길이 수없이 많이 열려 있는데도 불구하고 굳이 그런 파괴적인 방법을 쓴 그들에게 연민을 느꼈을 뿐이니까요. 세상은 변했습니다. 이젠 어느 누구도 그런 폭력적인 행위를 지지하지 않는다는 걸, 이번 기회에 깨닫길 바랄 뿐이지요."
국방성 대변인은 다른 좀더 중요한 사안을 브리핑하던 길에 그 일에 대하여 아주 잠깐 언급했다. 시위대는 구류와 벌금형 등으로 풀려났고, 주모자인 베리건 신부만 일벌백계의 의미로 포틀랜드의 교도소에 수감됨으로써 사건은 마무리됐다.

완전히 잊힌 거나 마찬가지였던 그 사건을 톰 존스가 다시 떠올린 것은 그로부터 십여 년이 지난 후였다. 어느 날 아침 조깅을 마치고 돌아와 수건으로 이마의 땀을 닦으며 노트북을 열었을 때, 그는 한국에서 전송된 한 장의 사진을 봤으며, 문득 이제는 세상에 없는 한 고결한 신부를 기억해냈다. 머리칼이 희끗희끗해지기 시작한 전직 기자의 눈에 눈물이 고인 것도 그때였다. 톰 존스는 자신이 아직 젊던 시절을 회상했다. 그때 세상은 좀더 위대하고 숭고한 뭔가를 향해 나아가는 듯 보였고, 그 역시 거기에 온통 자신을 내맡겼다. "적어도 이 정도는 아니었어. 그때 내겐 조깅 따위보다 더 크고 중요한 뭔가가 있었다고." 그는 조용히 중얼거렸다. 그러자 자신이 이제 무엇을 해야 할지도 알 수 있었다. 그는 한때 자기와 함께 세상의 온갖 위험한 지역을 누벼온 낡은 카메라를 꺼내 먼지를 닦았고, 지퍼가 망가져서 노끈으로 묶어야만 제대로 닫히는 오래된 트렁크를 벽장 선반에서 낑낑대며 내렸다. 한국으로 가야 할 시간이었다.

2

1989년 베이징의 천안문 광장에서 촬영된 영상 속엔 한 중국인 젊은이가 있다. 작은 짐을 등에 메고 거대한 탱크를 홀로 마주하고 있는 모습은, 그 자체로 가슴 뭉클한 무언가가 되어 전 세계 각지에서 수십만 번이 넘게 재생되고 또 재생됐다. 그리고 2012년 한국의 한 소도시에서 촬영된 또 하나의 영상 속엔, 무엇에 쓰는 물건인지 얼핏 봐선 전혀 알 수 없는 도구를 등에 지고 천안문 광장의 그것보다 더 큰 탱크를 향하여 돌진하는 한 남자, 김홍석씨가 있었다. 이 필름 역시 전 세계에선 아니지만 꽤 여러 명의 사람들 앞에서 그래도 수십 번 정도는 반복하여 재생됐다. 그리고 이 영상의 클라이맥스에 해당하는 장면은 마침 그 도시에 원어민 강사로 와 있던 헨리 필딩이라는 26세 미국인 청년에 의해 캡처되어 톰 존스에게 보내졌다. 아니 좀더 정확히 말하자면, 톰 존스를 비롯한 두세 명의 퇴직 기자들이 만들어 운영하던 〈월드 인사이드 미러〉라는 사이트에 게재됐다. 그 캡처 사진은 이후 비공식적인 삭제 요청을 받은 뒤에도 여전히 〈월드 인사이드 미러〉의 첫 화면에 걸려 있었고, 세계 각지에서 띄엄띄엄 일어난 소규모 반전시위의 홍보용 플래카드에 컬러로 인쇄되기도 했다.

강원 영서 지방에 위치한 그 작은 도시의 터미널로 전직 기자를 마중 나온 사람은 헨리 필딩이었다. 원어민 강사인 그의 직업을 고려하여 통역까지 부탁할 계획이었으나, 헨리가 기본적인 몇 마디 한국어 외엔 제대로 말하지 못한다는 사실을 알고 톰 존스는 적잖이 실망했던 것 같다.

"그래도 의사소통은 충분히 됩니다. 걱정 마세요."

나이답지 않게 예의바른 헨리가 낡은 트렁크를 받아 들며 말했지만, 톰은 왠지 처음부터 일이 꼬일 것 같은 우울한 예감에 사로잡혔다고 〈월드 인사이드 미러〉의 다이어리에 적고 있다. 그는 거기에 한국에서의 하루하루를 꼼꼼하리만치 자세하게 기록했는데, 그중 일부를 발췌해보면 다음과 같다.

제1일

W시 도착, 산이 많은 곳.

서울에 비하면 매우 조용하며, 거의 시골 느낌.

헨리에게 실망했다. 그는 한국어를 거의 구사하지 못한다.

그래도 김홍석씨의 연락처와 주소를 미리 확보해놓은 건 그나마 다행이다.

너무 피곤해서 일찍 잠자리에 들었다.

제2일

아침 일찍 헨리가 왔다. 그가 예약해놓은 호텔은 깨끗했지만, 빵이 너무 딱딱했고 커피에 넣을 무지방 크림도 갖춰져 있지 않았다. 게다가 주변엔 조깅을 할 만한 코스도 없었다. 어쩔 수 없이 러닝머신에서 삼십 분가량 달리는 걸로 만족해야 했다는 얘길 하자, 헨리는 머리를 긁적이며 미안해했다. 나는 괜찮다고 했다. 조깅쯤이야 아무 데서나 하면 어떠냐는 게 내 생각이었다. 위대하고 숭고한 한 인간의 진실을 취재하기 위해 떠나온 여행인 만큼, 그런 건 정말 아무래도 상관없다고 나는 덧붙였다.

"톰, 슬픈 소식이 있어요." 그의 차를 타고 김홍석씨가 살던 마을로 향하는 도중, 헨리가 머뭇거리며 말을 꺼냈다. 순간 이상하게 불길한 기분이 들어, 나도 모르게 손가락을 뚝뚝 꺾었다. "설마……?" 내가 하려던 말을 알아차렸다는 듯 그가 잠시 고개를 숙였다. "그래요. 김홍석씨는 이제 이 세상에 없어요. 그가 결국 스스로 목숨을 끊었다는 걸, 저도 얼마 전에야 들었어요. 왜 당신이 출발하기 전에 미리 얘기하지 않았냐고요? 미안해요. 나는 당신이 그가 죽었다는 사실을 알더라도 한국에 올 거라고 생각했어요. 당신이 뭘 궁금히 여기는지, 어떤 것을 취재하려고 하는지 알고 있었으니까요. 그렇지 않나요?" 나는 고개를 끄덕였다. 헨리의 말이 맞다. 김홍석씨가 죽었다는 사실을 미리 알았더라면, 오히려 이곳에 오려는 결심을 더더욱 굳혔을 게 틀림없었다.

어쨌든, 우리는 한동안 아무 말도 하지 않았다. 나는 그를 죽음으로 몰아간 것이 무엇인지, 그 진실을 밝혀내겠다는 일념으로 가슴이 벅차올랐다. 곁눈으로 슬쩍 보니 헨리 역시 진지한 표정이었다. 운전을 하며 그는 간략하게 자기소개를 했다. 멤피스에서 대학을 졸업한 후 아버지의 정비소 일을 돕다가 이곳 한국으로 온 건 3년 전의 일이라고 했다. "숙식 제공에 급여도 많았어요. 정말 매력적인 조건이었죠."

〈월드 인사이드 미러〉를 알게 된 건, 분쟁 지역 사진 전문가인 론 하워드 덕분이라고 했다. 그가 퓰리처상을 수상하며 〈월드 인사이드 미러〉를 언급했기 때문이라는 것이다. "원래 그런 문제에 관심이 많습니다. 한국으로 오게 된 것 역시 그것과 전혀 무관하지 않을지도 몰라요. 하지만 〈월드 인사이드 미러〉의 기자로부터 이렇게 직접 연락이 올 거라곤 생각지도 못했어요!"라고 말하며, 헨리는 활짝 웃었다.

도시 외곽으로 난 길을 삼십 분 정도 달려 도착한 곳은 인구 오천 명도 안 되어 보이는 소읍이었다. 그런데 어딘가에서 엄청나게 큰 음악 소리가 들려오고 있었다.

"이건……? 혹시 마을 축제라도 벌어진 겁니까?"

내 말에 헨리는 좀 떨어진 어딘가를 손으로 가리켰다. 지상 5층 규모의 거대한 건물이 생뚱맞게도 논밭 한가운데 서 있었다.

"저기서 나오는 음악 소리예요. 얼마 전 새로 생긴 쇼핑몰이죠. 이 나라에선 저런 곳을 대형 마트라고 하더군요."

"신기하군요. 이렇게 작은 마을에 저렇게 큰 쇼핑몰이라니요."

그러자 헨리가 손을 내저었다. "이런 쇼핑몰들은 도시 전체를 상대로 영업해요. 넓은 부지를 확보하기 위해 이렇게 외곽에 만들어지지만 말이에요. 안엔, 없는 게 없어요. 그리고 이 도시엔 이런 규모의 쇼핑몰들이 여럿 있지요. 그들은 365일 쉬지 않고 장사해요. 아침 아홉 시부터 밤 열두 시까지 말이에요."

헨리가 주차를 한 곳은 밭을 면한 어느 한적한 길가였다. 그는 약
도 같은 걸 그린 종이 한 장을 들고 있었다. 길을 물어보며 몇 번을 헤
맨 끝에 우리는 칠이 벗겨진 녹색 대문 앞에 도착했다. 문을 두드리고
한참을 기다리자, 한 소년이 나왔다. 헨리가 더듬대며 여기 온 목적을
이야기하자, 소년은 미심쩍은 눈초리로 우릴 훑어봤다.

"아버지 이야기는 하고 싶지 않아요. 엄마도 그렇게 당부하셨고요."

"그러지 말고 잠시 시간을 내줄 수 있겠니? 이분은 세계적으로 알
아주는 아주 훌륭한 기자란다. 너의 아버지를 취재하기 위해 먼 길을
오셨어."

그때 안쪽에서 여자 목소리가 들렸다. 누군가를 부르는 듯했다. 소
년은 갑자기 대문을 쾅 닫았다. "엄마가 부르세요. 들어가야겠어요."

헨리는 어깨를 으쓱하며 난감한 표정을 지었다.

"어쩌죠? 일이 잘 안 풀릴 것 같지 않나요?"

"아니, 괜찮습니다. 걱정 말아요. 원래 진정한 인터뷰란 그렇게 쉽
게 이뤄지는 게 아닙니다. 시간을 두고…… 좀더 인간적인 접촉을 유
지한 다음에야 가능한 거죠." 나는 대답했다. 사실이 그랬다. 분쟁 지
역의 사람들은 마음조차 분쟁 상태였고, 그 안엔 가시 같은 것이 있었
다. 그런 그들의 마음을 열고 진심이 담긴 얘기를 들으려면, 나부터 진
실이 담긴 노력을 해야 한다. 지금까지의 수많은 취재 경험에서 얻은
교훈이었다.

차를 세워둔 길가로 나오다가, 골목 어귀에서 한 노인을 마주쳤다.
러닝셔츠 차림에 담배를 피우고 있던 그 한국인은 경계하는 시선으로
우리를 관찰했다.

"잠깐만요."

헨리는 나에게 말하더니 그 노인에게 다가갔다. 손짓 발짓을 섞어 몇 마디 얘길 하더니, 나를 불렀다. 외국에서 온 기자라는 말에 노인의 태도가 부드러워진 것 같았다.

"혹시 돌아가신 김홍석씨를 아십니까?"

그러나 헨리가 나 대신 이런 질문을 했을 때, 노인은 손사래를 쳤다. "말도 말아, 그 인간. 다 같이 살자고 하는 일에 사사건건 반대였어. 그러다 결국 죽고 말았지만. 어쨌든, 나는 할 말이 없네." 그러면서 그는 휙 돌아서서 골목 안쪽으로 사라졌다.

돌아오는 길에 아까의 그 쇼핑몰 앞을 다시 지나왔다. 여전히 축제 분위기였다. 많은 차들이 주차장으로 들어가고 있었다.

제3일

헨리의 안내로 도시 인근 관광.

우리가 간 곳은 구룡사라는 절이었다.

절 이름은 아홉 마리의 드래곤이라는 뜻이라고 한다.

저녁 늦게 김홍석씨의 아들로부터 연락이 왔다. 내일 만나기로 약속.

제4일

나와 헨리는 오후 네 시경 김홍석씨가 살던 마을로 향했다. 지난번 그 대형 마트 내 맥도날드에서 소년이 우리를 기다리고 있었다. 나는 수첩을 꺼냈다. 다음은 나와 소년의 인터뷰. 통역은 헨리가 맡았다.

나: 아버지가 돌아가셨다는 얘길 들었어. 유감이구나.

소년: (콜라만 마신다)

나: 아버지는 왜 그런 선택을 하신 거니?

소년: (여전히 콜라만 마신다)

나: 그래, 얘기하기 힘들겠지.

소년이 입을 연 것은 그로부터 한참 후였다. 내가 주머니에서 사진 한 장을 꺼내 테이블 위에 올려놓자, 소년은 오래도록 그걸 들여다봤다. 그건 바로 헨리가 〈월드 인사이드 미러〉에 올린 문제의 장면이었다. 거기서 김홍석씨는 쟁기(처음에 무엇에 쓰는 물건인지 알 수 없었던 그 도구는 바로 한국식 쟁기로 밝혀졌고, 헨리는 거기에서 깊은 인상을 받아 그 사진을 〈월드 인사이드 미러〉에 게재했던 것이다)로 거대한 탱크를 내리치고 있었다. 그를 제지하기 위해 달려오는 몇 명의 군인들도 같이 찍혔다.

"아버지는 훌륭한 분이셨어. 그는 평화를 사랑하는 사람이었다."

내 말에, 소년은 피식 웃었다.

"무슨 말을 하는 건지 모르겠어요."

"너희 아버지 말이다. 여기, 이렇게 쟁기로 탱크를 내리치는 것. 오래전, 그러니까 1968년 베트남전을 반대하는 일단의 반전운동가들이 그런 비폭력 저항을 처음 구상했단다. 그들은 스스로를 '평화를 위한 쟁기 운동가들의 왕'이라고 불렀지. 혹시 들어본 적 있니?"

소년은 고개를 저었다. "그럼 간단히 설명해주마. 이사야서 2장 4절에 이런 말이 있다. 칼을 쳐서 쟁기를 만들고 창을 쳐서 낫을 만들리라. 필립 베리건 신부는 자기들 조직의 이름을 바로 그 성경에서 가져왔고, 그들은 주로 핵무기 시설을 그렇게 상징적으로 내리치는 행위를 통해 반전운동을 벌였지. 한동안 그 운동은 전 세계로 확산됐단다. 너도나도 쟁기를 들고 군사시설을 공격했던 거야, 하지만 언젠가부터 쟁기 운동가들은 서서히 사라졌고, 어느 날엔가 결국 완전히 소멸되고 말았어. 너의 아버지가 다시 나타나 쟁기를 휘두르던 그 순간까지 말이다. 난 〈월드 인사이드 미러〉에 올라온 김홍석씨의 사진을 보고 감동의 눈물을 흘렸어. 쟁기 운동의 불씨가 아직 꺼지지 않았다는 걸 확인할 수 있었으니 말이다. 무엇보다도 네 아버지가 내려친 그 탱크 말이다, 그건 비록 핵무기는 아니었지만, 한 번에 미사일을 열두 개나 탑재할 수 있는 최첨단 무기였어. 걸프전에 처음 사용된 뒤로 유명해졌고, 지금도 전 세계 분쟁 지역으로 비싼 값에 팔려나가고 있지. 그러니 아버지가 하신 행동의 상징적 의미가 얼마나 큰 것인지 알겠지?"

헨리가 통역을 다 마친 다음에도, 소년은 한 마디 대답도 하지 않고 그저 콜라만 마셨다. 그러다가 약간 비스듬하게 고쳐 앉으며 묻는 것이었다. "아저씨, 담배 있어요?" 순간 나는 당황했다. "아니, 난 금연한 지 이십 년도 넘었어. 아무래도 몸에 안 좋으니까 말이야. 헨리, 혹시 담배 가진 거 있어요?" 그러자 헨리도 정색했다. "아뇨, 나도 담배 안 피웁니다. 그리고 한국에서도 미성년자는 담배 못 피워요."

소년은 그럴 줄 알았다는 듯 묘한 미소를 짓더니 자리에서 벌떡 일어섰다. 그런 다음 남은 햄버거를 입에 대충 쑤셔 넣더니, 가방을 둘러 멨다.

"오늘은 일찍 가봐야 해요. 나중에 더 얘기하죠."

제5일

"아버지는 제정신이 아니었어요."

소년이 마지막으로 한 말이었다. 어제 맥도날드에서 나가면서 잠깐 우리 쪽을 돌아보며 뭐라고 외쳤는데, 헨리에겐 그렇게 들렸다는 것이다.

"확실해요?" 내가 묻자 헨리는 머뭇거렸다. "글쎄요. 어쩌면 잘못 들은 걸지도 몰라요."

오후에 우리는 시청으로 갔다. 기자라는 말에, 로비에 있던 직원은 우릴 홍보실로 안내했다. 좀 있다 한 남자가 들어왔다. 그는 환하게 웃고 있었다.

"미국에서 오셨다고요? 반갑습니다."
남자는 손을 내밀어 악수를 청했다.

"그런데 실례지만 어느 신문사의 기자분이신지⋯⋯?"

헨리는 나를 분쟁 지역 소식을 주로 다루는 웹사이트인 〈월드 인사이드 미러〉의 실질적 운영자라고 소개했지만, 시청 직원은 눈에 띄게 실망하는 기색이었다. 확실히 처음과는 많이 다른 태도로, 그가 먼저 질문했다. "그럼 바로 본론으로 들어가죠. 무슨 일 때문에 오셨는지?"

나는 사진을 내밀었다. 김홍석씨가 쟁기로 탱크를 내리치는 사진이었다.

"이 사진 속 인물을 알고 있습니까?"

"물론이죠. 우리도 이 사람 때문에 엄청 고생했으니까요."
시청 직원은 사진을 보자마자 대답했다.

"이게 정확히 어떤 연유로 일어난 반전시위인지 궁금합니다."
헨리가 다시 한 번 묻자, 남자는 갑자기 어리둥절한 표정으로 고개를 들었다.

"지금⋯⋯ 혹시, 반전시위⋯⋯라고 했습니까?"

"예, 사진 속의 남자가 쟁기로 군사 장비를 내리치고 있잖아요."

갑자기 시청 직원이 썰렁하게 웃었다. 그러다가 얼른 표정을 고치며 정색을 하는 것이었다. "반전시위라뇨? 그 사람은 술주정뱅이였어요. 그날도 어디서 잔뜩 퍼마시고 와서 행패를 부린 거고요. 그리고 이 탱크 말입니다"라고 말하면서 그는 사진 속 무기를 손가락으로 짚었다. "이건 전시된 거였어요. 이 도시에 주둔하고 있는 야전군 사령부와 시가 합작하여 일 년에 한 번씩 페스티벌을 엽니다. 그때 광장에 이런 첨단 무기들을 전시하고, 군악대가 행진도 하고 그러는데…… 해마다 열리는 그 축제엔 전국에서 관광객들도 많이 오고, 진짜 무기들을 볼 수 있다는 소문이 나서 그런지 밀리터리 마니아들도 꽤 몰려들지요. 어쨌든, 지난번 페스티벌에서도 여러 가지 무기가 전시됐는데, 갑자기 어디서 미친놈이 하나 뛰어나온 겁니다. 아, 이런 죄송합니다. 그래도 시민인데, 미친놈이라니, 나도 모르게 그만."

하여튼, 그 남자의 말에 의하면 행사의 주최 측인 시가 그날 매우 낭패를 봤다는 것이다. 날씨 좋은 일요일인 데다 광장에 여러 가지 군용 장비들이 전시돼 있으니, 가족 단위로 놀러 온 사람들도 많았다고 한다. 그때 어디선가 봉두난발의 남자가 농기구를 들고 달려들었다. 그는 다짜고짜 뭐라고 외치며 쟁기로 그 비싼 탱크를 마구 내리쳤다.

"탱크 구경하던 애들은 울고, 놀란 시민들이 시청에 항의하고, 아주 난리도 아니었어요." 시청 직원은 혀를 차며 말했다. 그날, 김홍석 씨는 바로 구속됐다. 구치소 안에서도 그는 주정을 그치지 않았지만, 술에 취한 것이 정상참작되어 며칠 뒤 풀려났다.

"잠깐만요." 그런 얘길 하면서 시청 직원은 신문 스크랩을 하나 가져왔다. "여기…… 보십시오. 법원, 생계 곤란 범죄자에게 선처 베풀다. 이게 김홍석 그 사람 얘기거든요. 나도 잘은 모르지만, 뭐 사는 게 힘들어서 술김에 그런 거라고 싹싹 빌었다더군요."

그때 내가 왜 그런 행동을 했는지는 지금까지도 잘 모르겠다. 나야

말로 제정신이 아니었던 걸까? 그렇지만, 그때 나는 정말 더 이상 참을 수 없었다. 인류 평화에 대한 고귀한 열정으로 온몸을 내던지며 세상에 저항한 한 인간의 진실이 겨우 술주정 따위로 매도당해도 된단 말인가.

"거짓말하지 마! 당신은 거짓말쟁이야!"

이게 내 입에서 튀어나온 말이었다. 그러면서 나는 주먹으로 책상을 쾅 내리치고, 뛰쳐나와버렸다. 헨리는 나 대신 사과를 하느라 한참 후에야 밖으로 나왔다.

돌아오는 차 안에서 우린 아무 말도 하지 않았다.

숙소 앞에서 나는 헨리에게 미안하다고 말했다. 그가 괜찮다고 하며 떠난 뒤엔 객실로 올라가지 않고 한동안 서성였다. 어둑한 밤공기에 선 뭔가 독특한 이곳만의 냄새가 났다. 문득 당장 소년을 만나봐야겠단 생각이 들었다. 그러나 헨리는 전화를 받지 않았다.

제6일

내용 없음.

제7일

원본 동영상을 찍은 사람은 헨리의 동료였다. 캐나다의 추운 도시 위니펙에서 왔다는 그는 좀 수선스런 사람이었고, 자신을 제임스라고 소개했다. "나는 밀리터리 마니아예요. 그래서 여러 가지 첨단 무기를 전시하는 그날 축제에 꼭 가보리라 결심하고 있었죠." 제임스는 그렇게 말하며 자신의 휴대폰을 꺼냈다. "이걸로 모든 무기들을 촬영하고 있었어요. 특히나 이건 정말 끝내주더라고요." 그가 가리킨 화면 속엔 거대한 탱크가 있었다. 김홍석씨가 내리친 바로 그 장비였다. "난 어릴 때

CNN뉴스에서 이 탱크를 처음 봤어요. 사막을 가로질러 적에게 돌진하는 모습이, 그야말로 무적함대가 따로 없더라고요!"

우린 제임스의 끝없는 수다를 들으며 동영상을 봤다. 어린 남자아이들이 탱크 주위를 맴돌았고, 많은 사람들이 그 앞에서 기념사진을 찍고 있었다. 그때였다. 화면 왼쪽에서 등에 쟁기를 진 김홍석씨가 쏜살같이 튀어나왔다. 사람들이 놀라 흩어지고, 보초를 서던 군인들이 달려들기까지 약 삼십여 초가 흐르는 동안, 헐렁해진 러닝셔츠에 작업복 바지를 입은 그 남자는 있는 힘을 다해 쟁기로 탱크를 내리쳤고, 그러면서 잠시도 쉬지 않고 고래고래 소리를 질러댔다.

"이 사람, 뭐라고 하는 건지 알 수 없습니까?"

내가 묻자, 제임스는 소리를 더 크게 키웠다. 김홍석씨의 목소리가 군중의 소음에 섞여 어렴풋이 들리기 시작했다.

"잠깐만요. 내가 한번 들어볼게요." 헨리가 말했다. "수첩 있죠? 들리는 것만 받아 적어보기로 해요." 그는 눈을 잔뜩 찌푸리고 귀를 기울였다. 삼십여 초 남짓한 동영상을 열 번도 넘게 다시 돌려 보며 헨리가 불러준 말들을 받아 적자 다음과 같았다.

"다 죽게 생겼는데 (소음) 무슨 소용 (쟁기로 내리치는 소리) 골목 (아이 울음소리) 살려내라 (다시 군중의 소음) 어머, 미친 사람인가 봐! (아주 가까이서 들린 여자 목소리, 그리고 다시 쟁기로 내리치는 소리)"

제임스는 내게 동영상 원본 파일을 보내주기로 했다. 숙소에서 나는 화면 속 김홍석씨를 보고 또 봤다. 원시적인 농기구 하나를 달랑 들고 맨몸으로 거대한 탱크와 맞서는 한 인간의 모습에 다시금 눈시울이 뜨거워졌다. 마음속 작은 믿음이 점점 커져 하나의 확신이 되어갔다. 세상 모든 이가 그 진실을 덮으려 하고, 그의 아들마저 아버지의 고귀한 희생을 부정하지만, 이 한 장의 사진이 모든 것을 말해주고 있었다.

"베리건 신부님, 보고 계신가요? 여기 극동아시아의 머나먼 땅에까지 당신의 고결한 의지가 이어지고 있는 광경을 말이에요." 이국의 밤하늘을 올려다보며 나도 모르게 중얼거렸다. 그런 다음엔 〈월드 인사이드 미러〉에 접속해서 기사를 쓰기 시작했다. 인류 평화를 위하여 자신의 생을 바친 김홍석씨를 전 세계에 알려야 할 시간이었다.

〈월드 인사이드 미러〉에 공개된 톰 존스의 일기는 여기서 끝난다. 8일째 되던 날 오후, 나이든 전직 기자는 그 작은 도시를 떠났고, 서울에서 며칠간 머물며 관광을 한 뒤 인천 공항을 통해 출국했다.

톰 존스가 〈월드 인사이드 미러〉에 올린 기사의 제목은 「최초의 한국인 쟁기 운동가 김홍석」이었다. 기사 옆엔 온통 국방색인 거대한 탱크를 향해 쟁기를 지고 돌진하는 김홍석씨의 사진이 여러 컷으로 나뉘어 실려 있었다. 탱크가 너무 크고 남자는 상대적으로 왜소해서 그런 건지, 혹은 교묘하게 반사된 빛으로 인해 달려가는 그의 머리에 후광이 어렸기 때문인지, 사진 속의 김홍석은 마치 불가능을 향해 달려가는 시시포스처럼 숭고해 보였다. "'평화가 아니면 죽음을 달라…… 아마 이게 아버지가 제게 남기고자 했던 말씀이 아니었을까요?' 소년은 이렇게 말하며 먼 하늘을 올려다봤다." 톰 존스는 장문의 기사를 이렇게 끝맺었다. 하지만 슬프게도 조회 수는 그리 높지 않았고, 기사 속에 수없이 반복된 '쟁기'라는 단어 덕분에 농기구 및 씨앗 광고가 두어 개 링크됐을 뿐이었다.

3

7월 1일

제목: 안부 인사

톰, 안녕하세요? 헨리예요. 설마 벌써 절 잊으신 건 아니죠? 그날 공항까지 나가서 배웅해야 했는데…… 나중에 많이 아쉬웠어요. 그나저나, 지금은 어디 계신지 궁금해요. 〈월드 인사이드 미러〉에서 당신의 이메일 주소를 찾아내 이렇게 연락드립니다. 답장 기다릴게요. 헨리.

일주일 뒤

제목: 연락 바람

톰, 많이 바쁜가요?

제가 말씀드리려는 게 뭔지 안다면 정말 깜짝 놀라실 텐데요!

연락 부탁드립니다. 헨리.

7월 15일

제목: 시청 직원과의 대화

당신이 이메일을 확인하기나 하는 건지 궁금해요.

그간, 그러니까 당신이 한국을 떠나고 난 후 지금까지 여러 가지 일들이 있었고, 난 그걸 알려주고 싶거든요. 왠지 그래야만 할 것 같아요.

그런데, 어디서부터 이야기해야 할까요? 그래요. 어느 날 내게 걸려온 전화 얘기부터 하는 게 좋겠네요. 한번 들어보세요.

처음 전화를 받은 건, 당신이 출국하고 나서 일주일 정도 지난 어느 오후였어요. 전화를 한 사람은 전에 우리가 시청에 찾아갔을 때 만난 바로 그 시청 직원이었죠. 그 사람, 내게 당신이 어디 있는지부터 묻더군요. 난 모른다고 했어요. "아마 어딘가 또 다른 분쟁 지역에 가 있겠죠." 이렇게 대답했던 것도 같아요(그런데 정말 그런 건가요? 설마 시리아 같은 데 가 계신 건 아니길 빌어요). 어쨌든 우리는 내가 일하는 영어 학원 앞 커피숍에서 만나기로 했어요.

이런, 시간이 벌써 이렇게 되었네요. 난 다시 수업에 들어가야 해요. 그날 시청 직원과 나눈 대화는 좀 있다 자세히 들려줄게요. 헨리.

50분 후
제목: 나의 일기(일부)

톰, 그날 내가 쓴 일기가 있다는 게 떠올랐어요. 시청에서 온 사람과 무슨 얘길 나눴는지 다 기록해놓았죠. 앞부분은 생략하고, 커피숍에서 있었던 일만 여기 옮겨놓을 테니 한번 읽어보세요. 연락 기다리고 있겠어요.

(……) 자신을 박이라고 소개한 그 남자는 시디 한 장을 건네며 이렇게 말했다.

"지난번 같이 왔던 그 기자에게 이걸 꼭 좀 전해주세요. 여기, 김홍석씨가 그날, 그러니까 그 탱크 때려 부수던 날, 뭐라고 외쳤는지가 다 나와 있어요. 사실 얼마 전 웹서핑을 하다가 문득 호기심이 나서 월드 인사이드 미러인가 뭔가 하는 사이트에 접속했습니다. 그때 톰 존스씨에게 받은 명함에 주소가 있었거든요. 어쨌든, 거기서 저는 김홍석씨의 사진이 대문짝만 하게 떠 있는 걸 보고 깜짝 놀랐습니다. 우리 도시의 이름도 나와 있더군요. W시의 반전운동이니 뭐니, 이런 식으로요. 전자사전을 꺼내놓고 한 글자 한 글자 해석하면서 읽어보니, 내용은 더 더욱 가관이었어요. 분쟁 지역에다가 반전 반핵이라니, 기가 막혀 말이 안 나올 정도였습니다."

여기까지 말하고 박은 잠시 말을 멈추더니, 셔츠 주머니에서 꼬깃 꼬깃 접은 종이도 한 장 꺼냈다. "먼저 시디부터 설명 드릴게요. 그건 시청에서 축제 홍보 영상을 제작하기 위해 촬영한 겁니다. 따라서 휴대폰 동영상 같은 것과는 비교도 안 될 만큼 화질도 깨끗하고…… 무엇보다도 녹음 상태가 정말 좋다고 할 수 있습니다. 게다가 촬영기사가 마침 그 부근에 있었기에, 그날 김홍석씨가 쟁기를 들고 행패 부리는 장면을 모두 찍을 수 있었지요. 난 그 월드 인사이드인가, 하여튼, 그걸 보고선 부랴부랴 이 시디부터 찾았어요. 그러고는 몇 번이고 같은 장면을 돌려봤습니다." 이렇게 말하며 남자는 방금 전 주머니에서 꺼낸 종이를 조심스럽게 펼쳤다. "아마 나중에 직접 영상을 확인해보시면 알 수 있겠지만, 그때 정확히 김홍석씨는 이렇게 외쳤어요. 내가 열 번도 넘게 돌려보고 받아 적은 것이니, 틀림없을 겁니다."

나는 그가 내민 쪽지에 적힌 글자들을 천천히 소리 내어 읽어봤다. 시청 직원은 그런 내 옆에서 틀린 발음을 고쳐주기까지 했다.

"그러니, 이제 진실을 알아주면 좋겠어요. 김홍석씨가 그날 탱크를 내리친 건 순전히 경제적인 이유 때문이지, 결코 반전이나 반핵 같은 거창한 문제 때문은 아니었다는 사실 말입니다. 그와 관련해서, 그때 구속된 김홍석씨가 경찰서에서 진술한 조서 사본도 구해왔으니, 한번 읽어보시고요." 그러면서 그는 테이블 위에 얇은 서류 파일을 하나 내

려놨고, 휴대폰을 꺼내 시간을 확인했다. "휴, 하여튼, 그 인간, 죽어서
도 속을 썩이네요. 살아 있을 때도 툭하면 시청에 찾아와 행패를 부렸
는데…… 아, 이런 제가 또 흥분을 했습니다. 공무원으로 일하다 보면
워낙 별별 사람을 다 만나게 되거든요. 어쨌든, 그 기자라는 외국인에
게 연락해서 월드 인사이드 미러에 있는 김홍석씨의 사진과 기사, 꼭
좀 삭제하라고 얘기 전해주세요. 우리 도시 이름도 빼주시고요. 무엇보
다도, 여긴 분쟁 지역이 아니거든요. 저기 창밖을 보세요. 얼마나 평화
로운 풍경입니까? 대체 뭘 보고 여길 탈레반이 들끓는 아프가니스탄이나
테러리스트가 우글대는 팔레스타인 같은 데랑 동급으로 엮는 건지, 원."

　시청 직원이 떠난 다음에도 나는 좀더 앉아 있었고, 남은 커피를
마시며, 그 남자가 놓고 간 메모지를 들여다봤다. 여러 번 접어 낡아버
린 종이에 한글로 적힌 것은, 무슨 뜻인지 잘 이해할 수 없는 다음과 같
은 문장이었다. "대형 마트 때문에 다 죽게 생겼는데 축제가 무슨 소용
이냐. 골목 상권부터 살려내라."

15일 뒤

제목: 영준 슈퍼

　톰, 살아 있긴 한 거예요?

　벌써 며칠째 〈월드 인사이드 미러〉 게시판에 글을 올리고 있어요.
당신의 다른 연락처를 알려달라고 말이에요. 하지만 아무도 답해주질
않네요.

　어쨌든 오늘은, 얼마 전 소년을 만나고 온 얘길 할 생각이에요. 그
런데 당신은 이미 내가 무슨 말을 할지 알고 있을 것 같군요. 그렇지 않
은가요?

시청 직원을 만난 뒤 며칠 지나서 김홍석씨가 살던 마을에 갔었어요. 소년에게서 직접 얘길 듣고 싶었거든요. 마을로 들어서는 좁은 길 어귀에서 한참을 기다리자, 어두워질 때쯤 소년이 걸어왔어요. 담배를 피우며 걸어오던 그 애는, 인기척이 보이자 얼른 손을 뒤로 감추더군요. 난 반갑게 인사를 건넸어요. "안녕? 혹시 날 기억하고 있니?" 다시 담배를 입에 물며 소년은 심드렁하게 대답하더군요. "기억하고말고요. 예전에 그 미국인 기자 아저씨랑 같이 왔었잖아요."

우린 이번에도 길 건너 대형 마트 안에 있는 맥도날드에서 얘길 나눴어요. 그곳은 여전히 환하고 밝고 활기찼어요. 저녁 쇼핑을 하려는 사람들의 차가 끊임없이 지하 주차장 입구로 들어가고 있었죠. 소년은 거기서 햄버거와 콜라, 그리고 감자튀김을 주문했어요. 난 그냥 다이어트 콜라를 마셨고요. "그런데 여긴 왜 또 왔어요?" 그 애는 감자튀김을 케첩에 찍으며 묻더군요. 난 지난번에 시청 직원에게서 받았던 그 종이 쪽지를 소년 앞에 내밀었어요.

"이게 뭔지 아니?"

"대형 마트 때문에 다 죽게 생겼는데 축제가 무슨 소용이냐. 골목 상권부터 살려내라……" 소년은 햄버거를 씹다 말고, 작은 소리로 쪽지에 적힌 말을 읽었어요. 그러더니 갑자기 종이를 마구 구겨서 멀리 있는 휴지통으로 던져 넣는 거예요. 정말 순식간에 벌어진 일이었고…… 난 콜라를 마시다 말고 일어서서 그 종이를 다시 주워 왔어요. 그러고는 잘 접어서 주머니에 넣었죠. 그런 나를 지켜보며 소년은 비웃듯이 미소 짓더군요.

"거봐요, 내가 뭐랬어요? 우리 아버지는 제정신이 아니었다니까요."

"그럼, 그게 모두 사실이니? 너의 아버지가 대형 마트 때문에 목숨을 끊었다는 시청 직원의 말……" 소년은 내 말에 또 피식 웃었어요. "사실일 수도 있고 아닐 수도 있겠죠. 대형 마트 아니었어도 어차피 아버지는 죽었을 테니 말이에요. 물론 그렇다고 아버지의 유서 내용이 바뀌는 건 아니겠지만…… 내 생각은 그래요." "아버지가 유서를 남겼니?" 내가 묻자, 소년은 의아하다는 듯 쳐다봤어요. "무슨 소리예요? 내가 그 유서를 당신들에게 줬잖아요." 소년의 말은 뜻밖이었어요. 그런 얘긴 금시초문이었거든요. 난 소년이 뭔가 착각하고 있다고 생각해서 다시 질문했어요. "무슨 소리야? 그런 건 본 적도 없어."

소년은 어이없다는 듯 한숨을 쉬었어요. "확실해요, 난 당신들에게 아버지의 자필 유서를 복사해줬어요. 정확히는 그때 같이 왔던 그 기자 아저씨한테 말이에요. 기억 안 나요? 여기 왔다 간 다음다음 날이던가, 이 마을에 또 한 번 왔었잖아요. 당신은 차가 망가져서 마을 입구 주유소에서 기다리고 있다며, 그 외국인 기자 아저씨만 혼자 우리 집 문을 두드렸죠. 그때 아버지의 유서를 보여줬더니, 동네 문구사에 가서 그걸 복사했잖아요. 대형 마트 때문에 다 망했고, 더 이상은 못 살겠다, 뭐 이런 내용이 적혀 있는 그 유서 말이에요."

소년은 이렇게 말하며 주머니에서 휴대폰을 꺼냈어요. "여기 사진도 있어요. 우린 아버지의 망해버린 슈퍼 앞에서 기념사진도 한 장 찍었어요. 사실 난 이런 거 진짜 싫어하는데, 그 아저씨가 자꾸 졸라서 어쩔 수 없었죠." 소년의 휴대폰 액정 화면 속엔, 정말로, 톰 당신이 있었어요. 예의 그 버버리 코트를 입고 한 손은 어색하게 브이를 그린 채 또 한 손은 소년의 어깨에 얹고 있는 당신을 본 순간, 난 정말 깜짝 놀랐답니다. 당신 뒤론 문이 굳게 닫힌 작은 슈퍼마켓이 보였어요. 칠이 벗겨진 간판을 자세히 보기 위해 내가 '확대' 버튼을 누르려고 하자 소년이 말했어요.

"영준 슈퍼예요."

"응? 뭐라고?"

"영준 슈퍼라고요. 지금 간판 보려는 거잖아요. 그 가게 이름이 영준 슈퍼였어요. 내가 태어나던 해에 아버지가 처음 슈퍼를 시작해서, 이름을 그렇게 지었대요. 아, 아직 얘기 안 했나? 내 이름이 영준이거든요." 소년은 여기까지 말하곤 자리에서 벌떡 일어섰어요. "하여튼, 이제 그만 나가요. 담배 좀 피우게요." 우린 후미진 골목 입구에 있는 영준 슈퍼 앞까지 말없이 걸었어요. 문이 잠긴 작은 슈퍼는 어둠 속에서 눈에 잘 띄지도 않았죠. 그때 소년이 어떤 표정이었냐고요? 잘 모르겠어요. 너무 어둡고 골목엔 가로등도 없었으니까요. 하여튼, 주머니에 손을 찌르고 서 있던 그 애는 한참 만에 다시 입을 열었어요.

"제길, 짜증나요. 내 이름을 땄으면 오래 살면서 번창시켜 돈이나 많이 벌던가. 재수 없게 이게 뭐냐구요. 하여튼, 슈퍼는 해가 갈수록 더 안됐대요. 그러다가 아버지가 죽을 즈음엔 거의 망하기 일보 직전이었고요. 그때 바로 길 건너에 대형 마트가 들어온단 소식을 들은 거예요. 아버진 시청이랑 여기저기 다니며 항의했고, 축제장에 가서 그 난리를 치기도 했어요. 하지만 그게 무슨 소용 있겠어요? 난 그저 아버지가 어서 정신 차리기만 바랄 뿐이었어요. 하지만, 쳇, 그다음은…… 안 들어도 알죠?"

소년은 자기 목을 손으로 조르는 시늉을 하더니, 홱 돌아서더군요. "햄버거 잘 먹었어요. 난 이제 가볼게요." 그렇게 어두운 시골길로 걸어가던 그 애가 갑자기 돌아서서 뭐라고 소리를 쳤어요. "뭐라고? 안 들려." 내가 외치자, 소년은 다시 다가왔어요. "쟁기는, 집 창고에 굴러다니던 거였다고요. 아마 돌아가신 할아버지가 쓰던 거겠죠. 그날 난동 부리기 전날, 아버지가 술을 엄청 마셨어요. 그러더니 아침에 일어나자 마자 광을 뒤지더니 아무 거나 손에 잡히는 대로 들고 뛰어나간 게, 하필 쟁기였던 거죠. 이 얘길 왜 하냐구요? 그냥요. 전에 그 기자 아저씨도 그날 아버지가 왜 굳이 쟁기를 들고 나간 건지 하도 여러 번 캐물었기에 하는 말이에요."

그런데 궁금한 게 있어요. 미스터 존스, 아니, 톰, 왜 굳이 그다음 날 소년을 만났던 사실을 숨긴 거죠? 김홍석씨가 죽은 진짜 이유를 다 알고 있으면서도 〈월드 인사이드 미러〉에 그런 기사를 실은 이유는 또 뭐고요? 왜 그를 쟁기 운동가로 만들어야 했죠? 그냥…… 대형 마트 때문에 살기 힘들어져서 목숨을 끊은 알코올 중독자라고 쓰면 안 될 이유라도 있었나요?

정말 모든 게 궁금해요.

혹시 이 메일 보면, 바쁘더라도 빠른 답장 부탁해요. 헨리.

한 달 후

제목: 작별 인사

톰, 여전히 연락이 없군요.

하여튼, 난 이제 한국을 떠나요.

돈도 좀 모았으니, 당분간은 멤피스로 돌아가서 지내며 앞으로 뭘 할지 궁리해볼 생각이에요. 그럼, 안녕. 항상 몸조심하세요. 헨리.

출국 심사대 앞으로 가기 전에 헨리 필딩은 주머니에 있던 소지품을 모두 꺼냈다. 잔뜩 구겨진 채 꼬깃꼬깃 접힌 종이 한 장은 그대로 쓰레기통으로 던졌다. 거기에 무엇이 적혀 있는지 펼쳐볼 생각도, 그럴 겨를도 없었다.

비행기 시간에 늦지 않기 위해 서두르느라 아침부터 너무 정신이 없었고, 따라서 자신이 급히 짐을 챙기다가 그만 서랍 속에 시디 한 장을 놓고 나왔다는 사실을 기억하지도 못했다. 하긴, 그게 그렇게 중요한 물건이라고 할 수도 없었다. 거기에 한 사람 일생의 가장 진실한 순간이 압축되어 담겨 있는 것도 아니었으니 말이다. 시디는, 그 후로도 오랫동안 서랍 바닥에 깔려 있었고, 켜켜이 쌓인 먼지와 함께 흐릿해져 갔다. 그다음엔 어떻게 됐는지 아무도 몰랐지만, 역시 크게 문제될 일은 아니었다. 원래, 세상엔 기록하고 기억해야만 할 중요한 문제들이 너무 많아서 그런 사소한 시디들은 모두 사라져주는 것이 일종의 역사적 관례였기 때문이다.

그럼에도 불구하고 헨리는 비행기에 오르기 직전 문득 뒤를 돌아봤다. 그러다가 고개를 저으며 다시 가던 길을 서둘렀다. 두고 온 물건 같은 게 있을 리 없었다.

[『자음과모음』 2012년 가을호]

선 정 의 말

—

　의미와 진실을 추종하며 살아가는 자는 늘 낭패를 보기 마련이다. 그
것들은 대체로 부재하거나 왜곡되고 추악한 형태로 존재하기 때문이다. 세
상에 적응하며 살아간다는 것은 결별의 연속 속에 자신의 삶을 위치시킨다
는 것이고, 의미와 진실도 그 결별의 주요 대상 중 하나임은 말할 것도 없
다. 이 결별은 거대한 곤혹을 불러온다. 받아들일 경우 받아들였다는 사실
자체가 주체에게 충격을 준다. 그 결별을 받아들일 정도의 '황폐한 강함(이
나 무딤)'이 자신의 내면에 있(었)다는 사실을 받아들이는 일은 결별을 받
아들이는 일만큼 혹은 그 이상으로 힘든 일이다. 반면 결별을 받아들이지
않을 경우에는 신경증이나 우울증이 발생한다. 그래서 이래저래 결별은 곤
혹스러운 일이 된다. 여기 "그때 세상은 좀더 위대하고 숭고한 뭔가를 향해
나아가는 듯 보였"다고 믿는 톰 존스라는 사람이 있다. 어느 정도냐 하면
그는 조깅을 하면서도 "적어도 이 정도는 아니었어. 그때 내겐 조깅 따위보
다 더 크고 중요한 뭔가가 있었다고"라고 혼자 중얼거린다. 퇴직 기자인 그
는 한 마이너 저널리즘 사이트를 운영하는데, 그가 찾는 것은 바로 "숭고한
뭔가"이다. 그것은 이를테면 핵잠수함에 몰래 들어가 쟁기로 흠집을 내는
사람들의 사진(일명 "평화를 위한 쟁기 운동가") 같은 것들이다. 그가 한국
에 오게 된 것도 쟁기를 들고 탱크에 올라가 저항하는 한국인의 사진을 보
았기 때문이다. 그 모습이 그에겐 반전 반핵의 상징으로 보였던 것이다. 그
런데 막상 드러난 실체는 이러한 것이었다. 지방 소도시에서 가게를 운영하

던 한 남자가 있었다. 지독한 술꾼이었던 그는 대형 마트가 들어서고 장사가 더 안되자, 지방 축제 때 전시된 탱크에 만취한 채로 쟁기를 들고 올라가 난동을 피운다. "대형 마트 때문에 다 죽게 생겼는데 축제가 무슨 소용이냐, 골목 상권부터 살려내라"라는 게 그의 외침이었고, 그는 얼마 후 스스로 목숨을 끊는다. 그런데 톰 존스는 사실을 왜곡한다. 그는 자신의 사이트에 그의 사진을 싣고 반전 반핵 운동이라는 투로 그러니까, 그가 믿고 싶었던 대로 사실을 왜곡하여 기사를 작성해 올린다. 이 왜곡은 특별한 흥미를 발생시킨다(그리고 덧붙여 말하자면 바로 이 지점에서 왜 그의 이름이 하필 '톰 존스'인지도 얼핏 드러난다. 헨리 필딩의 동명의 소설에서 주제의 큰 축을 형성하고 있는 것 역시 감추어진 것과 드러난 것 사이의 괴리와 그 괴리에서 발생하는 위선의 문제이다). 톰 존스의 관점이 아닌 지금 이 땅 위에 살고 있는 우리들의 관점에서 볼 때, 골목상권보호라는 테제는 반전 반핵보다 더 긴요한 문제 아닌가? 후자가 미래의 잠재적 죽음과 관계된 문제라면, 전자는 오늘의 실제적 죽음을 일으키는 문제. 요즘 여기저기서 많이 언급되는 경제민주화라는 것도 경제에 윤리적 관점을 도입하려는 시도다. 그것은 신자유주의자들의 버전이 아니라 아마티아 센 유의 버전이다. 이 작품은 이 긴급하고 중요한 현안을 아주 희극적이고 부차적인 방식으로 다룬다. 내가 의미와 진실의 부재 속에 그것들을 추구하는 자들의 낭패와 곤혹이라는 관점에 맞추어 이 글을 시작한 것도 바로 그것이 이 소설의 전면에, 전체에 드러나 있는 바이기 때문이다. 그런데 그 의미와 진실을 찾는 과정에서 느닷없이 '골목상권보호'라는 문제가 튀어나온다. 다소 초점이 분산된 듯도 하고, 집중력이 흐려지고 산만해진 듯도 하나, 난 이 방식에 긍정적 시선을 보낸다. 작가가 무게를 두려고 했던 게 어느 쪽인지는 모르겠다. 그런데 바로 그 어느 쪽인지를 모르게 함으로써 이 소설은 평면성과 상투성에서 벗어나는 듯 보인다. 그리고 이 두 경우 모두에서 발생하는 희극적 아이러니도 미학적 과락을 훌쩍 넘기고 남음이 있다고 생각한다. 문학은 일단 미학적으로 올바를 때라야 정치적으로도 올바를 수 있다는 평범한 진리를 이 작품은 몸소 보여준다. 이런 이유로 이 작품은 미학적으로(중층의 구조와 희극적 아이러니), 존재론적으로(의미와 진실의 부재와 왜곡을 마주하(지 못하)는 방식), 또 정치적으로(경제의 윤리적 차원) 주목할 만하다. 때로 언어의 낭비가 보이고, 삽화가 장황해진다는 느낌을 주지만, 그것이 '이제는 우리가 이 작품과 헤어져야 할 시간'이라고 마음먹게 할 정도는 아니다. 그렇기는커녕 '이제는 우리가 이 작품과 다시 만나야 할 시간'이라고 말하고 싶다.

_유 준(문학평론가)

2012년 1월
이 달 의 소설

흉몽

김이설

1975년 충남 예산에서 태어났다. 2006년 『서울신문』 신춘문예에 당선되며 작품 활동을 시작했
고, 제1회 황순원신진문학상을 받았다. 소설집 『아무도 말하지 않는 것들』과 경장편소설 『나쁜
피』『환영』이 있다.

작 가 노 트

자던 아이는 종종 나를 흔들어 깨웠다. 엄마, 무서운 꿈을 꿨어. 그럴 때
마다 나는 아이의 어깨를 감싸 안고 속삭였다.
"다행이다. 진짜가 아니라 꿈이어서, 정말 다행이다."
그럼 아이는 이내 고른 숨을 쉬며 다시 잠이 들었다. 악몽은 깨어나면 그
뿐. 현실이 아니라 꿈일 뿐이니 참말 다행한 일.
하여, 소설의 제목은 악몽이 아니라 흉몽이어야 했다.

●··

흉몽

—

*

뒤돌아볼 자신이 없었다. 분명히 나를 따라오고 있었다. 버려진 어구들과 폐그물이 군데군데 쌓인 공터는 어둑했다. 걸음을 빨리할수록 쫓아오는 발소리도 가빠졌다. 나는 숨을 들이쉬고 달렸다. 타다다닥, 젖은 흙내가 솟구쳤다.

보름 전이었다. 잡화점 앞에서 주인집 남자와 맞닥뜨렸다. 안에서 막 나오던 참이었다.

"안에 내 아들놈 있소?"

나는 헝클어진 머리를 매만졌다. 지금 내 새끼랑 같이 있다 나오는 거냐고! 나는 대답을 하지 않았다. 나와봐라! 남자가 소리쳤지만 아들은 얼굴을 내밀지 않았다. 이제 귀까지 멀었냐? 그래도 조용했다. 얼빠진 놈. 혼잣말을 한 남자가 나를 위아래로 훑었다.

"혼자 사는 아줌씨여도 그렇지, 창창한 젊은것을, 아무리 정신 나간 놈이라도 이러면 안 되는 거 아냐?"

남자의 말이 다 끝나기도 전에 나는 뒤돌아섰다. 주인집 남자가 따라온 건 그날부터였다.

막차가 끊겼지만 포구는 오히려 생기가 돌았다. 즐비한 횟집과 카페는 자정이 넘은 시간인데도 북적였다. 멀리 등대의 빨간 불이 번쩍였고, 검은 바다 저편에도 집어등이 휜했다. 포구는 여행객들과 연인들로 낮게 소란스러웠다.

말이 포구지, 고기잡이배들은 대부분 인근의 다른 포구에 집선했다. 오랫동안 비운 어판장의 벽면은 붉은 녹으로 얼룩덜룩했다. 변변한 횟집이나 제대로 된 낚시 가게 하나 없던 포구에 사람들이 드나들기 시작한 건 이태 전이었다. 구불구불한 포구 진입도로를 따라 소나무를 심어 억지로 숲을 조성했기 때문이었다. 언덕에 불과했지만, 모텔과 펜션이 지어졌다. 그 덕에 횟집과 카페도 들어선 셈이었다.

주인집 아들이 돌아온 건 진입도로 공사가 한창이던 무렵이었다. 버스에서 내리자, 평상에서 막걸리를 마시던 주인집 남자가 손짓했다. 남자 앞에는 키가 크고 비쩍 마른 청년이 고개를 숙여 앉아 있었다. 인사드려라. 바깥채에 사시는 분이다. 청년이 꾸벅 인사를 했다. 도시에서 공부를 한다던 아들이었다. 남자가 더 큰 소리로 말을 이었다. 한집에 사니 한가족 같은 분이다. 알았어? 아들이 다시 고개를 끄덕였다. 다 큰 놈이 대답할 줄도 몰라! 마침 담배를 찾는 손님이 들어섰다. 남자의 말은 거기에서 끊겼다.

사람들은 포구의 유일한 잡화점에서 음료수, 주전부리 등을 사 갔다. 간혹 낚싯대를 찾는 사람들도 있었다. 나도 귀갓길에 소주와 컵라면, 담배 등을 사곤 했다. 아들에게 밤 장사를 맡기게 되었다던 주인집 남자는 이미 불콰하게 취해 있었다. 나는 서둘러 마을로 향했다. 자정이 넘도록 일한 날이었다. 피곤에 절어 아무 데라도 눕고 싶은 시간이었다. 20여 분만 걸으면 작은 마을이 드러났다. 예전에는 뱃사람들이 많이 살았다는데 지금은 폐가가 더 많았다. 사람이 사는 집은 민박을 치는 곳이었다. 주인집도 마찬가지였다. 그나마 주인집 남자가 철에 꽃게를 잡고, 잡화점도 하는 덕에 마을에서는 제법 사는 축에 속했다. 나는 민박집으로 쓰이는 바깥채의 가장 끝 방에서 3년째 살고 있었다.

자기 아들과 몸을 섞은 걸 알아챈 날이어서, 할 말이 남은 줄 알았다. 그래서 발걸음을 늦췄다. 주인집 남자의 발걸음도 느려졌다. 멋쩍어 도망치듯 걸음을 재촉하니, 뒤따르던 발소리도 빨라졌다. 하루 이틀은 그러려니 했다. 사흘이 지나고, 일주일이 넘도록 쫓아왔다. 우연이 아니었다. 그렇다고 왜 따라오느냐 묻기도 뭣했다. 자정을 넘긴, 동네 사람들 하나 보이지 않는 밤이었다. 급기야 지난밤에는 남자가 덥석 내 팔을 잡았다.

"매일 따라와도 뒤 한 번 안 돌아보대."

팔을 뿌리치며 몸을 돌리자, 남자가 헤벌쭉 웃었다. 술 냄새가 얼굴을 덮쳤다.

"밤길은 둘이 걸어야 안 무섭고, 술은 같이 마셔야 맛이지."

그러더니 먼저 걸음을 옮기는 것이었다. 나는 뒤로 물러났다. 우뚝 멈춘 남자가 어서 오라고 재촉했다.

온몸에 소름이 돋았다. 아들에 대한 이야기를 꺼내지 않아서 무서웠다. 선뜩한 바람이 불자 풀벌레 소리가 뚝 그쳤다. 주인집 남자가 집으로 들어간 뒤에야 나는 걸음을 뗄 수 있었다.

방문을 잠갔다. 안채에서 주인집 남자의 고함 소리가 들렸다.

"꼴에 사내새끼라고 말야! 내 당장 저 새끼 목을 따든지!"

"무슨 말을 그렇게까지……"

우당탕, 넘어지는 소리가 들렸다. 아들이 돌아온 이후로 주인집 내외는 밤마다 시끄러웠다. 나는 컵라면에 뜨거운 물을 부었다.

"그래서 저놈은 여기서 썩어 죽겠대?"

남자가 여자를 잡아먹듯이 다그쳤다.

"입을 꽉 다문 걸, 그 속을 내가 무슨 수로 알겠냐구요."

여자의 울음소리가 낮게 들렸다.

"그렇게 닦달을 했는데도 소용이 없으면, 이제 포기해도 되잖아요. 기대를 맙시다. 그냥 살아 있는 것만 다행이라고 생각하자구요."

"내가 저를 어떻게 키웠는데, 지금 그런 말이 나와!"

끝났나 싶으면 부서지는 소리가 들리고, 잠잠하다 싶으면 남자의 목소리가 커졌다.

주인집 여자의 말마따나 아들은 말을 하지 않았다. 작정을 하고 입을 다문 모양이었다. 남자는 아침이면 집으로 들어서는 아들한테 벙어리 새끼는 필요 없다고 고함을 쳤다. 쓸모없는 새끼 나가 죽으라며 칼을 휘두르기도 했다. 그래도 아들은 대꾸가 없었다. 제 화를 못 이긴 남자가 아들을 개 패듯이 패도 신음 소리 한 번 뱉지 않았다. 결국 여자가 아들을 그러안고 나뒹굴어야 소란이 끝났다. 남자가 욕을 해대며 집을 나선 뒤에야 여자는 마루 끝에 앉아 눈물을 찍어댔다.

"안 그래도 속상한데 저 인간까지 왜 지랄인지 몰라. 동네 헛소문만 돌고…… 창피해서 나다니질 못하겠네, 진짜. 나더러 죽어라, 죽어라 하는 거지……"

소문이라면 나도 들었다. 버스 안의 동네 노파들은 제각각 떠들었
다. 가르치던 교수에게 공부한 걸 도둑맞았다더라, 공부를 한 게 아니
라 큰 회사에 다니다가 잘렸다, 회사가 아니라 공장에 다녔다던데, 그
공장에서 병에 걸렸다며, 사귀던 여자를 아비가 말려서 아들이 돈 거
야, 그게 아니라 결혼할 여자에게 사기를 당했단다. 꽃뱀한테 걸려 전
재산을 날렸다는 둥, 얼굴이 번듯해서 여자들한테 술 따라 주는 데서
일했다는 둥, 감옥에 다녀왔다는 둥, 거기서 남자에게 당했다는 둥. 시
간이 지나도 소문이 가라앉지 않았다. 아마 밤마다 싸워대는 주인집 내
외 때문일지도 몰랐다. 여하튼 도시의 큰 대학에서 공부하고 있다고,
곧 박사가 될 거라고 자랑하던 주인집 여자는 더 이상 아들에 대해 말
하지 않았다.

주인집 아들은 내 품에 안겨서도 입을 열지 않았다. 언제였던가.
막차에서 내리자마자 평상에 주저앉은 날이 있었다. 아이가 울면서 전
화를 걸었던 날이었다. 이모부가 찾아와서 엄마 있는 곳을 대라며 윽박
질렀다는 것이다. 오후에는 마침내 나를 찾아낸 형부가 월급을 차압하
니 마니, 한바탕 난리굿을 벌였다. 늘 녹초로 귀가했지만, 그날은 유난
히 더 힘들었다. 역한 비린내가 짙어지더니, 온몸이 축축해졌다. 눈을
뜨니 주인집 아들이 우산을 들고 서 있었다. 나도 모르게 졸았던 모양
이었다. 주인집 아들이 검은 봉지를 내밀었다. 안에는 소주와 컵라면,
담배가 들어 있었다. 봉지를 받아들며 처음으로, 주인집 아들을 자세히
쳐다봤다. 겁먹은 눈동자, 불규칙한 호흡과 이마에 흐르는 식은땀이,
어쩐지 나를 보는 것 같았다. 같이 마실래요? 주인집 아들이 잠깐 주저
하더니, 고개를 끄덕였다.

나 역시 아들 앞에서는 입을 다물었다. 말을 하지 않아도 된다는 암묵적인 합의, 서로의 몸을 더듬는 것만으로도 충분하다는 감정의 일치는 평온한 밤을 보내게 했다. 아들은 내 팔을 베는 걸 좋아했다. 아들의 머리를 천천히 쓸다가 잠이 들곤 했다. 그런 날은 깊고 단 잠을 잘 수 있었다.

면이 불기 전에 소주병을 땄다. 플라스틱 컵에 따라 한 모금 마셨다. 온몸에 가시가 박힌 것처럼 쑤셨다. 몸은 고된데도 수월히 잠들지 못했다. 못 자면 다음 날 일을 할 수가 없다. 그러니 주인집 아들을 만나거나, 술기운으로 쓰러져야 했다. 방 안에 부연 담배 연기가 가득했다. 텔레비전을 틀어놓고, 퉁퉁 불은 면발을 안주 삼아 소주를 마셨다. 차라리 깨어나지 않기를 바랐지만, 새벽이면 어김없이 눈이 떠졌다. 공복에 담배를 피우고, 남겨두었던 식은 컵라면 국물로 입가심을 하면 잠이 깼다. 주인집 아들이 돌아오기 전에 집을 나서야 했다. 함께 밤을 보낸 이후로, 아침마다 벌어지는 주인집의 소란이 견디기 힘들었다.

네댓 정거장 거리였지만 걷기에는 멀었다. 잡화점 앞에서 주인집 아들이 담배를 피우고 있었다. 서로 알아봤지만, 인사는 하지 않았다. 버스에 올라 자리에 앉으면 검은 물빛을 숨긴 바다가 햇빛에 반짝였다. 바다를 등지고 버스가 출발했다. 버스에는 읍내 병원에 가는 노파들이 대부분이었다. 지난밤 안부를 주고받는 노파들 사이에 있다 보면, 나의 생도 얼마 남지 않은 것 같아서 마음이 고요해졌다. 그러나 그때뿐이었다. 버스에서 내려 잰걸음으로 러브스토리 모텔로 들어섰다. 아침 10시부터 자정까지 일하는 곳이었다.

프런트에서 사모가 화장을 하고 있었다.

"커피 한잔하고 시작해."

눈썹 문신만 도드라졌던 허연 얼굴에 눈 화장을 하고, 입술에 색을 칠하자 그제야 사람처럼 보였다.

"자긴 젊고 고운데 왜 화장을 안 해? 그러면 게으르단 소리 들어. 여자는 죽을 때까지 꾸며야지."

사모의 커피잔에 빨간 입술 자국이 남았다. 지난밤 숙박 객실은 아홉 개, 빈 객실은 여섯 개였다. 혼자 치우려면 빨리 움직여야 했다. 나는 청소 도구를 들고 맨 위층인 4층으로 올라갔다.

전기세 운운하며 엘리베이터를 타지 말라는 사모 때문에 언제나 계단으로 다녔다. 남들은 즐기려고 빨리 올라가고, 나는 일하기 위해 느리게 올랐다. 청소 도구를 끌며 걷는 복도는 관처럼 좁고 어두웠다.

객실 청소는 환기부터였다. 침대 시트와 이불을 바꾸고, 청소기를 돌린 후에, 욕실을 치우고, 빈 물품을 채워 넣는 것이 순서였다. 똑같은 일을 여섯 번 반복한 후, 그 사이 빈방들도 같은 차례로 치웠다. 점심나절이 지나서야 허리를 폈다. 온몸이 땀에 젖고, 허기가 졌다.

사모는 점심을 먹으러 갔다 오는 길에 김밥 두 줄을 사다 줬다. 그것이 내 점심이었다. 비품 상자들로 가득 찬 창고방은 겨우 다리를 펴고 누울 만큼만 비어 있었다. 청소 도구 옆에는 사장 내외만 쓰는 정수기까지 있었다. 객실의 정수기와 달리 꼬박꼬박 정기 점검을 받는 정수기였다. 정수기 위에는 늘 사과 몇 알과 과도가 놓여 있었다. 사모의 간식이었다. 막 김밥 하나를 입에 넣은 참이었다. 전화벨이 울렸다. 벽에 기대앉았던 나는 허리를 곧추세웠다. 남편이었다.

*

　다니던 공장이 인원 감축을 강행하면서 남편은 일자리를 잃었다. 평생 공장에서 일한 사람이 쫓겨난 뒤에 갈 곳은 많지 않았다. 결국 막노동판이었다. 그마저도 매일 있는 일도 아니었다. 허탕으로 돌아온 날이면 방구석에서 온종일 소주를 마셨다. 취하면 벽을 향해 중얼거렸다. 모두 공장 때문이라며 자조했다. 차라리 화를 내면 같이 싸울 수 있었다. 고함이라도 지르면 당신을 그렇게 만든 공장에 불이라도 내라고 을러댔을 것이다. 그러나 남편은 그저 혼자 취해 조용히 고꾸라져 잠이 들었고, 다음 날 새벽이면 다시 인력시장으로 나섰다.

　마냥 그렇게 살 수는 없었다. 어떻게든 돈을 끌어모았다. 남편의 형제들과 친정 자매들에게도 돈을 꿨다. 시댁의 밭 몇 뙈기, 친정 엄마의 가락지까지 팔아 치워 토스트 가게를 시작했다. 가맹금만 내면 본사에서 알아서 다 해준다는 프랜차이즈 분점이었다. 학교와 시장 통 사이에 있는 점포여서 목도 좋았다. 하지만 반년도 되지 않아 문을 닫았다. 하루 종일 식빵을 구워봤자 백 장도 팔지 못했다. 가겟세 한 번 제대로 내보지 못했다. 남편과 나는 신용불량자가 되었다. 순식간에 애 하나 뉠 방조차 구할 수 없게 된 것이었다. 남편이 당분간 떨어져 지내자 했다.

　"애 학교는 보내야지."

　일곱 살 아이를 친정에 맡기기로 했다. 어선을 수리하는 아버지와 어시장에서 회를 뜨는 엄마는 모두 칠십이 목전이었다. 하지만 아이의 취학통지서라도 받게 하려면 어쩔 수 없었다. 남편은 지방 공사장을 전전하고, 나는 모텔 일을 시작했다. 빚쟁이들도 빚쟁이지만, 언니와 동생에게도 면목이 없어 내 거처를 숨겼다. 몰래, 멀리서라도 아이를 보기 위해서 친정에서 멀지 않은 포구여야 했다.

남편에게서는 뜨문뜨문 연락이 왔다. 잘 지내냐는 말에는 아직은 살아 있다며 헛웃음을 흘렸다. 곧 갈게. 통화를 마칠 때면 여지없이 그 말이었다. 그랬던 남편이, 근처에 와 있다는 것이었다.

306호의 문을 열자 담배 냄새가 심했다. 화장실 문을 열고 내실로 들어갔다. 제일 먼저 창문을 열었다. 저편 하늘이 주황색이었다. 언덕을 가로지르는 샛길은 포구로 향하는 지름길이었다. 그 길을 걸어가는 남녀가 보였다. 이 방에서 나간 사람들일지도 몰랐다. 내선 벨이 울렸다. 209호. 사모가 다음 청소할 방을 알려줬다. 성수기가 아니어도 주말은 회전이 빨랐다. 서둘러야 했다. 반쯤 벗겨진 시트를 한 번에 빼내, 바닥에 뭉쳐진 이불과 수건을 한데 말아 문밖으로 던졌다. 빈 음료수병을 치우고, 바닥에 굴러다니는 휴지 뭉치들을 주웠다. 갈색의 긴 머리카락이 여기저기에 엉켜 있고, 쓰레기통에 붙은 콘돔은 잘 떨어지지 않았다.

테이블 위에 지갑이 있다. 두툼한 빨간색 장지갑이었다. 나는 지갑을 열었다. 삼단으로 펼쳐지는 지갑의 가운데에 사진이 있었다. 돌쯤된 아이와 젊은 부부였다. 여자는 갈색 긴 머리였다. 턱턱턱, 복도에 발소리가 났다. 나는 놓였던 자리에 지갑을 얼른 내려놨다. 청소기 스위치를 올렸다. 남자가 구두를 신은 채 들어섰다. 테이블 위의 지갑을 잡아채자마자 나를 흘끔 쳐다봤다. 지갑을 펼쳐 안을 꼼꼼히 살피고서야 방을 나갔다. 사진 속의 남자는 아니었다.

청소기를 돌린 후에 시트를 갈았다. 시트를 깔 때마다 나도 모르게 신음 소리가 났다. 팽팽하게 잡아당긴 후에 무릎을 꿇고 매트리스 안으로 시트를 끼워 넣는 일은 아무리 해도 수월해지지 않았다. 사모는 한 번도 안 쓴 것처럼 해놓으라는 말을 입에 달고 살았다. 손바닥으로 침대 위를 한 번 더 훑쓴 후에 바닥을 닦았다. 내실 거울의 얼룩을 지우고, 빈 물품을 채운 뒤에 욕실 청소를 시작했다. 능숙하게 물기 하나 남기지 않고 마무리했다. 3년 동안 하루도 거르지 않고 매일 하는 일이었다.

숲에 들어선 숙박 시설 중에서 러브스토리 모텔이 포구에서 가장 가까웠다. 창문을 열면 멀찍이 바다가 보였다. 그 덕에 대실 손님이 많은 편이었다. 방을 나서기 전에 마지막으로 창문을 닫았다. 공사장 소음이 사라졌다. 피서 철이 끝나자 새로 올라가는 펜션이 수두룩했다. 장난감처럼 생긴 집, 아기자기하게 꾸며놓은 정원, 마치 그림책에서나 봤을 법한 풍경이 매일 조금씩 완성돼갔다. 그 사이에 우뚝 서 있는 러브스토리 모텔은 음침하고 볼품없었다. 사모는 펜션 때문에 장사 망하게 생겼다고 우는소리를 했지만, 사장은 아랑곳하지 않았다. 세상이 망하지 않는 이상, 모텔이 망할 이유는 없다고 했다.

"말이야, 그 짓을 하려고 몇십만 원씩 돈 쓰는 놈들이 이상한 것들이지. 몇만 원이면 되는데 왜 그런 낭비를 해. 안 그래 아줌마?"
나는 고개를 끄덕였다.

"생각을 해보라고. 아줌마라면 펜션에 가겠어, 모텔에 가겠어?"
누우면 발가락 끝에 텔레비전 모서리가 닿는 방, 주인집 아들은 두 다리를 다 펼 수도 없는 그 방이 나에게는 가장 안락한 곳이었다. 내가 일하는 곳이 누군가에게 애욕의 공간이듯, 아버지와 세상을 피해 숨은 아들의 은신처는 내가 유일하게 편히 잠들 수 있는 방이었다. 209호 청소를 끝내니 프런트에 사장이 앉아 있었다. 낮에는 사모가, 밤에는 사장이 프런트를 지켰다. 갈 사람은 어서 가. 사장이 시계를 쳐다봤다.

어느새 12시였다.

　남편은 모텔 건물 옆에 구부정하게 서 있었다. 처음 보는 가방을
품에 안은 채였다. 3년 만에 만난 남편은 생판 남 같았다. 원래도 살집
이 없었는데, 더 말라 뼈가 튀어나올 것 같았다. 남편에게서 썩은 내가
났다. 가방에서 나는 냄새 같기도 했다.
　"밥은 먹었어?"
남편이 고개를 저었다. 포구의 포장마차에 앉아 홍합탕과 소주를 시켰
다. 남편은 연거푸 소주를 마신 뒤에, 홍합 국물을 들이켰다. 남편에게
서 나는 냄새 때문에 다른 손님들이 자꾸 흘깃거렸다.
　"애는 보고 왔어?"
　"멀리서만…… 나를…… 못, 알아…… 보더라."
　"그렇다고 그냥 와?"
남편은 입을 다물었다. 하긴 꼴이 말이 아니었다. 때 얼룩이 덕지덕지
내려앉은 옷과 악취 때문에 마치 노숙자 같았다. 그 꼴로 살았던 거야?
차마, 그렇게 물어볼 수는 없어, 자꾸 한숨이 나왔다. 가자. 빈 그릇만
내려다보던 남편이 엉거주춤 일어났다.
　남편과 나는 좀처럼 입을 열지 못했다. 오랜만에 만나서 그런지,
서로의 몰골이 형편없어서 그런지, 모를 일이었다. 잡화점 앞에 서 있
던 주인집 아들이 남편을 멀뚱히 쳐다봤다. 남편은 아들의 시선을 알아
채지 못했다.
　방에 들어선 남편이 이리저리 서성였다. 남편이 디딘 자리에 까만
얼룩이 묻었다. 뭣보다도 우선 씻겨야 했다. 갈아입을 옷은 있어? 남편
이 우뚝 서서 두리번거렸다. 가방 쪽으로 손을 내밀었다.

"가방, 이리 내려놔."

남편이 소스라치게 놀라며 가방을 재빨리 움켜쥐었다. 두 눈이 번뜩였다. 가방을 잡은 손이 부들부들 떨렸다.

"빨래거리면 이리 내. 지금 빨게."

나는 가방을 삽아당겼다. 남편이 니를 밀쳤다. 그 바람에 엉덩방아를 찧으며 넘어졌다.

"왜 그래, 당신?"

남편의 눈가에 살기가 솟았다. 나는 팔을 번쩍 들었다.

"알았어, 안 만질게. 일단 씻어. 씻고 나와."

내가 뒤로 물러나도 남편의 눈빛은 좀처럼 사그라지지 않았다.

주인집 여자는 오늘따라 죽을 듯이 비명을 질렀다. 때려 부수는 소리가 가라앉기를 기다리다, 잠깐 조용해진 틈에 문을 두들겼다. 매일같이 싸움이 벌어졌지만 유난히 요란한 날이 있었다. 맞는 소리가 좀처럼 그치지 않는 날이면, 일부러라도 여자를 불러내곤 했다. 그러지 않으면 사람 하나 죽어 나갈 것 같았다. 벌컥 문이 열리더니 주인집 여자가 맨발로 뛰쳐나왔다. 헐렁한 티셔츠의 목덜미가 찢겨 있었다.

"괜찮으세요?"

"이러다 내 명에 못 죽지."

여자가 숨을 헐떡였다.

"저 인간 잠들 때까지만 같이 있어줘, 응? 매번 미안하네. 내가 참 창피해서……"

여자가 나보다 먼저 바깥채로 걸어갔다. 저기요, 나는 조심스럽게 입을 뗐다.

"아저씨나 아드님 옷을 좀 빌릴 수 있을까요?"

여자가 멍하게 나를 쳐다봤다. 나는 남편이 들렀다고 했다. 사정이 있어서…… 말을 흐리자 여자는 더 이상 묻지 않았다.

주인집 아들의 옷은 남편에게 너무 컸다. 남편은 가방을 품고 웅크려 앉아 나를 올려다봤다. 남편 앞에 마주앉았다.

"무슨 일 있었어? 말 좀 해봐."

입을 다문 남편은, 가방을 손에서 놓지도 않고 내 안으로 파고들었다. 남편은 오로지 내 몸을 탐하기 위해 찾아온 사람 같았다. 나는 남편을 밀어낼 수도, 그렇다고 한껏 열지도 못했다. 이내 진저리를 치듯 남편이 부르르 떨었다. 남편의 앙상한 엉덩이를 그러쥐었다. 이 사람은 아주 돌아온 걸까. 남편과 같이 지내면 월세를 더 내야 하나. 우리가 같이 살 수는 있을까. 언제쯤이면 세 식구 모두 같이 지낼 수 있을까. 그럼 지금보다는 나아질까. 나아지는 건, 뭘까…… 어느새 남편은 내 위에 널브러진 채 잠이 들었다.

입을 벌리고 잠든 남편의 얼굴은 핏기가 없었다. 죽은 듯이 자면서도, 가방은 여전히 꽉 쥐고 있었다. 남편의 코에 손을 대봤다. 옅은 숨이 들락거렸다. 나는 가방을 조심스럽게 열었다. 가슴이 덜컥 내려앉았다.

수돗가에 쪼그려 앉아 세숫대야에 물을 받았다. 섬뜩한 한기가 느껴졌다. 정신을 차려보니 세숫대야에서 넘친 물에 두 발이 얼음장처럼 차가웠다. 남편의 옷을 대야에 담갔다. 색이 빠지듯이 검고 붉은 물이 천천히 퍼졌다. 얼룩은 핏자국이었다. 빤다고 될 일 같지 않았다. 나는 쓰레기를 태우는 드럼통에 옷을 집어넣었다. 담배 하나를 피운 뒤에, 불씨 남은 꽁초를 드럼통에 던졌다.

작은 불길에도 온몸이 금세 뜨거워졌다. 연기가 잦아들자 동네 개들이 짖어댔다. 가방 안에 든 건 돈이었다. 무슨 보상금이라도 받았나. 비죽 웃음이 났다. 그러다 덜컥 겁이 났다. 제대로 번 돈이라면 그렇게 들고 다닐 이유가 없을 터였다. 그래도 돈은 돈 아닌가. 좋았다 말았다. 종잡을 수 없어 심란했다.

남편은 새벽같이 일어났다. 일어나자마자 가방을 끌어안았다. 나는 다시 물었다. 남편은 떼꾼한 눈으로 나를 쳐다보기만 했다. 말하지 않 겠다고 결심이라도 한 것 같았다. 알았어. 그럼 이것만 말해봐. 나는 가방을 가리켰다.

"가방의 돈은 뭐야. 당신 돈이야?"

남편의 눈동자가 커졌다. 하지만 대답을 들어야 했다. 어떻게든 알아내 야 했다. 내쳐 물었다.

"그 돈, 당신이 번 거야? 써도 되는 돈이냐고."

남편이 슬금슬금 뒤로 물러났다. 말 좀 해봐! 남편이 고개를 절레절레 흔들었다. 그럼,

"훔친 돈이야?"

남편은 나를 노려봤다. 가방을 뺏으려고 덤벼들자 남편이 두 팔을 뻗어 막아섰다. 나는 다시 달려들었다. 남편이 발로 찼다. 둔중한 통증이 온 몸에 퍼졌다. 나는 몇 번이고 남편에게 기어오르고, 그때마다 남편은 점점 더 세게 나를 걷어찼다.

"이럴 거였으면 왜 왔어! 차라리 죽지!"

남편과 나는 들짐승처럼 숨을 헐떡였다. 남편이 무릎으로 기어오 더니, 들썩이던 내 가슴에 얼굴을 파묻었다. 남편의 아래는 이미 딱딱 했다. 바지춤을 내리는 남편을 힘껏 밀었다. 저쪽으로 나뒹군 남편이

나를 멀뚱히 쳐다봤다. 바깥에서 인기척이 들렸다. 나가야 할 시간이었다.

"말해놨으니까, 때 되면 주인집 아줌마가 밥 줄 거야. 먹고 있어. 어디 가지 말고."

나서다 말고 뒤돌아섰다. 아무 일도 없었다는 듯이 무릎을 세워 앉은 남편은 고개를 숙였다. 공장에서 떠밀려 나왔을 때도, 벽에 대고 술주정을 할 때도, 토스트 가게가 망했을 때도, 지방 공사장으로 떠나던 날도 저러지 않았다. 가방에 돈이 많은데도, 왜 저렇게 앉아 있는지 도대체 알 수가 없었다. 무언가 잘못되었다는 것만 분명했다.

대문 밖에 서 있던 주인집 남자가 나를 가로막았다.

"남편을 끌어들였다고?"

"무슨 말씀을 그렇게……"

"남편이 맞기는 한 거야?"

대답할 새도 없이 남자가 말을 이었다.

"사내까지 들락거리게 하는 여자를 집에 둘 수야 없지. 혼자 산다고 해서 싸게 방 내준 거니까, 여기서 살 거면 얼른 내보내."

남자가 헛기침을 하고 안으로 들어갔다. 마음 같아서는 당장이라도 방을 빼고 싶었다. 저기 주인집 아들이 걸어오는 것이 보였다.

*

모텔에 들어서니, 지갑을 찾으러 왔던 남자가 프런트 앞에 서 있었다.

"저 여자네요."

사모가 다짜고짜 창고방으로 나를 끌고 갔다.

"자기가 훔쳤니?"

"무슨 소리세요?"

"어제, 두고 간 지갑 찾아갔다는데. 맞아?"

"네."

"현금이 없어졌대."

"저 아니에요. 지갑에 손도 안 댔다고요."

"신고하겠다고 저러잖아."

"안 훔쳤으니까 마음대로 하라고 하세요."

"여기 일은 누가 하고? 경찰이 들락거리면 어떤 손님이 좋다고 들어오니?"

"그럼 안 훔쳤는데도 훔쳤다고 해요?"

"지금 치워야 할 객실이 잔뜩이다. 잘 생각해. 전화 한 통이면 일하겠다고 달려올 조선족들 많아."

기가 막혔다.

"훔치지도 않은 돈을 나보고 물라는 말이에요?"

"그러든지 말든지, 하여간 당장 해결하란 말이야. 시끄럽지 않게!"

사모가 먼저 방을 나섰다. 수중에 현금이라고는 천 원짜리 몇 장이 전부였다. 가방 안의 돈이 떠올랐다. 처음에는 남편이 어떻게 번 돈인지 걱정이었지만, 이제는 쓸 수 있는 돈이기만 바랐다.

급한 대로 월급에서 제하기로 하고 사모가 남자에게 돈을 쥐여 줬다. 별일을 다 겪으며 살아왔지만, 이렇게 두 눈 멀쩡히 뜬 채 돈을 날려먹는 건 처음이었다. 하기야, 몇 년째 매달 갚아가는 이자도 도둑맞은 돈 같았다. 그러니 나에게 돈을 떼인 사람들의 속은 오죽할까. 가슴에 돌덩이가 박힌 것처럼 답답했다. 숨을 깊게 쉬고, 객실로 올라갔다. 여자 지갑이었다는 것이 그제야 떠올랐다. 주차장으로 달려 나가봤지만 소용없었다. 남자의 차는 사라지고 없었다.

살면서 억울한 일이야 흔하게 겪었다. 느닷없이 백수가 된 남편이나, 빛내서 차린 가게에서 돈 한 푼 못 번 것도 억울한 일이었다. 열심히 살았다. 아득바득 아끼며 살았는데도 은행에 저금 한 번 해본 적이 없다. 수중에 푼돈이라도 생기면 나에게 돈을 떼인 일가들에게 이자부터 보냈다. 게으르지도 않고, 노력을 안 한 것도 아닌데, 늘 그 자리였다. 내 배를 곯아도, 내 아이 제대로 못 살피며 사는데도 늘 여기였다. 남들이 피땀 흘려 번 돈을 내가 날려먹어 식구들이 뿔뿔이 흩어져 사는 것이었다. 내가 잘못했으니 마땅히 받아야 할 벌이라 생각했다. 하지만 잘못하지 않은 일까지 내 탓이 되는 세상이었다. 그걸 내 힘으로 막을 도리가 없다는 것이 답답했다. 답답해서 억울했고, 억울해서 허망했다. 나만 잘못 사는 것 같아서 분했다.

일을 마치고 모텔을 나설 때는 몸뚱이가 땅속으로 가라앉을 것 같았다. 발바닥이 화끈거리고, 손목과 허리가 욱신거렸다. 바닥에 등만 대도 좋을 것 같았다. 그러나 막차마저 끊겨 모텔에서 포구, 마을까지 걸어가야 했다. 어쩔 수 없다는 건 언제나 한계를 마주하는 일이었고, 원하지 않는 일을 해야 한다는 뜻이었다. 어쩔 수 없다는 건 도망칠 데가 없다는 의미였고, 도망쳐서도 안 된다는 뜻이었다.

잡화점 평상에 털썩 주저앉았다. 입안이 바짝 말라 뱉은 숨에서 단내가 났다. 어느 횟집인지 취한 사내들의 노랫소리가 들렸다. 통유리 카페 안에는 팔짱을 낀 남녀가 멀리의 등대를 바라보고 있었다. 주인집 아들이 옆에 앉더니, 내 무릎 위에 손을 올렸다. 나는 고개를 저었다.

남편이 돌아왔어. 게다가 그날 이후로 당신 아버지가 매일 밤 나를 따라온다고. 내가 하려던 말을 알아챈 걸까. 내 눈을 지그시 쳐다보던 아들이 손을 거두었다. 그러고는 잡화점 안으로 들어갔다. 다른 때 같았으면 나도 따라 들어갔겠지. 하지만 지금은 아니었다. 나는 마을을 향해 걸었다.

가방에는 만 원짜리 지폐가 가득이었다. 모두 얼마일까. 그 정도면 우선 식구들에게 얼마간이라도 갚을 수 있겠다. 다른 사람도 아니고, 피붙이들에게 꾼 돈부터 갚아야 예의겠지. 그게 도리일 거야. 도리라는 건 잘 알겠는데, 이상하게 내키지 않았다. 그 돈으로 빚을 다 갚을 수는 없었다. 친정에 맡긴 아이를 데리고 올 수도, 세 식구가 함께 살 집을 얻을 수도 없었다. 그러니 빚 갚는 것 말고, 다른 데 쓰면 안 될까. 화장품도 사고, 미장원도 가고, 발이 편한 신발도…… 그 돈이면, 내 몸하나 포구에서 도망칠 수도 있었다. 그 돈을 나 혼자 쓰려면 남편을 내쳐야 하는데. 상상은 제멋대로 가지를 쳤다. 그러다 이내 고개를 저었다. 무슨 돈인지도 모르면서 어떻게 쓸까 골몰하다니. 아니지, 그래도 없는 것보다는 낫지 않은가. 여하튼 남편이 들고 온 돈이었다. 내가 써도 되지 않나. 이제껏 어떻게 살았는데. 그럼, 일단, 빚을 갚자. 쓰면 안 되는 돈이었다면 몰랐다고 하지. 목이 타들어가는데 흘려주는 물을 마다하는 사람이 어디 있느냐고 말이다. 가방 속의 돈 생각만 해도 숨통이 트이는 것 같았다. 어떻게든 그 돈이 갖고 싶어졌다.

한참 걷다 뒤돌아보니, 주인집 아들이 멀리서 나를 지켜보고 있었다. 저치는 왜 입을 다문 걸까. 알 도리가 없었다. 얼마나 힘든 일을 겪었는지 짐작조차 불가능했다. 하지만 어렴풋이 이해는 됐다. 오죽 시달렸으면 말이다. 그런데 남편은, 돈까지 가져온 남편은 이해가 안 됐다.

사실은 이해하고 싶지 않은 것 같았다. 풀벌레 소리가 들리지 않았다. 마을 초입의 가로등도 꺼져 있었다.

불쑥, 폐가에서 시커먼 게 튀어나왔다. 소스라치게 놀라 그대로 주저앉았다. 고개를 들어보니 주인집 남자였다. 사람 놀라게…… 순간 남자가 내 입을 막았다. 발버둥을 치는데도 끌고 가는 남자의 완력을 이길 재간이 없었다. 남자의 씩씩거리는 숨소리가 폐가에 울렸다.

내동댕이쳐진 나는 뒤로 물러섰다. 아무리 바닥을 더듬어도 손에 잡히는 게 없었다. 깨진 시멘트 사이사이로 웃자란 풀들만 무성했다. 어느새 벽에 다다랐다. 남자가 발길질을 해댔다. 정신이 아득해졌다.

"감히 내 새끼랑 지랄염병을 떨어? 그리고 남편을 끌어들여? 양심도 없는 년!"
나는 비명을 질렀다. 남자가 연신 내 뺨을 올려쳤다. 나는 꺽꺽거리며 숨을 삼켰다.

"어디, 계속 소리쳐봐. 남편도 와 있는데 동네 소문 내볼까?"
남자가 내 위로 올라오는 걸 힘에 부쳐 막을 수 없었다. 잘못했어요. 다시는 안 그럴게요. 제발…… 덜덜 떨면서 살려달라고 빌었지만 남자는 내 아랫도리를 벌렸다. 그때였다. 억, 소리가 나더니 남자가 기우뚱 중심을 잃었다.

남자 뒤에 기다란 검은 그림자가 매달려 있었다. 주인집 남자가 제 목을 감싸며 버둥거렸다. 검은 그림자가 끙끙거리며 계속 힘을 주자, 컥컥대던 주인집 남자의 두 팔이 맥없이 뚝 떨어졌다. 그림자가 낮게 신음 소리를 뱉었다. 남자가 쿵 소리를 내며 바닥으로 떨어졌다. 더 이상 움직이지 않았다. 타다다닥, 그림자가 어느새 폐가를 벗어나고 있었다. 나는 옷도 못 추스르고 밖으로 나갔다. 길고 마른 체구의 그림자가 포구 쪽으로 사라졌다.

온몸이 진흙범벅이 된 내 몰골을 보고도 남편은 무표정이었다. 오히려 품에 안은 가방을 더 세게 그러안았다. 그저 가방을 뺏길까 봐 두려워할 뿐이었다. 그 까짓게 뭐라고! 나는 남편에게 사납게 다가들었다. 이리 줘! 달란 말이야! 가방을 낚아챘다. 남편이 나를 처음 본 사람처럼 눈을 동그랗게 떴다. 그러더니 무릎을 꿇고 양손을 비볐다.

"제발 돌려주세요. 그 돈 없으면 전 죽어요."

그러거나 말거나, 나는 계속 소리쳤다.

"싫어! 어차피 이 돈 나랑 네 새끼 주려고 갖고 온 거 아냐? 우리 식구 사람답게 살자고, 사람이길 포기하면서 벌어온 돈 아니야? 그럼 써야 될 거 아냐!"

남편과 서로 가방을 잡아당겼다. 가방끈이 팽팽해졌다. 손잡이의 실밥이 두두둑 뜯어졌다.

"아아악!"

남편이 괴성을 질렀다. 멈추지 않을 기색이었다. 나는 손을 놓았다. 뒤로 벌렁 넘어진 남편은 그래도 비명을 질렀다. 남편이 입을 다물 때까지 나는 손에 잡히는 대로 집어던졌다. 소주병과 재떨이, 주전자와 컵, 국물이 남은 컵라면 용기까지…… 남편은 온몸으로 다 맞아냈다. 남편의 턱 밑으로 라면 국물이 뚝뚝 떨어졌다. 남편이 비실비실 웃기 시작했다. 남편이 미친 건지, 내가 미친 건지 알 수 없었다. 사위가 고요해질수록 남편의 웃음소리는 점점 더 커졌다. 나는 비틀거리며 방을 나섰다.

*

폐가에 널브러진 주인집 남자의 목에는 둘둘 말린 폐그물이 감겨
있었다. 나는 그 폐그물을 집어 들었다. 그리고 내 목에 천천히 감쌌다.
거칠고 질긴 폐그물을 서서히 잡아당겼다. 앗! 나도 모르게 비명을 질
렀다. 날카로운 것에 찔린 모양이었다. 손을 대보니 피가 묻어났다. 한
손으로 목을 감쌌다. 상처가 깊은지 좀처럼 피가 멎질 않았다. 손바닥
에 묻은 피가 점점 끈끈해졌다. 나는 폐그물을 옷 속에 숨겨 폐가를 나
섰다.

골방에 앉아 있던 주인집 아들이 바들바들 떨고 있었다.

"왜 그랬어."

아들은 여전히 입을 다물고 나를 올려다봤다.

"말 해봐. 말을 해야 알지. 그래야 내가 뭐라도 하지. 말 좀 해. 시
체…… 같이 숨길까? 아니면 지금 당장 나랑 도망갈래? 말 해, 말 좀
하라고, 말! 지금 네가 이러고 있을 때가 아니잖아. 어쩌자고, 왜 그랬
어, 왜! 내가 뭐라고……"

차마 말을 잇지 못했다. 나도 모르게 눈물이 비어져 나왔다. 아들이 우
는 나를 물끄러미 쳐다보더니, 입을 벌려 눈물을 핥기 시작했다. 뜨겁
고 축축한 아들의 혀가 내 얼굴과 어깨를, 가슴과 배꼽과 아랫도리를
천천히 쓰다듬었다. 그래도 눈물은 그치지 않았다. 투두두둑, 비 오는
소리가 들렸다.

그날 밤부터 내린 비가 며칠 동안 이어졌다. 기온이 갑자기 낮아졌
고, 공터의 잡초들은 금세 제 색을 잃었다. 주인집 여자는 남편이 사

흉몽　345

라졌다고 경찰에 신고했다. 그날 오후 경찰은 폐가에서 남자를 찾아냈다. 아랫도리가 벗겨진 채 죽은 남자는 고인 빗물에 퉁퉁 불어 있었다고 했다.

경찰이 모텔로 찾아온 건, 주인집 남자를 발견한 다음 날이었다. 주변 인물 탐색이라고 했다. 내가 몇 시에 거기갔는지, 그 전에 어디에서 누구와 있었는지 물었다. 나는 다짜고짜 주저앉았다. 나를 겁탈한 게 주인집 남자인 줄 몰랐다고 거짓말을 했다. 검은 그림자가 나타나자마자 도망쳐서 그 뒤의 일은 모른다고 말했다. 부끄러워서 아무에게도 말할 수 없었다고, 그래서 그동안 입을 다물었다고 변명했다.

주인집 남자의 목을 조인 폐그물은 남편의 가방에서 발견되었다. 경찰에게 잡혀가면서도 남편은 비실비실 웃었다. 부디, 남편이 제정신으로 돌아오지 않기만을 바랐다. 나는 경찰들과 주인집 여자 앞에서 눈물을 보였다. 하지만 아들 앞에서는 더 이상 울지 않았다.

모텔의 창고방으로 거처를 옮겼다. 전보다 더 늦은 시간에 잠이 들고, 더 일찍 일어났다. 더 많은 침대 시트를 갈고, 더 꼼꼼히 욕실의 물기를 닦았다. 불을 끈 창고방에 누우면 좀처럼 잠이 오지 않았다. 그럼 소주를 마시는 대신 돈을 꺼내들었다. 하나하나 세다보면 새벽은 금방이었다. 종종 문고리가 덜컥거렸지만 무섭지 않았다. 나는 매일 밤 과도를 꼭 쥐고 잤다.

친정 부모 몰래 아이를 찾아가, 곧 데리러 오겠다고 약속했다. 밤낮으로 잡화점에서 나오지 않는 아들의 얼굴은 점점 더 허옇게 변했다. 나는 족발이나 순대를 사 들고 가거나, 같이 컵라면을 먹곤 했다. 때로는 평상에 앉아 함께 줄담배를 피우기도 했다.

그사이 목의 상처는 거뭇한 흉터를 남겼다. 흉터를 보기 위해서는 거울 앞에 서야 했다. 고개를 최대한 옆으로 돌렸다. 흰자가 다 드러나 도록 눈을 흘겼다. 찢어진 눈매가 나를 노려봤다. 흉측했다. 저기 돈이 든 가방이 보였다. 자꾸 웃음이 비어져 나오는 걸 참을 수 없었다.

[『실천문학』 2012년 가을호]

—

김이설은 등단 후 지금까지 꾸준히 흡사 주종과 같은 관계 속에서 무방비로 폭력에 노출된 몸의 비명, 애욕에 휩싸여 헐떡거리는 몸, 그리고 돈에 저당 잡힌 삶의 모습 등을 그리는 데 숨이 가쁘게 달려왔다. 처음에 그것들은 망각하고 있던 인간들의 헐벗은 위상을 드러냄으로써 폭력과 음란과 절망으로 버무려진 진흙탕 같은 세계의 속살을 독자들에게 각인시킬 수 있었다. 하지만 시간이 지나면 지날수록 김이설의 작품들은 독자가 보았던 것을 혹은 보고 싶어 할 만한 것을, 다시 보게 하는 방식으로 작동했다. 전자의 경우 김이설의 소설이 마치 한 편의 막장 드라마처럼 더한 절망과 자극적 쾌락으로만 내달려가는 서사의 유사한 패턴을 반복했다는 말이고, 후자의 경우 일종의 관음증을 자극하는 식으로 기능했다는 말이다. 「흉몽」 역시 저와 같은 염려를 불러일으키는 면모가 없지 않다. 하지만 좀더 공정한 평가를 내리기 위해서는 작가가 공들이는 반복적 작업이 어디에 도달하고 있는지를, 그리고 그 장소가 어떻게 달라지고 있는지를 문제 삼아야 할 것이다.

김이설의 소설에서 파괴와 파국적 정황들은 더 이상 중요하지 않다. 그보다는 파괴하고 남은 것이 무엇인가를 따져볼 시점에 도착한 듯하다. 종횡무진 파괴해나가는 작가의 손을 순간적으로 멈춰 서게 하는 것은 무엇인가. 「흉몽」에서 그것은 연약함이다. 도덕을 넘어선 관계 속에서 시린 무릎으로 스며드는 온기의 손길을 내미는 "주인집 아들"을 보라. 그는, 아니 그의 온기는 말을 못 한다. 나는 그것을 작가가 닫아놓은 입이 아니라 열지 못한 입으로 본다. 침묵한 채로 말의 지평 저편에서 넘어오는 본능의 몸짓처럼도 보인다. 이 본능은 너무나 유순해서 어떤 폭력에도 쉽사리 물들지 못하고 항상 당할 것만 같다. 마찬가지로 반쯤 미친 상태로 아내인 '나'의 범행 위조를 묵과한 채 경찰에 연행되는 '남편'에게서도 저 연약함을 발견할 수 있다. 아이러니하게도 이 연약한 주체들은 어떤 힘도 갖지 못한 채 연약한 채로 자신을 지킨다. 어쩌면 그들은 작가가 파괴하기 이전에 스스로 자기를 파괴한 자들인지도 모른다. 김이설의 소설들은 이 어쩔 수 없는 인물들을 마주해야 하는 지점에 당도한 게 아닐까. 작가는 파국을 구성하는 작업 속에서도 여전히 자신이 손댈 수 없는 그 지점을 확인하고 싶었던 것은 아닐까. 이 난문 앞에서 김이설이 어떻게 한 발짝 더 나아갈지를 보아야겠다.

_송종원(문학평론가)